फिल्में और संस्कृति

भारतीय मूल्यों का प्रचार या दुष्प्रचार ?

धीरज शर्मा

www.prabhatbooks.com

प्रकाशक

प्रभात पेपरबैक्स

प्रभात प्रकाशन प्रा. लि. का उपक्रम

4/19 आसफ अली रोड, नई दिल्ली–110002

फोन : 23289777 • हेल्पलाइन नं. : 7827007777

इ–मेल : prabhatbooks@gmail.com ❖ वेब ठिकाना : www.prabhatbooks.com

संस्करण

प्रथम, 2022

मूल्य

दो सौ पचास रुपए

मुद्रक

आर–टेक ऑफसेट प्रिंटर्स, दिल्ली

———— ★ ————

FILMEN AUR SANSKRTI

by Prof. Dheeraj Sharma

Published by **PRABHAT PAPERBACKS**

An imprint of Prabhat Prakashan Pvt. Ltd.

4/19 Asaf Ali Road, New Delhi-110002

ISBN 978-93-5521-105-7

₹ 250.00

शुभाशंसा

इस पुस्तक के लेखक प्रो. धीरज शर्मा मैनेजमेंट साइंस क्षेत्र का एक जाना-माना नाम हैं। मैं उन्हें बरसों से जानता हूँ। इससे पहले उन्होंने ऐसे लेख लिखे हैं, जिनमें बॉलीवुड की फिल्मों में घिसे-पिटे चित्रणों, धर्म को लेकर भय दिखाने और कुछ समुदायों को भेदभावपूर्ण तरीके से प्रस्तुत करने के विषय को उठाया गया है। साथ ही यह बताया गया है कि इस प्रकार के गलत चित्रण से देश के सद्भावपूर्ण माहौल को कितना नुकसान पहुँच सकता है।

भारत में फिल्म इंडस्ट्री को 'बॉलीवुड' के नाम से जाना जाता है। यह 183 बिलियन रुपयों की इंडस्ट्री है, जो प्रतिवर्ष लगभग 11 से 12 प्रतिशत सीएजीआर की दर से बढ़ रही है। जब बात हर साल बनने और वितरित की जानेवाली फिल्मों की संख्या की होती है, तो बॉलीवुड दुनिया की सबसे बड़ी इंडस्ट्री में से एक है जिसके दर्शक कई देशों में हैं। किसी समय में बॉलीवुड एक ऐसा माध्यम था, जिससे दुनिया भारतीय मूल्यों, विरासत और जीवन-शैली को जानती थी। स्थिति ऐसी थी कि बॉलीवुड के अनेक अभिनेताओं-अभिनेत्रियों और निर्देशकों की पहचान दुनिया के कई देशों में राष्ट्रीय नेताओं से भी अधिक थी। हालाँकि हाल के दिनों में यह जिस प्रकार के विषयों और संस्कृति को अपनी फिल्मों से बढ़ावा दे रही है, उससे इसकी काफी आलोचना हुई है।

सामाजिक, आर्थिक और राजनीतिक क्षेत्र के राष्ट्रीय और अंतरराष्ट्रीय महत्त्व से जुड़े विषयों पर अपनी अन्य रचनाओं के समान ही इस पुस्तक में प्रो. शर्मा 'बॉलीवुड' के विशेष रूप से उस स्याह पक्ष को सामने लाने के सफर पर निकले हैं, जिस पर फिल्म स्टार सुशांत सिंह की अप्राकृतिक मौत के बाद लोग विश्वास करने लगे हैं, जो अब भी रहस्यों में और भी अनसुलझा है। राष्ट्रवाद, धर्म, ड्रग्स, हिंसा,

हास्य नायकों, जातीयता और जाति जैसे विभिन्न विषयों की प्रस्तुति में बॉलीवुड तथा हॉलीवुड के बीच पूरी तुलना की गई है।

अपनी पुस्तक में उनका कहना है कि अमेरिका, जिसे अवसरों का देश भी कहा जाता है, अमेरिकी सपने और अमेरिकी जीवन-शैली को पूरी दुनिया में अपनी फिल्मों के जरिए आगे बढ़ाने में सफल हुआ है। इसके विपरीत भारत को लेकर बॉलीवुड जो दिखाता है, वह उम्मीदों को पूरा नहीं करता और कुछ मायने में भयावह भी है, क्योंकि अभिनेताओं को मिलनेवाला पैसा और उनके जीवन की सुरक्षा दुबई में बैठे डॉन की मर्जी पर निर्भर है।

लेखक ने अपनी पुस्तक में वैज्ञानिक शोध के तरीकों का इस्तेमाल करके दिखाया है कि किस प्रकार बॉलीवुड ने भारतीय जीवन-शैली और भारत की विरासत को दिखाने के लिए अपनी क्षमता का पूरा इस्तेमाल नहीं किया, बल्कि इसके उलट, कई बार भारतीय संस्कृति को गलत तरीके से दिखाया और इसकी सदियों पुरानी परंपराओं का मजाक उड़ाया। यह पुस्तक आँखें खोल देती है और बॉलीवुड की फिल्मों में दिखाई जानेवाली चीजों के विनाशकारी प्रभावों पर कई खुलासे करती है, जिन्हें पूरा समाज देखता है।

पिछले सौ वर्षों में फिल्में संचार मीडिया का सबसे लोकप्रिय और बड़े पैमाने पर देखा जानेवाला माध्यम बन चुकी हैं, जिनमें लोगों के मौलिक मूल्यों, उनके ज्ञान के साथ ही व्यवहार को भी प्रभावित करने की क्षमता है। पिछले शोध कार्यों ने यह सिद्ध किया है कि सच्ची तसवीरों को संचार मीडिया पर दिखाए जाने और उसके प्रति लोगों के रवैए के बीच मजबूत सकारात्मक संबंध होता है। विभिन्न विषयों पर जनमत को प्रभावित करने और उसे तैयार करने के लिए फिल्मों का इस्तेमाल बार-बार किया गया है।

उदाहरण के लिए, एचआईवी पर बनी फिल्मों से इस बीमारी से पीड़ित लोगों के प्रति सहानुभूतिपूर्ण सोच बनाने में मदद मिली है। इसी प्रकार मानसिक रोग से पीड़ित लोगों को दिखानेवाली फिल्मों ने मानसिक रोग के प्रति लोगों की जानकारी और इससे पीड़ित लोगों के प्रति उनकी सोच को प्रभावित किया है।

कई देशों की सरकारों ने फिल्मों का इस्तेमाल धार्मिक, राजनीतिक या सांस्कृतिक विचारों को आगे बढ़ाने के लिए किया है। नाजी जर्मनी ने प्रचार फिल्मों के जरिए जर्मन युवाओं के मन को बदल दिया और यहूदियों के खिलाफ अपराधों पर समर्थन हासिल किया जिसका परिणाम यातना शिविरों के गैस चैंबरों में छह

मिलियन यहूदियों की गैरकानूनी तरीके से हत्या के रूप में सामने आया।

दूसरी तरफ अमेरिका ने सोवियत संघ के खिलाफ शीतयुद्ध के दौरान युद्ध की फिल्मों और अन्य प्रचार फिल्मों का इस्तेमाल अमेरिकी लोगों के बीच सोवियत-विरोधी माहौल बनाने के लिए किया तथा देशभक्ति से भरी अमेरिकी जीवन-शैली को बढ़ावा देना इसका मुख्य उद्देश्य रहा है।

मैं प्रोफेसर धीरज शर्मा को उनकी पुस्तक के लिए हार्दिक बधाई देता हूँ और लोगों से अपील करता हूँ कि वे इसे पढ़ें और जानें कि बॉलीवुड की फिल्में किस प्रकार घिसी-पिटी चीजें दिखाती हैं और संस्कृति को गलत तरीके से पेश करती हैं।

—डॉ. सुब्रह्मण्यम स्वामी

संसद् सदस्य

पूर्व कैबिनेट मंत्री

पूर्व प्रोफेसर हार्वर्ड यूनिवर्सिटी

प्रस्तावना

आजादी के बाद से ही फिल्में संचार माध्यम का सबसे अभिन्न अंग बन गईं, जिन्होंने लोगों की राय, उनके मूल्यों और उनके व्यवहार को प्रभावित किया है। शोध बताते हैं कि समाज और माहौल को लेकर लोगों की सोच का निर्माण उसी प्रकार होता है, जिस प्रकार से फिल्मों और उस जैसे संचार माध्यमों से सच्चाई का प्रसारण किया जाता है। किसी भी सामाजिक विषय पर जनमत को प्रभावित और निर्धारित करने के लिए फिल्मों का इस्तेमाल एक साधन के रूप में किया गया है। बीमारी, युद्ध, तबाही जैसे विशेष विषयों पर बनाई गई अनेक फिल्में लोगों की सोच को बदलने में सहायक सिद्ध हुई हैं। पश्चिमी देशों में लिंग के मुद्दों पर अनेक फिल्में बनीं, जिन्होंने उन देशों में लिंग के प्रति सोच को बदला है। ऐसा देखा गया है कि एचआईवी, पोलियो, दुग्ध क्रांति, स्वच्छता आदि पर बनी फिल्मों ने उन विषयों पर दर्शकों की सोच को प्रभावित किया है।

कई देशों में फिल्मों का इस्तेमाल प्रचार सामग्री के रूप में किया गया है। उदाहरण के लिए, ऐसा बताया गया है कि पाकिस्तानी सेना के संस्थान ऐसे पाकिस्तानी ड्रामा और फिल्मों को धन मुहैया कराते हैं, जिनका मकसद पाकिस्तानी सेना के प्रति सकारात्मक सोच को बढ़ाना है। अमेरिका फिल्मों का प्रयोग अमेरिकी जीवन-शैली को लोकप्रिय बनाने के लिए करता रहा है। यही नहीं, हाल के दिनों में ऑनलाइन प्लेटफॉर्म पर दिखाई जानेवाली फिल्मों का इस्तेमाल धर्म, आस्था, मानवता, सरकार, कारोबारियों और अधिकारियों के प्रति सोच को बदलने तथा उन्हें पुख्ता बनाने के लिए किया जा रहा है।

पिछले दशक में भारतीय फिल्म उद्योग का विकास तेजी से हुआ है, जिसका आकार हर पाँच वर्ष में लगभग दोगुना हुआ है। साथ ही दुनिया भर में फैले

भारतवंशियों की मौजूदगी के कारण भारतीय फिल्म इंडस्ट्री की पहुँच भी बढ़ी है और भारतीय फिल्में दुनिया भर के ऐसे दर्शकों की पसंद बनी हुई हैं, जो विशेष रूप से एशिया और मध्य-पूर्व में रह रहे हैं। इस कारण हमारी भारतीय फिल्म इंडस्ट्री पूरे विश्व में भारतीय जीवन-शैली, भारतीय मूल्यों और संस्कृति को प्रस्तुत करने का एक सशक्त माध्यम है। हालाँकि, हाल के दिनों में इन फिल्मों के जरिए जिस तरह की चीजें दिखाई गई हैं और विरासत तथा संस्कृति को जिस प्रकार दिखाया जा रहा है, उससे फिल्म इंडस्ट्री की आलोचना हुई है। इस इंडस्ट्री का यह दायित्व है कि यह कला को मुक्त रूप से और अच्छी तरह प्रस्तुत करे, लेकिन हमारे महान देश के मौलिक मूल्यों से किसी प्रकार का समझौता न करे।

इस पुस्तक के लेखक प्रो. धीरज शर्मा प्रबंधन क्षेत्र के एक विख्यात प्रोफेसर हैं। उन्होंने विभिन्न राष्ट्रीय और अंतरराष्ट्रीय महत्त्व के विषयों पर अतुलनीय शोध किया है, जिनका विस्तार सामाजिक, आर्थिक, सांस्कृतिक और राजनीतिक क्षेत्र तक है। इस पुस्तक के माध्यम से प्रो. शर्मा बॉलीवुड के अप्रिय पक्ष को उजागर कर रहे हैं। उन्होंने राष्ट्रीयता, धर्म, हिंसा, महानायकों, भेदभाव आदि जैसे अनेक क्षेत्रों के संदर्भ में भारतीय फिल्म इंडस्ट्री और पश्चिमी फिल्म इंडस्ट्री के बीच तुलना भी की है। इससे पहले उन्होंने ऐसे अनेक लेख प्रकाशित किए हैं, जिनमें बॉलीवुड की फिल्मों में घिसे-पिटे तरीके से चीजों की प्रस्तुति, धर्म का हौवा खड़ा करने और कुछ समुदायों का चित्रण भेदभावपूर्ण तरीके से किए जाने पर प्रकाश डाला है। उन्होंने इस पर भी रोशनी डाली है कि किस प्रकार बरसों से चली आ रही इन गलत प्रस्तुतियों ने हमारे देश के धार्मिक सद्भाव को नुकसान पहुँचाया है।

मैं प्रोफेसर धीरज शर्मा को उनकी इस पथ-प्रशस्त करनेवाली पुस्तक के लिए हार्दिक बधाई देता हूँ और सभी लोगों से, जो फिल्म इंडस्ट्री में हैं, उनसे भी अपील करता हूँ कि वे इसे पढ़ें और बॉलीवुड की फिल्मों में ऐसी घिसे-पिटे चित्रण तथा संस्कृति की गलत प्रस्तुति को समझें एवं जानें। मुझे विश्वास है कि बॉलीवुड से जुड़े निष्ठावान और संवेदनशील लोग अपनी सोच को नया रूप देंगे और इस इंडस्ट्री को सही दिशा में ले जाने का प्रयास करेंगे।

—डॉ. सत्यपाल सिंह

संसद् सदस्य (लोक सभा), बागपत (उ.प्र.)

फिल्में हमें कैसे प्रभावित करती हैं? हॉलीवुड बनाम बॉलीवुड का तुलनात्मक अध्ययन

परिचय

फिल्में किसी भी राष्ट्र या समाज के लिए अपनी जीवन-शैली को प्रस्तुत करने का एक अहम साधन हैं। इतिहासकारों ने व्यक्तियों, राष्ट्रों और समाज पर फिल्मों के सकारात्मक और नकारात्मक प्रभावों का अनुभव प्रदर्शित किया है। उदाहरण के लिए, हॉलीवुड ने दुनिया भर में रहनेवाले लोगों के बीच अमरीकी जीवन-शैली की चाहत पैदा करने में अहम भूमिका निभाई है। अमरीकी सरकार ने हॉलीवुड की फिल्मों को पहले प्रोपेगैंडा फैलाने और बाद में सॉफ्ट पावर के तौर पर अरबों गैर-अमरीकियों के विचारों और इच्छाओं को प्रभावित करने में किया, ताकि अमरीकी नागरिक अपनी भावना को ऊपर उठा सकें और इसके लिए गर्व महसूस कर सकें। आज के अमरीकी उत्पादों, भाषा, जीवन-शैली, विचारों, तौर-तरीकों, त्योहारों, सांस्कृतिक कार्यक्रमों आदि के लिए अचेतन प्रोत्साहन, उत्पाद प्रस्तुति रणनीतियों और भाषायी अमूर्तता का इस्तेमाल दुनिया के अधिकांश देशों में एक आदर्श बन गया है। 1950, 1960 और 1970 के दशक में बॉलीवुड फिल्मों ने भी एशियाई, मध्य-पूर्वी और अफ्रीकी देशों में भारतीय जीवन-शैली के लिए समान चाह पैदा की थी। बॉलीवुड फिल्मों ने पश्चिमी दुनिया के प्रति न केवल उत्सुकता, बल्कि आकर्षण भी बढ़ाया। उस युग की कई बॉलीवुड फिल्मों ने दुनिया के बाकी हिस्सों में भी भारतीय जीवन-शैली को लेकर गहरा प्रभाव छोड़ा, विशेष रूप से तत्कालीन यू.एस.एस.आर., पूर्वी यूरोप, दक्षिण-पूर्व एशिया और मध्य-पूर्व में भारतीयों और भारतीय जीवन-शैली के प्रति झुकाव देखने को मिला। भारतीय विचार को दुनिया

के विभिन्न हिस्सों में बड़ी तारीफ मिली। हालाँकि 1970 के दशक के मध्य से शुरू होकर हाल के वर्षों तक बॉलीवुड फिल्में काफी हद तक अलग दिशा में चली गई हैं। भारतीय जीवन-शैली, भारतीय संस्कृति, त्योहारों, परंपराओं, विचारों और मूल्यों को बढ़ावा देने की बजाय इसने अचेतन प्रोत्साहन और उत्पाद प्रस्तुति रणनीति के जरिए दर्शकों के दिमाग पर विभिन्न दिशाओं से गहरा और असरदार प्रभाव छोड़ने का प्रयास किया। आज यह स्पष्ट है कि बॉलीवुड फिल्मों के एक आम भारतीय दर्शक में आत्म-सम्मान कम है, वह आत्मघाती है और पहचान के संकट की स्थिति में भटक रहा है। ऐसा क्यों हुआ ? ऐसी घटनाओं के सामने आने की संभावित वजहें क्या हो सकती हैं ? मात्रात्मक और गुणात्मक शोध के आधार पर इस पुस्तक में यह निष्कर्ष सामने आया है कि फिल्मों ने व्यक्तिगत और सामाजिक स्तर पर काफी असरदार तरीके से प्रभावित किया है।

यह पुस्तक इस बात का विवरण प्रदान करती है कि फिल्में राष्ट्रीय चरित्र को कैसे प्रभावित करती हैं, अल्पसंख्यकों, ड्रग संस्कृति, रूढ़िवादिता, अश्लीलता, हिंसा और धर्म के बारे में धारणाओं पर क्या नजरिया रखती हैं। पुस्तक का प्रत्येक अध्याय एक विशिष्ट विषय से संबंधित है और फिर हॉलीवुड से अमरीका के एक उद्योग के रूप में उदाहरण प्रस्तुत करता है कि कैसे अमरीकियों ने दुनिया भर में अपनी जीवन-शैली पेश की और कैसे भारत के एक उद्योग के रूप में बॉलीवुड ऐसा कर पाने में किस तरह से विफल रहा है। विशेष रूप से, हमने अध्ययन और प्रयोगों को कुछ सामग्रियों के माध्यम से दिखाने का प्रयास किया है कि बॉलीवुड में किस तरह से कंटेंट के स्तर पर गिरावट आती जा रही है।

पहला अध्याय फिल्मों और समाज के बारे में है। विशेष रूप से इसमें बताने का प्रयास किया गया है कि फिल्में हमारे समाजों को कैसे दर्शाती हैं, बड़े पैमाने पर लोगों के मूल्यों और विश्वास प्रणाली को आकार देने में एक निर्माण की तरह काम करती हैं। कैसे फिल्में अलग-अलग विचारधाराओं की संयोजक रही हैं, एक सांस्कृतिक संचारक के रूप में काम करती हैं।

दूसरे अध्याय में भारतीय फिल्मों की आम रूढ़िवादिता, बीते कुछ दशकों में नगण्यतम रुझानों के अनुसरण और पिछड़ी धारणाओं तथा सड़े-गले नजरिए से मुक्ति की संक्षिप्त रूपरेखा को उभारा गया है। फिल्मों ने विभिन्न रूढ़िवादी चश्मे से विशिष्ट समुदायों को जिस तरीके से चित्रित किया है, उससे समुदाय के सदस्यों की सामाजिक पहचान को खतरा पैदा हो गया है।

तीसरे अध्याय में बताया गया है कि किस तरह फिल्मों में धर्म की भूमिका को उभारा जाता है और कैसे व्यावसायिक लाभ के लिए धार्मिक संवेदनशीलता की मार्केटिंग की जाती है। साथ ही कैसे धर्म आधारित फिल्मों ने दर्शकों के नजरिए को आकार दिया है, यह भी बताया गया है।

चौथे अध्याय में फिल्मों का बच्चों, किशोरों और युवाओं पर पड़नेवाले प्रभाव को केंद्र में रखा गया है। यह एक व्यापक अध्ययन है कि हॉलीवुड फिल्मों की तुलना में भारतीय फिल्में कैसे यथार्थवादी चित्रण कर पाने में विफल रही हैं। क्या इस तरह का चित्रण सामाजिक, नैतिकता और उसकी भावी पीढ़ी की बाधाओं के लिए अच्छा है ?

पाँचवाँ अध्याय फिल्मों में गाली-गलौज और अश्लील भाषा के सामाजिक ताने-बाने पर आधारित है। यह अध्याय भाषा और फिल्मों के परस्पर क्रिया पर ध्यान केंद्रित करता है; भारतीय परिप्रेक्ष्य में धर्मभ्रष्ट आचरण की व्यावहारिकता, और गाली-गलौज के सांस्कृतिक पहलू को प्रमुखता देता है।

छठा अध्याय फिल्मों में हिंसा और ड्रग्स की प्रस्तुति पर आधारित है। कैसे दर्शकों का ध्यान आकर्षित करने के लिए हिंसा को एक साधन के तौर पर इस्तेमाल किया गया है। क्या असामाजिक तत्त्वों का अति-महिमामंडन समाज में एक अच्छी मिसाल कायम कर रहा है ? कुछ चुनिंदा फिल्मों के अध्ययन के जरिए बताया गया है कि कैसे यथार्थ और मिथक के बीच के अंतर को मिटाने के लिए चीजें पेश की जाती हैं।

सातवाँ अध्याय संगीत के प्रभाव पर है, खासतौर पर असामाजिक व्यवहार पर आधारित लोकप्रिय फिल्मी गीतों की चर्चा है। इस पर भी फोकस किया गया है कि कैसे बड़े पैमाने पर लोग संगीत के बोलों का अनुकरण कर रहे हैं और कैसे यह लोगों के भाषा-विज्ञान तथा बोलियों को आकार दे रहा है।

अनुक्रम

अध्याय-1
फिल्में और समाज

परिचय

वह सामाजिक व्यवस्था, जो लोगों की परस्पर संबंधित गतिविधियों से युक्त होती है, उसे समाज कहते हैं। इसे लोगों के बीच मेलजोल की सबसे अलहदा इकाई माना जा सकता है, जो सामाजिक तौर पर एक पैटर्न साझा करते हैं, जो उनके बीच बातचीत को नियंत्रित करता है। समाजशास्त्री समाज को लोगों के एक ऐसे समूह के तौर पर परिभाषित करते हैं, जो समान दायरा, सहभागिता और संस्कृति साझा करते हैं। सुप्रसिद्ध सामाजिक-विज्ञानी रॉबर्ट एम. मैकाइवर और चार्ल्स पेज ने 1949 में प्रकाशित अपनी किताब 'सोसाइटी : एन इंट्रोडक्टरी एनालिसिस' में समाज की व्याख्या करते हुए बताया, "तमाम समूहों और विभाजनों के अधिकार और पारस्परिक सहयोग के प्रयोग और प्रक्रियाओं की प्रणाली, जोकि मानव-व्यवहार और उसकी स्वतंत्रता को नियंत्रित करती है। इस चिर परिवर्तनशील, जटिल प्रणाली को हम समाज कहते हैं।"[1]

समाज में सबसे अधिक खपत होनेवाली कला के रूप में सिनेमा सामाजिक समूहों के बीच मानव व्यवहार और आपसी संपर्क को प्रभावित करने में एक महत्त्वपूर्ण भूमिका निभाता है। बार्टलेट ने अपने मौलिक काम 'रिमेंबरिंग : अ स्टडी इन एक्सपेरिमेंटल ऐंड सोशल साइकोलॉजी' में सुझाव दिया कि एक व्यक्ति अपने आसपास की दुनिया को याद करके, सोचकर, आकलन करके और कल्पना करके मंतव्य बनाता है।[2] ऑडियो विजुअल माध्यम जैसे कि नाटक, ड्रामा और फिल्में वह माध्यम हैं; जिनके जरिए हम अपनी दुनिया का आभास करते हैं। लोग इस मीडिया की आवाज और तस्वीरों को वैसे ही 'पढ़ते' हैं, जैसे वे किसी अन्य लिखित मीडिया संदेशों के शब्दों को पढ़ते हैं। पढ़ने से यहाँ अभिप्राय मीडिया संदेशों को अभिव्यक्त

करने से है, हालाँकि इन संदेशों को दो अलग-अलग लोग अलग-अलग तरीके से ग्रहण करते हैं, जिसे समाजशास्त्री 'वास्तविकता का सामाजिक निर्माण' कहते हैं, जो ऐसा तथ्य है, जिसमें लोग अपने अनुभवों और ज्ञान की रचना में योगदान के आधार पर सामाजिक वास्तविकता का आकलन करते हैं।[3] अतः फिल्मों के माध्यम से सिलसिलेवार निर्देशित संदेश बहुत प्रभावी होते हैं, क्योंकि संदेशों को एक संदर्भ में गूँथा जाता है।

समाजीकरण के प्रतिनिधि के तौर पर फिल्में

समाजीकरण की प्रक्रिया उन तरीकों में से एक है, जिसमें एक व्यक्ति वृहद् सामाजिक दुनिया से खुद को जोड़ पाता है। जैसाकि इर्विन चाइल्ड ने 'हैंडबुक ऑफ सोशल साइकोलॉजी' में परिभाषित किया है—"समाजीकरण वह प्रक्रिया है, जिसके माध्यम से लोगों को समाज के सक्षम तत्त्व बनना सिखाया जाता है। यह उन तरीकों को परिभाषित करता है, जिनके माध्यम से व्यक्ति सामाजिक मानदंडों और अपेक्षाओं को समझते हैं, समाज की मान्यताओं को स्वीकार करते हैं और सामाजिक मूल्यों के बारे में जागरूक होते हैं।[4]" उदाहरण के लिए, भारतीय बचपन से यह सीखते हैं कि भारत एक लोकतांत्रिक देश है, जिसके नागरिकों ने अपने उपनिवेशकों से आजादी पाने के लिए संघर्ष किया है। जानकारी का यह हिस्सा और सामाजिक परंपराएँ, जैसे कि स्वतंत्रता दिवस मनाना, राष्ट्रीय ध्वज फहराना, कार्यक्रमों में राष्ट्रगान, देशभक्ति फिल्मों का प्रदर्शन, नागरिकों के बीच गर्व की भावना पैदा करने में मदद करते हैं और इस तरह से लोगों की पहचान का एक पहलू बनाने में योगदान देते हैं। समाजीकरण की प्रक्रिया में, किसी व्यक्ति के समाज के प्रमुख मूल्य, विश्वास और मानदंड 'उसके' मूल्य और मानदंड बन जाते हैं। इसी वजह से जब लोग विदेशों की यात्रा करते हैं, वे 'सामाजिक झटके' का अनुभव करते हैं, क्योंकि उनका समाजीकरण उस संस्कृति और समाज के नियमों के मुताबिक नहीं किया गया होता।[5]

एक मास मीडिया टूल के रूप में फिल्में एक व्यक्ति को अपने सामाजिक विश्वासों और मूल्यों से परिचित कराकर समाजीकरण की प्रक्रिया में मदद करती हैं। फिल्में लोगों को खुद को, समाज में उनकी भूमिका और उनके समूह के मूल्यों को समझने में मदद करती हैं।[6]

समाजीकरण की प्रक्रिया में फिल्मों के योगदान को और बेहतर तरीके से समझने के लिए एक फिल्म 'नोवा : सीक्रेट ऑफ द वाइल्ड चाइल्ड' (1984)

का उदाहरण ले सकते हैं। फिल्म में जीनी नाम की एक लड़की की कहानी को खूबसूरती से प्रस्तुत किया गया है, जिसमें उसे समाज से अलग-थलग करके पाला जाता है, जहाँ इनसानों से उसका संपर्क न्यूनतम रहता है। आगे चलकर उसे सामाजिक कार्यकर्ताओं के समूह के जरिए बचाया जाता है, लेकिन सामाजिक अलगाव का उसके ज्ञानात्मक और भावनात्मक क्षमताओं पर बहुत घातक असर पड़ चुका होता है, जिसके चलते वह उन्नत भाषा और सामाजिक कौशल कभी सीख ही नहीं पाती।[7]

कई फिल्में समाज के जीवन का हिस्सा बन जाती हैं और उन्हें विभिन्न अवधारणाओं, स्थितियों और समूहों को सही ठहराने में मदद करती हैं। उदाहरण के लिए, डकैतों के प्रति एक सामान्य भारतीय का रवैया काफी हद तक सकारात्मक है। एक फोकस समूह में, जिसमें 15 फिल्म दर्शक शामिल थे, उन्हें भारत में डकैतों पर अपने विचार व्यक्त करने के लिए कहा गया था। फोकस समूह में शामिल ज्यादातर लोगों की राय यह थी कि क्षेत्रीय असमानता और अधिकारों से वंचित रखने के चलते वे डकैत बने। इसके अलावा वे अपनी मर्जी से डकैत नहीं बने, बल्कि सामाजिक परिस्थितियों से विवश होकर उन्हें यह विकल्प चुनने को मजबूर होना पड़ा। इसके बाद उनसे पूछा गया कि उन्हें डकैतों के बारे में जानकारी कहाँ से मिली। उन सभी ने कहा कि फिल्में ही उनकी जानकारी की प्राथमिक स्रोत रही हैं। लोगों के पास सीखने के लिए सूचनाओं के कई स्रोत हैं। लोग स्वेच्छा और अनैच्छिक रूप से सीखते हैं। स्वैच्छिक शिक्षा आमतौर पर लोगों के कुछ सीखने की ललक से उपजती है। अनैच्छिक शिक्षण के तहत लोगों को स्टिमुलस प्रदान किया जाता है और लोग परोक्ष तौर पर नई-नई चीजें सीखते जाते हैं। ज्यादातर मामलों में फिल्में अनैच्छिक शिक्षा प्रदान करने का काम करती हैं, सिवाय डॉक्यूमेंट्रीज के मामलों को छोड़कर। आज के दौर में इंटरनेट, फिल्में, किताबें, गाने, इंफोमर्सियल्स, विज्ञापन और वीडियो गेम्स संभवतः सूचना, जानकारी और शिक्षा के सबसे महत्त्वपूर्ण स्रोत हैं। इन सबमें भी फिल्में अनैच्छिक शिक्षा का सबसे महत्त्वपूर्ण जरिया हैं।

क्या फिल्में समाज का प्रतिबिंब हैं या उसे आकार प्रदान करती हैं ?

संपूर्णता में देखें तो फिल्म उद्योग ने एकल स्क्रीन थिएटरों से विशाल और शानदार मल्टीप्लेक्सों तक व्यापक आमूल-चूल परिवर्तन देखा है, जो केवल फिल्म स्क्रीनिंग तक सीमित नहीं हैं, बल्कि वे सुकून की तमाम अन्य गतिविधियाँ भी प्रदान करते हैं। आज के दौर में फिल्में दो से तीन घंटे के अनिवार्य शो के तौर पर नहीं

रह गई हैं। बल्कि फिल्में अब ज्यादा रणनीतिक योजनाबद्ध घटनाक्रम बन गई हैं, जिनको कुछ दिनों से लेकर कभी-कभी कुछ हफ्तों तक खींचा जाता है। फिल्म कलाकारों के जरिए ऑनलाइन प्रतियोगिताओं और अभियानों के माध्यम से सामानों की बिक्री, प्रमोशनल इवेंट्स तक कराए जाते हैं, इसके पीछे विचार केवल फिल्म देखना ही नहीं, बल्कि स्वयं फिल्म बन जाना रहता है। इसमें कोई दो राय नहीं कि फिल्में आज के आधुनिक दौर के समाज का एक अभिन्न हिस्सा बन चुकी हैं। हालाँकि महज मनोरंजन का साधन होने के विपरीत फिल्में अपने दर्शकों से विचारधाराओं, सामाजिक मान्यताओं और मूल्यों को लेकर भी संवाद करती हैं और हमें प्रश्न करने को भी बाध्य करती हैं। क्या मनोरंजन मीडिया आमतौर पर सामाजिक मान्यताओं, मूल्यों और समाज का प्रतिबिंब प्रस्तुत करता है या यह वास्तव में समाज को आकार प्रदान करता है?

इस सवाल का कमोबेश सटीक जवाब सुप्रसिद्ध लेखक विलियम रोमानोवस्की अपनी किताब 'आईज वाइड शट' में देते हैं, जोकि 2001 में प्रकाशित हुई थी। उनके मुताबिक लोकप्रिय कला एक बेहद जटिल प्रक्रिया है और इसे महज समाज का प्रतिबिंब मानना उस प्रक्रिया को अति सरल बनाने का प्रयास भर रह जाएगा। हालाँकि लोकप्रिय कलाकृतियाँ समकालीन मुद्दों के बारे में बात करती हैं और उन्हें विविध दृष्टिकोणों के साथ प्रस्तुत करती हैं, लेकिन वे विशुद्ध रूप से प्रतिबिंब नहीं हैं। वह इस तथ्य को स्वीकार करते हैं कि लोगों की संस्कृति और जीवन का चित्रण करते हुए लोकप्रिय कला मूल्यों, विश्वासों और दृष्टिकोणों का महिमामंडन और आदर्शीकरण करती है और इस प्रकार संस्कृति की ताकत के जरिए जीवन को 'आकार' देने में योगदान करती है। और इसलिए लोकप्रिय कलाएँ केवल उस संस्कृति को दर्शाती हैं, जिसे वे बनाने में मदद करते हैं।[8] फिल्मों में चित्रित सांस्कृतिक मानदंडों से कुछ खतरे भी हो सकते हैं, क्योंकि दर्शक उन्हें अनजाने में ग्रहण करते जाते हैं, जिसके चलते वे जीवन के प्रति तमाम आकलनों का एक विकृत नजरिया मन में बना सकते हैं।

ऑन्कविजिट और शॉ ने 1987 में प्रकाशित अपने अध्ययन में किसी व्यक्ति के विचारों और उनके बारे में भावनाओं को दूसरों के संदर्भ में आत्म-अवधारणा के रूप में देखा है।[9] इसके अलावा एप्सटीन ने अमेरिकन साइकोलॉजिस्ट में प्रकाशित अपने लेख में आगे की बात जोड़ी कि एक व्यक्ति इस आत्म अवधारणा को स्वैच्छिक तौर पर बनाता है। उनके मुताबिक, सेल्फ-थियरी का काम होता

है—1. व्यक्ति के कष्ट/आनंद के संतुलन को पूर्णता प्रदान करना, 2. आत्म-सम्मान बरकरार रखना और 3. अनुभव से संबंधित आँकड़ों को कुछ इस प्रकार से प्रबंधित करना, ताकि प्रभावशाली ढंग से निपटा जा सके।[10]

इसके अलावा फिल्में लोगों में इच्छाएँ पैदा करने और उनकी आत्म-अवधारणा को लेकर विचार बनाने में अहम भूमिका निभाती हैं। आत्म-अवधारणा को लोगों की स्वयं की व्यक्तिगत धारणा माना जाता है, जोकि उनकी अपनी विशेषताओं, विचारों और विश्वासों से वर्णित होता है। खासतौर पर यह किसी व्यक्ति की मनोस्थिति को दर्शाता है। दो प्रकार के आत्म या स्व होते हैं—वास्तविक स्व और आदर्श स्व। वास्तविक स्व, यानी जिसमें व्यक्ति स्वयं का आकलन करता है। आदर्श स्व में व्यक्ति ऐसी ख्वाहिश रखता है कि वह कैसा बनना चाहता है। हर शख्स रोजाना इसी आदर्श और वास्तविक स्व के बीच संघर्ष करता है। दूसरे शब्दों में, कारोबारी एक आदर्श स्व की रचना करते हैं और लोगों से अपेक्षा करते हैं कि वे उनका अनुसरण करें।[11] उत्पाद और सेवाएँ वास्तविक और आदर्श स्व के बीच पुल का काम करते हैं। जरा गौर करें, एक आम भारतीय के शरीर का रंग गहरा होता है और कारोबारियों ने बड़ी होशियारी से गोरे रंग को खूबसूरती के तौर पर परिभाषित कर रखा है। इस तरह से वास्तविक स्थिति त्वचा के गहरे रंग के तौर पर है, जबकि आदर्श स्थिति त्वचा को गोरा बनाना है। स्किन क्रीम्स, ब्लीच क्रीम्स, मलहम, तेल, स्किन ट्रीटमेंट, आदि सभी भारतीय परिप्रेक्ष्य में वास्तविक और आदर्श अवस्था के बीच पुल का काम करते हैं। इसी प्रकार फिल्में भी ऐसे आदर्शों की रचना में महत्त्वपूर्ण साधन होती हैं। लोग फिल्मी सितारों की ओर देखते हैं और उनमें अपनी झलक तलाशते हैं या उन जैसा बनने की ख्वाहिश रखते हैं। आदर्श स्थिति बनाने में फिल्मों का यह असर बहुत मजबूत है। उदाहरण के लिए, शरीर सौष्ठव को ही लें। 1950 और 1960 के दशक में हिंदी फिल्मों का नायक बेहद सभ्य, परिष्कृत और मजबूत चरित्र वाला व्यक्ति होता था। क्या देव आनंद, दिलीप कुमार, राज कपूर, मनोज कुमार या अन्य अपनी फिल्मों में शारीरिक ताकत का प्रदर्शन करते देखे जाते थे? इसका जवाब ज्यादार 'न' में ही मिलेगा।

भारत में लोग अपने नायकों के कपड़ों और उनके पैटर्न की नकल करते हैं। किसी भी विशिष्ट फैशनिस्ट और प्रभावशाली फैशन उद्योग की गैर-हाजिरी में भारतीय फिल्मों के नायक ही अमूमन पूरे देश में लोगों के आदर्श होते थे, जिनको देखकर लोग तय करते थे कि क्या पहना जाए। 1970 का दशक आते-आते नायक

एक गुस्सैल नौजवान बन गया, जो बहुतों से मारधाड़ में अपनी शारीरिक ताकत प्रदर्शित करता था, लेकिन उसकी मांसपेशियाँ अलग से नजर नहीं आती थीं। भारतीयों ने पहनावे, आपसी बातचीत और अधिकारियों से बात व्यवहार के संदर्भ में वैसे ही पेश आने का प्रयास किया। 1980 के दशक में बॉलीवुड के नायकों ने शरीर सौष्ठव पर ध्यान देना शुरू किया। 1980 और 1990 के दशक के नायकों को बाइसेप्स झलकाते कोई भी देख सकता है। दर्शकों पर इसका क्या असर हुआ ? ज्यादातर दर्शकों ने भी बाइसेप्स बनाने के प्रयास शुरू कर दिए। नतीजतन हमने देखा कि जिम के सामानों, बार बेल्स और डंब बेल्स के पीछे भागनेवाले भारतीयों की बाढ़ आ गई। 1990 के दशक का अंत आते-आते हमने देखा कि इस आदर्श स्थिति को लहराते बाइसेप्स से हटाकर 'सिक्स पैक' पर केंद्रित कर दिया गया। बॉलीवुड के ज्यादातर नायकों ने 'सिक्स पैक' बना डाले और नतीजतन हमारे देश में ज्यादातर लोगों ने लहराते बाइसेप्स से अपना फोकस हटाकर 'सिक्स पैक' पर कर लिया। इसका नतीजा यह हुआ कि सिक्स पैक पाने की ललक में 'प्रोटीन कंसन्ट्रेट्स' की माँग बढ़ गई और फोकस भी बाइसेप्स से हटकर ऐब्स (पेट) पर आ गया। इसके चलते 'प्रोटीन' उत्पादों से जुड़ा एक नया उद्योग उभर आया। इसका एक और नतीजा यह हुआ कि आदर्श अवस्था पाने की दिशा में विशेष पोषण की एक रेंज पनपने लगी। बॉलीवुड के नायक शारीरिक कार्यों को पूरा करने में अपना लचीलापन और कौशल दिखाते हैं, इसलिए जुंबा, हाफ मैराथन, फिटनेस कॉन्टेस्ट और भी तमाम ऐसे नए-नए उद्योग उभर आए।

कुल मिलाकर अपने कथानकों और अभिनेताओं के माध्यम से फिल्मों ने दर्शकों के लिए आदर्श स्व विकसित करना जारी रखा और दर्शकों ने भी लगातार अपने वास्तविक स्व पर सवाल उठाए। अभिनेताओं ने फिल्मों में कामों, उत्पादों, शैलियों और भाषा के जरिए जो पेश किया, उसके अनुसरण ने लोगों के लिए वास्तविक स्व और आदर्श स्व के बीच पुल का काम किया। कुल मिलाकर दर्शक अपनी मौजूदा अवस्था की छानबीन करते हैं और फिल्मों द्वारा बनाए गए आदर्श स्थिति में रहने की इच्छा विकसित करते हैं।

इसी तरह हम देख सकते हैं कि किस तरह फिल्मों ने महिलाओं के शरीर के प्रकारों को आदर्श बनाकर प्रदर्शित किया। 1950, 1960 के दशक में खूबसूरती से लेकर 1970 और 1980 के दशक में कामुक और 1990 में तराशे हुए बदन से लेकर 2000 के दशक में नायिकाओं को फिटनेस केंद्रित दिखाते हुए बॉलीवुड

ने महिलाओं की आदर्श स्थिति को गढ़ा और उनके अंदर इच्छा पैदा की कि वे अपनी असल स्थिति पर सवाल उठाएँ। इसके चलते उत्पादों और सेवाओं की माँग में इजाफा हुआ। महिलाओं के जिम से लेकर डेनिम के प्रकारों तक बदलते आदर्श के मुताबिक नए उत्पादों की माँग भी बढ़ने लगी। रेगुलर जींस से स्किनी जींस और स्लिम फिट जींस से लो-राइज और हाई-वेस्ट जैसे नाम सामने आने लगे। दर्शक फिल्मों में अपनी पसंदीदा महिला कलाकारों को वैसे कपड़े खरीदते देखने लगे, ताकि वे भी वैसी ही चीजें खरीदकर उस आदर्श स्थिति के आसपास रह सकें, जिसे फिल्मों और उनके किरदारों ने तैयार कर रखा है।

उत्तरी अमरीकी और यूरोपीय संदर्भ में आदर्श के मुताबिक शरीर की छवि को बदलने के क्षेत्र में महत्त्वपूर्ण शोध हुए हैं। 1910 के दशक में 'लंबी और छरहरी' लेकिन कामुक स्तन और चौड़ी जाँघों वाली नायिका की आदर्श छवि थी। 1920 के दशक में आदर्श छवि बदलकर 'द फ्लैपर' की हो गई। फ्लैपर लड़की एक अपरिपक्व युवती थी, जिसने बेतरतीब कपड़े पहन रखे हों और पारंपरिक व्यवहार के मानदंडों को लेकर जिसके मन में बहुत कम सम्मान हो। वह आत्मनिर्भर, बुद्धिमान और बेपरवाह थी, जिसने विक्टोरियन शैली को खारिज कर दिया था। वह ब्लश, डार्क आई मैकअप करती थी और उसके काफी चौड़े होंठ होते थे। इसके आगे 1930-1940 का दशक महामंदी और प्रथम विश्वयुद्ध का रहा, जब फैशन और शरीर को लेकर ज्यादा परंपरागत छवि उभरकर आई। छोटे बाल काफी लोकप्रिय थे, स्कर्ट पहले की तुलना में लंबी हो गई थी और कंधे की चौड़ाई को उभारा जाने लगा था। बेपरवाह फ्लैपर गर्ल के विपरीत इस दौर में महिलाएँ ज्यादा-से-ज्यादा स्त्रीत्व उन्मुख प्रदर्शित की जाने लगी थीं। इसके बाद युद्ध के बाद के दौर, यानी 1950 के दशक में नायिका की छवि ने फुलर से बदलकर यौनोत्तेजक स्तनों वाली कामुक आवरग्लास (समय बतानेवाली ग्लासनुमा डिवाइस) के आकार ने ले लिया। मर्लिन मुनरो और ग्रेस केली जैसी नायिकाओं को आदर्श के तौर पर पेश किया गया। महिलाओं के फैशन के आयाम व्यापक हो गए और त्रुटिरहित त्वचा की माँग बढ़ने लगी थी। हालाँकि 1960 के दशक में '50 के दशक की आदर्श छवि से एकदम उलट व्यक्तित्व चलन में आ गया।' 60 के दशक के कर्वेशियत फिगर की बजाय इस दौर में टहनीदार, छरहरी और खूबसूरत छवि की माँग बढ़ने लगी। महिलाओं को छोटा सीना, दुबली काया और उस पर छोटे बाल और लड़कों जैसे लुक की इच्छा होने लगी। 1970 में '60 के दशक की टहनीदार जैसी छरहरी

काया आदर्श छवि के तौर पर बरकरार रही। इस छवि का उस दौर में महिलाओं के खानपान की आदतों पर काफी गहरा असर पड़ा, जिसके चलते एनॉरेक्सिया नर्वोसा (ईटिंग डिसऑर्डर, जिसमें व्यक्ति वजन बढ़ने के डर से खुद को भूखा रखने के साथ ही खाना खाने पर उल्टी कर पूरा भोजन बाहर निकाल देता है) के मामले तेजी से बढ़ते पाए गए। 1980 के दशक के दौरान, सुपर मॉडल और हार्डबॉडी छवि लोकप्रिय हो गई, जहाँ फिटनेस पर बहुत जोर दिया गया। महिलाओं ने खुलकर न केवल मांसल, बल्कि टोंड शरीर की भी इच्छा जाहिर की। 1990 के 'हिरोइन चिक और बेवॉच' के दौर में छरहरी, लेकिन कामुक स्तनों वाली महिलाओं की अपेक्षा की जाने लगी। 20वीं सदी में कामुक और आकर्षक उभारों वाली महिलाओं की व्यापक स्तर पर स्वीकार्यता के चलते 'पहुँच से दूर छरहरेपन' का चलन धीरे-धीरे गायब हो गया।

इसी प्रकार महिलाएँ अपनी आदर्श स्थिति को अपनी शारीरिक छवि के परिप्रेक्ष्य में कैसे देखती हैं, इसे बॉलीवुड फिल्मों में भी प्रतिबिंबित किया जाता रहा है। इसलिए बॉलीवुड फिल्मों ने महिलाओं के आदर्श बॉडी टाइप को लगातार आकार देना जारी रखा और इस तरह महिलाओं ने हमेशा अपनी असल स्थिति की जाँच-परख करते रहने के साथ-साथ अपनी पसंदीदा कलाकारों की तरह दिखने के लिए उनके जैसे ही उत्पाद और सेवाएँ खरीदती रही हैं।

आत्म-अवधारणा और उपभोक्ता विकल्प प्रक्रिया की अनुरूपता पर मेरे तर्कों को कई अध्ययनों का समर्थन हासिल है, जो स्व, आदर्श-स्व-अवधारणा और उपभोक्ता के खरीद निर्णय के बीच सकारात्मक सहयोग का समर्थन करता है।[13, 14, 15, 16] साथ ही उपभोक्ता एक ऐसे हालात को हासिल करने का प्रयास करता है, जहाँ उनकी आत्म-छवि उनके आदर्श स्व से मेल खा जाती है।[17]

यह देखते हुए कि शोधकर्ता यह मानते हैं कि सेलिब्रिटी जिस उत्पाद का समर्थन करते हैं, उपभोक्ता उसे खरीदकर और उपयोग करके एक संतोषजनक आत्म-अवधारणा बनाते हैं, जिससे यह जाहिर होता है कि फिल्में यह तय करने में अहम भूमिका निभाती हैं कि उपभोक्ता क्या खरीदेंगे और इस तरह उनके, उनकी मान्यताओं और कार्यों को लेकर अपना दृष्टिकोण बनाएँगे।

अंततः दर्शकों के जीवन पर मीडिया के जरिए बताई गई अवधारणाओं की पहचान और उनके परिवहन के नतीजों को लेकर हाल में हुए एक निष्पक्ष शोध में पाया गया कि प्रतिभागियों ने फिल्म में चरित्र द्वारा दर्शाई गई विशेषताओं के साथ

बढ़ा हुआ जुड़ाव प्रदर्शित किया।[18] अतः यह निष्कर्ष उचित है कि फिल्में समाज को आकार प्रदान करती हैं। फिल्में आदर्श स्व को आकार देने में अहम भूमिका निभाती हैं। आदर्श तब तक गतिशील बना रहता है, जब तक वास्तविक और आदर्श के बीच का पुल उत्पादों और सेवाओं से पटा रहेगा। ऐसे में कोई व्यक्ति आदर्श को तभी बदल सकता है, जबकि इन दोनों के बीच का पुल पूरी तरह खाली हो। खाली पुल को एक बार फिर उत्पादों और सेवाओं से भरा जा सकता है।

सांस्कृतिक संचारक के तौर पर फिल्में

टर्नर और डकचैम ने 2006 में लिखी अपनी किताब 'फिल्म ऐज सोशल प्रैक्टिस' में संस्कृति को एक गतिशील प्रक्रिया के तौर पर परिभाषित किया है, जो व्यवहारों, रीति-रिवाजों, संस्थाओं और उन मायनों को उत्पन्न करती है, जिनमें हमारा सामाजिक अस्तित्व शामिल होता है। जीवन की भावना पैदा करने की प्रक्रियाएँ ही संस्कृति का सृजन करती हैं।[19]

इसके आगे जेम्स डेविसन हंटर और कोवालेव्स्की ने अपने काम 'कल्चर वॉर्स : द स्ट्रगल टू डिफाइन' से अमेरिका में उस व्यापक भूमिका की पहचान की है, जो मास मीडिया लोगों के जीवन और संस्कृति में अदा करता है। वे इस तथ्य पर जोर देते हैं कि बड़े पैमाने पर मीडिया के साधन, जैसे पत्रिकाएँ, संगीत, फिल्में आदि न केवल परोक्ष तौर पर सामाजिक और राजनीतिक वास्तविकता को प्रतिबिंबित करती हैं, बल्कि वास्तविकता को सक्रिय तौर पर परिभाषित करती हैं और आकार भी देती हैं।

लेखक फिल्मों सहित मास मीडिया के साधनों को 'संस्थानों' के रूप में संदर्भित करते हैं और मानते हैं कि ये संस्थान निर्धारित करते हैं कि कौन से मुद्दे महत्त्वपूर्ण हैं और सार्वजनिक विचार के योग्य हैं।[20]

कई सिद्धांतकारों का मानना है कि आज की इलेक्ट्रॉनिक दुनिया में सांस्कृतिक विचारों और विचारधाराओं पर मीडिया का प्रभाव स्कूलों, धर्मों और परिवारों की तुलना में कहीं ज्यादा व्यापक है। हैरी बेंशॉफ और सीन ग्रिफिन ने अपनी किताब 'अमेरिका ऑन फिल्म : रीप्रेजेंटिंग रेस, क्लास, जेंडर एंड सेक्सुएलिटी ऐट द मूवीज' में व्यापक तौर पर इस बात का परीक्षण किया है कि कैसे अमरीकी सिनेमा ने श्वेत पितृसत्तात्मक पूँजीवाद के शासकीय वर्चस्व को फिर से लागू करने के लिए काम किया है। लेखकों ने दावा किया है कि अमरीकी सिनेमा, जिसे वे वैचारिक संदेशों का वाहक मानते हैं, केवल 'मनोरंजन' का स्रोत नहीं है और वे इसे अमरीकी

संस्कृति का एक महत्त्वपूर्ण हिस्सा मानते हैं। उनके मुताबिक संस्कृति विचारधारा की वास्तविक दुनिया की अभिव्यक्ति है, क्योंकि विशेषताओं के लक्षण, सामाजिक व्यवहार और सांस्कृतिक उत्पाद सभी विचारधारा से संवाद करते हैं। फिल्में संस्कृति के एक हिस्से के रूप में, अन्य कलाकृतियों की तुलना में कहीं अधिक लोगों के साथ जुड़ाव रखती हैं। इसलिए यूरो-अमरीकी सांस्कृतिक परंपरा में 'गोरों' को अच्छाई और 'कालों' को बुराई के प्रतीक के तौर पर जोड़ा जाता है और यह हमारी सोच को सबसे ज्यादा गहराई से प्रभावित करता है कि हम जाति और रंग के बारे में कैसे सोचते हैं।[21] ये सांस्कृतिक परंपराएँ फिल्मों के जरिए समाज में संवाद कायम करती हैं। उदाहरण के लिए, यह दुर्लभ है कि एक गोरा ईसाई पुजारी धर्मनिष्ठ या प्रतिबद्ध न हो और काला ईसाई पुजारी हमेशा मृदुभाषी होते हैं। इसी संदर्भ में कोई भी यह गौर कर सकता है कि एक हिंदू पुजारी को कमोबेश चालाक दिखाया जाता है, जबकि एक मुसलिम या ईसाई धर्मगुरु ज्यादातर समर्पित और प्रतिबद्ध होता है।

मूल्य और रिश्ते

2003 में 'जर्नल ऑफ कंज्यूमर रिसर्च' के अपने लेख में रसेल बेल्क, गुलिज गेर और सोरेन असकेगर ने तर्क दिया कि उपभोक्ता समाज में व्यक्ति मुख्य रूप से अपनी जरूरतों, इच्छाओं और अपेक्षाओं को पूरा करने पर ही पूरी तरह केंद्रित होता है। इसके विपरीत व्यक्ति उन चीजों को बहुत अधिक महत्त्व नहीं देता है, जिस पर उसका ध्यान नहीं जाता। इसलिए व्यक्ति बाजार केंद्रित हो चुका है और आत्म-मूल्य और दूसरों की कीमत को बेहद कम तवज्जो देता है, जिससे संभवतः रिश्ते के मूल्य में कमी आती है। नतीजतन रिश्ते और रिश्तों की मजबूती सामाजिक विकास और समृद्धि के लिए अहम हैं।[22]

सोचिए कि फिल्मों में रिश्तों और मूल्यों को कैसे प्रस्तुत किया जाता है ? लोग हैरानी जताते हैं कि समाज का नैतिक पतन फिल्मों में प्रतिबिंबित होता है या फिल्में युवाओं को परोक्ष रूप से धीरे-धीरे गिरावट की ओर ले जा रही हैं। इसे चाहे जैसे भी देखें, लेकिन फिल्में हालातों की दशा-दिशा बताने या समाज के हाल को पेश करने का एक महत्त्वपूर्ण जरिया हो सकती हैं। 'द अमेरिकन जर्नल ऑफ फैमिली थेरैपी' में अपने लेख में डर्मर और हचिंग्स जैसे शोधकर्ताओं का तर्क है कि रिश्तों की थेरैपी में फिल्में एक महत्त्वपूर्ण साधन बन सकती हैं। फिल्में बेहतरीन भूमिका अदा कर सकती हैं और मनोवैज्ञानिक स्वास्थ्य में सुधार ला सकती हैं। विशेष तौर पर, जैसा ऊपर उल्लिखित शोध में निहितार्थ निकाला गया है कि फिल्में रिश्तों को

बेहतर बनाने, मजबूत करने और स्पष्ट करने में मदद कर सकती हैं। इसलिए कोई भी यह आसानी से राय बना सकता है कि फिल्में उसी तरह से प्रभावित करती हैं, जैसे एक समाज रिश्तों को देखता और उनको तवज्जो देता है।

अरस्तू के दौर से ही मूल्यों को लेकर काफी चर्चा होती रही है। क्लुकोहन ने 1951 में मूल्यों की विस्तार से व्याख्या करते हुए कहा था, "एक समझ, जोकि स्पष्ट हो या निहित व्यक्ति से परे या एक समूह के गुण के तौर पर अपेक्षित है, जिसके चलते उपलब्ध तरीके, साधन और क्रियाओं के समापन का चयन प्रभावित होता है।"[24] इसके अलावा वर्ष 1998 में ओइशी ने अन्य लेखकों के साथ यह अनुभव के आधार पर प्रदर्शित किया कि मूल्य लक्ष्यों से जुड़े होते हैं, जोकि व्यक्तिवाद-सामूहिकता से निर्मित होते हैं और जिसमें स्वयं की अवधारणा समाहित होती है।[25]

रोकीच ने 1873 में प्रकाशित अपने मौलिक कार्य 'द नेचर ऑफ ह्यूमन वैल्यूज' में मूल्यों को दो आयामों में वर्गीकृत करके पेश किया, जिनमें एक को उन्होंने 'टर्मिनल' और दूसरे को 'इंस्ट्रूमेंटल वैल्यूज' नाम दिया। टर्मिनल मूल्यों को ऐसे मूल्यों के तौर पर उल्लिखित करते हैं, जो हमारे अस्तित्व की आखिरी स्थिति से संबंधित हो और इंस्ट्रूमेंटल मूल्य वे होते हैं, जो व्यवहार के विशिष्ट दृष्टिकोण को दर्शाते हैं और अपेक्षित अंतिम स्थिति तक ले जाते हैं। उदाहरण के लिए, टर्मिनल मूल्य अपेक्षित अंतिम अवस्था से जुड़ी मान्यताएँ हो सकती हैं, जैसे कि एक सुविधाजनक जीवन, खुशहाली, शांतिपूर्ण अस्तित्व, संतुलित जीवन आदि और इंस्ट्रूमेंटल मूल्यों के तहत क्रियाओं के अपेक्षित तरीकों से जुड़ी मान्यताएँ आ सकती हैं, जैसे कि ईमानदारी, गंभीरता, करुणा, दूसरों का भला करने की सोच आदि।[26] आगे चलकर, श्वॉट्र्ज ने मूल्यों की व्याख्या करते हुए कहा, "ये अपेक्षित होते हैं, जिन पर लक्ष्य को लेकर कोई असर नहीं होता और उनका महत्त्व भी बदलता रहता है, जो लोगों के जीवन में मार्गदर्शक सिद्धांतों के रूप में कार्य करता है।" (पृ. 2)[27] शोधकर्ता यह भी मानते हैं कि मूल्यों का उपयोग समाज को अच्छे और बुरे में विभाजित करने के लिए एक तंत्र के रूप में किया जाता है। इसके अतिरिक्त सामाजिक संज्ञानात्मक सिद्धांत का इस्तेमाल करनेवाले शोधकर्ताओं ने पाया कि फिल्में मित्रता को लेकर लिंग-आधारित मान्यताओं को प्रभावित कर सकती हैं।

मूल्यों का किसी समाज में व्यक्तिगत आचरण पर स्थायी प्रभाव हो सकता है, साथ ही ये लोगों के लिए मार्गदर्शक बल के तौर पर भी काम कर सकती हैं कि

वे व्यक्तिगत और सामाजिक रूप से कैसे व्यवहार करें। दूसरी ओर फिल्में मूल्यों को लेकर समाज की मान्यताओं को भी प्रभावित कर सकती हैं। लेखक ने अपनी शोध टीम के साथ फिल्मों में मित्रता, करुणा, भरोसा और परोपकार को लेकर मानव मूल्यों का अध्ययन किया। 1950 से 2019 के बीच प्रदर्शित हुईं 35 हॉलीवुड फिल्मों और 35 बॉलीवुड फिल्मों की सामग्री का विश्लेषण किया गया, जिनकी थीम किसी-न-किसी तरह के रिश्तों या संबंधों पर आधारित थी (जैसेकि रोमांटिक रिश्ते, पिता और पुत्र के संबंध, पिता और बेटी के संबंध, दो दोस्तों के बीच के रिश्ते और सहकर्मियों के बीच के रिश्ते)। हर दशक से पाँच ऐसी ही फिल्मों का चयन किया गया। सामग्री विश्लेषण के नतीजे मूल्य आयामों के साथ रिश्तों की दीर्घकालिक तस्वीर प्रस्तुत करते हैं, जोकि काफी दिलचस्प भी है।

रैंक	हॉलीवुड	बॉलीवुड
1	आत्मनिर्भर	प्रेम
2	ईमानदारी	कल्पना
3	जिम्मेदारी	मददगार
4	क्षमा	साहस
5	क्षमता	आज्ञा पालन
6	तर्क	आत्मसंयम
7	मददगार	क्षमा
8	विनम्रता	विनम्रता
9	साहस	जिम्मेदारी
10	कल्पना	उदार मानसिकता
11	महत्त्वाकांक्षा	तर्क
12	प्रेम	ईमानदारी
13	खुशमिजाजी	बुद्धिमत्ता
14	उदार मानसिकता	क्षमता
15	बुद्धिमत्ता	खुशमिजाजी

16	स्वच्छता	स्वच्छता
17	आत्मसंयम	आत्मनिर्भरता
18	आज्ञापालन	महत्त्वाकांक्षा

यह गौर करना जरूरी है कि एक तरफ हॉलीवुड फिल्मों का जोर स्वतंत्रता ईमानदारी, जिम्मेदारी, क्षमा और क्षमता जैसे पाँच अहम मूल्यों पर होता है, जोकि इन फिल्मों में प्रदर्शित रिश्तों के लिए सबसे ज्यादा जरूरी होते हैं, वहीं बॉलीवुड रिश्तों को बिल्कुल अलग नजरिए से देखता है। बॉलीवुड में रिश्तों को प्रदर्शित करनेवाले सबसे महत्त्वपूर्ण पाँच आयाम—प्रेम, कल्पना, सहायक, साहस और आज्ञापालक होते हैं। ये मूल्य निश्चित तौर पर दो देशों की संस्कृतियों का ही नतीजा कहे जाएँगे; हालाँकि इस बात का भी ध्यान रखा जाना चाहिए कि रिश्तों के आधार को लेकर दो देशों के रणनीतिक विचारकों की मंशा क्या रही है।

यह देखते हुए कि फिल्मों में दृश्यात्मक प्रस्तुति रिश्तों को लेकर व्यक्तिगत मान्यताओं से जुड़ी हुई है, ऐसे में यह जरूरी हो जाता है कि इस तरह के संदेशों को उचित रूप में पेश किया जाए। उदाहरण के लिए, लगभग सभी भारतीय फिल्मों में सास और बहू के बीच के रिश्तों को हमेशा कड़वाहट से भरा ही दिखाया जाता है। इसके अलावा लगभग सभी हॉलीवुड फिल्मों में पिता और पुत्र के बीच संबंधों को तनावपूर्ण ही दिखाया जाता है। आगे एक आम हॉलीवुड नायक आत्मनिर्भर, ईमानदार, तार्किक और क्षमतावान नजर आता है। हॉलीवुड फिल्मों में ज्यादातर ऐक्शन स्टार सिंगल (या तलाकशुदा) दिखाए जाते हैं। आम हॉलीवुड फिल्मों में ऐक्शन स्टार का चित्रण मोटे तौर पर पूरे दशक में बेतरतीब रहता है, लेकिन उनकी अपने परिवार के प्रति प्रतिबद्धता को दृढ़ रखा जाता है। लेकिन ऐसा ही बॉलीवुड फिल्मों को लेकर नहीं कहा जा सकता। उदाहरण के लिए देखें, तो बॉलीवुड में दशकों से माँ और बेटे के बीच का रिश्ता पवित्र बनाए रखा गया है। हालाँकि हालिया बॉलीवुड फिल्मों में इस रुझान को चुनौती दी जाने लगी है।

बॉलीवुड फिल्म 'ये जवानी है दीवानी' (2013) में दीपिका पादुकोण ने जो भूमिका निभाई है, वह अपनी माँ से कहती है कि बनी (रणबीर कपूर) उसे लेकर मनाली नहीं गया था, बल्कि वह खुद चाहती थी कि अपनी माँ से दूर हो जाए। उसकी माँ अपनी बेटी को सफर पर गरम कपड़े साथ ले जाने को कहती है, जिस पर दीपिका पादुकोण कहती है, 'मेरी जवानी है न गरम, क्यों बनी'। मैं इस बात को

लेकर पक्के यकीन के साथ नहीं कह सकता कि किसी हॉलीवुड फिल्म में किसी माँ ने अपनी बेटी को सफर पर गरम कपड़े ले जाने की सलाह दी हो और बेटी ने यह कहा हो कि मैं इस शख्स के साथ सफर पर जा रही हूँ और गरम कपड़े नहीं ले जाना चाहती, क्योंकि मेरा बॉयफ्रेंड मुझे गरम रखेगा। इसके बाद फिल्म 'मंगल मिशन' (2019) में सास अपनी बहू पर कटाक्ष करते हुए बच्चा पैदा करने का दबाव डालती है, जिस पर उसका बेटा जवाब देता है, 'तेरी फोटो पर हार कब चढ़ेगा।' माँ के प्रति इस तरह के असम्मान की प्रस्तुति क्यों? मैं आश्वस्त नहीं हूँ कि हमारे समाज में ऐसे बेटे बहुतायत में होंगे, जो अपनी माँ के मर जाने की दुआ करेंगे, क्योंकि वह उसकी पत्नी पर बच्चा पैदा करने के लिए दबाव डालती है। ऐसा दृश्य प्रस्तुत क्यों किया गया? इसका उद्देश्य क्या रहा होगा? क्या यह फिल्म के लिए बेहद जरूरी है? मैं इस बात को लेकर आश्वस्त नहीं हूँ।

यह गौर करना दिलचस्प है कि स्पाइडरमैन जैसी वैश्विक ब्लॉकबस्टर फिल्म में पालक माता-पिता और बच्चे (स्पाइडरमैन) के बीच संबंध को सम्मान के साथ-साथ प्यार, देखभाल और करुणा में पिरोया गया है। हैरी पॉटर की ज्यादातर फिल्मों में दोस्ती, प्रेम, करुणा और भरोसे का संदेश अंतर्निहित होता है। इसके विपरीत, हम अपनी फिल्मों में क्या पेश करते हैं? दशकों से हॉलीवुड फिल्मों में परिवार को पवित्र रूप में पेश किया जाता रहा है। परिवार का चित्रण सहायक मूल्यों को दर्शाता है, जैसे कि जिम्मेदारी, ईमानदारी, प्रेम और क्षमा को उभारा जाता है। हालाँकि पिछले कुछ दशकों की बॉलीवुड फिल्में परेशान करती हैं। 'कपूर एंड संस' जैसी फिल्म के बारे में सोचिए? हम क्या दिखाने का प्रयास कर रहे हैं? क्या भारतीय परिवारों को संयमित क्रोध, ईर्ष्या, असहमति और साफ घृणा के जरिए एक दायरे में बाँधा जा रहा है? यह मेरी समझ से परे है। भारतीय परिप्रेक्ष्य में क्या माँ और बेटे का रिश्ता ऐसे बिंदु पर जा पहुँचा है, जहाँ बेटा जरा से उकसावे पर अपनी माँ के मर जाने की इच्छा करने लगे? और वहीं हमने 'गैंग्स ऑफ वासेपुर' (2012) में ऋचा चड्ढा के निभाए एक माँ के किरदार को देखा, जो अपने बेटे को इस बात के लिए डाँटती है कि वह बदला लेने की कोशिश नहीं कर रहा और हत्या करने के लिए प्रेरित नहीं हो पा रहा है।

इसलिए यह देखना जरूरी है कि क्या बॉलीवुड फिल्मों में प्रस्तुत किए गए सहायक मूल्य पिछले कुछ दशकों में बदल गए हैं, जबकि उन फिल्मों का मूल विषय ही संबंधों पर आधारित है।

रैंक	हॉलीवुड (1950–1990)	बॉलीवुड (1991–2019)
1	ईमानदारी	महत्त्वाकांक्षा
2	प्रेम	साहस
3	आज्ञाकारी	उदार मन:स्थिति
4	सहयोगी	आत्मनिर्भर
5	आत्मसंयम	बौद्धिक
6	क्षमाशीलता	तर्क
7	काल्पनिक	खुशमिजाज
8	साहस	स्वच्छता
9	विनम्रता	जिम्मेदारी
10	जिम्मेदारी	उदार मन:स्थिति
11	क्षमता	बौद्धिक
12	खुशमिजाज	कल्पना
13	स्वच्छता	क्षमता
14	आत्मनिर्भर	सहयोगी
15	महत्त्वाकांक्षा	विनम्रता
16	तर्क	आज्ञाकारी
17	बौद्धिक	क्षमाशीलता
18	उदार मन:स्थिति	आत्मसंयम

इसलिए अगर फिल्म–निर्माता एक समृद्ध समाज प्रस्तुत करना चाहते हैं, जहाँ उस समृद्धि के लिए साधन महत्त्वपूर्ण हैं तो फिल्मों में उचित सहायक मूल्यों को प्रस्तुत किया जाना चाहिए।

दूसरे शब्दों में, इस तरह की फिल्म प्रस्तुति में उचित सहायक मूल्यों पर जोर देना चाहिए, इसलिए संज्ञानात्मक की तुलना में प्रकृति में टर्मिनल मूल्य के अधिक सफल मूल्यांकन के कारण फिल्मों में सहायक मूल्यों का प्रतिनिधित्व महत्त्वपूर्ण हो सकता है।

आई.आई.एम. रोहतक की एक शोध टीम ने दो फिल्मों का चयन किया, जो 'माँ और बेटे', 'पिता और बेटे' और 'दो दोस्तों' के रिश्तों पर केंद्रित थीं। एक फिल्म रिश्तों पर सकारात्मक रोशनी डालती है, जबकि दूसरी नकारात्मक। फिल्म के पहले और फिल्म देखने के बाद माँ, पिता और दोस्तों को लेकर दर्शकों के नजरिए का आकलन किया गया। फिल्म देखने के पहले और देखने के बाद के दर्शकों को लेकर ट्रीटमेंट और कंट्रोल ग्रुप्स के दृष्टिकोण में काफी अंतर पाया गया।

कुल मिलाकर कोई भी यह आसानी से अनुमान लगा सकता है कि फिल्में कभी-कभी समाज का प्रतिबिंब प्रदान करती हैं, लेकिन आमतौर पर भारतीय समाज को नया रूप दे रही हैं। दुर्भाग्य से समकालीन फिल्मों में पारिवारिक चित्रणों को लेकर परीक्षण में पाया गया कि हर दशक में उल्लेखनीय बदलाव दर्ज किए जा रहे हैं। हालाँकि परिवारों और उन्हें आपस में जोड़नेवाले मूल्यों के चित्रण में पिछले दस सालों में अधिक स्पष्टता आई है। बॉलीवुड फिल्मों में परिवार को लेकर प्रस्तुतियों ने दर्शकों में निराशा और अलगाव की भावना भरी है। इन बॉलीवुड फिल्मों का इस पर ज्यादा प्रभाव पड़ा है कि भारतीय किन मूल्यों को तरजीह देते हैं, आखिरी निष्कर्ष पर पहुँचने में (अंतिम निष्कर्ष को लेकर मेरी अपेक्षा खुशहाल और शांत समाज की है)। आधुनिक और व्यापक सोच रखने के प्रयास में बॉलीवुड सामग्री ने भारतीय समाजों की स्वस्थ कार्यप्रणाली को घटा दिया है और संभवत: उन्हें दुष्प्रवृत्तियों की ओर अधिक अग्रसर किया है। यह इस तरह से नहीं होना चाहिए। बॉलीवुड को ज्यादातर भारतीयों के जीवन का अभिन्न हिस्से के तौर पर नजर आना चाहिए। इसलिए यह एक जिम्मेदारी है, जिसे बॉलीवुड बिरादरी को स्वीकार करना चाहिए। क्या यह उचित नहीं होगा कि बॉलीवुड में परिवार का चित्रण एक 'सम्मानित परिवार' के रूप में हो, जो जिम्मेदारी, स्थिरता, धर्म, समुदाय, करुणा और विकास को प्रदर्शित करता हो? अगर बॉलीवुड फिल्मों में परिवार की प्रस्तुति की मौजूदा स्थिति गलत-प्रतिनिधित्व या भ्रामक या केवल समझ और क्षमता की कमी का नतीजा है तो यह मेरी समझ से परे है।

अत: पूर्व में प्रतिपादित आत्म-सिद्धांत के मुताबिक जब फिल्में कड़ी मेहनत, ईमानदारी, समर्पण और निष्ठा के परंपरागत मार्ग का अनुसरण नहीं करनेवाले युवाओं को प्रदर्शित करती हैं तो इससे दर्शकों की सोच में भी बदलाव आ सकता है कि ईमानदार, कठिन परिश्रमी, समर्पित और जिम्मेदार व्यक्ति होना आदर्श स्थिति नहीं है, बल्कि लापरवाह, तुच्छ, टकराववादी और गैर-संस्थावादी होना ही ठीक

है। व्यक्ति आदर्श स्थिति का अनुसरण करने का प्रयास करेंगे, क्योंकि वे अपनी वास्तविक स्थिति पर सवाल उठाते रहेंगे। इसलिए फिल्मों के माध्यम से यह संदेश जा रहा है कि मेहनतकश और बाधाओं के खिलाफ लगातार संघर्ष करने के जज्बे वाला परंपरागत तरीका संभवत: पुराने खयालात वालों के लिए है। किसी आम भारतीय किशोर को अव्वल आने और कुछ हासिल करने के लिए संघर्ष करते हुए भारतीय फिल्मों में कितनी बार दिखाया गया है ? मुझे लगता है कि ऐसा कभी नहीं किया गया।

फिल्में बनाम सॉफ्ट पावर : हॉलीवुड से प्रमाण

सॉफ्ट पावर शब्द, जिसकी जड़ें सभ्यतागत, सांस्कृतिक कूटनीति और आकर्षण में निहित हैं, इसका पहली बार जिक्र 1990 में सुप्रसिद्ध राजनीति विज्ञानी जोसफ नाय ने अपनी किताब 'बाउंड टू लीड : द चेंजिंग नेचर ऑफ अमेरिकन पावर' में किया था।[28]

लेखक सॉफ्ट पावर को मजबूरी या भुगतान के बजाय अपील के माध्यम से नतीजे हासिल करने के लिए दूसरों को प्रभावित करने की क्षमता के रूप में परिभाषित करता है। यदि किसी राष्ट्र का दूसरे देश अनुसरण करते हैं, उसके गुणों की तारीफ करते हैं, उसके मॉडल की नकल करते हैं, साथ ही उस देश जैसी ही समृद्धि के मानक की अपेक्षा करते हैं तो उस आदर्श देश को निश्चित रूप से विश्व राजनीति में मनचाहे नतीजे हासिल होंगे।

वह देश कुछ इस तरह की सिफारिश करता है, जैसे कि सॉफ्ट पावर पैदा करनेवाले संसाधन अमूमन उन मूल्यों से उभरते हैं, जो एक राष्ट्र अपने लोगों के जीवन के तौर-तरीकों में संचारित करता है, वह मॉडल जो अंदरूनी प्रथाओं और दृष्टिकोणों से तय होता है, और जिस तरह से दूसरे देशों के साथ अपने संबंधों को सँभालता है।[29] सॉफ्ट पावर के घटक अमूमन हानिकारक नहीं होते और ज्यादातर अज्ञेय होते हैं। हालाँकि वे अपनी संस्कृति को हावी बनाकर अंतरराष्ट्रीय स्तर पर अपने बाजार के लिए जगह बनाते हैं, जिससे मूल देश को लाभ मिलता है। फ्रांस के एक पूर्व मंत्री ने उल्लेख किया था कि अमरीकी अपने समकक्षों की तुलना में अधिक शक्तिशाली होते हैं, क्योंकि उन्होंने वैश्विक छवि को फिल्म और टेलीविजन के माध्यम से बनाया है, जो उनका ऐसे रूप में चित्रण करते हैं, जो दूसरों के सपनों और आकांक्षाओं को प्रोत्साहित कर सकते हैं। इन कारणों के चलते बड़ी संख्या में छात्र अपनी पढ़ाई पूरी करने के लिए अमरीका जाते हैं।[30] एक और उदाहरण मार्वल

सिनेमैटिक यूनिवर्स (MCU) फिल्मों का है, जिससे यह साबित किया जा सकता है कि अमरीका ने अपनी सॉफ्ट पावर का कैसे प्रभावशाली ढंग से इस्तेमाल किया है। इन फिल्मों में अमरीका को दुनिया के अगुवा के रूप में पेश किया गया है, जो सभी को बचाएगा और मानवता के अस्तित्व को सुनिश्चित करने के लिए जरूरी बलिदान भी देगा। ऐसा चित्रण किया जाता है, मानो दुनिया को केवल अमरीका आधारित एवेंजर्स के दखल के जरिए ही बचाया जा सकता है। मार्वल सुपरहीरो जैसे कैप्टन अमेरिका और आयरनमैन दोनों श्वेत हैं और वे दुनिया को परग्रही जीवों के हमलों से बचाते हैं, जिन्होंने मानव सभ्यता को खतरे में डाल रखा होता है।[31]

भारतीय सिनेमा की वैश्विक पहुँच

भारतीय फिल्में दुनिया भर के देशों, जैसे मध्य-पूर्व, ऑस्ट्रेलिया में काफी लोकप्रिय हैं। फारुख ढोंडी के लिखे एक लेख 'कीपिंग फेथ : इंडियन फिल्म्स ऐंड इट्स वर्ल्ड' में अरब देशों, अफ्रीका और तत्कालीन यू.एस.एस.आर. के सभी देशों में प्रसिद्ध भारतीय फिल्म 'आवारा' के कलाकारों के लिए तारीफ और उन्माद के बारे में बात करते हैं। लेख में फिल्म की लोकप्रियता और व्यावसायिक सफलता दोनों का उल्लेख किया गया।[32]

इसी प्रकार गांती ने अपनी किताब 'बॉलीवुड : अ गाइडबुक टू पॉपुलर हिंदी सिनेमा' में 'आवारा' की प्रसिद्धि पर बल दिया है और इसे भारत, चीन, रूस और मध्य-पूर्वी देशों में भारतीय सिनेमा की सबसे सफल तथा पसंदीदा फिल्मों में से एक बताया है। वह इस तथ्य का विशेष उल्लेख करती हैं कि वह फिल्म अंतरराष्ट्रीय स्तर पर इतनी हिट हुई कि तत्कालीन सोवियत संघ और भारत सरकार ने उस फिल्म के मुख्य कलाकारों, राज कपूर और नरगिस को सम्मानित करने का फैसला किया।[33]

राज कपूर युग के अंत के बाद के दशकों में वैश्विक दर्शकों की लोकप्रिय पसंद के तौर पर अमिताभ बच्चन का उभार देखने को मिला। बच्चन ने भारतीय सिनेमा की सनक भरी फिल्म 'शोले' (1975) के जरिए 'एंग्री यंग मैन' की छवि को गढ़ा। उनकी लोकप्रियता कुछ इस कदर व्यापक हो गई कि वह इजिप्ट जैसे देश में सबसे लोकप्रिय भारतीय बन गए, जो स्पष्ट तौर पर बॉलीवुड और देश की विशाल सॉफ्ट पावर को दर्शाता है। बच्चन की फिल्म 'मर्द' की प्रसिद्धि के साथ इजिप्ट में ऐक्शन फिल्मों का चलन शुरू हुआ, जिसने सर्वहारा वर्ग के जीवन का प्रतिनिधित्व करनेवाले विरोधी-आधुनिकतावादी चरित्रों को प्रदर्शित किया।[34] इजिप्ट में भारतीय सिनेमा की लोकप्रियता के कारण भारत इजिप्ट में बहुशहरीय सांस्कृतिक

उत्सवों का आयोजन करता रहा, जिसे 'इंडिया बाई द नाइल' कहा जाता है। यह महोत्सव, जिसमें संगीतकारों, नर्तकों, कलाकारों और बॉलीवुड सितारों की भागीदारी देखी गई है, ने मिस्र की चेतना में भारत की छवि को सफलतापूर्वक बढ़ाया है।[35]

हॉलीवुड फिल्मों के जरिए 'अमरीकी स्वप्न' की लोकप्रियता

अमेरिकन ड्रीम के विचार ने इस भरोसे पर जोर दिया कि आर्थिक सफलता किसी व्यक्ति की सामाजिक या आर्थिक पृष्ठभूमि पर निर्भर नहीं है और इसलिए सभी को अमेरिका में 'बड़ा' बनने के लिए समान अवसर हासिल हैं। इसने इस धारणा को बढ़ावा दिया कि हर कोई संपत्ति या आमदनी के एक ही स्तर से शुरुआत नहीं कर सकता है, लेकिन पदानुक्रम के शीर्ष पर पहुँचने के समान अवसर और संभावनाएँ उपलब्ध हैं। चुनिंदा लोगों की सफलता, जैसे कार्जीनी और रॉकफेलर, जो काफी निचले तबके से ताल्लुक रखते थे और आगे चलकर उन्होंने अमेरिका में व्यापारिक साम्राज्य स्थापित किया, ने इस धारणा को विश्वसनीयता प्रदान की। भले ही कुछ मुट्ठी भर अमरीकी लोग 'अमेरिकन ड्रीम' का समर्थन करते हैं, फिर भी फिल्में इस विचार को बनाए रखने में काफी हद तक सफल रहीं कि अमरीकी सपना हर किसी की पहुँच में है।

फिल्मों में 'फर्श से अर्श' या गुमनामी से सफलता का कथानक नायक की सफलता को दर्शाता है, जिसे हासिल करने के लिए कड़ी मेहनत और व्यक्तिगत निष्ठा महत्त्वपूर्ण व्यक्तित्व विशेषताओं के तौर पर होना चाहिए। फिल्म 'रॉकी' (1979) में रॉकी बाल्बोआ का चरित्र एक निरक्षर, उदार हृदय वाले औसत इटैलियन-अमेरिकन योद्धा के अमरीकी सपने की कहानी पेश करती है, जो फिलाडेल्फिया की यहूदी बस्ती में एक सूदखोर के लिए वसूली करनेवाले के तौर पर काम करता है। रॉकी एक क्लब में छोटा-मोटा लड़ाका होता है, लेकिन बाद में चलकर विश्व हेविवेट टूर्नामेंट में चमक जाता है। एक और लोकप्रिय फिल्म, जिसमें ऐसी ही कुछ जद्दोजहद दिखाई गई है, 'द पर्सुइट ऑफ हैपीनेस' (2006) है, जिसमें विल स्मिथ ने मुख्य भूमिका निभाई है। यह फिल्म क्रिस गार्डनर नाम के एक सेल्समैन के संघर्ष की कहानी है, जिसे अपने बच्चे की देखभाल भी करनी होती है, लेकिन न तो उसके पास नौकरी होती है और न सिर छिपाने की जगह। हालाँकि कठिन मेहनत और जद्दोजहद के बल पर वह वॉल स्ट्रीट में एक स्टॉक ब्रोकिंग फर्म में अच्छी आमदनी वाली जॉब हासिल कर ही लेता है।

अमरीकी जीवन-शैली का प्रचार

अमरीकी लेखक विल हर्बर्ग ने 1955 में प्रकाशित अपनी किताब 'प्रोटेस्टेंट-कैथोलिक-जिउ : एन एसे इन अमेरिकन रिलीजियस सोशियोलॉजी' में अमरीकी जीवन-शैली को व्यक्तिवादी, गतिशील और व्यावहारिक तौर पर परिभाषित किया है, जहाँ एक व्यक्ति अपने उच्चतम मूल्य और गौरव को स्थापित कर सकता है। इसके अलावा अमरीकी जीवन-शैली में एक व्यक्ति जीवन में 'आगे बढ़ने' के लिए लगातार काम करता है और यह आत्मनिर्भरता, उपलब्धि और निष्ठा को प्रोत्साहित करता है। पिछली शताब्दी की अमरीकी जीवन-शैली को एक अवधारणा के तौर पर समझना अमरीकी संस्कृति को लेकर हमारी जानकारी को बढ़ाता है और गहरी अंतर्दृष्टि प्रदान कर सकता है। 2017 में लॉरेंस आर सैम्युअल की लिखी किताब 'द अमेरिकन वे ऑफ लाइफ : अ कल्चरल हिस्टरी' में लेखक ने तर्क दिया है कि यह शब्द 1930 में लोकप्रिय हुआ था और तब से ही संयुक्त राष्ट्र अमेरिका के राष्ट्रीय संस्कारों में अहमियत रखने लगा।[37]

व्यक्तिवाद के सिद्धांत, जिसकी थॉमस जेफरसन ने आम आदमी या औरत के 'नायक' या 'सुधारक' के तौर पर जश्न के रूप में व्याख्या की थी, वह हमेशा से अमरीकी जीवन का एक महत्त्वपूर्ण सांस्कृतिक पहलू रहा है। अमरीकी फिल्मों में नायक के मिथक को मूक दौर (1895-1927) से लेकर, 60 के दशक तक देखा जा सकता है। उदाहरण के लिए फ्रैंक काप्रा की निर्देशित फिल्म 'इट्स अ वंडरफुल लाइफ' (1946) में जॉर्ज बैली के चरित्र के जरिए दर्शाया गया कि कैसे एक व्यक्ति अपने आसपास सकारात्मक बदलाव ला सकता है और अपने अच्छे कामों से अकेले ही समाज में अंतर पैदा कर सकता है। फिल्म 'द फाउंटेनहेड' (1949) भी कुछ इसी तर्ज पर व्यक्तिवाद पर आधारित थी। फिल्म में एक परंपरा-विरोधी और दूरदर्शी वास्तुकार की कहानी है, जो व्यक्तिगत और व्यावसायिक कठिनाइयों के बावजूद अपने व्यक्तिवाद और सम्मान को बनाए रखने के लिए संघर्ष करता है।[38]

हॉलीवुड फिल्मों का इस्तेमाल अन्य देशों पर सांस्कृतिक साम्राज्यवाद, राजनीतिक और आर्थिक आधिपत्य स्थापित करने के लिए भी किया गया है। इन फिल्मों ने युवाओं को लक्ष्य कर अमरीकी जीवन-शैली और उपभोक्तावादी-व्यक्तिवादी प्रोपेगैंडा को बढ़ावा देने का काम किया। इन फिल्मों का उद्देश्य किशोरों की नाफरमानी, उच्छृंखलता और असंतोष को जोड़-तोड़ करके और

उभारने और उन्हें उपभोक्तावाद को बढ़ावा देकर फिजूलखर्च बनाने का था। हाल में आई फिल्म 'वुल्फ ऑफ द वॉल स्ट्रीट' (2013), जिसमें लिओनार्डो डी कैप्रियो ने न्यूयॉर्क, वॉल स्ट्रीट के सफल, सुपर रिच स्टॉक ब्रोकर जॉर्डन बेलफोर्ट का किरदार निभाया था। फिल्म में दिखाया जाता है कि कैसे बेलफोर्ट ने अपना कॅरियर एक युवा, महत्त्वाकांक्षी पेशेवर के तौर पर बहुत मामूली तनख्वाह से शुरू किया था, जो आगे चलकर वॉल स्ट्रीट के धनाढ्यों में से एक बन जाता है। बेलफोर्ट को ड्रग्स, वेश्याओं और बेरहम फिजूलखर्ची में लिप्त दिखाया जाता है। वह खुद को तथाकथित 'स्टॉक-ब्रोकर' की संस्कृति में ढाल लेता है, जो वॉल स्ट्रीट पर स्वीकार्य है। फिल्म का नायक गहरी जड़ों वाली पूँजीवादी संरचना में रहता है, जहाँ हर कोई शीर्ष पर पहुँचने की दौड़ में है।[39] फिल्म का यह डायलॉग उसमें दर्शाए गए पूँजीवादी जीवन-शैली की सटीक व्याख्या करता है, "गरीबी में कोई महानता नहीं है! मैं एक अमीर आदमी रहा हूँ; मैं एक गरीब आदमी भी रहा हूँ और हर बार मैं अमीर ही रहना चुनूँगा।"

ऐसी ही एक फिल्म, जो अमरीकी जीवन-शैली को बढ़ावा देती है और अमेरिका को एक ऐसे देश के तौर पर स्थापित करती है, जहाँ कठिन परिश्रम और लगन से कोई भी सबकुछ हासिल कर सकता है, उनमें 'द सोशल नेटवर्क' (2010) भी शामिल है, जिसमें एक कॉलेज जानेवाले लड़के की कहानी बताई गई है, जो आगे चलकर दुनिया की सबसे बड़ी इंटरनेट कंपनी का संस्थापक बन जाता है।[40] एफ. स्कॉट फिट्जगेराल्ड के उपन्यास पर आधारित फिल्म 'द ग्रेट गैट्सबी' (2013) में फिर से यही दिखाया गया कि कैसे अमेरिका किसी व्यक्ति को सफल होने का अवसर प्रदान करता है, जिसके भीतर समर्पण और लगन मौजूद हो। साथ ही यह फिल्म अमरीकी जीवन-शैली के उस पहलू को भी दर्शाती है, जिसमें माना जाता है कि गरीबी और तंगहाली की मूल वजह प्रतिबद्धता और प्रयास का अभाव है। साथ ही किसी के पास भी अपनी उपलब्धि प्रदर्शित न करने की कोई वजह नहीं होती।[41]

हालाँकि बॉलीवुड फिल्मों में भारतीय युवाओं को हमेशा कल्पनाओं का पीछा करते हुए दिखाया जाता है। उदाहरण के लिए, फिल्म 'ये जवानी है दीवानी' (2013) में रणबीर कपूर द्वारा अभिनीत चरित्र जिद्दी, माता-पिता के प्रति असम्मान रखनेवाला और स्कूल में बदमाश के तौर पर दिखाया गया है। वह अपने दोस्तों के साथ मनाली घूमने जाता है और वहाँ उसकी पूर्व सहपाठी से मुलाकात हो

जाती है और वह उसके साथ छेड़खानी करने लगता है। कुल मिलाकर चरित्र को उदासीन, विद्रोही और व्यक्तिवादी के रूप में चित्रित किया गया है। गीर्ट हॉफस्टेड द्वारा प्रतिपादित सांस्कृतिक वर्गीकरण में व्यक्तिवाद और समूहवाद स्पेक्ट्रम के दो छोर हैं।[42] ये दोनों ही सिरे एक-दूसरे से भिन्न हैं, लेकिन कोई किसी से ऊँचा या नीचा नहीं है। क्या समूहवादी विचार व्यक्तिवादी विचार से खराब है? मैं इस बारे में आश्वस्त नहीं हूँ। हालाँकि समूहवाद भारत जैसे देश में, जहाँ संसाधनों का घोर अभाव है, वहाँ चीजों को साझा करने की प्रवृत्ति को बढ़ावा देकर, करुणा को बढ़ावा देकर, बड़ों के प्रति जिम्मेदारी को बढ़ावा देकर और दूसरों के लिए बलिदान देकर परेशानियों से उबरने में मदद करता है। तो फिर ऐसा क्यों है कि ज्यादातर युवा केंद्रित बॉलीवुड फिल्में व्यक्तिवाद, तत्काल संतुष्टि और परंपरा विरोधी कथानकों को बढ़ावा देती नजर आती हैं?

एक आम भारतीय युवा की वास्तविकता को युवा केंद्रित बॉलीवुड फिल्मों में कभी भी कहीं जगह नहीं मिलती। भारतीय युवाओं को कॉलेज में दाखिले के लिए कठिन मेहनत करनी पड़ती है और उसके बाद अच्छी तनख्वाह वाली नौकरी पाने में जद्दोजहद करनी पड़ती है। उसका संघर्ष यहीं खत्म नहीं होता। उसे और कठिन मेहनत करनी पड़ती है, ताकि ऊँचे ओहदे वाली नौकरी पा सके, शादी कर सके और अपना परिवार बढ़ा सके। भारतीय फिल्में बड़े पैमाने पर एक आम भारतीय युवा के जीवन को न केवल दर्शाने में विफल रही हैं, बल्कि उनमें असंतोष और विध्वंसक प्रवृत्ति ही भर दी है। करण जौहर की 'स्टूडेंट ऑफ द ईयर' (2012) जैसी फिल्में समाज में 'लार्जर दैन लाइफ' कहानियाँ पेश करती हैं। तड़क-भड़क वाले शैक्षिक संस्थान, लग्जरी कारें, उच्चस्तरीय जिम/खेलकूद सुविधाएँ, कुलीन परिवारों से आनेवाले विशेषाधिकार प्राप्त छात्रों का महँगे डिजाइनर कपड़ों में क्लब जाना, शराब पीना और खूबसूरत जगहों पर छुट्टियाँ बिताना, ये कुछ ऐसी चीजें हैं, जो एक आम भारतीय युवा के लिए हकीकत से बहुत दूर हैं। क्या ऐसी भी भारतीय फिल्में हैं, जो आम भारतीय युवाओं की दुर्दशा को बयान करती हों, जो शीर्ष शैक्षणिक संस्थानों में दाखिला पाने के लिए कड़ी मेहनत करते हैं और फिर नौकरी पाने के लिए उससे भी ज्यादा संघर्ष करते हैं? मैं इस बात को लेकर आश्वस्त हूँ कि बॉलीवुड में थोड़ा-बहुत ही सही इन मुद्दों पर फिल्में बन सकती हैं।

भारतीय फिल्मों ने भी बड़े पैमाने पर मर्दानगी की संस्कृति को बढ़ावा दिया है और महिलाओं को एक वस्तु के रूप में पेश करके उन्हें कमतर करने का प्रयास किया है। हिंदी फिल्मों में मनचलों को महिमा-मंडित किया गया, जैसे कि

शाहरुख खान अभिनीत फिल्म 'डर' (1993) में एक सनकी दीवाने की कहानी पेश की गई, जो ईर्ष्या को बहुत आगे तक ले गया और लड़की के साथी को मारने की कोशिश की। इसी तरह कई और फिल्मों में प्रेमिका का पीछा करने को मर्दानगी के तौर पर दर्शाया गया और छेड़छाड़ और उत्पीड़न को जायज ठहराने की कोशिश की गई। पीछा करने की संस्कृति को इस कदर प्रोत्साहित किया गया कि 32 साल के एक भारतीय को ऑस्ट्रेलिया में दो महिलाओं का पीछा करने के आरोप में जेल जाने की नौबत आ गई और उसकी जान तब बची, जब उसने यह स्वीकार किया कि वह बॉलीवुड फिल्मों से इस कदर प्रभावित था कि उसे लगा कि अगर वह लगातार किसी लड़की का पीछा करता रहेगा तो वह अंततोगत्वा उससे प्यार करने लगेगी।[43]

कम-से-कम पिछले चार दशक से बॉलीवुड दुनिया भर में भारतीय संस्कृति को बढ़ावा देने में विफल रहा है। भारतीय संस्कृति, जिसे दुनिया की सबसे पुरानी संस्कृति में माना जाता है, उसके बारे में कहा जाता है—'सा प्रथमा संस्कृति विश्ववरा।' यानी दुनिया की पहली और सर्वोच्च संस्कृति।[44]

अपने एक लेख 'पॉर्न स्टार्स ऐंड कंट्रोवर्शियल सेलेब्रिटीज कैननॉट बी रोल मॉडल्स' में मैंने चर्चा की है कि विवादास्पद सेलेब्रिटीज जैसे पॉर्नस्टार, आतंकवादी के साथी या दागी हस्तियों के चित्रण का समाज के अतिसंवेदनशील युवाओं पर नकारात्मक प्रभाव पड़ता है, साथ ही यह चित्रण उन मूल्यों को प्रभावित करता है, जो हमारे समाज के जटिल ताने-बाने को प्रभावित करता है। भारत में उभर रही सांस्कृतिक स्थिति का तो अनुमान ही लगाया जा सकता है।[45] उदाहरण के लिए, एक अमरीकी पॉर्न स्टार को पूरी आजादी मिली हुई है कि वह फिल्मों में जैसा चाहे, वैसा करे। हालाँकि ये पॉर्न स्टार कभी भी मुख्यधारा में नहीं रहे। खासतौर पर आप शायद ही इनको शीर्ष प्रस्तोताओं, जैसे जॉनी कार्सन, डेविड लेटरमैन, जे लीनो, डैन रैथर्स आदि के कार्यक्रम में इंटरव्यू देते पाएँगे। क्या आप शीर्ष फिल्म निर्देशकों की फिल्मों में ऐसे स्टार्स को काम करते पाते हैं? जबकि भारत में कहानी बिल्कुल अलग है। आप रात नौ बजे के प्राइमटाइम टीवी शो में एक पॉर्न स्टार का परिचय कराते देख सकते हैं और बॉलीवुड के सबसे बड़े निर्देशक को उस शो में आकर पॉर्न स्टार से अपनी अगली फिल्म का हिस्सा बनने की गुजारिश करते पा सकते हैं। इस तरीके से किसी व्यक्ति को कास्ट करने से राष्ट्र के युवाओं को क्या संकेत मिलता है? यह संकेत बिल्कुल स्पष्ट होता है—"यह भी एक विकल्प है।" दूसरे शब्दों में, आपको परंपरागत रास्ते से कठिन परिश्रम और शिक्षा हासिल करके सफल होने

की कोई जरूरत नहीं है। ख़ासतौर पर आपको खुद को एफ.टी.आई.आई. (फिल्म ऐंड टेलीविजन इंस्टीट्यूट) या एन.एस.डी. (नेशनल स्कूल ऑफ ड्रामा) में पढ़ाई करने की जरूरत नहीं है, आपको बस कुछ लटके-झटके दिखाने हैं और बॉलीवुड के दिग्गज निर्देशक खुद आप तक पहुँच जाएँगे।

प्रोपेगैंडा वाली फिल्में

मीडिया पर पूर्व में हुए समाजशास्त्रीय अध्ययनों ने फिल्मों को सामाजिक नियंत्रण का एक रूप माना है। इन सिद्धांतों के अनुसार, मीडिया और फिल्मों द्वारा प्रसारित सूचना और प्रचार, लोगों के व्यवहार को प्रभावित करने और नियंत्रित करने में समाज को सुविधा प्रदान करता है।[46] सामाजिक वैज्ञानिक हैरल्ड डी लैसवेल ने दो साथी लेखकों के साथ अपने काम 'प्रोपेगैंडा, कम्युनिकेशन ऐंड पब्लिक ओपिनियन' में पहली बार प्रोपेगैंडा का रणनीतिक प्रभाव के उपकरण के तौर पर अध्ययन किया।[47] प्रोपेगैंडा को अफवाहों, तर्कों, भ्रामक बयानों या ऐसे झूठ के प्रसारण के रूप में परिभाषित किया जा सकता है, जिससे सामान्य राय या भावना को प्रभावित किया जा सकता हो।

इतिहास के लंबे दौर में फिल्मों ने अकसर प्रोपेगैंडा के एक उपकरण के रूप में काम किया है, क्योंकि उनमें पुनरावृत्ति की असाधारण क्षमता होती है, जिसके चलते बीती घटनाओं को काल्पनिक तौर पर दोबारा तैयार किया जा सकता है, जिससे विश्वसनीयता और वास्तविकता की भावना पैदा होती है। मनोरंजन का एक स्रोत होने के अलावा फिल्में पिछली घटनाओं को जानबूझकर विकृत या तोड़-मरोड़कर सामाजिक विवेक को प्रभावित कर सकती हैं या मोड़ सकती हैं। इससे फिल्में समझाने के साथ-साथ सफलतापूर्वक परस्पर विरोधी माध्यम, दोनों बन सकती हैं। पूर्व केंद्रीय मंत्री और वकील मनीष तिवारी ने अपने एक लेख 'द आर्ट ऑफ प्रोपेगैंडा ऐंड द पॉलिटिक्स ऑफ सिनेमा' में व्लादिमीर लेनिन के दौर में प्रोपेगैंडा का जिक्र करते हुए बताया है कि कैसे लेनिन ने यू.एस.एस.आर. में सभी फिल्मों के प्रसार को नियंत्रित किया था।[48]

इसी तर्ज पर जर्मनों को प्रभावित करने के लिए प्रोपेगैंडा फिल्मों को एक माध्यम के रूप में इस्तेमाल किया गया। वर्ष 1933 में हिटलर द्वारा लोगों के ज्ञानार्जन और प्रोपेगैंडा के लिए रीच मंत्रालय की स्थापना की गई थी। इस मंत्रालय का प्रमुख जोसफ गोएबल्स था। गोएबल्स का कार्यालय फिल्मों की सामग्री का आकलन करता था, यह भी तय करता था कि कौन से फिल्म-निर्माता और कलाकारों को

काम करने की अनुमति होगी, साथ ही फिल्मों की सामग्री पर भी पूरा नियंत्रण रहता था। किसी को भी फिल्मों की आलोचनात्मक समीक्षा करने की इजाजत नहीं थी, जबकि यहूदियों को मनोरंजन की दुनिया में न्यूनतम तरजीह और अवसर दिए गए।[49]

नाजी जर्मनी में जो फिल्में प्रोपेगैंडा मंत्री जोसफ गोएबल्स के आदेश पर बनाई गईं, उनका लक्ष्य न केवल जर्मन नागरिकों को एकजुट बनाए रखने का था बल्कि यहूदियों को नीचा दिखाने का भी था। एक फिल्म 'द इटर्नल जिउ' को यहूदी समाज का विरोधी माना गया और इसे लोगों को होलोकास्ट (सर्वनाश) के लिए तैयार करने के साधन के तौर पर इस्तेमाल किया गया। यहाँ फिल्म के कुछ अंश प्रस्तुत किए जा रहे हैं—

"उद्योग और विकास के दौर में यहूदियों का कारोबार कुछ इस तरह से फल-फूल रहा है, जैसा पहले कभी नहीं देखा गया। हाउस ऑफ रॉथसचाइल्ड के महज एक उदाहरण से ही उनकी रणनीति का आकलन किया जा सकता है कि किस तरह से यहूदी कामकाजी लोगों पर अपने वित्तीय प्रभाव का जाल फैला रहे हैं।"

प्रोपेगैंडा के जरिए आम राय को मनमुताबिक आकार देने में माहिर हो चुके नाजियों ने यहूदियों को गलत तरीके से आत्मा-रहित, असभ्य परजीवी के रूप में चित्रित किया, जिसका समूल नाश कर दिया जाना चाहिए।

"रब्बीज शांतिप्रिय धर्मशास्त्री नहीं, बल्कि राजनीतिक शिक्षाविद् हैं। एक परजीवी जाति की राजनीति को गुप्त रूप से आगे बढ़ाया जाना चाहिए।"[50]

फिल्म 'आर्गो' (2012) ऐसी ही प्रोपेगैंडा फिल्म का हालिया उदाहरण है। आर्गो में अमेरिका के तमाम कृत्यों को जायज ठहराया गया है और यह दिखाया गया है कि किस तरह से सरकार के उच्चस्तरीय निर्णयों के चलते ईरान को बंधक बनाए गए लोगों को छोड़ना पड़ा। फिल्म में ईरान और ईरानियों को लक्ष्य करना एक बात हो सकती है, लेकिन इस फिल्म को तमाम अकादमी अवार्ड मिलना कुछ अलग ही कहानी कहता है। इससे जाहिर होता है कि किस तरह अमरीकी एजेंसियाँ और हॉलीवुड कई अवसरों पर गलबहियाँ किए नजर आते हैं। शीर्ष खुफिया प्रक्रियाओं की अंदरखाने की झलक, गैजेट्स का उत्कृष्ट इस्तेमाल, समर्पित कर्मचारी और लोकतांत्रिक मूल्यों का छौंक लगाते हुए तमाम हॉलीवुड फिल्में समय-समय पर प्रोपेगैंडा फैलाती नजर आती हैं। फिल्म 'जीरो डार्क थर्टी' (2012) के तौर पर हॉलीवुड के काम का एक और सबूत हमारे पास है, जो दुनिया को दिखाता है कि किस तरह अमरीकी फौजें उन सभी लोगों की तलाश में हैं, जो विश्व शांति के लिए खतरा हैं।

इसके विपरीत हाल के दिनों में यह देखना दिलचस्प हो सकता है कि बॉलीवुड

में आतंकवाद के लड़ाकों, दंगा नियंत्रकों और सीमाओं के रक्षक कैसे प्रस्तुत किए जाते हैं। उदाहरण के लिए, फिल्म 'हैदर' (2014) में सेना को कैसे पेश किया जाता है, जबकि कश्मीरी पंडितों की हत्या और हत्या की पृष्ठभूमि को पूरी तरह से नजरअंदाज कर दिया जाता है। 'ब्लैक फ्राइडे' (2004) का ही उदाहरण लें, जिसमें पुलिसवालों को खराब तरीके से पेश करते हुए बॉम्बे ब्लास्ट को जायज ठहराने का प्रयास किया गया है; और एक उदाहरण फिल्म 'शौर्य' (2008) का लें, जिसमें एक उच्च पदस्थ सैन्य अधिकारी को मुसलिम विरोधी दिखाया जाता है, जबकि कश्मीर में हिंदू-विरोधी या भारत-विरोधी भावनाओं का जिक्र तक नहीं नजर आता।

'सेविंग प्राइवेट रयान' (1998) जैसी फिल्में भले ही सच्ची घटना पर आधारित फिल्म हों, लेकिन ऐसी फिल्में भी यह प्रदर्शित करने की कोशिश करती हैं कि अमरीकी फौजें कैसे बड़े पैमाने पर दयालु, विचारशील, लोकतांत्रिक मूल्यों के लिए प्रतिबद्ध और मिशन केंद्रित होती हैं। फिल्म में दिखाया जाता है कि अमरीकी फौज ने विश्वशांति के लिए कितना बलिदान किया है। फिल्म यह भी प्रदर्शित करती है कि अमरीकी दूसरे देशों में लोकतांत्रिक मूल्यों को बचाए रखने के लिए उनकी लड़ाई भी खुद लड़ते हैं।

फिल्में और देशभक्ति

देशभक्ति एक अवधारणा है, जिसने वर्षों तक राजनीतिक सिद्धांतकारों और दार्शनिकों की दिलचस्पी को बरकरार रखा है। जहाँ लियो टॉलस्टॉय देशभक्ति को अनैतिक और बेवकूफी मानते हैं[51], इसके उलट स्टीफन नैथनसन देशभक्ति के नैतिक आधार पर उदारवादी देशभक्ति की वकालत करते हैं। 1993 में प्रकाशित अपनी किताब 'पैट्रियटिज्म, मॉरेलिटी ऐंड पीस' में नैथनसन ने देशभक्ति को एक ऐसे विषय के रूप में बताया है, जिसमें 1. अपने ही राष्ट्र के प्रति किसी का विशेष प्रेम, 2. देश के साथ व्यक्तिगत जुड़ाव की भावना, 3. देश के कल्याण में विशेष भागीदारी, और 4. देश के लिए बलिदान की ख्वाहिश शामिल होते हैं।[52] इसी प्रकार ऐक्टन ने अपने काम 'एसेज ऑन फ्रीडम एंड पावर' में देशभक्ति को राजनीतिक समुदाय के प्रति नागरिकों के नैतिक कर्तव्यों के बोध के तौर पर परिभाषित किया है।[53]

समय-समय पर सरकारें अपने नागरिकों में अपने राजनीतिक संदेश, विचारधाराओं और देशभक्ति की भावना को बढ़ावा देने के लिए फिल्मों का बार-बार इस्तेमाल करती हैं। उदाहरण के लिए, अमरीकी फिल्मों को द्वितीय विश्वयुद्ध से पहले पलायनवादी मनोरंजन का साधन माना जाता था। लेकिन विदेश नीति को

लेकर बढ़ती चिंताओं के चलते अमरीकी सरकार ने खुद को युद्ध से अलग-थलग रहने की नीति को खत्म करने का फैसला किया और सिनेमा की ताकत का इस्तेमाल अमरीकी नागरिकों से युद्ध के पक्ष में समर्थन हासिल करने के लिए करना शुरू किया।[54] हॉलीवुड और इसकी युद्ध आधारित फिल्मों ने लोगों के नजरिए में बदलाव लाने में अहम भूमिका निभाई और अमरीकी नागरिकों में देशभक्ति की भावना के बीज बो दिए।

युद्ध समाप्त होने के बाद यू.एस. ने अमरीकियों की युद्ध को लेकर राय और सोवियत संघ के प्रति उनके रवैये को कैसे प्रभावित किया

सन् 1941 में जापान द्वारा पर्ल हार्बर पर हमला करने के तुरंत बाद संयुक्त राज्य अमेरिका का युद्ध से अलगाव खत्म हो गया। शुरुआत में अमरीकी जनता प्रथम विश्वयुद्ध के अपने भयानक अनुभवों के चलते दूसरे विश्वयुद्ध में शामिल नहीं होना चाहती थी और यूरोप में नाजी आक्रामकता के प्रति उदासीन थी।[55] हालाँकि राष्ट्रपति फ्रैंकलिन रूजवेल्ट का प्रशासन युद्ध के समर्थन और खासतौर पर अपने सोवियत सहयोगियों के लिए जनता की राय को प्रभावित करना चाहता था। ऐसा करने के लिए प्रोपेगैंडा फिल्में ही तब एकमात्र जरिया थीं।[56]

इस वजह से युद्ध के दौरान बनी लगभग सभी हॉलीवुड फिल्मों ने दुनिया और सोवियत संघ को लेकर बिल्कुल अलग तस्वीर पेश की।

1943 में हॉलीवुड ने फिल्म 'मिशन टू मॉस्को' (1943) रिलीज की, जिसमें सोवियत संघ में अमेरिका के राजदूत जोसेफ डेविस सोवियत के जीवन, उसके विधायी मुद्दों और अंतरराष्ट्रीय रणनीति के अपने अनुभव रिकॉर्ड करते हैं। यह फिल्म सोवियत संघ से अमरीकी जनता को वाकिफ कराने और उनके साथ युद्ध के गठबंधन को जायज ठहराने का एक प्रयास थी, क्योंकि द्वितीय विश्वयुद्ध में सोवियत उनके प्रमुख सहयोगियों में से एक था।[57] इसी इरादे के साथ फिल्म 'द नॉर्थ स्टार' (1943) का निर्माण किया गया। फिल्म एक यूक्रेनी गाँव के बारे में थी, जहाँ लोग शांति से रह रहे थे, लेकिन नाजियों ने गाँव पर हमला करके उस पर कब्जा कर लिया। फिल्म में दर्शाया गया है कि कैसे नाजियों ने ग्रामीणों, खासकर बच्चों के साथ बर्बरता की और उनका खून निकालकर घायल जर्मन सैनिकों को चढ़ाया गया।[58]

1945 में नाजी जर्मनी के आत्मसमर्पण के बाद द्वितीय विश्वयुद्ध तो खत्म हो गया, लेकिन कभी मित्र रहे अमेरिका और सोवियत के संबंधों में खटास बढ़ गई

और दोनों के बीच 'शीतयुद्ध' शुरू होने के साथ ही उनमें शत्रुता बढ़ने लगी। सिनेमा, फिर से अमरीकी जनता में देशभक्ति की भावना को बढ़ावा देने और अमेरिका बनाम सोवियत के कथानक के प्रचार के लिए एक माध्यम के रूप में इस्तेमाल किया जाने लगा। उदाहरण के लिए, 'इन्वेजन यू.एस.ए.' (1952), 'रेड नाइटमेयर' (1962), 'गोल्डनआई' (1995), 'क्रिमसन टाइड' (1995) कुछ प्रमुख फिल्में हैं, जिन्होंने अमेरिका-सोवियत टकराव को चित्रित किया और गहराई से समझने के लिए लोकप्रिय रॉकी फिल्म शृंखला की फिल्म 'रॉकी IV' (1985) को भी देखा जा सकता है, जिसमें एक अमरीकी बॉक्सर को सितारे और स्ट्रिप्स वाले झंडे को ओढ़े दिखाया गया है, जो विशालकाय सोवियत मुक्केबाज पर शानदार जीत दर्ज करता है।[59]

अब हाल के दौर में आते हैं, 2020 में विक्ट्री डे की 75वीं वर्षगाँठ पर आधिकारिक व्हाइट हाउस पेज ने सोशल नेटवर्किंग साइट पर बताया कि द्वितीय विश्वयुद्ध में अमेरिका और ग्रेट ब्रिटेन ही थे, जिन्होंने नाजियों को परास्त किया। इसमें सोवियत संघ का जिक्र तक नहीं था और न ही उन 27 मिलियन (2.70 करोड़) सोवियत नागरिकों का जिक्र था, जिन्होंने नाजी जर्मनी को हराने में अपना बलिदान दिया।[60]

यह बताना भी दिलचस्प होगा कि एक प्रयोग, जिसे 80 से 100 प्रतिभागियों वाले तमाम समूहों के बीच दोहराया गया, उसमें पूछा गया था कि द्वितीय विश्वयुद्ध किसने जीता, तो 99 प्रतिशत उत्तरदाताओं ने यूनाइटेड स्टेट्स का नाम लिया। इस प्रयोग को कम-से-कम 23 बार दोहराया गया और नतीजे समान थे। ऐसा कैसे हो सकता है कि भारतीय युवा यह तो जानें कि अमेरिका ने द्वितीय विश्वयुद्ध जीता, लेकिन यह कोई न जाने कि सोवियत संघ की भी इसमें जीत हुई थी? जवाब बहुत आसान है। अमरीकियों ने हॉलीवुड के माध्यम से अपने सैन्य कौशल, आजादी और स्वतंत्रता के लिए अपनी लड़ाई की मार्केटिंग का बहुत शानदार काम किया, वहीं रूस को उदासीन, धूर्त और तानाशाह के रूप में पेश किया। हालाँकि आई.आई.एम. रोहतक की एक अध्ययन टीम ने दस फिल्में चुनीं, जो अमेरिका और रूस की पृष्ठभूमि पर केंद्रित थीं। रूस और अमेरिका के प्रति दर्शकों के दृष्टिकोण का मूल्यांकन फिल्मों को देखने से पहले और बाद में किया गया। उपचार और नियंत्रण समूह का दृष्टिकोण फिल्म देखने से पहले और देखने के बाद काफी भिन्न पाया गया। अधिकांश दर्शकों ने बताया कि फिल्म में अमरीकी लोगों को स्वतंत्रता, स्वाधीनता, लोकतंत्र और स्थानीय आबादी के समर्थक के तौर पर पेश किया गया था। वहीं दूसरी ओर दर्शकों की राय थी कि रूसी उदासीन, क्रूर, उत्पीड़क होते हैं, और खुद के सिवा किसी और

की परवाह नहीं करते। जबकि यहाँ यह गौर करना जरूरी है कि चीन, भारत और रूस तीन ऐसे देश थे, जिन्होंने द्वितीय विश्वयुद्ध में सबसे ज्यादा अपने लोगों को गँवाया था। इसके बावजूद द्वितीय विश्वयुद्ध का कथानक व्यापक तौर पर अमेरिका और अमरीकी सेना तक ही केंद्रित रखा गया है। यह कथानक पूरी दुनिया के युवाओं तक हॉलीवुड फिल्मों के जरिए ही पहुँचाया गया।

युद्ध के उपरांत साम्यवाद विरोध और हॉलीवुड ब्लैकलिस्ट

द्वितीय विश्वयुद्ध और शीतयुद्ध ने अमरीकी लोकतंत्र में गहरा बदलाव किया। युद्ध-एकता और युद्ध-विरोधी साम्यवाद के आह्वान के चलते फिल्म उद्योग में नई राजनीति का उदय हुआ, साथ ही नई तरह की फिल्में भी बनने लगीं। '40 और '50 के दशक के दौरान मनोरंजन उद्योग में एक ब्लैकलिस्ट बनाया गया, जिसे 'हॉलीवुड ब्लैकलिस्ट' के तौर पर पेश किया गया और इसमें उन मीडिया कामगारों को शामिल किया गया, जिन्हें उद्योग में उनकी कम्युनिस्ट निष्ठा के चलते रोजगार की अनुमति नहीं थी। इस सूची को हॉलीवुड स्टूडियो की तरफ से तैयार किया गया था, ताकि वे अमरीकी लोगों और अपने देश के प्रति अपनी देशभक्ति की भावना को प्रदर्शित कर सकें। यह सब 1941 में शुरू हुआ, जब कांग्रेस ने फिल्म उद्योग में कम्युनिस्ट प्रभाव और उस दौरान निर्मित फिल्मों में कम्युनिस्ट विचारधारा की व्यापकता का संदेह व्यक्त किया। इसकी जाँच का नेतृत्व सीनेटर बर्टन व्हीलर और गेराल्ड नाय ने किया। 1947 में जाँच के बाद उद्योग से जुड़े 10 लोग, जिन्होंने गवाही देने से इनकार कर दिया था, उनको कांग्रेस की अवमानना के आरोप में पकड़ लिया गया और कुछ दिनों के लिए जेल में डाल दिया गया। इस समूह को 'हॉलीवुड टेन' के रूप में संदर्भित किया गया।[62]

हॉलीवुड ब्लैकलिस्ट के निर्माण के बाद स्टूडियो ने कम्युनिस्ट विरोधी बयानबाजी को अपनाया और उद्योग में बने रहने के लिए कम्युनिस्ट विरोधी विषयों पर फिल्में बनाना शुरू कर दिया। 'वॉक ईस्ट ऑन बीकन' (1952) जैसी फिल्में, जिसमें एफ.बी.आई. एजेंट की कहानी पेश की गई, जिसने अमेरिका में कम्युनिस्ट जासूसी गिरोह का सफाया कर दिया। फिल्म 'द हॉक्सटर्स' (1952) एकमात्र ऐसी हॉलीवुड फिल्म थी, जो कम्युनिज्म पर आधारित थी और आगे चलकर डॉक्युमेंट्री में तब्दील कर दी गई। 'प्रिजनर ऑफ वॉर' (1954) कोरियाई संघर्ष की पृष्ठभूमि पर बनी एंटी-कम्युनिज्म फिल्म थी, जिसमें रोनाल्ड रीगन ने खुफिया अधिकारी की भूमिका निभाई थी, जो उत्तर कोरिया में बने पी.ओ.डब्ल्यू. कैंप में घुस जाता है। इस

फिल्म को हॉलीवुड में साम्यवादी विरोधी कथानक का उदाहरण माना जा सकता है। अन्य फिल्मों में 'गिल्टी ऑफ ट्रेजन' (1950) का जिक्र किया जा सकता है, जिसमें एक विदेशी संवाददाता यूरोप में युद्ध के बाद के अपने समय को याद करता है और सोवियत संघ में क्रूर दमनकारी शासन के अनुभव का अपना अनुभव बताता है। फिल्म 'आई वॉज अ कम्युनिस्ट फॉर द एफ.बी.आई.' (1951) में एक एफ.बी.आई. एजेंट की कम्युनिस्ट का चोला पहनाकर अमेरिका की कम्युनिस्ट पार्टी में घुसपैठ कराई जाती है।[63] इन फिल्मों ने एफ.बी.आई. की वैश्विक प्रतिष्ठा को बढ़ाने में इस कदर मदद की कि इसका असर भारत में एक छोटे से सामाजिक प्रयोग में नजर आया, जो उत्तर भारत के दूसरे दर्जे के शहर के 124 स्कूली छात्रों के बीच किया गया था। 90 प्रतिशत छात्रों ने कहा कि वे एफ.बी.आई. को अमरीकी खुफिया एजेंसी के तौर पर जानते हैं। साथ ही छात्रों ने इसे दुनिया की सबसे ताकतवर खुफिया एजेंसी भी बताया। इसके बाद जब उनसे भारतीय खुफिया एजेंसी के बारे में पूछा गया, तो केवल 11 प्रतिशत छात्र ही इंटेलिजेंस ब्यूरो के बारे में बता पाए।

युद्ध फिल्मों में शीतयुद्ध के तनाव के प्रतीकात्मक भाव प्रकट हुए थे। युद्ध फिल्मों की शैली, जो लगभग द्वितीय विश्वयुद्ध के बाद गायब हो गई थी, शीतयुद्ध की शुरुआत के साथ फिर से पुनर्जीवित हो गई और 1940 के दशक के अंत में मजबूत हुई। कुछ को छोड़कर लगभग सभी फिल्मों की पृष्ठभूमि कोरियाई युद्ध, द्वितीय विश्वयुद्ध या शीतयुद्ध थी। द्वितीय विश्वयुद्ध के संदर्भ में बनी फिल्मों में दर्शाया गया कि कैसे देशभक्ति और टीम भावना ने अमेरिका को अधिनायकवादी शासन से बचाया है। दूसरी ओर जिन फिल्मों की पृष्ठभूमि में कोरियाई युद्ध था, वह अमरीकी लोगों की प्रतिबद्धता परखने पर केंद्रित थी कि क्या वे देशभक्ति और टीम भावना के मूल्यों पर खरा उतरने की इच्छा रखते हैं। इसके अलावा शीतयुद्ध की फिल्मों ने दिखाया कि कैसे इन मूल्यों को सोवियत संघ के साथ युद्ध को रोकने और उसके बाद साम्यवाद को सीमित रखने के लिए तैयार किया जा सकता है।[64]

ट्रिसिया जेनकिन्स ने अपनी किताब 'द सी.आई.ए. इन हॉलीवुड : हाउ द एजेंसी शेप्स फिल्म ऐंड टेलीविजन' में बताया कि दुनिया के अन्य हिस्सों में अमरीकी स्थिति, ताकत और मजबूती को पेश करने के लिए सी.आई.ए. ने अमरीकी फिल्मों और टीवी शृंखलाओं का समर्थन किया। वह कहती हैं कि सी.आई.ए. ने निम्नलिखित टीवी शृंखला और फिल्मों का समर्थन किया, जैसे जे.ए.जी., एनिमी ऑफ द स्टेट, इन द कंपनी ऑफ स्पाइज, द एजेंसी, 24, बैड कंपनी, द रिक्रूट, होमलैंड, जीरो डार्क थर्टी, आर्गो और तमाम अन्य। पाकिस्तान में कई टीवी धारावाहिक सक्रिय तौर

पर पाकिस्तान के आई.एस.पी.आर. (इंटर सर्विसेज पब्लिक रिलेशंस) समर्थित और वित्तीय सहायता प्राप्त हैं। आई.एस.पी.आर. सक्रिय तौर पर मीडिया और मीडिया एजेंसियों के साथ मिलकर काम करता है, ताकि पाकिस्तानी टेलीविजन और फिल्मों के दर्शकों को सबसे अच्छा सैन्य नजरिया पेश किया जा सके।[65]

बॉलीवुड फिल्मों में देशभक्ति

हिंदी फिल्म उद्योग के शुरुआती दिनों में बनी अधिकांश फिल्में सिनेमाघरों में दर्शकों को आकर्षित करने के लिए पौराणिक और धार्मिक विषयों पर केंद्रित रखी गई थीं। उदाहरण के लिए, फिल्म 'राजा हरिश्चंद्र' (1913) एक धार्मिक राजा की पौराणिक कहानी पर आधारित थी। इसी तरह के विषय पर फिल्म 'आलम आरा' (1931) बनाई गई थी। '30 के दशक में सामाजिक मुद्दों की ओर फिल्मों का रुझान हुआ, तब 'अछूत कन्या' (1936) जैसी फिल्में बनने लगीं।

हालाँकि उद्योग ने '40 के दशक के आसपास देशभक्ति विषय पर आधारित फिल्में बनाईं, जब औपनिवेशिक शासन के साथ भारत का संघर्ष अपने चरम पर था। सोहराब मोदी द्वारा निर्देशित 'सिकंदर' (1941) आक्रमणकारी सिकंदर महान् के खिलाफ युद्ध में राजा पोरस की बहादुरी पर आधारित थी, जो परोक्ष रूप से देशभक्ति पर जोर देती थी। स्वतंत्रता के बाद एक नए देश के निर्माण की उम्मीदों और सपनों से भरे देश में बॉलीवुड ने 'गांधी' (1948), 'आनंद मठ' (1952), 'नया दौर' (1957) जैसी फिल्मों का निर्माण किया। बाद के दशकों में बॉलीवुड ने भारत की सीमा पार संघर्ष पर ध्यान केंद्रित किया और 'हकीकत' (1964), 'ललकार' (1972) जैसी फिल्में बनाईं।[66] मनोज कुमार की—'उपकार', 'पूरब और पश्चिम', और 'रोटी, कपड़ा और मकान' जैसी फिल्मों के जरिए बॉलीवुड ने दिखाया कि औसत भारतीयों को उनके संघर्ष के लिए कैसे प्रोत्साहित किया जा सकता है। 'उपकार' ने जवान और किसान के संघर्ष को दर्शाया। 'पूरब और पश्चिम' ने भारतीय मूल्यों और आत्म-सम्मान की भावना को प्रोत्साहित किया। 'रोटी, कपड़ा और मकान' फिल्म ने शहरी परिवारों को मूलभूत जरूरतों के लिए संघर्ष करता दिखाया। ऐसी फिल्मों ने देशभक्ति के अहसास और नागरिकों की भावनाओं को उभारने में मदद की। उदाहरण के लिए, 2015 में कॉलेज के 50 छात्रों पर एक प्रयोग किया गया था। छात्रों को फिल्म 'पूरब और पश्चिम' देखने के लिए कहा गया था। फिल्म देखने से पहले और उसके बाद विदेशी और भारतीय सामानों के प्रति उनके दृष्टिकोण का साइकोमेट्रिक स्केल पर आकलन किया गया।

पाया गया कि विदेशी के प्रति उनका रुझान घटा और भारतीय उत्पादों के प्रति रुझान बढ़ा। हालाँकि इस तरह के प्रयोग की बाहरी वैधता पर विवाद हो सकता है, लेकिन इससे इनकार नहीं किया जा सकता कि फिल्में लोगों में देशभक्ति की भावना को बढ़ाने में योगदान दे सकती हैं।

'80 के दशक के उत्तरार्ध में, कश्मीर में उग्रवाद और विद्रोह प्रेरित फिल्में 'रोजा' (1992), 'मिशन कश्मीर' (2000) आदि बनीं, लेकिन उनमें से किसी ने भी कश्मीर में वास्तव में क्या हुआ, इसकी तस्वीर पेश नहीं की। इनमें से किसी भी फिल्म ने हिंदुओं और मुसलमानों के बीच के संघर्ष की बहुत सच्ची प्रस्तुति नहीं की, जोकि लाखों हिंदुओं के बेघर होने और पलायन करने की असल वजह थी।

बॉलीवुड में देशभक्ति हमेशा से छिटपुट गतिविधि रही है, जबकि हॉलीवुड में इसका विपरीत नजर आता है, जहाँ फिल्में देश की पहचान स्थापित करने और अपने नागरिकों में देश के लिए प्यार पैदा करने के उद्देश्य से बनाई जाती हैं।[67]

हॉलीवुड और बॉलीवुड की शीर्ष 50 फिल्मों पर एक अध्ययन किया गया, जिसके लिए 1950, 1960, 1970, 1980, 1990, 2000, 2010 के हर दशक से कोई दो फिल्में चुनी गईं। कुल मिलाकर 70 फिल्में (बॉलीवुड और हॉलीवुड से 35 प्रत्येक) आई.आई.एम. रोहतक की शोध टीम द्वारा देखी गईं। यह पाया गया कि हॉलीवुड में 35 में से 25 फिल्मों में कम-से-कम एक दृश्य ऐसा जरूर था, जिसमें अमरीकी ध्वज को दिखाया गया था। वहीं बॉलीवुड फिल्मों की बात करें तो 35 में से केवल 8 में किसी एक दृश्य में भारतीय ध्वज दिखाया गया। दूसरे शब्दों में एक तरफ जहाँ हॉलीवुड ने अमरीकी झंडे को अमरीकियों के रोजमर्रा के जीवन का हिस्सा बना दिया, इसके महत्त्व को लोगों के जेहन में बरकरार रखा और देश के संस्थापकों के बलिदान को उभारा, जिसने अमेरिका को वह बनाया, जिसके लिए ये देश आज पूरी दुनिया में जाना जाता है, वहीं दूसरी तरफ बॉलीवुड ने राष्ट्रीय ध्वज की महत्ता और इस झंडे को हासिल करने के पीछे हमारे स्वतंत्रता सेनानियों के बलिदान के बारे में आम जनमानस को याद दिलाने का कोई खास प्रयास नहीं किया।

संदर्भ–

1. MacIver, R.M., & Charles, H. Page. 1949. Society : An Introductory Analysis.
2. Bartlett, F.C., & Bartlett, F.C. (1995). Remembering : A study in experimental and social psychology. Cambridge University Press.
3. Berger, P.L., & Luckmann, T. (1991). The social construction of reality : A

treatise in the sociology of knowledge (No. 10). Penguin, Uk.
4. Child, I.L. (1954). Socialization. Retrieved from https://psycnet.apa.org/record/1955-03817-001. Accessed on 12 Oct, 2020.
5. Pung, J. M., Gnoth, J., & Del Chiappa, G. (2020). Tourist transformation: Towards a conceptual model. Annals of Tourism Research, 81, 102885.
6. Fearing, F. (1947). Influence of the Movies on Attitudes and Behavior. The ANNALS of the American Academy of Political and Social Science, 254(1), 70-79. Retrieved from https://journals.sagepub.com/doi/abs/10.1177/000271624725400112?journalCode=anna. Assessed on 28 Sep, 2020.
7. Silverman, J. (1994). Nova Secret of the Wild Child. Retrieved from https://variety.com/1994/tv/reviews/nova-secret-of-the-wild-child-1200438912/. Accessed on 15 Oct, 2020.
8. Romanowski, William D. Eyes Wide Open. Grand Rapids, MI : Brazos Press, 2001.
9. Onkvisit, S., & Shaw, J. (1987). Self-concept and image congruence : Some research and managerial implications. Journal of Consumer Marketing, 4, 13–23.
10. Epstein, S. (1973). The self-concept revisited : Or a theory of a theory. American psychologist, 28(5), 404.
11. McCracken, G. (1989). Who is the Celebrity Endorser? Cultural Foundations of the Endorsement Process. Journal of Consumer Research, 310-321.
12. Retrieved from https://www.rehabs.com/explore/womens-body-image.
13. Birdwell, A.E., 'A Study of the Influence of Image Congruence on Consumer Choice', Journal of Business, 41 (January 1968), 76-88.
14. Dolich, I.J. 'Congruence Relationships Between Self Images and Product Brands', Journal of Marketing Research, 6 (February 1969), 80-84.
15. Grubb, E.L. and Gregg Hupp. 'Perception of Self, Generalized Stereotypes, and Brand Selection', Journal of Marketing Research, 5 (February 1968), 58-63.
16. Hamm, B.C. and Edward W. Cundiff. 'Self-Actualization and Product Perception', Journal of Marketing Research, 6 (November 1969), 470-72.
17. Higgins, E.T. (1987). Self-discrepancy : A theory relating self and affect. Psychological Review, 94, 319–340.
18. Sestir, M., & Green, M.C. (2010). You are who you watch : Identification and transportation effects on temporary self-concept. Social influence, 5(4), 272-288.
19. Turner, G., & Duckham, M.F. (2006). Film as Social Practice. In Film as Social Practice. https://doi.org/10.4324/9780203825198.
20. Kowalewski, M.R. & Hunter, J.D. (1992). Culture Wars : The Struggle to Define America. Sociological Analysis. https://doi.

org/10.2307/3711713. Retrieved from https://academic.oup.com/socrel/article-abstract/53/3/337/1666770?redirectedFrom=fulltext. Accessed on 22 Sep, 2020.

21. Benshoff, H.M. & Griffin, S. (2011). America on film : Representing race, class, gender, and sexuality at the movies. John Wiley & Sons.
22. Belk, R.W., Ger, G., & Askegaard, S. (2003). The fire of desire : A multisited inquiry into consumer passion. Journal of consumer research, 30(3), 326-351. Retrieved from https://academic.oup.com/jcr/article/30/3/326/1790575. Accessed on 20 Oct, 2020.
23. Dermer, S.B., & Hutchings, J.B. (2000). Utilizing movies in family therapy : Applications for individuals, couples and families. The American Journal of Family Therapy, 28(2), 163-180. Retrieved from https://www.tandfonline.com/doi/pdf/10.1080/019261800261734. Accessed on 20 Oct, 2020.
24. Kluckhohn, C. (1951). Values and value orientations in the theory of action. In T. Parsons & E.A. Shields (Eds.), Toward a general theory of action (pp. 388-433). Cambridge, MA : Harvard University Press.
25. Oishi, S., Schimmack, U., Diener, E., & Suh, E.M. (1998). The measurement of values and individualism-collectivism. Personality and social psychology bulletin, 24(11), 1177-1189. Retrieved from https://journals.sagepub.com/doi/abs/10.1177/01461672982411005. Accessed on 20 Oct, 2020.
26. Rokeach, M. (1973). The nature of human values. Free press.
27. Schwartz, S. (1996). Value priorities and behavior : Applying a theory of integrated value systems. In C. Seligman, J.M. Olson, and M.P. Zanna (Eds.), The psychology of values (pp. 1–24). Hillsdale, NJ : Lawrence Erlbaum Associates, Inc.
28. Nye Jr, J.S. (2008). Public diplomacy and soft power. The annals of the American academy of political and social science, 616(1), 94-109. Retrieved from https://journals.sagepub.com/doi/abs/10.1177/0002716207311699. Accessed on 19 Sep, 2020.
29. Nye Jr, J.S. (2008). Public diplomacy and soft power. The annals of the American academy of political and social science, 616(1), 94-109. Retrieved from https://journals.sagepub.com/doi/abs/10.1177/0002716207311699. Accessed on 20 Sep, 2020.
30. Hubert, V., & Dominique, M. (2001). France in an Age of Globalization.
31. Imran, N. (2019). Is Marvel another tool for the US to project its power? Tribune. Retrieved from https://tribune.com.pk/article/78818/is-marvel-another-tool-for-the-us-to-project-its-power. Accessed on 19 Sep, 2020.
32. Dhondy, F. (1985). Keeping Faith : Indian Film and Its World. Daedalus, 125-140. Retrieved from https://www.jstor.org/stable/20025013?seq=1#metadata_info_tab_contents. Accessed on 24 Sep, 2020.

33. Ganti, T. (2013). Bollywood : a guidebook to popular Hindi cinema. Routledge.
34. Iordanova, D. (2006). Indian cinema's global reach : Historiography through testimonies. South Asian Popular Culture, 4(2), 113-140. Retrieved from https://www.tandfonline.com/doi/pdf/10.1080/14746680600797095?needAccess=true. Accessed on 24 Sep, 2020.
35. IANS (2017). India's soft power enhances its salience in Egypt (Comment). Business Standard. Retrieved from https://www.business-standard.com/article/news-ians/india-s-soft-power-enhances-its-salience-in-egypt-comment-117041900352_1.html. Accessed on 25 Sep, 2020.
36. Herberg, W. (1995). Protestant-Catholic-Jew : An Essay in American Religious Sociology. Retrieved from https://books.google.co.in/books?hl=en&lr=&id=-STjdtc075gC&oi=fnd&pg=PR9&dq=illiam+Herberg,+Protestant,+Catholic,+Jew:+an+Essay+in+American+religious+sociology&ots=3sAeUGzOcQ&sig=p3XTWUEsfoYJeznzMK-G9VoB2q8&redir_esc=y#v=onepage&q=american%20way%20of%20life&f=false. Accessed on 22 Oct, 2020.
37. Samuel, L. (2017). The American Way of Life : A Cultural History. Rowman & Littlefield. Retrieved from https://rowman.com/ISBN/9781683930846/The-American-Way-of-Life-A-Cultural-History. Accessed on 22 Oct, 2020.
38. The Fountainhead. IMDB. Retrieved from https://www.imdb.com/title/tt0041386/?ref_=kw_li_tt. Accessed on 22 Oct, 2020.
39. Raeign. (2019). Analysis of 'The Wolf of Wall Street' using Marx's Theory of Alienation. Retrieved from https://medium.com/@raeign/analysis-of-the-wolf-of-wall-street-using-marx-s-theory-of-alienation-dd3910dc1694#:~:text=The%20movie%20The%20Wolf%20of,%2C%20finally%2C%20a%20federal%20criminal. Accessed on 22 Oct, 2020.
40. Warren, C. The Social Network : Mashable's Complete Movie Review. Mashable. Retrieved from https://mashable.com/2010/09/28/the-social-network-review/. Assessed on 9 Nov, 2020.
41. Churchwell, S. (2012). The Great Gatsby and the American dream. Retrieved from https://www.theguardian.com/books/2012/may/25/american-dream-great-gatsby. Assessed on 9 Nov, 2020.
42. Hofstede, G. (2011). Dimensionalizing cultures : The Hofstede model in context. 'Online readings in psychology and culture', 2(1), 2307-0919. Retrieved fromhttp://mchmielecki.pbworks.com/w/file/fetch/64591689/hofstede_dobre.pdf. Assessed on 9 Nov, 2020.
43. PTI. (2015). Bollywood 'bad influence' helps Indian man escape conviction for stalking Aus women. Retrieved from https://www.hindustantimes.com/world/bollywood-bad-influence-helps-indian-man-escape-conviction-for-stalking-aus-women/story-

iuoSfczLoZKSbPJKkz6NeK.html. Accessed on 22 Oct, 2020.

44. Zimmermann, K. (2017). Indian Culture : Traditions and Customs of India. Retrieved from https://www.livescience.com/28634-indian-culture.html#:~:text=India's%20culture%20is%20among%20the,Gayatri%20Pariwar%20(AWGP)%20organization. Accessed on 21 Oct, 2020.
45. Sharma, D. (2014). Porn stars and controversial celebrities cannot be role models. Hindustan Times. Retrieved from https://www.hindustantimes.com/ht-view/porn-stars-and-controversial-celebrities-cannot-be-role-models/story-YZOxNT1fB7CNPV3lIbxMVJ.html. Accessed on 23 Oct, 2020.
46. Stephenson, W. (1964). The play theory of mass communication. Transaction Publishers.
47. Smith, B. L., & Lasswell, H. D. (2015). Propaganda, communication and public opinion. Princeton university press.
48. Tewari, M. (2019). The art of propaganda & the politics of cinema. Asianage. Retrieved from https://www.asianage.com/opinion/columnists/060119/the-art-of-propaganda-the-politics-of-cinema.html. Accessed on 22 Sep, 2020.
49. Bytwerk, R. (2010). Grassroots Propaganda in the Third Reich : The Reich Ring for National Socialist Propaganda and Public Enlightenment. German Studies Review, 33(1), 93-118. Retrieved 22 Sep, 2020, from http://www.jstor.org/stable/40574929. Retrieved from https://www.jstor.org/stable/pdf/40574929.pdf?refreqid=excelsior%3A460e651996192c3839255103a121ff68. Accessed on 22 Sep, 2020.
50. Watch Mojo. Top 10 War Propaganda Films. Retrieved from https://www.youtube.com/watch?v=V9Ir8S1lsMQ&t =4s&ab_channel=WatchMojo.com. Assessed on 10 Nov, 2020.
51. Tolstoy, L. (1987). Writings on civil disobedience and nonviolence. New Society Pub.
52. Nathanson, S. (1993). Patriotism, morality and peace. Rowman & Littlefield.
53. Acton, L. (1972). Nationality. Essays on Freedom and Power. Gloucester : Peter Smith, 141–70.
54. Wetta, F.J. & Novelli, M.A. (2003). 'Now a major motion picture' : War films and Hollywood's new patriotism. The Journal of Military History, 67(3), 861-882. Retrieved from https://muse.jhu.edu/article/44304/pdf. Accessed on 20 Oct, 2020.
55. American Isolationism in the 1930s. Office of the Historian. Retrieved from https://history.state.gov/milestones/1937-1945/american-isolationism. Assessed on 9 Nov, 2020.
56. Streich, B. (1990). Propaganda Business : The Roosevelt Administration and Hollywood. 'Humboldt Journal of Social Relations', 43-65. Retrieved from https://www.jstor.org/stable/pdf/24003022.pdf?refreqid=exc

elsior%3Aab49778bc964cf2d068c78c0ebaea8c2. Accessed on 9 Nov, 2020.

57. Mission to Moscow. Rotten Tomatoes. Retrieved from https://www.rottentomatoes.com/m/mission-to-moscow-1943. Assessed on 9 Nov, 2020.
58. Aube, C.L. (1998). The Enduring Villain : Germans as Nazi Stereotypes in American. Cinema. Dissertations, Theses and Masters Projects. Paper 1539626154. Retrieved from https://scholarworks.wm.edu/cgi/viewcontent.cgi?article=5669&context=etd. Assessed on 9 Nov, 2020.
59. Shaw, T. & Youngblood, D.J. (2017). Cold War sport, film, and propaganda : A comparative analysis of the superpowers. Journal of Cold War Studies, 19(1), 160-192. Retrieved from https://www.mitpressjournals.org/doi/pdf/10.1162/JCWS_a_00721. Accessed on 20 Oct, 2020.
60. Silk, J. (2020). Russia accuses US of downplaying Soviet role in WWII. DW. Retrieved from https://www.dw.com/en/russia-accuses-us-of-downplaying-soviet-role-in-wwii/a-53386866. Accessed on 20 Oct, 2020.
61. Red Scare. History. Retrieved from https://www.history.com/topics/cold-war/red-scare. Assessed on 9 Nov, 2020.
62. Perlman, A. (n.d). Hollywood blacklist. Britannica. Retrieved from https://www.britannica.com/topic/Hollywood-blacklist. Accessed on 22 Oct, 2020.
63. The Red Scare : A Filmography. University of Washington. Retrieved from https://guides.lib.uw.edu/c.php?g=341346&p=2303736. Assessed on 9 Nov, 2020.
64. Landon, P. (n.d). Films of the Cold War: 1948-1990. Retrieved from https://userpages.umbc.edu/~landon/Local_Information_Files/Films%20of%20the%20Cold%20War.htm. Accessed on 22 Oct, 2020.
65. Jenkins, T. (2016). The CIA in Hollywood : how the agency shapes film and television. University of Texas Press.
66. IANS (2020). From patriotism to nationalism (Column: B-Town). Retrieved from https://www.outlookindia.com/newsscroll/from-patriotism-to-nationalism-column-btown/1735467. Accessed on 20 Oct, 2020.
67. IANS (2020). From patriotism to nationalism (Column: B-Town). Retrieved from https://www.outlookindia.com/newsscroll/from-patriotism-to-nationalism-column-btown/1735467. Accessed on 20 Oct, 2020.

□

अध्याय–2

फिल्में और रूढ़िवादिता

हाल के दिनों में फिल्मों में कहानी को पूरी तरह से उच्चस्तरीय प्रौद्योगिकियों, अपरंपरागत कहानी प्लॉट, सिनेमैटोग्राफी, लचर अभिनय और तमाम अन्य चीजों ने बदलकर रख दिया है। दुर्भाग्य से, गैर-श्वेत वर्णों या महिलाओं या एल.जी.बी.टी.क्यू. समुदाय या कुछ धार्मिक समूहों के संदर्भ में कोई प्रगति अब तक नजर नहीं आई है; हालाँकि हॉलीवुड में कुछ प्रयास किए गए हैं। हालाँकि फिल्मों में सभी रूपों लेखन, कास्टिंग और प्रोडक्शन के अन्य पहलुओं में रूढ़िवादी जरूर मौजूद हैं। सिनेमाई रूढ़ियों को समाज में मौजूद सामान्य पूर्वाग्रहों को लेकर गहरा प्रभाव डालने के लिए जाना जाता है। समाज में सामान्य धारणाओं, जैसेकि एशियाई लोगों को चरित्रहीन, काले पुरुषों को खतरनाक तथा लैटिन लोगों को आक्रामक फिल्मों में दिखाए जानेवाले कुछ सामान्य मामले हैं।

छवि गढ़ना और रूढ़िवादिता का दर्शकों के सामाजिक व्यवहारों, विचारों और भावनाओं पर व्यापक असर देखा गया है। आमतौर पर ऐसी प्रस्तुति नस्लभेद और लैंगिक भेदभाव को बढ़ावा देती है। हॉलीवुड फिल्मों का इतिहास तमाम नस्लभेदी और लिंगभेदी रूपरेखाओं से भरा पड़ा है। हॉलीवुड के शुरुआती दिनों में ज्यादातर काले और एशियाई चरित्रों को काले और एशियाई कलाकारों को नहीं निभाने दिया जाता था। दरअसल ये चरित्र श्वेत कलाकारों को काला या पीला चेहरा रँगकर पेश किया जाता था। उदाहरण के लिए 1961 की क्लासिक फिल्म 'ब्रेकफास्ट ऐट टिफनी' में मिकी रूनी ने कुख्यात मिस्टर यूनिओशी का किरदार निभाया था, जिसमें वह परंपरागत अंग्रेजी लय में बोलता है, जिसका उद्देश्य जापानी लोगों का मखौल उड़ाना होता है।[68] कॉमन सेंस मीडिया के शोध के अनुसार परंपरागत मीडिया को देखने का नशा इस कदर लंबा खिंच जाता है कि यह किसी के कॅरियर विकल्प,

संबंधों, आत्म-मूल्य और गौरव और साथ ही उनकी महत्त्वाकांक्षाओं को हासिल करने की उनकी क्षमता को भी प्रभावित कर देता है।[69]

किसी व्यक्ति के जीवन पर लंबे समय तक रूढ़िवादिता और झूठी छवि के चित्रण का गहरा असर होता है, खासतौर पर तब, जब ये बच्चों और युवाओं जैसे संवेदनशील समूहों पर केंद्रित हो। फिल्मों और टेलीविजन श्रृंखला के रूप में मास मीडिया का प्रतिनिधित्व अकसर विशिष्ट समुदायों को अलग-अलग चश्मे से परंपरागत दायरों में रखकर दिखाता है।[70]

इस तरह की रूढ़िवादिता का उपयोग अकसर मजाकिया तौर पर किया जाता है, जिससे समुदाय के सदस्यों के बीच सामाजिक पहचान खतरे में पड़ जाती है।[71] इसलिए समूहों के एक आयामी चित्रण सांस्कृतिक रूढ़ियों के प्रसार में महत्त्वपूर्ण भूमिका निभाते हैं। ये सांस्कृतिक परंपरावादी किसी विशेष समूह के भीतर व्यवहार, वरीयताओं और लक्षणों की एक गलत तस्वीर प्रस्तुत करते हैं।

रूढ़िवादिता के कुछ सबसे आम प्रभावों के तौर पर देखें तो सामान्य व्यवहार और कार्य उसी के अनुरूप होने लगे हैं। उदाहरण के लिए, फिल्में इस विचार को पुष्ट करती हैं कि मर्दाना लक्षण और व्यवहार नारीवादी लक्षणों और व्यवहारों से अधिक मूल्यवान हैं। इसलिए ऐसे संदेश को आत्मसात् करनेवाले युवा लड़कों के पुरुष-केंद्रित कॅरियर राह चुनने की संभावना अधिक है। मीडिया चित्रण इस धारणा को बढ़ावा देता है कि लड़कियों को अपनी मौजूदगी को लेकर अधिक सजग रहना चाहिए।[72] भारत में विज्ञापन और तमाम फिल्मों में इस धारणा को चित्रित किया है कि त्वचा का रंग स्वास्थ्य, विशेषज्ञता और संपदा से जुड़ा होता है। साथ ही ये संदेश पुष्ट करते हैं कि गोरी त्वचा वाले लोगों के सफल होने की संभावना अधिक है। इससे फेयरनेस उत्पादों की माँग बढ़ी है, जो त्वचा को नुकसान भी पहुँचा सकते हैं और किसी व्यक्ति के आत्म-सम्मान एवं आत्म-मूल्यांकन में कमी भी ला सकते हैं।[73, 74] अनुभव पर आधारित सबूतों से पता चलता है कि मीडिया में दिखाए जानेवाले अनपेक्षित व्यवहारों को स्वास्थ्य मान्यताओं और व्यवहारों से जुड़ा बताया जाता है। फिल्मों की सामग्री मनोवैज्ञानिक उत्तेजना को बढ़ाती और देखादेखी व्यवहारों की नकल करने के लिए एक अनैच्छिक झुकाव को ट्रिगर करती है। उदाहरण के लिए तामसी भोजन और पेय पदार्थों की मीडिया-आधारित प्रस्तुति को अनुभव के आधार पर शराब[75] और धूम्रपान के बढ़े इस्तेमाल के साथ जोड़ा जाता है। इसके अलावा शोध से यह भी पता चलता है कि हिंसक खेलों और फिल्मों की अति प्रस्तुति के परिणामस्वरूप युवाओं का व्यवहार हिंसक हुआ है।[76]

साथ ही भारतीय संदर्भ में विभिन्न धार्मिक समूहों या सामाजिक वर्गों की एक रूढ़िवादी प्रस्तुति उस विशिष्ट समूह के प्रति दृष्टिकोण को प्रभावित कर सकती है। इसलिए शुरू में बॉलीवुड फिल्मों में रूढ़िवादिता की मौजूदगी और इसके परिचय का विश्लेषण करना दिलचस्प हो सकता है। इसके बाद इस तरह की पड़ताल से उस धार्मिक समूह या सामाजिक वर्ग के प्रति दृष्टिकोण पर रूढ़िवादिता के प्रभाव को समझने में मदद मिल सकती है।

इस अध्याय का उद्‌देश्य विभिन्न समुदायों से संबंधित बॉलीवुड फिल्मों में रूढ़िवादिता के चित्रण को उजागर करना है। इस अध्याय के बाद के भाग में हम बॉलीवुड फिल्मों में रूढ़िवादिता की जाँच के लिए सामग्री विश्लेषण का उपयोग करते हैं। इसके अलावा हम बॉलीवुड फिल्मों में रूढ़िवादिता की उपस्थिति को उजागर करेंगे और बताएँगे कि कैसे बॉलीवुड एक विशेष समुदाय के प्रति दृष्टिकोण और व्यवहार को प्रभावित करता है। अंत में हम नीति-निर्धारकों के लिए अमल में लाई जा सकनेवाली कुछ काररवाइयों पर चर्चा करेंगे, ताकि किसी विशेष समुदाय के प्रति प्रतिकूल व्यवहार पर अंकुश लगाया जा सके।

रूढ़िवादी क्या हैं और वे कैसे काम करते हैं ?

मैस्ट्रो ने अपने कार्य 'इफेक्ट्स ऑफ रेसियल ऐंड एथनिक स्टिरियोटाइपिंग' में अनुभव आधारित उल्लेखनीय सबूतों की मौजूदगी के बारे में बात की है, जो सुझाते हैं कि मास मीडिया चुनिंदा समूहों या समुदायों को रूढ़िवादी चश्मे से हमारे सामने पेश करता है, जोकि बदले में दर्शकों के व्यवहार को प्रभावित कर सकता है। उनके मुताबिक अगर किसी को लगातार ऐसे मीडिया रूढ़िवादियों के संपर्क में लाया जाता है तो इससे रूढ़िवादी चीजों के अंशों के याददाश्त से जुड़ जाने का अंदेशा बना रहता है। इन रूढ़िवादी सामग्रियों की लगातार प्रस्तुति से वे अंश दोबारा सक्रिय हो सकते हैं।[77]

इसके अलावा मास मीडिया द्वारा रूढ़िवादियों के पैदा करने का प्रभाव यह होगा—"पक्षपातपूर्ण जानकारी को अपरिहार्य तौर पर 'सामान्य ज्ञान' मान लिया जाता है और दर्शकों के मानसपटल पर रूढ़िवादी समूहों को लेकर एक तस्वीर अंकित हो जाती है।"[78] जब यह आकार ले लेती है, तब मोशन पिक्चर्स के जरिए इनके इकतरफा गुणों को पूरी मजबूती के साथ प्रस्तुत किया जा सकता है। इस प्रकार यह आगे चलकर विवेक, विकल्प की क्षमता को प्रभावित कर सकता है या दोबारा सामाजिक जुटान का अभ्यास कर सकता है।[79] इसके अलावा विशिष्ट

समाजों के सामान्यीकरण को देखते हुए दर्शकों को अपरिहार्य रूप से विसंगतियों का सामना करना पड़ता है, जोकि पारस्परिक हितों, ज्ञान और विवेक की गैर-हाजिरी से उभरता है। इतिहास के साहित्य के जरिए बड़े पैमाने पर सामुदायिक रूढ़िवादिता, ज्ञान-प्रतिनिधित्व या किसी विशेष समुदाय या संबंधित व्यवहारों और विशेषताओं के बारे में मान्यताओं की जाँच की गई है। यह माना जाता है कि फिल्में अन्य संस्कृतियों, धर्मों और राष्ट्रों के बारे में लोगों को परिचित कराने के लिए सबसे प्रमुख माध्यमों में से एक हैं।[80]

सामाजिक-संज्ञानात्मक दृष्टिकोण से दर्शक स्टीरियोटाइपिकल मीडिया चित्रण को अपनी दीर्घकालिक स्मृति में शामिल कर लेते हैं, जो स्पष्ट रूप से चिंता का विषय है। इसके अलावा कुछ समूहों के बारे में गलत धारणा विकसित करने के लिए रूढ़िवादी सामग्री से लैस सामग्री को दर्शकों के सामने लगातार पेश किया जाता है तो निश्चित रूप से दर्शकों के मन में गलत छवि आकार लेने लगती है।

नतीजतन, टेलीविजन और फिल्में ऑडियो और विजुअल तरीकों का उपयोग करके एक यथार्थवादी प्रस्तुति बनाने में सक्षम हैं, जोकि सामाजिक वास्तविकता को लेकर दर्शकों की धारणा को प्रभावित करता है।[81] इसके अलावा गैर-जरूरी चित्रण की प्रस्तुति स्वास्थ्य संबंधी मुद्दों से भी जुड़ा हुआ है, खासकर बच्चों के बीच। उदाहरण के लिए अस्वास्थ्यकर खाद्य पदार्थों की प्रस्तुति बच्चों में मोटापा बढ़ाने के लिए जानी जाती है।[82] टाइटस और सहकर्मियों ने पाया कि लगभग 80 प्रतिशत बच्चों का फिल्मों के माध्यम से सबसे पहले धूम्रपान के बारे में पता चलता है। इसके अलावा बच्चों को फिल्मों के जरिए धूम्रपान के बारे में जानना ही उनकी धूम्रपान की लत की उल्लेखनीय संभावना को जताता है।[83] पिछले दशकों में इस तरह के संदेशों में बढ़ोतरी देखी गई है, खासतौर पर किशोरों और बच्चों को केंद्रित करके। खानपान आधारित टीवी विज्ञापनों को भी ऐसे भोजन की लालसा बढ़ाने का जरिया माना गया, जिनमें कैलोरी तो बहुत ज्यादा होती है, लेकिन पोषक तत्त्व बेहद कम होते हैं और इनमें पेय पदार्थ भी शामिल हैं।[84]

किसी के व्यवहार पर रूढ़िवादी संदेशों के प्रभाव के पीछे मूल आधार क्या है, इसका पता 'सब्लिमिनल मेसेजिंग' सिद्धांतों से लगाया जा सकता है। अवचेतन मैसेजिंग का विचार 1950 के दशक में उभरा और यह सुझाव दिया गया कि टीवी के माध्यम से जो जानकारी प्रेषित की जाएगी, वह दर्शकों के अवचेतन में बैठ जाएगी बजाय इसके कि किसी इरादे से एक विषय पर विस्तार से दी गई जानकारी के, जोकि विज्ञापनदाताओं के लिए ज्यादा मायने रख सकती है। सामान्यतया एक

अवचेतन प्रभाव कुछ इस तरह मौजूद होता है कि जब एक शख्स 'यह तय नहीं कर पाता कि एक विशेष प्रकार की उत्तेजना के पीछे वजह क्या है'।[85] ऐसे अवचेतन संदेश के प्रभाव से फिल्मों में मौजूद रूढ़िवादिता को भी बढ़ाया जा सकता है। उदाहरण के लिए, किसी विशेष समुदाय से संबंधित कुछ परंपराओं को कई फिल्मों में दोहराया जाता है तो व्यापक तौर पर उन्हें सच समझ लिया जाता है। बच्चों पर इसका खतरा ज्यादा होता है, क्योंकि वे समुदाय को लेकर विभिन्न विचारों से अनजान होते हैं। अनुभव पर आधारित शोध से पता चलता है कि मीडिया कुछ सामाजिक समूहों को रूढ़िबद्ध तरीके से चित्रित करता है, जो लोगों के संज्ञानात्मक, आक्रामक और क्रियात्मक स्वभाव को प्रभावित कर सकता है।[86]

उदाहरण के लिए अरब और मध्य-पूर्वी लोगों को हॉलीवुड की फिल्मों में नकारात्मक रूप से चित्रित किया जाता है, जो शत्रुता को सही ठहराने, उसे आकार देने और मजबूती प्रदान करने में सहायक होता है और इस तरह नस्लवाद को और बढ़ावा मिलता है।[87] इसी तरह, एशियाई अमरीकियों को शातिर, विनम्र, पीले चेहरेवाले और मार्शल आर्ट जाननेवाला दिखाया जाता है, जबकि अफ्रीकी अमरीकियों को खतरनाक, आलसी और गरीब चित्रित किया जाता है।[88]

हॉलीवुड फिल्मों में रूढ़िवादिता

लिंग, जाति, व्यवसाय आदि से संबंधित रूढ़िवादिता को बढ़ावा देने के लिए हॉलीवुड की काफी आलोचना की जाती है। यह रूढ़िवादी प्रवृत्ति लोगों के अपने समाज में मौजूद हर एक व्यक्ति को देखने-परखने का आधार बन गई है और इसके चलते समाज में लिंगभेद, नस्लभेद तथा अन्य प्रकार की कुरीतियों को जगह पाने का मौका मिल गया है। नस्लीय रूढ़ियों के संबंध में सबसे पहले चिंता 'मैमी' के चित्रण को लेकर थी, जो हैटी मैकडैनियल की फिल्म 'गॉन विद द विंड' में घरेलू नौकर था।[89] हॉलीवुड फिल्मों में अफ्रीकी-अमरीकी समुदाय के भ्रामक चित्रण को लेकर प्रारंभिक चिंताओं को आमतौर पर तीन प्रमुख विषयों में बाँटा गया—गोरों से कम संपन्न दिखाना, ठग जीवन, और हिंसक व्यवहार। इसके अलावा फिल्मों की कई और चीजें भी थीं, जैसेकि कथा संरचना, संवाद और कैमरा एंगल, जिसके जरिए नस्लवाद को मुख्य विषय के तौर पर उभारा जा सकता है। पश्चिमी सिनेमा में आमतौर पर इन विषय-वस्तुओं को अश्वेतों पर गोरों की सत्ता और अधिकार के ऐलान के रूप में प्रदर्शित किया जाता था। इससे भी बदतर तो यह कि ऐतिहासिक दृष्टि से हाशिए पर पड़े समूहों का इन रूढ़ियों और विकृतियों पर कोई नियंत्रण नहीं

था, क्योंकि फिल्म-निर्माण के क्षेत्र में उनके रोजगार का हिस्सा सन् 2000 के पहले तक बेहद सीमित था।

यहाँ तक कि आधुनिक हॉलीवुड की फिल्मों में भी अफ्रीकी-अमरीकी कलाकारों की भूमिकाएँ अकसर इस तरह की रूढ़ियों में लिपटी दिखाई जाती हैं। उदाहरण के लिए, साल 2011 में आई फिल्म 'द हेल्प' को ही लें, जोकि उस साल किसी अफ्रीकी अमरीकी के लीड रोड में सबसे बड़ी फिल्म थी। भले ही उस फिल्म ने चार ऑस्कर अवार्ड जीते हों, लेकिन एकमात्र अकादमी अवार्ड बेस्ट सपोर्टिंग ऐक्ट्रेस के तौर पर ऑक्टाविया स्पेंसर को मिला, जोकि उस साल ऑस्कर जीतनेवाली एकमात्र अफ्रीकी अमरीकी अभिनेत्री थी।[90]

एक अन्य उदाहरण है 'फिल्म द बैगी पैंट्स', जिसमें रूढ़िवादिता को वास्तविक जीवन में मौजूद दिखाया गया है।[91] 1990 में अमेरिका में एक ट्रेंड उभरा, जिसमें अश्वेत युवा ऐसी पैंट्स पहनते थे, जो या तो कमर के नीचे होती थी या झूलती रहती थी। तमाम शहरों ने सार्वजनिक जगहों पर इस तरह की पैंट पहनने पर जुरमाना लगाना शुरू कर दिया था। तमाम शोधकर्ताओं ने इस चलन के पीछे की असल वजह समझने की कोशिश की। सबसे आम धारणा यह सामने आई कि जेल और विश्वविद्यालयों में नस्लवाद के खिलाफ काले पुरुषों ने विरोध के संकेत के रूप में इस फैशन को अपनाया। हालाँकि सैन डियागो स्थित यूनिवर्सिटी ऑफ कैलिफोर्निया के इतिहासकार लुई अल्वारेज ने अपनी किताब 'द पावर ऑफ जूट' में बताया है कि झूलते-लटकते कपड़े पहनने की शुरुआत फिल्म 'गॉन विद द विंड' में 'क्लार्क गैबल' नाम के चरित्र से होती है।[92, 93] इस चलन ने गोरों के खिलाफ विरोध का नेतृत्व भी किया और समाज में हलचल पैदा की। इस चलन का ही नतीजा था कि ब्लैक फैशन ब्रेंड्स, जैसे कि फुबु और के-स्विस अस्तित्व में आए।

एशियाई और मध्य-पूर्व जैसे देशों के तमाम जातीय समूहों को भी विकृत प्रतिनिधित्व का भारी खामियाजा भुगतना पड़ा। 1992 में डिज्नी की एनिमेशन फिल्म 'अलादीन' के किरदार के जरिए मध्य-पूर्व और अरब के लोगों को कपटी तथा आक्रामक रूढ़िवादी प्रदर्शित करने का प्रयास किया गया। उन्हें पश्चिमी लोगों की तुलना में रहस्यमयी और पिछड़ी सोचवाला दिखाया गया।

इसी तरह एशियाई लोगों को जब रूढ़िवादी तौर पर दिखाना होता है तो कुछ इस तरह पेश किया जाता है—पीले चेहरेवाले, अजीबोगरीब और मजाकिया लहजेवाले, मार्शल आर्ट जाननेवाले, किताबी कीड़ा, एक जैसे दिखनेवाले और ये ज्यादातर स्टोर मालिक। आम एशियाई और अरब की यह छवि पूरे पश्चिमी समाज में एक तरह से हॉलीवुड फिल्मों के जरिए बना दी गई है।

इसी तरह हॉलीवुड फिल्मों में भी लैंगिक रूढ़ियों को बढ़ावा दिया जाता है। उदाहरण के लिए, एक छोटी लड़की इसलिए गुड़िया के साथ खेलती है, क्योंकि 'सिंड्रेला' को छोटी लड़कियों के साथ जोड़कर प्रचारित किया गया। 'स्नो व्हाइट एंड द सेवन ड्वॉर्फ्स' में यह दिखाया गया कि एक छोटी लड़की को उसकी ईर्ष्यालु सौतेली माँ धक्के देकर घर से निकाल देती है। वह घर के बाहर सात बौनों के साथ रहती है और उनके काम पर जाने के दौरान साफ-सफाई तथा खाना बनाने का काम करती है।[94] इस तरह लैंगिक, नस्लीय और जातीय रूढ़ियों को हॉलीवुड फिल्मों में सामान्य तौर पर पेश किया जाता रहा है।

आई.आई.एम. अहमदाबाद के एक लेखक के नेतृत्व में 2015 में शोधकर्ताओं की टीम ने एक अध्ययन किया, जिसके लिए 1950, 1960, 1970, 1980, 1990, 2000 और 2010 के दशक से जुड़ी 25 हॉलीवुड फिल्मों को चुना गया। कुल मिलाकर 175 फिल्मों में रूढ़िवादी हिस्सों को दर्शानेवाले फिल्म कलाकारों पर फोकस किया गया। इसमें यह पाया गया कि करीब 82 प्रतिशत फिल्मों में नायक को देशभक्त दर्शाया गया था। 88 प्रतिशत फिल्मों में नायक और खलनायक को एक ही नस्ल का दिखाया गया था। साथ ही 78 प्रतिशत फिल्मों में नायक को ईसाईयत में आस्था रखनेवाला दिखाया गया था। केवल 8 प्रतिशत फिल्में ऐसी थीं, जिसमें नायक गैर-ईसाई आस्था को माननेवाला दिखाया गया था। दो प्रतिशत फिल्मों में ही गैर-ईसाई धर्मस्थल दिखाए गए थे। 96 प्रतिशत फिल्मों में न्यायाधीशों को ईमानदार दिखाया गया था। 94 प्रतिशत फिल्मों में सी.आई.ए. और एफ.बी.आई. को ईमानदार और राष्ट्र के प्रति निष्ठावान दिखाया गया था। 90 प्रतिशत फिल्मों में ईसाई पादरी दिखाए गए थे और ये ईसाई पादरी ईमानदार तथा धर्मनिष्ठ थे। कुल मिलाकर हॉलीवुड की फिल्मों में भी रूढ़िवादिता होती है, लेकिन ऐसा प्रतीत होता है कि रूढ़िवादिता को यह प्रदर्शित करने के लिए पेश किया जाता है कि ईसाई धर्म अमरीकी जीवन के केंद्र में है और अन्य धर्म अमरीकी लोगों के लिए महत्त्वहीन हैं। इसके अलावा हॉलीवुड की फिल्में दिखाती हैं कि अमरीकी संस्थान बेहद मजबूत, निष्पक्ष और भरोसेमंद हैं।

बॉलीवुड और रूढ़िवादिता

रूढ़िवाद को बढ़ावा देने का बॉलीवुड का लंबा इतिहास रहा है और यह कुछ इस कदर ज्यादा रहा है, जिसे किसी व्यक्ति की आस्था से अलग कर पाना बहुत

मुश्किल है। इसके साथ-साथ फिल्मों में लैंगिक, नस्लीय और जातीय रूढ़िवाद भी प्रचुरता में मौजूद रहता है। यही नहीं, बॉलीवुड को भारतीय समाज में धार्मिक रूढ़िवाद फैलाने के लिए भी जिम्मेदार माना जाता है। उदाहरण के लिए, हाल में आई अक्षय कुमार की फिल्म 'मिशन मंगल' (2019) में एक युवा, आत्मनिर्भर हिंदू महिला को बेतरतीब महिला के तौर पर दिखाया जाता है, जोकि समाज में बेमेल है। उसी फिल्म में एक मुसलिम महिला को समाज में दबा-कुचला, तलाकशुदा दिखाया जाता है, जिसे उसके धर्म के चलते किराए पर घर नहीं मिल पाता। इस तरह धार्मिक समूहों की तोड़-मरोड़कर प्रस्तुति से समाज में तनाव और ध्रुवीकरण को बढ़ावा मिलता है। बॉलीवुड फिल्मों में कैथोलिक समुदाय को लेकर भी कुछ ऐसी ही रूढ़िवादी छवि गढ़ी हुई है। कैथोलिक लड़कियों को शॉर्ट स्कर्ट पहने हुए, ईश्वर से डरनेवाली दिखाया जाता है। उनके पिता का चित्रण अकसर शराबी के तौर पर होता है, जो अंग्रेजी के वाक्यांश बड़बड़ाता रहता है। इसी तरह एक ईसाई लड़की को लगभग सभी क्लासिकल बॉलीवुड फिल्मों में सेक्रेटरी के तौर पर ही पेश किया जाता है। उदाहरण के लिए फिल्म 'जूली' (1975) पर गौर कर सकते हैं। एक और क्लासिक सुल्तान अहमद की फिल्म 'गंगा की सौगंध' (1978) में एक हिंदू पुजारी को भगवा कपड़े और 'रुद्राक्ष' की माला पहने तथा माला फेरते हुए मुजरा देखते दर्शाया जाता है। 'कोठेवाली' अपने गाने से पंडित की मूर्ति पूजा के नकली धर्म को उजागर करती है और उसे समाज पर एक धब्बा बताती है। उसके मुताबिक यह धर्म लूटता है और उसने पत्थर को भगवान् बता रखा है, जिसकी आड़ में वह हजारों पाप और अपराध करता है। इस तरह की अत्यधिक गलत व्याख्याओं को बॉलीवुड ने महिमामंडित कर रखा है।[95] यह भी दिलचस्प है कि इस तरह की अति करनेवाली व्याख्याएँ किसी अन्य धर्म के मामले में कभी नहीं अपनाई गईं। भले ही यह सूची विशिष्ट नहीं है, लेकिन इस तरह के कुछ मसले तो हैं ही।

आम जनता की भावनाओं को ठेस पहुँचाने के लिए धार्मिक रूढ़ियों का इस्तेमाल करने के अलावा बॉलीवुड ने हमेशा युवा पीढ़ी तक इसे पहुचाने का एक जरिया बनाया है, ताकि इन रूढ़ियों को लेकर आम धारणा बनाई जा सके। जातिवाद, जाति-भेद और वर्गीय रूढ़ियाँ बॉलीवुड फिल्मों में भी मौजूद हैं। गरीब और हाशिए के लोगों का चित्रण 'काली चमड़ी' के रूप में किया जाता है, जिसकी भूमिका एक गोरा अभिनेता निभाता है, यह गरीबों का मजाक है। चाहे वह 'मदर इंडिया' में सुनील दत्त की एक गुस्सैल किसान के तौर पर ऐतिहासिक भूमिका

रही हो या 'सुपर-30' में ऋतिक रोशन की निभाई एक शिक्षक की भूमिका हो या 'उड़ता पंजाब' फिल्म में आलिया भट्ट की खेतिहर मजदूर की भूमिका हो, ये सभी नस्लीय और वर्गीय रूढ़िवाद के ही नमूने हैं। समय बीतने के साथ इस रूढ़िवादी सोच में बेहद मामूली अंतर आया है कि काली त्वचा कामकाजी वर्ग और गरीबी को दर्शाती है, जबकि गोरी त्वचा सफलता और उच्च वर्ग का प्रतिनिधित्व करती है।[96] वर्ग और जाति के आधार पर रूढ़िवाद को लोकप्रिय बनाने में टीवी विज्ञापनों की भी भूमिका कम नहीं है, जो प्रसिद्ध बॉलीवुड सेलब्रिटीज को अकसर ऐसी भूमिकाएँ देते हैं। हालाँकि इन्हें जनता की तरफ से भी कोई आक्रामक प्रतिक्रिया नहीं मिलती, क्योंकि ये हरएक की सोच का हिस्सा बन गए हैं।

बॉलीवुड फिल्मों में रूढ़िवादिता की अनुभव-आधारित पड़ताल

हमने सामग्री विश्लेषण पद्धति का इस्तेमाल करके बॉलीवुड फिल्मों में विभिन्न सामुदायिक समूहों के चित्रण को लेकर छोटी सी पड़ताल की। 50 फिल्मों (2-3 फिल्में प्रति अंग्रेजी अक्षर) का एक शुरुआती पूल बनाया गया, जिसमें 1950 के बाद से हर दशक की चुनिंदा फिल्में शामिल की गईं। इस तरह 1950 से 2010 के बीच लगभग 300 फिल्में चुनी गईं। 2010 से 2015 के बीच 25 अतिरिक्त फिल्में भी चुनी गईं। इस तरह अंतिम नमूने के तौर पर 65 साल के बॉलीवुड के सफर में 325 फिल्में चुनी गईं।

आई.आई.एम. अहमदाबाद की एक शोध टीम ने पहले हिस्से के तौर पर 2015 में अध्ययन किया और दूसरे हिस्से का अध्ययन लेखक के नेतृत्व में एक डॉक्टोरल स्कॉलर और तीन शोध सहायकों के सहयोग से किया गया, जिन्होंने कोडिंग प्रक्रिया का सहारा लिया। शोध टीम को वीडियो लाइब्रेरियों के माध्यम से इन फिल्मों तक पहुँच उपलब्ध कराई गई। कोडिंग प्रक्रिया में ये चीजें शामिल थीं—नाम, कलाकार, निर्देशक का नाम, हर धार्मिक समुदाय का प्रतिनिधित्व करनेवाले प्रमुख चरित्रों के नाम, पात्रों के द्वारा प्रयोग की गई अपील के प्रकार और विदेशी नागरिक और फिल्म में भारत सरकार के अधिकारियों की भूमिका के फिल्मांकन, नतीजों की बाहरी मान्यता सुनिश्चित करने के लिए मान्यता को लेकर भी अध्ययन किया गया। हर धर्म, पेशे और जाति पर आधारित सबसे प्रमुख विषयों को 150 स्कूली छात्रों को दिखाया गया और उद्धृत विषयों पर उनकी सहमति को लाइकर्ट स्केल पर पाँच बिंदुओं पर मापा गया।

पड़ताल की अंतर्दृष्टि

सामग्री विश्लेषण के नतीजे के तौर पर यह सामने आया कि रूढ़िवादिता तीन स्तरों पर मौजूद हैं—1. धर्म, 2. जाति, 3. राष्ट्रीयता। लगभग 78 प्रतिशत फिल्मों में कमजोर चरित्र वाली महिला पात्र ईसाई धर्म से ताल्लुक रखती थी; लगभग 58 प्रतिशत अनैतिक राजनीतिज्ञों को फिल्मों में ब्राह्मण नाम और उपनाम दिया गया था और लगभग 62 प्रतिशत धोखेबाज और भ्रष्ट कारोबारियों को फिल्मों में वैश्य जाति और वैश्य उपनाम दिया गया था। 84 प्रतिशत फिल्मों में मुसलमानों को मजबूत धार्मिक और ईमानदार (भले ही वे फिल्म में अपराध ही क्यों न कर रहे हों) दिखाया गया और 88 प्रतिशत फिल्मों में क्षत्रिय उपनाम वाले पात्रों को साहसी दिखाया गया। करीब 74 प्रतिशत फिल्मों में सिख समुदाय को मजाक के पात्र के तौर पर दिखाया गया। फिल्मों में हिंदू पुजारियों को करीब 94 प्रतिशत फिल्मों में लालची, बेईमान और कम पढ़ा-लिखा दिखाया गया था।

इसके अलावा हमने पाया कि 20 बॉलीवुड फिल्मों (कुल 325 फिल्मों में से) की पृष्ठभूमि में पाकिस्तान को रखा गया था। उन 18 फिल्मों में पाकिस्तानियों को खुशमिजाज, विनम्र, उदार और साहसी दिखाया गया था। इसके विपरीत पाकिस्तान सरकार को रूढ़िवादी, नापसंद करनेवाले, कट्टर देशभक्त या युद्धप्रेमी के रूप में पेश किया गया। कुछ फिल्मों में भारतीयों को संकीर्ण मानसिकता वाला, नापसंद करनेवाला और रूढ़िवादी दिखाया गया था। यही नहीं, भारत सरकार के अधिकारियों को तटस्थ, गतिरोधी, प्रक्रिया-उन्मुख और अनिर्णय की स्थिति वाला दर्शाया गया था।

अंत में हमने 150 स्कूली छात्रों को धर्म-आधारित, राष्ट्रीयता-आधारित और जाति-आधारित पात्रों वाली बॉलीवुड फिल्में दिखाईं। यह पाया गया कि 94 प्रतिशत छात्रों ने महसूस किया कि रूढ़िवादी प्रस्तुति जायज थी। एक और उल्लेखनीय बात यह पाई गई कि रूढ़िवादी अपीलों की संख्या भी अलग-अलग मिली। फिल्मों में रूढ़िवादी प्रस्तुतियों के मामले 1970 के बाद से काफी ज्यादा बढ़े हैं और रूढ़िवादिता के सबसे ज्यादा मामले बीते और वर्तमान दशक में ही फिल्मों में नजर आ रहे हैं।

दर्शकों पर रूढ़िवादिता के प्रभाव पर प्रयोग। यह देखने के लिए किया गया था कि फिल्मों में रूढ़िवादिता की मौजूदगी थी या नहीं? हमने 12 परंपरागत फिल्में (दो फिल्में प्रति रूढ़िवादी समूह, मुख्यतः ब्राह्मण, वैश्य, राजपूत, सिख, मुसलिम और ईसाई) चुनीं। इन 12 फिल्मों के चयन के लिए फिल्मों के 10 शौकीनों को मौका दिया गया। इन फिल्मों को एक्सचेंज प्रोग्राम के तहत फ्रांस, जर्मनी और फिनलैंड से आए 50 छात्रों को एक प्रबंधन संस्थान में दिखाया गया। ये एक्सचेंज

छात्र भारतीय संस्कृति और भारतीय फिल्मों से बहुत गहराई से वाकिफ नहीं थे और इसलिए रूढ़िवादिता के निष्पक्ष आकलन के प्रयास के तौर पर इसे आजमाया गया। प्रतिभागियों को तमाम समुदायों और पात्रों के बारे में जानकारी दी गई थी। साथ ही उनको जाति-व्यवस्था और समूह वर्गीकरण के बारे में भी बताया गया था। इसके बाद प्रतिभागियों ने फिल्में देखीं और फिल्मों में दिखाए गए तमाम प्रतिनिधित्वों को और गहराई से समझने के लिए इस पर चर्चा भी की। उन्हें रूढ़िवादिता को मापने के लिए एक मनोचिकित्सीय पैमानेवाले एक सर्वेक्षण में शामिल किया गया, जिसका रूढ़िवादिता के लिए औसत स्कोर 6.0 में से 5.2 निकला, जिससे स्पष्ट होता है कि बॉलीवुड फिल्मों में रूढ़िवादिता की मौजूदगी है।

अपने दावों की कार्य-क्षमता का पता लगाने के लिए हमने एक डिजाइन-आधारित प्रयोग किया, जिसका ध्यान दावों की कथित प्रामाणिकता को मापना था।[97] इसके नतीजे के तौर पर चार प्रायोगिक परिस्थितियाँ सामने आईं—1. रूढ़िवादिता की मौजूदगी, लेकिन कोई गलत चित्रण नहीं, 2. रूढ़िवादिता और भ्रामक चित्रण, दोनों की गैर-मौजूदगी, 3. रूढ़िवादिता की गैर-मौजूदगी, लेकिन भ्रामक चित्रण की मौजूदगी और 4. रूढ़िवादिता और भ्रामक चित्रण, दोनों की मौजूदगी। हमारी परिकल्पना यह है कि अगर दर्शक रूढ़िवादी हैं तो उनकी गलत धारणाओं पर विश्वास करने की संभावना अधिक है। लोकप्रिय बॉलीवुड फिल्मों के दृश्यों को काट-छाँटकर परिदृश्यों में हेरफेर से किया गया था और प्रतिभागियों को एक फिल्म के रूप में समुदायों के रूढ़िवादी प्रतिनिधित्व को दर्शाते हुए एक उकसावे को प्रस्तुत किया गया। नतीजों से इस नजरिए को बल मिला कि रूढ़िवादिता और भ्रामक प्रस्तुति दोनों एक-दूसरे को बढ़ावा देती हैं और यह भी माना जाता है कि रूढ़िवादिता और धार्मिक गलत चित्रण का स्तर ऊँचा होता है तो दोनों की कथित प्रामाणिकता भी ऊँची हो जाती है।

हमने अपने दावों का विश्लेषण करने के लिए सांख्यिकीय विधियों का उपयोग किया और सांख्यिकीय मॉडल के नतीजों से रूढ़िवादिता, धार्मिक गलतबयानी और दावों की कथित प्रामाणिकता पर उनके सामंजस्य के बीच एक खास संबंध देखने को मिला। हमने पाया कि दावों की कथित प्रामाणिकता पर आपसी सामंजस्य का सबसे ज्यादा असर पड़ता है, इसके बाद रूढ़िवादिता और धार्मिक गलतबयानी का नंबर आता है।

व्यक्ति के आत्म-सम्मान पर बॉलीवुड फिल्मों में रूढ़िवादिता के प्रभाव को देखने के लिए एक और प्रयोग भी किया गया। समुदाय आधारित समूह बनाए गए और एक फिल्म के तौर पर उत्प्रेरक उपलब्ध कराया गया। पाँच समूह बनाए

गए—1. ब्राह्मण, 2. वैश्य, 3. राजपूत, 4. सिख, 5. मुसलिम। प्रत्येक समूह में 50 प्रतिभागियों को शामिल किया गया और आत्म-सम्मान के पैमाने से जुड़ी प्रश्नावली देकर उनसे जवाब पूछे गए। एक रूढ़िवादी उत्प्रेरक (ऊपर बताए गए समूह से संबंधित एक फिल्म जो दिखाई गई, जो रूढ़िवादी छवि पेश करती थी), इसके बाद प्रश्नावली उनको सौंपी गई। एक सामान्य सी सांख्यिकीय पड़ताल यह जाँचने के लिए की गई कि समूहों में उत्प्रेरक के प्रवेश से पहले और बाद में किसी प्रकार की उल्लेखनीय विविधता देखने में आई और क्या सभी नतीजे उल्लेखनीय कहे जा सकते हैं? विशेष रूप से खराब रोशनी में फिल्में दिखाने पर लोगों का आत्म-सम्मान कम हो गया और सकारात्मक प्रकाश में दिखाए गए लोगों में वृद्धि हुई।

परिणाम बताते हैं कि रूढ़िवादिता और गलत प्रस्तुति, दोनों का छात्रों के द्वारा मानी गई प्रामाणिकता पर महत्त्वपूर्ण प्रभाव है। हालाँकि उनकी बातचीत का भी महत्त्वपूर्ण प्रभाव था। हमने यह भी पाया कि रूढ़िवादिता और धार्मिक गलतबयानी के आपसी संपर्क के कारण अधिकतम प्रभाव पैदा होता है। रूढ़िवादिता और धार्मिक भ्रामक प्रस्तुतियों के चलते दावों की प्रामाणिकता पर भी असर पड़ता है। लोग अकसर धार्मिक भ्रामक प्रस्तुतियों को अन्य रूढ़ियों से अलग करके नहीं देख पाते।

बॉलीवुड में संवर्धित रूढ़िवादिता का एक संभावित प्रभाव वित्तीय पहलू भी हो सकता है, जो इस तरह के विकल्पों को आगे बढ़ाता है। पाकिस्तान में बॉलीवुड फिल्मों के लगभग 180 मिलियन (18 करोड़) दर्शक हैं। इसके अलावा कुछ लाख पाकिस्तानी पश्चिमी एशिया, यूरोप और अमेरिका में भी हैं, जो आमतौर पर बॉलीवुड फिल्में पसंद करते हैं। इस पहलू पर गौर करें तो बॉलीवुड फिल्मों का विदेशी बाजार बड़ा होता जा रहा है, इसलिए संभवत: इसी के चलते बहुसंख्यक बॉलीवुड फिल्मकार और कलाकार इस भीड़ को भी ध्यान में रखकर फैसले लेते हैं। हॉलीवुड की फिल्मों के विपरीत, जो कुछ समय के लिए विदेशों में अमरीकी संस्कृति के अग्रदूत के तौर पर इस्तेमाल की जाती थीं, बॉलीवुड फिल्में बिल्कुल भी भारतीय संस्कृति को प्रस्तुत नहीं करती हैं। बॉलीवुड वास्तविकता को प्रस्तुत कर रहा है या नहीं, या अपनी खुद की दुनिया बनाने के लिए प्रयास कर रहा है, यह एक कठिन सवाल है। फिर भी, जैसाकि शोध के जरिए बताया गया, रूढ़िवादिता को निश्चित तौर पर प्रोत्साहित नहीं किया जाना चाहिए, क्योंकि यह बड़े पैमाने पर समुदाय के लिए विभिन्न प्रकार के नकारात्मक प्रभावों से जुड़ी हुई है।

रूढ़िवादिता विभिन्न धर्मों, जातियों आदि के प्रति हमारे दृष्टिकोण पर असर डालती है या नहीं, इस पर वैज्ञानिक बहस अब लगभग पूरी हो चुकी है। अब

अतिरिक्त लंबवत् और वैज्ञानिक अध्ययन को आगे बढ़ाते हुए यह समझना है कि रूढ़िवादिता के पीछे कौन सी मनोवैज्ञानिक प्रक्रियाएँ हैं, जो अंततः इस संबंध में और अच्छी समझ विकसित करने में मदद करेंगी। साथ ही फिल्मकारों को इस तरह की गलत धारणाओं वाली फिल्में बनाने के पीछे कौन सी प्रेरणात्मक ताकतें काम करती हैं, इस ओर भी देखा जा सकता है। बॉलीवुड के मामले में हम मानते हैं कि लाभ उन्मुख, तोड़-मरोड़कर पेश किए जानेवाले कथानक और कुछ निश्चित विचारधाराओं में आस्था का ही नतीजा होता है कि फिल्मकार रूढ़िवादिता को चुनते हैं। बॉलीवुड के मामले में हम मानते हैं कि लाभ नीति, विकृत कहानियाँ और कुछ विचारधाराओं में आस्था का ही यह असर है कि फिल्म-निर्माता रूढ़िवाद को फिल्मों में इतनी प्रमुखता देते हैं।

कुल मिलाकर सरकार, मीडिया घरानों और फिल्मकारों के सामने भारत के युवा लोगों के समक्ष स्वस्थ मीडिया डाइट प्रस्तुत कर पाना एक चुनौती बनी हुई है। बहरहाल बच्चों और युवाओं के सामने विभिन्न समूहों के रूढ़िवादी चित्रण से उनके आत्म-सम्मान पर असर पड़ता है, परिणामस्वरूप देश के आत्म-सम्मान पर भी असर पड़ता है। वर्तमान पड़ताल इस बात पर चर्चा करने पर बल देती है कि क्या सरकार, मीडिया हाउस और मूवीमेकर्स को व्यवहार्य दखल देना चाहिए, ताकि हमारे बच्चों को स्वस्थ मीडिया सामग्री उपलब्ध कराई जा सके। इसी तर्ज पर सी.बी.एफ.सी. (सेंट्रल बोर्ड ऑफ फिल्म सर्टिफिकेशन) जैसे प्रशासनिक निकायों को किसी फिल्म को मंजूरी देने से पहले ऐसे कारकों का संज्ञान लेने की जरूरत है। निर्माता इस तरह से इस अध्ययन के निष्कर्षों का उपयोग अपनी फिल्मों में रूढ़िवादी प्रस्तुति की मात्रा घटाने में कर सकते हैं। बॉलीवुड में सिख समुदाय को लेकर रूढ़िवादी चित्रण का एक मामला यहाँ प्रस्तुत किया जा रहा है, जो दिखाता है कि बॉलीवुड फिल्में क्या करती हैं।

भारतीय जनसंख्या में सिखों की कुल आबादी महज दो प्रतिशत है और इस तरह ये अल्पसंख्यकों में आते हैं। बॉलीवुड और लोकप्रिय हिंदी सिनेमा में परंपरागत तौर पर सिख व्यक्ति को या तो बहादुर योद्धा के तौर पर दिखाया जाता है या गँवार देहाती।[98] तमाम मुख्यधारा की हिंदी फिल्मों में मुख्य किरदार एक हिंदू व्यक्ति निभाता है, सिख किरदारों को पूरी फिल्म में अकसर बिखेर दिया जाता है, ताकि फिल्म में बीच-बीच में हास्य का पुट दिया जा सके। भारतीय सिनेमा में पहले सिख नायक वाली फिल्म 2001 में आई, जब 'गदर : एक प्रेम कथा' (2001) में सनी देओल ने पगड़ीधारी सिख का रोल किया। मुख्यधारा के सिनेमा में सिखों के बड़े किरदार

पिछले दशक के आसपास ही जगह पा सके। शीर्ष फिल्म सितारे, जैसे रणबीर कपूर, अक्षय कुमार, सैफ अली खान और अमिताभ बच्चन ने तमाम फिल्मों में सिखों का किरदार बखूबी निभाया। हालाँकि बॉलीवुड कलाकारों ने सांकेतिक सिख पगड़ी को ट्रेंडी और फैशन में ला दिया, फिर भी सिख समुदाय के चित्रण को अकसर दुनिया भर के सिखों द्वारा 'नीचा दिखाने' के तौर पर बताया जाता है।

लोकप्रिय सिनेमा ने सिखों को बिना दिमाग वाले जोकर का रूप दे दिया है। बॉलीवुड फिल्में पंजाबी मर्दानगी को परिभाषित करने के लिए खाने और शराब के जुनून का इस्तेमाल करती हैं। शोध में यह सामने आया है कि सिख समुदाय को फिल्मों में इस तरह पेश करने से सिखों के आत्म-सम्मान को ठेस पहुँची है।[99]

फिल्मों के अलावा तमाम पंजाबी गायकों, जैसे सिद्धू मूसेवाला, मनकिरत औलख आदि के गाए लोकप्रिय गानों में 'जट' सिख समुदाय को आक्रामक या हिंसक के तौर पर पेश किया जाता है। हाल के एक गाने 'पंज गोलियाँ' (पाँच गोलियाँ) में बंदूक हिंसा और ड्रग संस्कृति को बढ़ावा दिया गया है। इन गानों को बनानेवालों पर इसी आरोप में मुकदमे भी हुए।[100] इसी प्रकार 'जट दा मुकाबला क्लास मैनु कित्थे?' (जट की टक्कर में कौन आ सकता है?) गाने में पंजाबी समाज के कथित जातिगत अभिमान और विभाजन को प्रोत्साहित किया गया है।[101] जाट शख्सियत को साहसी, कठोर और असहयोगी प्रवृत्ति वाला पेश किया जाता है। गानों में बंदूक संस्कृति को महिमामंडित किया जाता है और नशे की खपत को पुरुषत्व को उभारने के जरिए के तौर पर दिखाया जाता है। जब कॉरपोरेट भर्तियों की बात आती है तो ऐसे प्रतिनिधित्व के क्या मायने हैं, इसकी पड़ताल की जरूरत है।

इस तरह की फलती-फूलती बंदूक संस्कृति का असर राज्य में कुछ इस हद तक है कि यह देश की सबसे संपन्न बंदूक संस्कृति होती जा रही है। देश में कुल 2.6 मिलियन (26 लाख) बंदूक लाइसेंस धारक हैं, जिसमें अकेले पंजाब में सबसे ज्यादा 0.5 मिलियन (पाँच लाख) बंदूकें हैं। एन.सी.आर.बी. (राष्ट्रीय अपराध रिकॉर्ड्स ब्यूरो) के मुताबिक 2014 में भारत में बंदूकों से हुई 3,655 मौतों में केवल 14 प्रतिशत मौतें लाइसेंसी बंदूकों से हुई थीं। बहुसंख्यक लोग अवैध हथियारों के शिकार हुए थे। वहीं पंजाब राज्य में आँकड़ों के मुताबिक उस दौरान बंदूक हिंसा में 48 मौतें हुई थीं, जिसमें 22 की मौत लाइसेंसी बंदूकों से हुई थी।[102] खासतौर पर पूरे देश में पंजाब ऐसा राज्य है, जहाँ प्रति 1,00,000 आबादी पर कैदियों की संख्या सबसे अधिक है।

इसलिए कुल मिलाकर बॉलीवुड फिल्मों में रूढ़िवादी छवि पेश करने से सिख

समुदाय को काफी नुकसान उठाना पड़ा है। चाहे वह बेचारगी हो, पीड़ित हो या न्यूनतम आत्म–सम्मान की भावना हो, सिख युवाओं को अकसर झगड़ालू, बात न माननेवाला और हताश दिखाया जाता है, जिसे लेकर अनुभव के आधार पर परीक्षण की जरूरत है। हालाँकि स्पष्ट और बढ़ती बंदूक संस्कृति, ड्रग्स तथा शराब की लत और असंतोष नजर आता है, इसकी एक संभावित वजह सामान्य तौर पर पंजाबियों, खासतौर पर सिखों की रूढ़िवादी गलत प्रस्तुति है।

संदर्भ–

68. Schacht, K. (2019). What Hollywood movies do to perpetuate racial stereotypes. DW. Retrieved from https://www.dw.com/en/Hollywood-movies-stereotypes-prejudice-data-analysis/a-47561660. Accessed on 14 Oct, 2020.
69. Common Sense media (n.d). Watching Gender : How Stereotypes in Movies and on TV impacts Kids' Development. Retrieved from https://www.commonsensemedia.org/sites/default/files/uploads/research/commonsense_watchinggender-topline_release.pdf. Accessed on 14 Oct, 2020.
70. Tukachinsky, R., Mastro, D., & Yarchi, M. (2015). Documenting portrayals of race/ethnicity on primetime television over a 20-year span and their association with national-level racial/ethnic attitudes. Journal of Social Issues, 71(1), 17-38. Retrieved from https://www.researchgate.net/publication/273523463_Documenting_Portrayals_of_RaceEthnicity_on_Primetime_Television_over_a_20-Year_Span_and_Their_Association_with_National-Level_RacialEthnic_Attitudes/citation/download. Accessed on 4 Oct, 2020.
71. Schmader, T., Block, K. and Lickel, B. (2015), 'Social Identity Threat in Response to Stereotypic Film Portrayals : Effects on Self-Conscious Emotion and Implicit Ingroup Attitudes', Journal of Social Issues, Blackwell PublishingInc., Vol.71, No.1, pp.54–72. Retreived from https://spssi.onlinelibrary.wiley.com/doi/full/10.1111/josi.12096. Accessed on 4 Oct, 2020.
72. Common Sense (n.d). Watching Gender. How Stereotypes in Movies and on TV Impact Kids' Development. Retrieved from https://wnywomensfoundation.org/app/uploads/2017/08/16.-Watching-Gender-How-Stereotypes-in-Movies-and-on-TV-Impact-Kids-Development.pdf. Accessed on 21 Oct, 2020.
73. Karan, K. (2008). Obsessions with fair skin : Color discourses in Indian advertising. Advertising & society review, 9(2). Retrieved from https://muse.jhu.edu/article/241033/summary. Accessed on 21 Oct, 2020.

74. Li, E.P., Min, H.J. & Belk, R.W. (2008). Skin lightening and beauty in four Asian cultures. ACR North American Advances. Retrieved from https://www.acrwebsite.org/volumes/13415/volumes/v35/NA-35. Accessed on 21 Oct, 2020.
75. Engels, Rutger & Hermans, Roel & Baaren, Rick & Hollenstein, Tom & Bot, Sander. (2009). Alcohol Portrayal non-Television Affects Actual Drinking Behaviour. Alcohol and alcoholism (Oxford, Oxfordshire). 44. 244-9.10.1093/alcalc/agp003. Retrieved from https://www.researchgate.net/publication/24035117_Alcohol_Portrayal_on_Television_Affects_Actual_Drinking_Behaviour. Accessed on 4 Oct, 2020.
76. Anderson, C.A., Berkowitz, L., Donnerstein, E., Huesmann, L.R., Johnson, J.D., Linz, D., Malamuth, N.M., et al. (2003), 'The Influence of Media Violence on Youth.', Psychological Science in the Public Interest : A Journal of the American Psychological Society, SAGE PublicationsSage CA : Los Angeles, CA, Vol. 4 No. 3, pp. 81–110. Retrieved from https://journals.sagepub.com/doi/full/10.1111/j.1529-1006.2003.pspi_1433.x and Accessed on 5 Oct, 2020.
77. Hogg, M.A., Hains, S.C., & Mason, I. (1998). Identification and leadership in small groups : Salience, frame of reference, and leader stereotypicality effects on leader evaluations. Journal of Personality and Social Psychology, 75(5), 1248. Retrieved from https://psycnet.apa.org/doiLanding?doi=10.1037%2F0022-3514.75.5.1248. Accessed on 21 Oct, 2020.
78. Ramasubramanian, S. (2007), 'Media-based Strategies to Reduce Racial Stereotypes Activated by News Stories', Journalism & Mass Communication Quarterly, Association for Education in Journalism and Mass Communication, Vol. 84 No. 2, pp. 249–264. Retrieved from https://journals.sagepub.com/doi/abs/10.1177/107769900708400204. Accessed on 5 Oct, 2020.
79. Arendt, F. (2013), 'Dose-Dependent Media Priming Effects of Stereotypic Newspaper Articles on Implicit and Explicit Stereotypes', Journal of Communication, Oxford Academic, Vol. 63 No. 5, pp. 830–851. Retrieved from https://dc.etsu.edu/cgi/viewcontent.cgi?article=2160&context=etd and Accessed on 5 Oct, 2020.
80. Sutkutė, R. (2020). Representation of Islam and muslims in western films : An 'imaginary' muslim community. EUREKA : Social and Humanities, (4), 25-40. Retrieved from http://journal.eu-jr.eu/social/article/view/1380. Accessed on 21 Oct, 2020.
81. Ramasubramanian, S. (2007), 'Media-based Strategies to Reduce Racial Stereotypes Activated by News Stories', Journalism & Mass Communication Quarterly, Association for Education in Journalism and Mass Communication, Vol. 84 No. 2, pp. 249–264.
82. Brown, C.L., Matherne, C.E., Bulik, C.M., Howard, J.B., Ravanbakht, S.N.,

Skinner, A.C., ... & Levine, C. (2017). Influence of product placement in children's movies on children's snack choices. Appetite, 114, 118-124. Retrieved from https://www.sciencedirect.com/science/article/abs/pii/S0195666316305918. Accessed on 21 Oct, 2020.

83. Titus, Linda & Dalton, Madeline & Adachi-Mejia, Anna & Raymond, Meghan & Beach, Michael. (2008). Longitudinal Study of Viewing Smoking in Movies and Initiation of Smoking by Children. Pediatrics. 121. 15-21. Retrieved from https://pediatrics.aappublications.org/content/121/1/15.short. Accessed on 21 Oct, 2020.

84. Brown, J.D., & Bobkowski, P.S. (2011). Older and newer media: Patterns of use and effects on adolescents' health and well-being. Journal of Research on Adolescence, 21(1), 95-113. Retrieved from https://onlinelibrary.wiley.com/doi/full/10.1111/j.1532-7795.2010.00717.x. Accessed on 21 Oct, 2020.

85. Dixon, N.F. (1971). Subliminal perception : The nature of a controversy. Retrieved from https://philpapers.org/rec/.

86. Bryant, J., & Oliver, M.B. (Eds.). (2009). Media effects : Advances in theory and research. Routledge.

87. Arendt, F. (2013), 'Dose-Dependent Media Priming Effects of Stereotypic Newspaper Articles on Implicit and Explicit Stereotypes', Journal of Communication, Oxford Academic, Vol. 63 No. 5, pp. 830–851. Retrieved from https://dc.etsu.edu/cgi/viewcontent.cgi?article=2160&context=etd. Accessed on 5 Oct, 2020.

88. Ramasubramanian, S. (2007), 'Media-based Strategies to Reduce Racial Stereotypes Activated by News Stories', Journalism & Mass Communication Quarterly, Association for Education in Journalism and Mass Communication, Vol. 84 No. 2, pp. 249–264. Retrieved from https://journals.sagepub.com/doi/abs/10.1177/107769900708400204. Accessed on 5 Oct, 2020.

89. Bailey, J. (2020). 'Gone with the Wind' and Controversy: What You Need to Know NY Times. Retrieved from https://www.nytimes.com/2020/06/10/movies/gone-with-the-wind-controversy.html. Accessed on 21 Oct, 2020.

90. Staples, B. (2012). Black Characters in Search of Reality. NY Times. Retrieved from https://www.nytimes.com/2012/02/12/opinion/sunday/black-characters-in-search-of-reality.html. Accessed on 21 Oct, 2020.

91. Trice, Dawn Turner (2009), 'What do baggy pants really say?' Chicago Tribune. Available at https://www.chicagotribune.com/news/ct-xpm-2009-11-02-0911010232-story.html#:~:text=There%20are%20a%20few%20theories,or%20use%20them%20as%20weapons. Accessed on 17 Oct, 2020.

92. Alvarez, Luis (2009), 'The Power of the Zoot', University of California Press, Ed. 1.

93. Demby, Gene (2014), 'Sagging pants and the long history of 'Dangerous' street fashion.' Available at https://www.npr.org/sections/codeswitch/2014/09/11/347143588/sagging-pants-and-the-long-history-of-dangerous-street-fashion (Accessed on 17 Oct, 2020).
94. Bozdech, B (2016). Watch Out! Classic Movies with Old-fashioned gender roles. Retrieved from https://www.commonsensemedia.org/blog/watch-out-classic-movies-with-old-fashioned-gender-roles. Accessed on 17 Oct, 2020.
95. Swarajya (2020). Why Bollywood pushes hateful stereotypes of Hindus created and cemented by Foreign colonial rule. Retrieved from https://swarajyamag.com/culture/why-Bollywood-pushes-hateful-stereotypes-of-hindus-created-and-cemented-by-foreign-colonial-rule. Accessed on 17 Oct, 2020.
96. PTI (2019), "Mother India' to 'Super 30' racism and class-caste stereotypes continues in Bollywood.' Available at https://www.oneindia.com/india/mother-india-to-super-30-racism-and-class-caste-stereotypes-continues-in-Bollywood-2901879.html (Accessed on 17 Oct, 2020).
97. Muñoz, C.L., Wood, N.T. and Solomon, M.R. (2006), 'Real or blarney? A cross-cultural investigation of the perceived authenticity of Irish pubs', Journal of Consumer Behaviour, Wiley, Vol. 5 No. 3, pp. 222–234. Retrieved from https://www.academia.edu/6300273/Real_or_blarney_A_cross_cultural_investigation_of_the_perceived_authenticity_of_Irish_pubs and Accessed on 5 Oct, 2020.
98. Roy, A.G. (2014). Representation of Sikhs in Bollywood Cinema. Sikh Formations, 10(2), 203-217.
99. Kaur A. & Kaur C., 'The Influence of Bollywood Films on Punjabi Sikh Youths' Perception towards the Sikh Identity.'
100. Hindustan Times (2020), 'Punjabi singers among 9 booked for promoting gun culture through song.' Available at https://www.hindustantimes.com/chandigarh/singer-moose-wala-booked-for-promoting-gun-culture-in-song/story-65ec1wLf5EbcdPtbJxczBI.html#:~:text=Punjabi%20singers%20Shubhdeep%20Singh%2C%20alias,golian%20(five%20bullets)'. (Accessed on 19 Oct, 2020).
101. Pannu, Gurjant (2020), 'Jat, gun and song's done.' Available at https://www.tribuneindia.com/news/features/jat-gun-and-songs-done-154094, (Accessed on 18 Oct, 2020).
102. Tribune India (2019), 'Licence to Kill', Available at https://www.tribuneindia.com/news/editorials/licence-to-kill-9130 (Accessed on 19 Oct, 2020).

□

अध्याय–3
फिल्मों में धर्म

"फिल्में महज अपनी सामग्री के चलते धार्मिक नहीं होतीं, बल्कि अपने रूप और स्वीकृति के चलते धार्मिक होती हैं।"[03]

परिचय

मोशन पिक्चर उद्योग के शुरुआती दौर से फिल्में धर्म को एक विषय के रूप में दिखाती रही हैं और प्रभावशाली धार्मिक समूह अपनी सामग्री, रूप और दृष्टिकोण से फिल्मों पर असर डालते रहे हैं। फिल्मों में धर्म का अध्ययन करके हम सिनेमा के विभिन्न कार्यों की एक अंतर्दृष्टि प्राप्त कर सकते हैं कि धार्मिक जगत्, मिथक, आस्था, अनुष्ठान, मूल्यों के निर्माण में सिनेमा किस तरह बड़े पैमाने पर समाज को प्रभावित करता है। सामान्य तौर पर हम कह सकते हैं कि फिल्में सांस्कृतिक उत्पादों की तरह होती हैं, जो एक परिभाषित माध्यम में स्क्रिप्ट के रूप में तैयार की जाती हैं और उनका प्रचार किया जाता है। धार्मिक पहलुओं, ऐतिहासिक एजेंडों, अल्पसंख्यकों के बीच संघर्षों को दिखाकर लोकप्रिय फिल्मों ने धर्म और आध्यात्मिक विषयों को व्यापक रूप में पेश किया है। धार्मिक क्रियाकलापों, विभिन्न प्रकार के अनुष्ठानों, धार्मिक समूहों आदि का चित्रण ऐसी फिल्मों के मूल विषय रहे हैं। इसलिए यह एक मनोरंजन का साधन होने के साथ-साथ दुनिया के द्वारा बनाई जा रही संस्कृति की अभिव्यक्ति का माध्यम भी है। फिल्मों के जरिए तय की गई मिसालें पवित्र पारंपरिक ग्रंथों, अनुष्ठानों या रीति-रिवाजों की बजाय नए रोल मॉडल हैं, जो उसके व्यवहार को आकार देते हैं। इसका स्पष्ट अर्थ है कि फिल्मों की संस्कृति धार्मिक संस्थानों और पारंपरिक पवित्र ग्रंथों की भूमिका की जगह ले सकती है।

पवित्र चीजों की प्रकृति धर्म, धार्मिक विश्वासों, मिथकों, कर्मकांडों और

प्रथाओं जैसे विभिन्न प्रतिनिधित्वों से व्यक्त की जाती है, जो उन गुणों और शक्तियों के लिए जिम्मेदार हैं। धर्म भिन्न-भिन्न आस्थाओं, गुणों और प्रथाओं के खूबसूरत मेल पर आधारित है।

फिल्मों में धर्म को आमतौर पर अपवित्र और धार्मिक वस्तुओं में सम्मिलित किया जाता है, जिन्हें सभी धर्मों का एक अनिवार्य तत्त्व माना जाता है, भले ही उनकी प्रकृति और जटिलता कुछ भी हो। आमतौर पर इन पहलुओं का मानव-मन पर गहरा असर पड़ता है, और वह अपने हिसाब से धर्म की व्याख्या करने में खुद को सक्षम मानने लगता है।[104]

ऐसी कई फिल्में हैं, जहाँ आध्यात्मिकता या धर्म का विषय सामान्य वास्तविकता-आधारित कार्यक्रमों की तुलना में बहुत अधिक ध्यान आकर्षित करता है। विषय और कथानक यथार्थवादी प्रतीत नहीं हो सकते हैं, लेकिन दर्शकों की कुल संख्या हमेशा बड़ी होती है। फिल्मों के माध्यम से धर्म और अध्यात्म के विभिन्न पहलुओं के चित्रण से धर्म को अधिक महत्त्व और प्रचार मिलता है।

एक प्रसिद्ध समाजशास्त्री मैल्कम हैमिल्टन ने अपनी किताब 'द सोशियोलॉजी ऑफ रिलिजन : थियोरेटिकल ऐंड कंपरेटिव पर्सपेक्टिव्स' में यह प्रतिपादित किया था कि सामाजिक व्यवस्था को सहज रखने के लिए सामाजिक मूल्यों के नैतिक सिद्धांतों से निर्देशित समूह एकता के लिए भय और सुरक्षा के आधार पर एक व्यक्ति के दिमाग से धर्म उपजा है। "धर्म को सभी मनुष्यों में निहित मनोवैज्ञानिक कारकों का उत्पाद माना जाता है और दूसरी तरफ इसे सामाजिक मूल्यों और सामाजिक स्थिरता बरकरार रखने के साधन के तौर पर भी देखा जाता है।"[105]

संचार का मीडिया महज दो चैनलों को जोड़ने का आधार नहीं है, बल्कि मीडिया वह खंडित इकाई है, जो समाज की मान्यताओं का निर्माण करती है। साथ ही यह भी ध्यान रखना जरूरी है कि धर्म और संस्कृति केवल मीडिया को इस्तेमाल नहीं कर रहे, बल्कि मीडिया द्वारा इस्तेमाल किए जा रहे हैं, और किसी-न-किसी रूप में गढ़े जा रहे हैं।[106]

तमाम सिनेमैटोग्राफर्स ग्राफिक्स, एडिटिंग, प्रोडक्शंस के तरीके आजमाते हैं, ताकि किसी खास अवधारणा को परदे पर नए रंग-रूप में उतार सकें। फिल्मों से किसी के दिमाग में लंबे समय तक बनी रहनेवाली एक काल्पनिक छवि तैयार की जा सकती है। क्लाइव मार्श (2003) ने पश्चिमी संस्कृति पर आधारित फिल्म में धार्मिक समारोह को देखने के तमाम पहलुओं के बारे में विस्तार से बताया है।

अपनी किताब 'सिनेमा ऐंड सेंटीमेंट्स' (2004) में मार्श ने फिल्म देखने और धर्मशास्त्र, दोनों को सामाजिक रीति-रिवाजों एवं मूल्यों व आस्था प्रणालियों में लोकप्रिय फिल्मों के समकालीन धार्मिक महत्त्व के रूप में प्रस्तुत किया है।[107] हॉलीवुड फिल्मों ने दर्शकों के दिमाग में ईसाई धर्म की स्थायी छवियाँ बनाने के लिए ग्राफिक्स, दृश्यों, कल्पनाओं का बखूबी इस्तेमाल किया।

धर्म का कल्पनात्मक चित्रण, कहानियों में बढ़ी हुई आस्था और छवि दर्शकों के धर्म और आस्था के सिद्धांत को प्रभावित करते हैं। फिल्मों में अद्वितीय दृश्य हालातों और अनुभवों की समझ को और बेहतर करते हैं, क्योंकि वे एक कथात्मक रूप या कल्पना में पेश किए जाते हैं। इन फिल्म दृश्यों का दर्शकों के नजरिए पर गहरा और अमिट प्रभाव हो सकता है। लेखक द्वारा 2004 में अमेरिका के दक्षिणी भाग में एक विश्वविद्यालय में सामाजिक प्रयोग किया गया। लेखक ने साइकोमेट्रिकली प्यूरिफाइड स्केल का प्रयोग करते हुए अपनी कक्षा के छात्रों का यहूदियों के प्रति नजरिया जाँचा और उन्हें 1 से 7 के बीच पॉइंट देने को कहा (एक यानी बेहद नकारात्मक से 7 यानी अत्यधिक सकारात्मक के बीच)। कक्षा में कुल 58 विद्यार्थी थे और वे सभी अमेरिका के दक्षिणी भूभाग के ईसाई थे। कोई भी छात्र यहूदियों को नजदीक से नहीं जानता था। उनका यहूदियों के प्रति नजरिए को लेकर औसत प्रतिक्रिया 3.2/7.0 रही, जो दर्शाता है कि यहूदियों के प्रति ज्यादातर की सोच नकारात्मक ही रही। इसके बाद विद्यार्थियों को उस हफ्ते एक फिल्म (शिंडलर्स लिस्ट) देखने को कहा गया। अगली कक्षा में लेखक ने यह प्रमाणिक करने के लिए कि विद्यार्थियों ने फिल्म देखी, उस फिल्म से जुड़े पात्रों पर चर्चा की। ऐसा करने के उपरांत एक बार फिर यहूदियों के प्रति छात्रों का नजरिया साइकोमेट्रिक स्केल पर मापा गया। इस बार यहूदियों के प्रति उनके रवैये की औसत प्रतिक्रिया 5.2/7.0 आँकी गई। यह प्रयोग भले ही बेहद छोटे स्तर पर सही, लेकिन यह दर्शाता है कि मात्र एक फिल्म किसी धर्म के प्रति लोगों की धारणा को किस तरह प्रभावित कर सकती है।

यही प्रयोग भारतीय परिप्रेक्ष्य में दोहराया गया। हिंदुओं के प्रति विद्यार्थियों की धारणा साइकोमेट्रिक प्यूरिफायड स्केल पर नापी गई। कक्षा में मौजूद सभी विद्यार्थी हिंदू थे और इनकी कुल संख्या 81 थी। औसत स्कोर 6.2/7.0 रही। इसके बाद विद्यार्थियों को फिल्म 'पीके' देखने को कहा गया। फिल्म देखने के बाद छात्रों को अपनी प्रतिक्रिया अंकों में देने को कहा गया। इस बार स्कोर गिरकर 4.5/7.0 हो

गया। इसके बाद इसी समूह का मुसलमानों के प्रति रवैया आँका गया और औसत स्कोर 5.2/7.0 हो गया। इसके बाद छात्रों को फिल्म 'मुंबई मेरी जान' देखने को कहा गया। फिल्म देखने के बाद एक बार फिर मुसलिमों के प्रति उनकी राय जानी गई। इस बार स्कोर में सुधार हुआ और यह 5.9/7.0 जा पहुँचा। फिर यह प्रयोग वास्तविक सबूत प्रदान करता है कि फिल्में हमारे धर्म के दृष्टिकोण को कैसे आकार देती हैं।

फिल्में अकसर समय के आधार पर व्यक्तियों और समूह को एक बेहद सरल, भावुक और किंवदंतियों के जरिए धर्म से संबंधित मुद्दे प्रस्तुत करती हैं।

सिनेमा उपस्थिति के परिप्रेक्ष्य अगोरा फेनोमिना

एडम बेला और जीरोम टोबैसेक ने पोप जॉन पॉल द्वितीय के 1979 में पोलैंड दौरे पर उनकी सभाओं में उमड़ी भारी भीड़ में शामिल कुछ प्रतिभागियों की मनोवैज्ञानिक व्याख्या प्रस्तुत की।[108] अध्ययन में यह दिखाया गया कि पोप के आगमन पर तब की करीब 30 प्रतिशत पॉलिश आबादी ने उनकी सभाओं में हिस्सा लिया या कह सकते हैं कि 12 मिलियन (1.2 करोड़) लोग शामिल हुए और इसमें शामिल प्रतिभागी आत्म-श्रेष्ठता की भावना से ओतप्रोत हो गए। लेखकों के मुताबिक, इन अनुभवों ने आगे चलकर पोलैंड में 1980 में शुरू हुए नौकरशाही विरोधी सामाजिक आंदोलन के विकास में केंद्रीय भूमिका निभाई; बड़े पैमाने पर लोगों ने अपना धर्म बदल लिया और कैथोलिक हो गए। लेखकों ने इसी अध्ययन में सार्वजनिक समारोहों के लिए 'एगोरल गैदरिंग' की अवधारणा पेश की, जिसकी व्याख्या उन्होंने किसी अच्छे या सामाजिक विचार के लिए लोगों के समूह की जुटान के तौर पर की, जिसने उनके जीवन पर गहरा और व्यापक असर डाला। उन्होंने एगोरल गैदरिंग को कुछ विशेषताओं के आधार पर अन्य प्रकार के सामूहिक व्यवहारों की अवधारणा से भिन्न बताया।

अपनी पड़ताल में हमने ये विशेषताएँ पाईं—1. प्रचार, जैसे खुले तौर पर और व्यापक संचार के माध्यमों के चलते सभा उपलब्ध है, 2. सदस्यों में उच्च मूल्य और शांतिपूर्ण आचरण और 3. केंद्रीय जुटान, यानी एगोरा में जो संदेश दिया गया, वह समाज के गुणों और दृढ़-विश्वास के साथ कुछ इस तरह मेल खाता है कि यह जुड़ाव और अपनेपन की भावना को प्रोत्साहित करने का भाव पैदा करता है।

केंद्रीय जुटान में शामिल हुए प्रतिभागियों के अध्ययन से यह भी पाया गया कि इसके जरिए उनको आत्म-श्रेष्ठता की भावना महसूस हुई, जोकि 1. विभिन्न

सदस्यों के साथ गहन पहचान और 2. गुणों की अभिव्यक्ति, उत्कटता, स्पष्टीकरण और सत्यापन के उन्नयन के चलते महसूस हुई।[109]

प्रभावों की संभावित व्याख्या के लिए लेखकों ने फ्रॉम्म से अनुमोदित इस्केप फ्रॉम फ्रीडम का उदाहरण लिया, जो व्यक्ति को अपनी आजादी उस परम सत्ता को समर्पित करने का सुझाव देती है, जिससे वह पहचान करता है; एक घटना, जिसे कुछ अपराध-बोध उन्मुख धार्मिक दर्शन में देखा जा सकता है, पंथों और ऐसे ही कुछ सामूहिक राजनीतिक आंदोलनों में पाया जा सकता है।[110]

नतीजतन केंद्रीय जुटान का सिद्धांत और उसके प्रभावों को समग्र सिनेमा अनुभव और धर्म आधारित फिल्मों के बीच एक समानता कायम करने में इस्तेमाल किया जाता है। 2001 में ऐसा ही कुछ ऑस्ट्रेलिया में गौर किया गया था, जिसे जेदी सेंसस फेनॉमिना के तौर पर लोकप्रियता मिली थी, जहाँ करीब 70000 लोगों ने फंतासी फिल्म 'स्टार वार्स' यूनिवर्स से प्रेरित होकर 'जेदी' या 'जेदी नाइट' को ही अपना धर्म मान लिया था।[111] यहाँ तक कि भारत में 1975 में फिल्म 'जय संतोषी माँ' रिलीज होते ही उत्तर भारत में देवी के प्रति इस कदर आस्था परवान चढ़ गई कि फिल्म देखने के लिए आनेवाले धार्मिक श्रद्धालु जूते और चप्पल बाहर उतारकर सिनेमा हॉल में जाने लगे और फिल्म शुरू होने से पहले संतोषी माँ की बाकायदा पूजा-अर्चना की जाती थी।[112] ऐसे भी उल्लेखनीय सबूत मौजूद हैं कि बड़ी संख्या में भारतीय संतोषी माँ की कृपा और आशीर्वाद के लिए व्रत-उपवास भी रखने लगे थे।

इसी प्रकार के रुझान पर जोर देते हुए जूलियन हैनिच ने 2017 में लिखी अपनी किताब 'ऑडियंस इफेक्ट : ऑन द कलेक्टिव सिनेमा एक्सपीरियंस' में साथ-साथ फिल्म देखने के पड़नेवाले व्यापक असर के अनुभव का पता लगाया, ताकि एक कलात्मक अभिव्यक्ति और एक सामाजिक संस्था के रूप में फिल्म की पूरी समझ हासिल की जा सके, जो दुनिया भर के तमाम लोगों के लिए अहम है। घटनाक्रमों को साक्षात् देखने की दार्शनिक पड़ताल और कैसे ये मानवीय संज्ञान तथा स्व-विवेक को प्रभावित करते हैं, इसके लिए सिनेमा में मौजूद लोगों के बीच अनुभव की संरचना की जाँच के लिए लेखक ने फेनॉमिनोलॉजी पद्धति का इस्तेमाल किया। उन्होंने यह निष्कर्ष निकाला कि जब हम दूसरों के साथ फिल्म देखते हैं तो हम एक सामूहिक अनुभव का हिस्सा बनते हैं, जिसके परिणामस्वरूप फिल्म देखने के हमारे अनुभव पर असर पड़ता है।[113]

इसलिए जब धर्म और धार्मिक विषय फिल्मों में प्रस्तुत किए जाते हैं तो वे

एक मजबूत प्रतिक्रिया को उभारते हैं और तमाम मौकों पर व्यक्तिगत धार्मिक प्रवृत्ति को पुनर्प्रज्वलित या पुनर्जीवित करते हैं। हालाँकि जब धर्म और धार्मिक विषयों को विज्ञान विरोधी, समाज विरोधी, गरीब विरोधी, धनाढ्य उन्मुख, अंधविश्वास को बढ़ावा देनेवाले और घृणा बढ़ानेवाला पेश किया जाता है, तब यह दर्शकों को नास्तिकतावाद और अज्ञेयवाद की तरफ ले जाता है। हॉलीवुड भले ही ईसाई धर्म को बढ़ावा देता हो या न देता हो, लेकिन बॉलीवुड तो स्पष्ट तौर पर हिंदू धर्म को हतोत्साहित करता है। हिंदू अनुष्ठानों को खलनायक की तरह क्यों पेश किया जाता है? क्या अनुष्ठान इतने खराब हैं? अनुष्ठानों को लेकर ऐसे शोधों की बहुतायत है, जिसकी राय कुछ और ही है। अगर हिंदू शिवलिंग पर दूध चढ़ाते हैं तो इसे दूध की बरबादी कहा जाता है और बॉलीवुड इसका मजाक बनाता है, पर जब अन्य धर्म भी ऐसी ही मिली-जुली गतिविधियाँ करते हैं तो उनके कृत्यों को गलत क्यों नहीं माना जाता? बॉलीवुड फिल्में पशुओं की कुरबानी को व्यर्थ और बगैर सोचे-समझे कृत्य के तौर पर क्यों नहीं दिखाती? भारत में लाखों गरीबों के लिए शिवलिंग पर थोड़ा सा दूध चढ़ाना उनके जीवन में उम्मीद पैदा करता है। इससे उनके अंदर भरोसा मजबूत होता है कि उनका आनेवाला कल बेहतर होगा। छद्म बुद्धिजीव कौन होते हैं लोगों से उनकी उम्मीदें छीननेवाले, जो हर दिन जीवन के अर्थ और उद्देश्य को खोजने में प्रयासरत रहते हैं, जबकि उनका यह प्रयास उन्हें फलीभूत होता हुआ नजर भी आता है। आपका व्यक्तिगत अविश्वास अनुष्ठान को खारिज करने का आधार कैसे बन सकता है, जबकि यह लाखों लोगों की आस्था से जुड़ा हुआ है। सिर्फ इसलिए कि आप इसके पीछे की समझ नहीं तलाश पाए, तो इसका मतलब यह नहीं है कि आपको इसे खारिज कर देना चाहिए। कम-से-कम उन्हें इसका मजाक नहीं उड़ाना चाहिए।

धर्म-आधारित फिल्म की संस्कृति का निर्माण

प्रभावी रूप से अगर निपटा जाए तो धार्मिक फिल्में संभवतः उन लोगों के लिए प्रेरणादायक बन सकती हैं, जो धार्मिक हैं। एक घटनाक्रम के रूप में देखें, जब आप यू-ट्यूब पर जाते हैं तो ऐसी फिल्में भी देख पाते हैं, जो किसी-न-किसी विषय पर केंद्रित होती हैं और जो हमारे धर्म की समझ को और बढ़ाती हैं या जिनमें गुणों और मानवीय कहानियों का एक शानदार चित्रण होता है और जो प्रेरक भी होती हैं। फिर भी, वैसी फिल्में बड़े परदे के लिए उतनी तीव्रता से नहीं बनाई जाती हैं।[114] सामान्यतया धर्म-आधारित फिल्में विशेष समुदाय और उससे भी बढ़कर बड़े

समुदाय को धर्म विशेष की समझ बढ़ाने में मददगार साबित होती हैं। इसके बावजूद हर किसी को सावधान रहना चाहिए कि इन फिल्मों के निर्माण में वैसा 'सौंदर्यवादी लाइसेंस' नहीं इस्तेमाल किया जाता; अगर नहीं, तो अपनी खुद की जगह भी त्यागी जा सकती है।

उदाहरण के लिए फिल्म 'मंगल मिशन' को ही लें। नायक (बॉलीवुड कलाकार अक्षय कुमार ने भूमिका निभाई) एक वैज्ञानिक है, जो अंतरिक्ष यानों की लॉन्चिंग से पहले हर बार किए जानेवाले धार्मिक अनुष्ठान को तिरस्कार की नजर से देखता है और मखौल उड़ाता है। महिला नायिका (एक हिंदू है) का एक बेटा है, जो इसलाम अपनाने के प्रयास में होता है। क्या ये दृश्य कहानी के मुताबिक जरूरी हैं? बिल्कुल जरूरी नहीं हैं। तो इन दृश्यों को क्यों प्रस्तुत किया गया? मुझे पता नहीं है। हालाँकि ऐसा लगता है कि यह दिखाने का एक प्रयास किया गया है कि अनुष्ठानों के मुताबिक एक वैज्ञानिक धार्मिक नहीं हो सकता। साथ ही यह वैज्ञानिकों को दिखाने का भी एक प्रयास हो सकता है; हालाँकि मैं इस बारे में आश्वस्त नहीं हूँ कि वाकई ऐसा होगा। लेखक ने 13 से 18 साल की उम्र के बीच के 25 किशोरवय बच्चों को एक अध्ययन के लिए चुना। फिल्म देखने के बाद सभी बच्चों में इसरो (भारतीय अंतरिक्ष अनुसंधान संगठन) के प्रति बढ़ी दिलचस्पी पाई गई। इसके साथ ही सभी बच्चों में हिंदू धर्म के प्रति दिलचस्पी भी घटी हुई दर्ज की गई। सभी बच्चों ने कहा कि धार्मिक रीति-रिवाज बकवास होते हैं। मेरा मानना है कि विश्व में ज्यादातर शैक्षिक संस्थान धर्मशास्त्र के अध्ययन में अपनी जड़ें तलाशते हैं। इन संस्थानों का सृजन ही ईश्वर को समझने, जीवन के उद्देश्य और ईश्वर की तलाश को लेकर हुआ है। उदाहरण के लिए यूनाइटेड किंगडम में ऑक्सफोर्ड विश्वविद्यालय का उद्देश्य 'डॉमिनस इल्युमिनाटिओ मीआ' था। इसका मतलब है, 'ईश्वर ही मेरा प्रकाश है।' और ये सीधे साल्म्स (Psalms), यानी धर्मगीतों की किताब से उद्धरित हैं। महानतम शैक्षिक संस्थान अपनी जड़ें धर्म में तलाशते हैं। वैज्ञानिक स्वभाव तब धर्म से अलग कैसे हो गया? दूसरे शब्दों में, क्या किसी वैज्ञानिक के लिए नास्तिक या अनीश्वरवादी या अज्ञेयवादी होना जरूरी है? सीखने का आधार अपने आप में 'क्यों' है। दूसरे शब्दों में, किसी का व्यक्तिगत अविश्वास किसी चीज को खारिज करने की वजह नहीं होना चाहिए। खोज के पीछे निश्चित तौर पर एक उद्देश्य होना चाहिए। धर्म के जरिए किसी जीवन को व्यवस्थित और उद्देश्यपूर्ण बनाया जा सकता है। इसलिए धर्म हमारी सीखी हुई चीजों को व्यवस्थित करने का एक माध्यम है। बगैर धर्मशास्त्रीय विचारों के जीवन के उद्देश्य को

बता पाना या व्याख्या कर पाना कठिन होगा। बगैर उद्देश्य के वैज्ञानिक खोज भी अर्थहीन हो जाएगी और शिक्षण संस्थान निर्जीव हो जाएँगे। नतीजतन यह समाज के हित में होगा कि फिल्में आध्यात्मिक विचारों और गतिविधियों को भी प्रस्तुत करें और न कि निरुत्साहित करें।

हॉलीवुड में धार्मिक प्रतिनिधित्व और ईसाई धर्म का वर्चस्व

अमेरिका मुख्यत: एक ईसाई देश है, जहाँ लगभग 70 प्रतिशत आबादी ईसाई है।[115] एक तरफ जहाँ अन्य पश्चिमी देशों ने 20वीं शताब्दी के दौरान धार्मिक रुचि और रुझानों में पर्याप्त गिरावट देखी, वहीं अमरीकी लोगों में धार्मिक विश्वास उच्च स्तर पर बना रहा।[116] इसी कारण से अमरीकी जीवन-शैली में धर्म, खासतौर पर ईसाई धर्म सार्वजनिक और निजी, दोनों क्षेत्रों में स्पष्ट रूप से नजर आता है और यही वजह है कि वहाँ धर्म अपनी प्रभावी भूमिका निभाता है कि अमरीकी कैसी फिल्में बनाएँ और उनका उपभोग करें।

हॉलीवुड में 20वीं शताब्दी के पूर्वार्ध में धार्मिक और बाइबिल सामग्री वाली फिल्मों का वर्चस्व रहा। इन फिल्मों ने अपने ईसाई दर्शकों के लिए धार्मिक कथा के जरिए बाइबिल के संदेशों का सफलतापूर्वक संचार किया। उदाहरण के लिए 'द लाइफ ऑफ मॉजेज' (1909), 'द डिल्यूज' (1911), 'फ्रॉम द मेंजर टू द क्रॉस' (1912) और 'सिविलाइजेशन' (1916) उस दौरान काफी लोकप्रिय हुईं।

1920 के दशक के मध्य तक धार्मिक और बाइबिल विषयों पर फिल्मों को बड़ी संख्या में दर्शकों ने पसंद किया। ये फिल्में समाज के सभी वर्गों के बीच लोकप्रिय हुईं। उदाहरण के लिए फिल्में, जैसे—'द टेन कमांडमेंट्स' (1923), 'द साइन ऑफ द क्रॉस' (1932) और 'द किंग ऑफ किंग्स' (1927), ये सभी बाइबिल पर आधारित फिल्में थीं, जिन्होंने अमरीकी सिनेमा में अपना वर्चस्व कायम किया। ऊपर उल्लिखित फिल्में केवल तरीकों और तकनीक की वजह से लोकप्रिय नहीं हुईं, बल्कि उन्होंने जिस तरह से अमरीकी भीड़ को धर्म के बारे में उनकी समझ पर कई नैतिक दृष्टिकोण प्रदान किए, वह उनकी सफलता का राज था।

अधिकांश धार्मिक फिल्में श्वेत प्रोटेस्टेंट और कैथोलिक से जुड़ी बाइबिल की कहानियों के आसपास बुनी जाती थीं, वहीं गैर-ईसाई धार्मिक फिल्मों की भी एक अच्छी-खासी संख्या थी, जिन्होंने विभिन्न धर्मों और समाजों का पता लगाने और उन्हें सामने लाने का प्रयास किया। उदाहरण के लिए, 'ब्रोकन ब्लॉसम' (1919), 'द जैज सिंगर' (1927) को प्रमुख उदाहरण माना जा सकता है, जिसमें बौद्ध और

यहूदी चरित्रों को शामिल किया गया है।

1930 के दशक के मध्य से और 1940 के दशक के उत्तरार्ध से धार्मिक-थीम वाली फिल्में महान् लोगों और धार्मिक संस्थानों जैसे चर्च से भरी पड़ी थीं, जिन्हें धर्मार्थ कार्य करने और दर्शकों में दया तथा करुणा के गुणों को पुनर्जीवित करने पर केंद्रित रखा गया था। उस दौर की फिल्मों ने ईसाई धर्म को मूल्यों और मान्यताओं को बढ़ावा देनेवाले सोशल गॉस्पेल के तौर पर चित्रित किया। उदाहरण के लिए, 'बॉयज टाउन' (1938) और इसके रीमेक 'मेन ऑफ बॉयज टाउन' (1941) जैसी फिल्में सबसे अच्छा उदाहरण हैं, क्योंकि वे युवा पुरुषों को उनकी दयनीय परिस्थितियों से बचाने के लिए ओमाहा, नेब्रास्का में फादर फ्लैगनन के सहायक मिशन को चित्रित करती हैं। इसी तरह फिल्म 'द बिशप्स वाइफ' (1947) एक पवित्र दूत की कहानी बताती है, जो अपने मौद्रिक और भावनात्मक मुद्दों को लेकर बिशप का मार्गदर्शन करता है। यह फिल्म ईसाई धर्म और पश्चिमी रीति-रिवाजों में धर्म के विचार के बारे में मौलिक विचारों को समाहित करती है और समानांतर रूप से यह लोगों से प्रेम, करुणा और सहानुभूति को अपने जीवन में उतारने की अपील करती है।[117]

2015 में लेखक के नेतृत्व में प्रशिक्षुओं और शोधकर्ताओं के एक दल ने एक अध्ययन किया, जिसमें 1990 से 2014 तक हर साल की 10 सबसे बड़ी हॉलीवुड फिल्मों को परखा गया था। दूसरे शब्दों में 150 शीर्ष हॉलीवुड फिल्मों को शोधकर्ताओं की टीम ने देखा और अपना निष्कर्ष निकाला। शोधकर्ताओं को बस यह रिपोर्ट करने के लिए कहा गया था कि क्या उन्हें फिल्म में चर्च या चर्च जैसी इमारत नजर आती है?

टीम द्वारा बताया गया कि 150 फिल्मों में से लगभग 141 में एक चर्च दिखाया गया है। यहाँ तक कि गैंगस्टर वाली फिल्मों में भी चर्च को जगह मिली। विशेष रूप से लगभग 94 प्रतिशत फिल्मों में किसी-न-किसी तरह के ईसाई प्रतीक थे। हालाँकि जब बॉलीवुड फिल्मों को लेकर ऐसा ही एक अध्ययन किया गया तो 150 में से केवल 32 फिल्मों में हिंदू मंदिर नजर आए थे। दूसरे शब्दों में, बॉलीवुड की 21 प्रतिशत फिल्मों में ही मंदिर नजर आए।

एक अन्य अध्ययन में हॉलीवुड और बॉलीवुड दोनों की 1950 से 2010 तक की शीर्ष 50 फिल्मों में से हर दशक की किन्हीं दो फिल्मों को चुना गया। इस तरह कुल मिलाकर, आई.आई.एम. रोहतक की शोध टीम ने 70 फिल्में (बॉलीवुड

और हॉलीवुड से 35-35 फिल्में) देखीं। यह पाया गया कि हॉलीवुड में 35 में से 22 फिल्मों में नायक को या तो चर्च जाते हुए दिखाया गया था या कम-से-कम उसे चर्च के आसपास जरूर दिखाया गया था। दूसरी तरफ 35 में से केवल 7 बॉलीवुड फिल्मों ने नायक को मंदिर जाते या किसी मंदिर के आसपास दिखाया। दूसरे शब्दों में हॉलीवुड ने चर्च को अमरीकियों के रोजमर्रा के जीवन का एक हिस्सा बना दिया है, जो दर्शकों को अपने अस्तित्व और अमरीकी जीवन में इसकी केंद्रीय भूमिका की याद दिलाता है। हालाँकि यह स्पष्ट है कि बॉलीवुड ने इस दिशा में काफी सीमित किया है। इसके अलावा अधिकांश हॉलीवुड फिल्मों में पादरी को ईमानदार, समर्पित, देखभाल करनेवाले और धर्म के प्रति समर्पित दिखाया जाता है, जबकि भारतीय पुजारी को लालची, बेईमान, झूठा और धोखेबाज दिखाया जाता है। मुझे नहीं पता कि हमारे समाज में पुजारियों को लेकर इसमें से कितनी सच्चाई है। हालाँकि इस तरह के नकारात्मक चित्रण से शायद ही कोई हिंदू पुजारी बनने के लिए प्रोत्साहित हो। बता दें कि ऐसे तमाम वित्तपोषित संस्थान हैं, जहाँ दुनिया भर के प्रमुख धर्मों का पुजारी बनने के लिए लोग अध्ययन करने आते हैं।

बीते दशक या उसके आसपास[118] फिल्मों में धर्म और आस्था के नाम पर लोगों को बाँटने, कुछ धर्मों को निशाना बनाने, मुकदमा चलाने, धर्म-परिवर्तन को बढ़ावा देने और तुष्टीकरण को प्रोपेगेंडा[119] के रूप में पेश किया गया है। इक्कीसवीं सदी में फिल्म लाइन में कुछ लोगों ने उद्योग के इतिहास में एक अलग नजरिया रखकर आदर्श स्थापित किए हैं, लेकिन आधारभूत अवधारणा कमोबेश वही रही है, यानी कि उन्होंने भी खुद को धर्म और रूढ़िवादी संग्रह का ही अपना विषय बनाया है। भले ही वे सामूहिकता और विविधता को एक साथ दिखाने की कोशिश करते हों, लेकिन कहीं-न-कहीं नैतिक तौर पर सही होना सटीक नहीं बैठता।

इसी तरह बॉलीवुड फिल्म लोगों और जनसमूह के लिए धर्म के चित्रण के लिए अति सरल, भावुकतापूर्ण और किंवदंतियों से मिलते-जुलते मुद्दे प्रस्तुत करती है। ऐसे में चरित्रों को महान् या खलनायक के रूप में पेश करने से किसी भी धर्म की संवेदनशीलता और अप्रत्याशितता अच्छे या बुरे के बीच सिमटकर रह जाती है। फिल्मों का संस्कृति पर मौलिक प्रभाव घुमावदार होता है। फिल्में अलग-अलग लक्षणों वाली भीड़ के व्यक्तिगत तौर पर स्पष्ट चरित्रों की मानसिकता और आचरण को खूबसूरती से आकार देती हैं, जिसमें अत्यधिक विशाल संख्या में साधारण लोग शामिल होते हैं, जो संपन्न हैं, जो आकर्षक भी हैं।

अंततः अभी भी बॉलीवुड फिल्मों में हिंदू पुजारियों की भूमिका पर प्रश्नचिह्न लगा हुआ है। गंभीर बात यह है कि इनमें पुजारियों की छवि को नैतिक रूप से भ्रष्ट, नकली, अंधविश्वासी, फूहड़ और उत्पाती के रूप में पेश किया जाता है। जबकि पादरियों को प्रायः परिष्कृत, धर्मपरायण और नीतिवान के रूप में प्रस्तुत किया जाता है। इसी तरह मौलवियों को धार्मिक, रूढ़ीवादी और इसलामी मजहब के प्रति समर्पित एक नैतिक इनसान के रूप में दिखाया जाता है। नतीजतन एक सामान्य बॉलीवुड फिल्म खोए, परित्यक्त और लापता बच्चों को कमोबेश पादरियों के द्वारा गोद लेते और उसे बड़ा करते हुए दिखाती है। उदाहरण के तौर पर 'अमर अकबर एंथोनी' के कथानक में प्रदर्शित घटना और चरित्रों को आप देख सकते हैं। इसके अलावा 'गोलमाल' श्रृंखला को लीजिए, उसमें अधिकांश चरित्र हिंदू हैं, किंतु उन्हें गिरिजाघरों में जाते दिखाया गया है, न कि मंदिरों में प्रार्थना करते हुए। इस तरह की फिल्में चुपके से भ्रम फैलाकर हिंदू धर्म के युवाओं के बीच गलतफहमी पैदा करती हैं। यह बहुत ही रोचक तथ्य है कि एक नई बॉलीवुड फिल्म का नायक गिरिजाघर, मसजिद और गुरुद्वारे में सिर झुकाकर बंदिशें तो करता है, किंतु मंदिर में जाकर प्रार्थना करने से परहेज बरतता है।

विभाजन का रेखाचित्र : बॉलीवुड की पृष्ठभूमि, सामग्री, सोच

सभी चीजों पर गौर करने के बाद यह किसी झटके से कम नहीं लगता, कि अनुमानित इसलामोफोबिया के 'खतरे' को दूर करने के लिए वे वास्तव में हिंदूफोबिया को बढ़ावा देते हैं। हाल में ही लेखक ने एक लेख भी इस संबंध में प्रकाशित किया है—'इज गॉड डेड ? ऐटलीस्ट इन बॉलीवुड' (2020)। इसमें धर्म और आस्था के विषय पर चर्चा की गई है। लेखक ने इस पर विचार व्यक्त किया है कि फिल्में समाज पर किस तरह असर छोड़ती हैं और समाज में इस प्रस्तुति के प्रभाव का आकलन करने के लिए 21 साल से 25 साल की उम्र के बीच 100 प्रतिभागियों को चुनकर इसका परीक्षण किया गया। बॉलीवुड फिल्में दिखाने से पहले और बाद में हर किसी के धार्मिक रुझान का आकलन किया गया। हर किसी के धार्मिक रुझान का आकलन उस व्यक्ति के जीवन में धर्म की मजबूती, खासियत, प्रमुखता या आलोचनात्मकता के आधार पर किया गया। यह पाया गया कि फिल्मों में ईश्वर के संदर्भों की मौजूदगी और पात्र के ईश्वरीय हस्तक्षेप या ईश्वर की सहायता की तलाश, ईश्वर की शरण में जाता दिखाने से धार्मिक रुझान में बढ़ोतरी और इसका विपरीत भी हुआ।[120] अतः हम कह सकते हैं, "भारतीय समाज

की मजबूती और सफलता धर्म के इर्द-गिर्द सिमटी हुई है।"

"फिल्में विवादास्पद मुद्दों को भी उभारती हैं, जैसे हिंदुओं और मुसलिमों के धार्मिक संघर्ष तथा भारत-पाकिस्तान जैसे शत्रु देशों के बीच होनेवाली द्विपक्षीय राजनीति के रूप में भी पेश की जाती हैं।"[121] आधे से ज्यादा फिल्में केंद्रीय मूल्यों, परंपराओं, हिंदुत्व की विचारधारा और भारतीय संस्कृति को नीचा दिखाते हुए ही बनाई जाती हैं। बॉलीवुड ने कथित रणनीति के तहत हिंदुओं को सत्ता पर पकड़ रखनेवाली बर्बर और दुष्ट संस्थाओं के रूप में पेश कर रखा है।

उदाहरण के लिए, 'डेविड' में हिंदू पात्र मालती ताई को एक ईसाई पादरी को पीटते हुए दिखाया गया है, 'सेक्रेड गेम्स' में 'गणेश गायतोंडे' को हिंदू आतंकवादी के तौर पर दिखाया गया है, जो शहर पर बमबारी करने की योजना बना रहा है। 'मिशन कश्मीर' से लेकर 'हैदर' तक मुसलमानों को पीड़ित और सताए गए समुदाय के रूप में दिखाया गया है। मुसलिमों को पीड़ित और सताए गए लोगों के तौर पर दिखाना गलत नहीं है, लेकिन क्या यह जरूरी है कि हिंदू को बर्बर भी दिखाया जाए? 1990 के दशक के मुंबई दंगों पर बनी अधिकांश फिल्में बाबरी मसजिद की घटना की प्रतिक्रिया में और 2002 के गुजरात दंगों पर बनीं; ये साफ जाहिर करती हैं कि इनको जानबूझकर इकतरफा बनाया गया है।

बॉलीवुड फिल्मों के मुताबिक मुंबई दंगों के लिए जिम्मेदार हालातों को स्पष्ट किया जा चुका है और काफी तर्क भी दिए जा चुके हैं, लेकिन इसके विपरीत गुजरात के गोधरा में ट्रेन जलाने और दंगों के लिए पर्याप्त और संतोषजनक तर्क पेश नहीं किए गए। ये स्थितियाँ बताती हैं कि सांप्रदायिक दंगों को लेकर बॉलीवुड बिरादरी में किस कदर पूर्वाग्रह हैं।

ऐसी फिल्में हमारे मूल्यों, परंपरा, हिंदुत्व की विचारधारा और भारतीय संस्कृति की जड़ों को कमजोर कर रही हैं। बॉलीवुड व्यवस्थित तरीके से हिंदू धर्म को नीचा दिखाने में लगा हुआ है और धर्म के खिलाफ नकारात्मक धारणा, भावना या गतिविधि को बढ़ा रहा है। उदाहरण के लिए, 'वास्तव', 'संजू', 'सिंघम', 'सरकार', 'सैक्रेड गेम्स' और 'क्वॉण्टिको' में जितने भी नकारात्मक पात्र दिखाए गए हैं, उन सबने हिंदुओं के प्रतीक चिह्न धारण कर रखे हैं और वे साफ नजर आते हैं। संभवत: यह दर्शाने के लिए कि हिंदू धर्म के प्रतीक जिन्होंने धारण कर रखे हैं, वे बुरे इनसान हैं। इसके उलट, अगर किसी ने अन्य धर्म के प्रतीक धारण कर रखे होते हैं, तो उसे पवित्र व्यक्ति के तौर पर पेश किया जाता है। खास धर्म से जुड़े लोगों को विशेष तरीके से दिखाना ठीक हो सकता है। हालाँकि दृश्य में तुलनात्मक बयानबाजी एक

खास पूर्वाग्रह और संभवतः एक धर्म विशेष के लोगों को कमतर दिखाने की एक सोची-समझी रणनीति भी हो सकती है। उदाहरण के लिए, बॉलीवुड की सुपरहिट फिल्म 'दीवार' में नायक को हिंदू मंदिर में जाने का अनिच्छुक दिखाया जाता है, लेकिन वह हमेशा अपनी जेब में 786 नंबर का बिल्ला रखता है, जिसके चलते वह बुरे हालात से बच निकलता है। फिल्म में दिखाया गया है कि पुलिस से बचकर भागते समय उसका वह बिल्ला कहीं खो जाता है, जिसका नतीजा यह होता है कि उसे जान गँवानी पड़ती है। 'हिंदू बनाम मुसलिम' धर्म की तुलना करते समय प्रस्तुति को संभवतः भेदभावपूर्ण रखा जाता है। अदालतों की काररवाई के दृश्यों में भगवद् गीता की शपथ लेना बॉलीवुड फिल्मों में मानक के तौर पर रखा गया और 1980 के दशक में इसका पालन किया गया। हालाँकि हाल के समय में अगर आप अदालती कारवाई पर गौर करें, तो क्या पाते हैं? एक बार फिर आई.आई.एम. रोहतक की टीम ने इस पर अध्ययन किया और इंटरनेट पर शीर्ष हॉलीवुड फिल्में तलाशीं, जिसमें अदालती कारवाई के दृश्य फिल्माए गए हों। 20 हॉलीवुड फिल्में चुनी गईं। इसी तरह की खोज शीर्ष बॉलीवुड फिल्मों को लेकर 20 फिल्मों की सूची तैयार की गई। इनका दिलचस्प नतीजा पाया गया कि हॉलीवुड फिल्मों में अदालतों में शपथ लेने की उसी पुरानी परंपरा का पालन हो रहा है, जबकि बॉलीवुड ने इस परंपरा को काफी पहले त्याग दिया। करीब पिछले दशक या उसके आसपास अदालतों के दृश्यों में शपथ लेने का दृश्य अब नजर नहीं आता। यहाँ तक कि ऐसी फिल्में, जो खासतौर पर अदालती कारवाइयों पर केंद्रित हैं, उनमें भी कहीं यह सीन नजर नहीं आता।

माता वैष्णो देवी की लोकप्रियता पर बॉलीवुड फिल्मों और गीतों का प्रभाव

जम्मू और कश्मीर राज्य के जम्मू क्षेत्र में हिमालय की शिवालक श्रेणी में हिंदुओं की सबसे प्राचीन आराध्य, पूजनीय और पवित्र सिद्धपीठ माता वैष्णो देवी का मंदिर स्थित है, जो एक सांस्कृतिक हिंदू देवी हैं और जिनकी प्रतिष्ठा अपरंपार है। माता वैष्णो देवी का निवास त्रिकुटा पहाड़ी पर गुफा के अंदर है, जिसमें एक तीन शिखर वाले सख्त पर्वत स्थित हैं, जिन्हें 'पिंडी' कहा जाता है, जो हिंदू देवकुल की तीन देवियों का प्रतिनिधित्व करते हैं और उनकी महत्ता या 'शक्ति' बयान करते हैं, जिसमें महालक्ष्मी केंद्र में, दाईं ओर महाकाली और बाईं ओर सरस्वती हैं। इसके जरिए उनके विभिन्न रूपों को बताया गया है।

पिछले दशकों में धर्मस्थल की लोकप्रियता और उसके बाद तीर्थयात्रियों

की संख्या में पर्याप्त वृद्धि के लिए उन बॉलीवुड फिल्मों को श्रेय दिया जा सकता है, जो देवी के प्रति आस्था को केंद्र में रखकर बनाई गईं। 1980 के दशक के बाद माता वैष्णो देवी के मंदिर में तीर्थयात्रियों की अचानक वृद्धि के कारणों में से एक, इन फिल्मों में देवी का चित्रण भी था, जिसके चलते देश की हिंदी पट्टी में माता वैष्णो देवी का प्रचार भी हुआ। 1980 के दशक में 'आशा' (1980) और 'अवतार' (1983), दो लोकप्रिय फिल्में बनीं, जिनमें धर्म और आस्था कहानी के केंद्र में थी। 'आशा' फिल्म का भक्ति गीत 'तूने मुझे बुलाया शेरावालिये, मैं आया मैं आया शेरावालिये' जीतेंद्र और रीना रॉय पर फिल्माया गया था, जो दर्शकों में काफी लोकप्रिय हुआ। तीन साल बाद आई फिल्म 'अवतार' के गाने 'चलो बुलावा आया है, माता ने बुलाया है' एक और भक्ति गीत के तौर पर लोकप्रिय हुआ, जिसे सुपरस्टार राजेश खन्ना और शबाना आजमी पर फिल्माया गया था। बॉलीवुड भक्ति गीतों में माता वैष्णो देवी को अपने भक्तों की हर मनोकामना पूरी करनेवाली देवी के तौर पर दिखाया गया और उनके मंदिर को आखिरी उम्मीद के तौर पर प्रस्तुत किया गया, जहाँ व्यक्ति हर तरफ से थक-हारकर और निराश होकर पहुँचता है। बॉलीवुड गानों और फिल्मों ने दूर-दराज में स्थित मंदिरों को लोकप्रिय बनाने में काफी मदद की है। बीते कई सालों से भक्ति फिल्मों और गानों का प्रभाव मंदिरों में श्रद्धालुओं की संख्या में बढ़ोतरी के तौर पर सामने आता रहा है। इसे नीचे दिए गए ग्राफ से और बेहतर तरीके से समझा जा सकता है।

माता वैष्णो देवी के लिए तीर्थयात्रियों की संख्या में वृद्धि का चित्रण

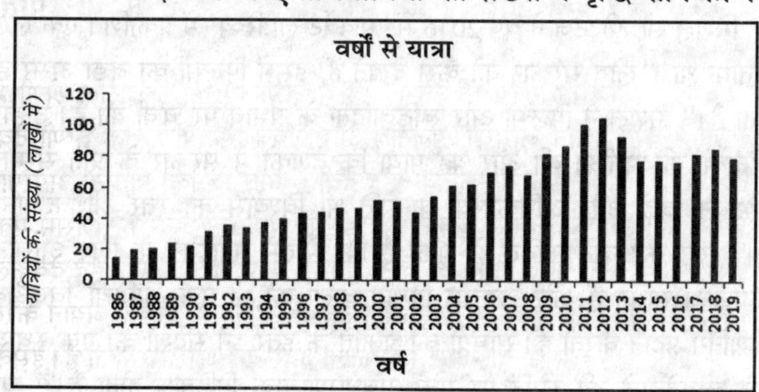

स्रोत : यात्रा स्टैटिस्टिक्स। https://www.maavaishnodevi.org/yatra_statistics.aspx से लिया गया। 9 नवंबर, 2020 का मूल्यांकन।

1986 में माता वैष्णो देवी जानेवाले तीर्थयात्रियों की संख्या 13.96 लाख थी। वर्ष 1986 में श्रीमाता वैष्णो देवी श्राइन बोर्ड (SMVDSB) की स्थापना[122] और बॉलीवुड फिल्मों के लोकप्रिय प्रभाव के चलते 2012 में यह संख्या बढ़कर 104.95 लाख हो गई।

आस्था और विश्वास बनाने की नाट्यकला और संस्थानों की छवि

सरकार और उसकी संस्था की बिरादरी में आस्था और विश्वास का निर्माण एक राष्ट्र की पहचान का प्रतीक रहा है। जब किसी राष्ट्र के कामकाज की बात होती है तो जनता के भीतर सरकार द्वारा विश्वास कायम करना एक बाध्यकारी कारक हो जाता है।[123] एक प्रणाली के भीतर आस्था हालात-दर-हालात भिन्न हो सकती है, लेकिन देश की पवित्रता और एकता के लिए जिस पर भरोसा किया गया है, वह आधारभूत है। संस्थान को एक 'कार्यात्मक और प्रामाणिक व्यवस्था के विभिन्न सेटों के संरचनात्मक स्वरूप के तौर पर परिभाषित किया गया है, जो सामाजिक और राजनीतिक व्यवस्था को निर्देशित करता है, उन्हें नियंत्रित करता है और यह भी परिभाषित करता है कि व्यक्तियों के संबंध क्या होने चाहिए?'[124] आस्था और विश्वास मानवीय परिकल्पना की परिवर्तनशील अवधारणाएँ हैं। वे विकास की विशिष्ट स्थिति में आकार जोड़ते और पुनर्परिभाषित करते रहे हैं। मनुष्य आस्था और विश्वास को पूर्व निर्धारित अवधारणाओं के आधार पर परस्पर तुलना करता है, जोकि चुनिंदा प्रथाओं या धारणाओं को लेकर धर्म की तरफ ईश्वर की अभिव्यक्ति हो सकती है।[125]

मिशेल सी. पोट्टज ने वर्ष 2016 में 'मार्क्वेट लॉ रिव्यू' में प्रकाशित एक लेख में बताया था, "लोग सरकार को कैसे देखते हैं, इसमें फिल्मों का बड़ा असर हो सकता है।" मिशेल ने फिल्मों और रूढ़िवादिता के प्रभाव पर चर्चा की है। उन्होंने दो फिल्मों की समीक्षा की और यह पाया कि दर्शकों में सरकार के प्रति सम्मान की भावना बढ़ी और अधिकारियों के प्रति भी विश्वास का स्तर अधिक पाया गया।[126] यह कई बार साबित हो चुका है कि फिल्में मनोरंजन के लिए आसानी से उपलब्ध साधन हैं और कमजोर दिमाग वालों को भी एक ऑडियो-विजुअल कंडीशनिंग प्रदान करती हैं। सामग्री की प्रकृति के इतर इन संदेशों का एक स्थायी प्रभाव छोड़नेवाले की स्मृति पर एक अवधारणात्मक निहितार्थ होता है।[127] वर्ष 2006 में 'जर्नल ऑफ इकोनॉमिक इश्युज' में प्रकाशित अपने एक लेख 'व्हाट आर इंस्टीट्यूशंस?' में हॉजसन ने कहा था कि संस्थाएँ पहले से स्थापित और प्रचलित

सामाजिक नियमों की प्रणालियों का गठन करती हैं, जो सामाजिक संपर्कों की संरचना प्रदान करती हैं।[128]

विभिन्न लोग और समूह तमाम संस्थानों से अपना जुड़ाव रखते हैं, जैसे कि सामाजिक संस्थानों, पारिवारिक संघों, कारोबारी गठबंधनों, सरकारी एजेंसियों, धार्मिक संगठनों, आर्थिक संगठनों, राजनीतिक समूहों से। वास्तविक जीवन में ये संस्थान एक-दूसरे के साथ निरंतरता नहीं रख पाते; वे अकसर व्यवहार में शिथिल हो जाते हैं। सरकार एक सिल्वर लाइनिंग विषय है, जो दर्शकों का ध्यान खींचने और उनको लक्ष्य के तौर पर चिह्नित करती है, अपने प्रभाव को लेकर हमारी समझ विकसित करती है, चाहे वह सकारात्मक हो या नकारात्मक।

फिल्मों तक ऑनलाइन या अन्य माध्यमों से पहुँचने के तरीके पहले की तुलना में कहीं ज्यादा विकसित हो चुके हैं; इसके साथ ही असली अधिकारियों और संस्थानों के प्रति दर्शकों के नजरिए को भी व्यापक तौर पर प्रभावित कर रहे हैं और यही वजह है कि उनमें डिगता भरोसा चिंता का विषय बनता जा रहा है।

फिल्मों में कानूनी बिरादरी और कोर्ट रूम की नाटकीयता : हॉलीवुड

कानूनी बिरादरी का सौंदर्यशास्त्र कानून और व्यवस्था बनाए रखने से जुड़ा है। आधारभूत कानून व्यवस्था का सम्मान और उसका पालन करना एक नागरिक का पहला कर्तव्य है। सही बनाम गलत का मुद्दा मानव जाति के अस्तित्व में आने के बाद से ही बहस के केंद्र में रहा है, लेकिन किसी भी कानूनी प्राधिकार को स्थापित करने के लिए नैतिक रूप से सही की अवधारणा ही आधार रही है। कानूनी व्यवस्था से पहले राजा ही किसी कृत्य को अपराध घोषित करता था और दंड तय करता था। सभी के लिए समानता का सिद्धांत इसके पीछे निहित सोच है।[129] नतीजतन देशों के संविधान का पालन करने के लिए कानूनी प्रणाली स्थापित की जाती है। उसी की पवित्रता और सम्मान बनाए रखना सभी के लिए एक चुनौती है। फिल्म उद्योग अज्ञात दर्शकों के लिए एक महत्त्वपूर्ण भूमिका निभा रहा है, जो उनके समाज के लिए उपयुक्त चित्रण प्रदान करता है।

आलंकारिक नाटक में अदालत के बार-बार आनेवाले सीन में 19वीं शताब्दी की शुरुआत में नई ध्वनि और तकनीक ने रूढ़िवादी फिल्मों के निर्माण में व्यापक बदलाव किया, फिल्म निर्माताओं ने दर्जनों कोर्ट रूम, विभिन्न रूपों और प्रकृति के कानूनी विवादों का फिल्मांकन किया। काफी देर तक कोर्ट रूम में चलनेवाली

कारवाई जल्द ही एक स्वीकार्य कथानक बन गई। कुछ फिल्मों के बाद हॉलीवुड स्टूडियो ने धर्म और कानून की नकारात्मक छवि को चित्रित करने को लगातार हतोत्साहित किया। अमरीकी फिल्मों के निर्माताओं ने न्यायपालिका की भूमिका पर सवाल नहीं उठाया, लेकिन वकीलों के चरित्रों को उभारना या अदालतों के बाहर उनकी छवि बनाना या नौकरशाहों को उनकी भूमिका निभाने के लिए उजागर करना नहीं छोड़ा।[130]

उल्लेखनीय रूप से 1950 के मध्य से सामाजिक संदेश और बदलाव की तलाश साफ देखी गई। सिडनी ल्यूमेट की फिल्म 'ट्वेल्व एंग्री मेन' (1957) में कानून व्यवस्था कैसे काम करती है, उसकी शैली और कार्यप्रणाली को प्रदर्शित किया गया था।[131] जबकि रॉबर्ट वाइज की फिल्म 'आई वॉण्ट टू लिव!' (1959) में कानूनी प्रोपगैंडा, क्रिमिनल ट्रायल का गड़बड़झाला और सजा-ए-मौत कैसे दी जाती है, इन सबको दिखाया गया था।[132] 'टू किल अ मॉकिंगबर्ड' एक और इसी तरह की फिल्म थी, जो नस्लभेद के मुद्दे पर बात करती थी और उस दौर में काफी मशहूर रिलीज थी। उस दौर में तमाम फिल्में अमरीकी अदालती ड्रामा पर बनाई गई थीं।

आज के दौर में ज्यादातर फोकस ड्रामा, थ्रिलर और रोमांस से संबंधित फिल्में बनाने पर है, लेकिन दूसरी तरफ दुनिया भर में अच्छी-खासी तादाद में फिल्में कानून व्यवस्था, पुलिस विभाग और कोर्ट-रूम पर भी केंद्रित थीं। हर एपिसोड एक ही लाइन से शुरू होता था—"आपराधिक न्याय प्रणाली में लोग दो अलग-अलग, लेकिन समान रूप से महत्त्वपूर्ण समूह में होते हैं—एक तो पुलिस, जो अपराध की पड़ताल करती है और दूसरा वकील, जो आरोपियों पर मुकदमा चलाते हैं।"[133]

कैसे हॉलीवुड का इस्तेमाल अमरीकी संस्थानों में भरोसा पैदा करने और इसकी एजेंसियों, जैसेकि सी.आई.ए. और एफ.बी.आई. की ताकत बताने के लिए किया गया?

हॉलीवुड और अमरीकी संस्थान अपने देशवासियों के बीच विश्वास और निष्ठा बनाए रखने के लिए परस्पर सहयोग से काम कर रहे हैं। वर्ष 1947 में सी.आई.ए. की स्थापना के बाद से हॉलीवुड और सरकारी संगठन एक देश के रूप में यू.एस.ए. छवि के उत्थान के लिए काम कर रहे थे।[134] जब से क्लिंटन दंपती ने राष्ट्रपति पद के लिए मिथक बनाना बंद किया और संबंधित संस्थानों की छवि निर्माण को नियंत्रित करना शुरू किया, तब से हॉलीवुड ने रणनीतिक रूप से एक

नया रणनीतिक मंच हासिल कर लिया। साथ ही, तमाम स्रोतों के मुताबिक 1996 में चेज ब्रैंडन नाम के सी.आई.ए. अधिकारी ने मिथक निर्माण को सुधारा और अतिरंजना को उन्नत करने का काम किया।

लोकप्रिय पत्रिका के संपादकों के पूछे जाने पर उन्होंने टिप्पणी की कि देश की छवि को सही दिशा और रोशनी में प्रदर्शित करनेवाली परियोजनाओं का साथ पाने में काफी लंबा वक्त लगा है।

जिस तरह से फिल्मों को सुरक्षा संचालन या खुफिया विशेषज्ञों के विषय के साथ स्क्रीन पर दिखाया जाता है, वह देशभक्ति, खुफिया एजेंसियों, प्रतिबद्धता और उत्साह से भरा होता है। जिस तरह से फिल्में स्क्रीन पर सिक्योरिटी ऑपरेशंस या इंटेलिजेंस विशेषज्ञों को देशभक्ति से ओतप्रोत, समर्पित और उत्साह से लबरेज दिखाती हैं, उससे यही निष्कर्ष निकलता है कि कहीं-न-कहीं इन फिल्मों पर सरकार और देशवासियों के प्रति सकारात्मकता एवं उत्साह बनाए रखने का संकेत रहता है। कुछ खास शब्द हैं, जैसे—अंडरकवर, स्पाइज, एफ.बी.आई., सी.आई.ए., एंटी करप्शन-12, ओवल ऑफिस आदि हर आयु वर्ग के दर्शकों के अंदर रोमांच पैदा करते हैं, जिससे दर्शक ध्यानमग्न होकर फिल्में देखते हैं।

कुछ फिल्में हैं, जो लगातार एक ही थीम पर बनाई गई हैं और वे दुनिया भर में मशहूर हुई हैं, जैसे 'मिशन इंपॉसिबल सीरीज', जोकि 1996 से 2008 तक चर्चित कलाकार टॉम क्रूज को काल्पनिक इंपॉसिबल मिशन फोर्स के यू.एस. ऑपरेटिव इथन हंट के तौर पर पेश करती रही हैं और इन फिल्मों को दुनिया भर में खूब पसंद भी किया गया है।[135] मनोरंजन के माध्यम को देशवासियों और सरकारी संस्थानों, अधिकारियों और तमाम अन्य संबंधित क्षेत्रों में एकजुटता दिखाने के लिए बेहतरीन तरीके से इस्तेमाल किया गया है। इसी तरह की एक और फिल्म है—'ब्रिज ऑफ स्पाइज', जोकि 2015 में रिलीज हुई थी और सच्ची घटना पर आधारित फिल्म थी।[136] जेम्स बी. डोनोवम नाम के एक वकील के जीवन पर यह फिल्म बनी थी, जिसकी भूमिका टॉम हैंक्स ने निभाई थी। एक अमरीकी पायलट, जोकि रूसियों के कब्जे में था, उसे छुड़ाने के लिए दो महाशक्तियों के बीच किस तरह से बातचीत चली थी, इसे दर्शाया गया था। बहुत सारे स्पष्टीकरण के संदर्भ और देशवासियों की निष्ठा इस पूरे एजेंडे को हल करने में मदद करती है। इस फिल्म को हर तरफ से तारीफ मिली थी।

सन् 1992 में आई 'पैट्रियट गेम्स' एक और फिल्म थी, जोकि आतंकवाद पर आधारित थी और इसमें सरकार की प्रभावी एजेंसी के रूप में सी.आई.ए. की

भूमिका को उभारा गया था।[137] फिल्म में जैक रेयान की कहानी है, जिसकी भूमिका हैरिसन फोर्ड ने निभाई थी। खुफिया विभाग किसी एजेंडे को हल करने में कैसे काम करता है, कैसे आतंकवादी मारे जाते हैं और अन्य दोषी जेल भेजे जाते हैं, यह सब इसमें दिखाया गया था। इस फिल्म को मनोवैज्ञानिक आधार पर रोमांचक ऐक्शन फिल्म का दर्जा दिया गया था।

हॉलीवुड में सी.आई.ए. को दिखाने का चलन हमेशा से दर्शकों को पसंद आया है। इन फिल्मों में अकसर नैतिक अस्पष्टता दिखाई देती है, जो स्वाभाविक रूप से अंडरकवर पुलिस या जासूसों में समाहित होती है। 2017 में नेटफ्लिक्स ने फिल्म 'लाइन ऑफ ड्यूटी' रिलीज की थी, जो हिंसा, कानून, गुप्तचरों, घरेलू मुद्दे, अंडरकवर ऑफिसर, एंटीकरप्शन, अपराध का पता लगाने और इन लोगों के सामान्य जीवन के विभिन्न रंगों पर आधारित है। यह क्लासिक फिल्म दर्शकों के बीच चर्चा का विषय है और इसे रोमांचक सामग्री के लिए लोगों का प्यार मिला। एक और फिल्म 2017 में आई थी 'बॉडीगार्ड', जोकि नेटफ्लिक्स सीरीज की ही फिल्म थी, जिसमें यू.के. गृहमंत्री की हत्या हो जाती है और कैसे पुलिसकर्मी संस्थान के भीतर मौजूद गड़बड़ी को ठीक करते हैं, इसे दिखाया गया है।[139] असामाजिक तत्त्वों को थका देने के चलते निष्ठा का प्रतीक बरकरार रहता है। जहाँ तक आज के दौर का सवाल है, ऐसी अनंत सीरीज मौजूद हैं, जैसे 'डेजिग्नेटेड सर्वाइवर' (2019), जोकि यू.एस. प्रेजिडेंसी और संबंधित कथानक पर आधारित थी। अपराधी जर्मनी, जोकि एक आम नागरिक की जिंदगी और सरकार के साथ उलझे उसके तमाम मुद्दों पर इसे केंद्रित रखा गया है।[140] 2017 में आई 'अमेरिकन एसेसिन' भी सी.आई.ए. और आतंकी हमले पर केंद्रित है।[141]

भारतीय कानून बिरादरी में नाटकीयता : एक मजाक

फिल्मों के मामले में भारत बेहद उर्वर भूमि है और यहाँ फिल्मों का एक तरह से सैलाब आया रहता है, जिसकी नई रिलीज को लोकप्रिय गानों, संगीत से प्रचारित किया जाता है, नए दौर के कलाकार, फैशन ब्रांड का फिल्मों में इस्तेमाल, शैली की नकल और तमाम चीजें इस्तेमाल होती हैं। यह सांस्कृतिक छवि बनाती हैं, राजनीतिक अवधारणाएँ बनाती हैं, जो सियासी संबंधों का प्रतिनिधित्व करते हैं। फिल्में न केवल मनोरंजन प्रदान करती हैं, बल्कि दर्शकों को संदेश भी देती हैं, हमारे मूल्यों और मान्यता प्रणालियों को आकार देने में मदद करती हैं। संक्षेप में हम कह सकते हैं कि फिल्मों ने भारतीयों के जीवन को प्रभावित किया है, जिन्होंने

दशकों से ज्यादा समय तक इनका अनुसरण किया है। कई शोधों ने साबित किया है कि भारतीय फिल्म निर्देशक और अभिनेता अपने आर्थिक फायदे के लिए भारतीय सिनेमा का इस्तेमाल कर रहे हैं।[142] संस्थानों के भीतर विश्वास का निर्माण कभी भी बॉलीवुड का प्रमुख उद्देश्य नहीं रहा है, यहाँ तक कि कुछ फिल्मों ने रूढ़िवादिता को तोड़ने की कोशिश की, लेकिन वे या तो गैर-लोकप्रियता या अच्छे गानों की कमी या उद्योग की अस्वीकार्यता के चलते विफल रहीं।

एक उत्पाद के तौर पर इन संस्थानों का निरा आत्मवाद

स्क्रीन पर न्यायपालिका बिरादरी, पुलिस विभाग के कामकाज, कार्यपालिका की भूमिका या यहाँ तक कि राजनीतिक गण्यमान्यों के प्रति कम भरोसे को दिखाया जाता है। दिलचस्प है कि वे वास्तविकता के करीब भी नहीं होतीं, लेकिन फिल्मों के जरिए जिस तरह की सामग्री प्रस्तुत की जाती है, उस पर हम भरोसा करने लगते हैं। भारतीय सिनेमा के मामले में हमारे मन में न्यायपालिका में कम भरोसा या कानून व्यवस्था में व्याप्त भ्रष्टाचार, त्योरियों वाले वकील, दुःखी वादकारी, अदालतों की धीमी और ढीली छवि ही उभरती है, जबकि पश्चिमी देशों की बनाई फिल्मों के मामले में ऐसा नहीं है। हम शायद ही देख पाते हों कि किसी हॉलीवुड फिल्मों में कोर्ट रूम का मजाक उड़ाया जाता हो, वादकारियों या किसी अन्य से भ्रष्ट प्रथा को बढ़ावा मिलता हो, बल्कि इसको गरिमापूर्ण तौर पर दिखाया जाता है और यह माना जाता है कि विधि व्यवस्था एक सम्मानित संस्था है, जिसमें हम सभी को निष्ठा रखनी चाहिए। इसके विपरीत हमारे भारतीय सिनेमा में ज्यादातर हिट फिल्में उलटा काम करती हैं। उनमें से ज्यादातर बॉक्स ऑफिस पर एक अच्छी रेटिंग के साथ एक बड़ी व्यावसायिक सफलता हासिल करती हैं। हालाँकि क्या वे इन संस्थानों में नागरिकों के विश्वास को बढ़ाने में महत्त्वपूर्ण भूमिका निभा रहे हैं? मुझे लगता है कि ऐसा नहीं हो रहा है।

फिल्मों में अदालती काररवाई के दौरान शपथ के लिए प्रयोग में लाई जानेवाली पवित्र भगवद् गीता से संबंधित दृश्य फिल्मों से गायब हो गए हैं, तो क्या इससे यह जाहिर होता है कि ये किताब अब जरूरी नहीं रह गई है या इसका मतलब यह है कि पवित्रता को तवज्जो नहीं दी जाती है या हिंदू धर्म में लोगों की आस्था खत्म हो गई है?

तमाम फिल्मों में भगवद् गीता से जुड़े ये दृश्य आज भी दरकिनार नहीं किए जाते कि 'मैं गीता पर हाथ रखकर कसम खाता हूँ', जोकि अदालती काररवाइयों का एक परंपरागत दृश्य होता था। जॉली एल-एल.बी. फिल्म में जज की भूमिका

करनेवाले और राष्ट्रीय पुरस्कार से सम्मानित कलाकार सौरभ शुक्ला कहते हैं, "प्रामाणिकता को किसी एक तथ्य के तौर पर नहीं देखा जा सकता। फिल्म की नाटकीयता वास्तविक होनी चाहिए। फिल्म के नायक फिल्म की दिशा नहीं तय कर सकते। ये दर्शक हैं, जो सबकुछ तय करते हैं।"[143]

वास्तविक परिदृश्य में वकील और अदालत के अन्य कर्मचारी किसी केस को तोड़ने-मरोड़ने के तमाम हथकंडे अपनाते हैं और कमाई करते हैं। जिस तरह से भारतीय अदालतें संस्था की छवि बना रही हैं, वह चर्चा के लायक नहीं है। तिस पर फिल्मों ने इनकी नकारात्मक छवि प्रस्तुत करके और बेड़ा गर्क कर दिया है, जिससे दर्शकों में न केवल भरोसे का संकट बढ़ता जा रहा है, बल्कि विधि-व्यवस्था और इसके भविष्य के उद्देश्य के प्रति आस्था पर भी सवाल उठने लगे हैं।

कानून बिरादरी का कपट : फिल्म पिंक (2018)

बॉलीवुड फिल्म 'पिंक' को कानूनी बिरादरी और कोर्ट-रूम के झूठे नाटक के बावजूद 2018 की हिट फिल्म के रूप में जाना जाता है। कानूनी नाटक के कथानक, चरित्र-चित्रण ने इसे सर्वश्रेष्ठ फिल्मों में से एक बना दिया है। अमिताभ बच्चन ने एक वकील की भूमिका निभाई थी, जो एक निडर, आत्मविश्वास, गुणी पुरुष है। यह दिखाया गया है कि महिलाओं के खिलाफ अपराध से कैसे निपटा गया है। कोर्ट रूम के तथ्यों की सत्यता के बावजूद हर चीज एक उद्देश्य को पूरा करती हुई साफ दिख रही थी। अगर हम बॉलीवुड में दिखाए जानेवाले कोर्ट रूम के ड्रामा के मिथक से परदा हटाएँ, तो अपराध की उड़ान, फँसी आरोपी, असहाय और बोझ से लदे पीड़ित, पहचान के संकट के साथ बरगलाते वकील, विधि व्यवस्था में आस्था और विश्वास का ह्रास, तो वास्तविक और प्रामाणिक है क्या ? प्रस्तुति भले ही बड़े तामझाम से हो, फिर भी सबकुछ अवास्तविक नजर आता है। दिमाग में जो सवाल उठता है, वह ऐसी प्रस्तुति में प्रामाणिकता का होता है।

मूवी 'पिंक' (2018) में अमिताभ बच्चन ने बेहतरीन प्रस्तुति और अभिनय से घटना की स्थितियों को दिखाते हुए मूल्यों और आस्था से निपटने का आग्रह करते हुए कोर्ट रूम में नाटकीयता परोसी है। प्रक्रिया की बात जब आती है, तब फिल्म में भले ही कानूनी खामियाँ हों, निर्देशन में चूक हो, फिर भी फिल्म को अच्छी लोकप्रियता हासिल हुई। फिल्म में वकील एक डायलॉग बोलता है, "अदालत का कमरा कानूनी रूप से गलत शब्द-संग्रह के एक नाटकीय मंच के रूप में दिखाया गया है, कोई भी उस मिथक को इंगित करने की कोशिश नहीं करता है, जो युगों से

चला आ रहा है।" क्या ये इन मुद्दों को संवेदनहीन बनाना है या दर्शकों को संस्थान से बिल्कुल ही अनजान समझ लिया गया है ? क्या सबसे पवित्र संस्थान की छवि धूमिल करना नैतिक तौर पर उचित है ? यह अब भी गंभीर चिंता का विषय है कि फिल्म निर्माता सरकार और संस्थानों की बेहतर छवि प्रदर्शित करने के लिए कैसी स्क्रिप्ट इस्तेमाल करें।

कैसे संस्था में भरोसे को फिर से पैदा किया जा सकता है और एक सहयोगी एजेंडे पर काम करके उद्देश्य को पूरा किया जा सकता है ? 1980 के दशक तक भारत की फिल्मों में भी ऐसा ही होता था। हालाँकि पिछले 25 वर्षों में दुविधाओं का समाधान देते ईश्वर का चित्रण, अंतिम दौर में बचानेवाले के तौर पर या नायक के मंदिर जाने जैसे तमाम दृश्य फिल्मों से गायब हो चुके हैं।

संदर्भ–

103. Plate, S. (2003). 'Representing Religion in World Cinema.' Retrieved from https://www.researchgate.net/publication/308721303_Representing_Religion_in_World_Cinema and Accessed on 13 Oct, 2020.
104. Plate, S. (2003). 'Representing Religion in World Cinema.' Retrieved from https://www.researchgate.net/publication/308721303_Representing_Religion_in_World_Cinema and Accessed on 13 Oct, 2020.
105. Hamilton, M.B. (1998, 'Sociology and the World's Religions. Basingstoke: Macmillan.' Retrieved from https://studylib.net/doc/8702493/the-sociology-of-religion-theoretical-and-comparative-pe and Accessed on 13 Oct, 2020.
106. Marsh,Clive (2003), 'Studies in Religion and Culture.' Waynesboro, GA : Paternoster Press, 2004. (Pp. xi + 162). Retrieved from https://www.researchgate.net/publication/308721303_Representing_Religion_in_World_Cinema and Accessed on 13 Oct, 2020.
107. Lindvall, T. (2005). 'Religion and Film Part II : Theology and Pedagogy', Communication Research Trends Volume 24 (2005) Number 1 . Retrieved from http://cscc.scu.edu/trends/v24/v24_1.pdf and Accessed on 13 Oct, 2020.
108. Biela A, Tobacyk JJ. Self-Transcendence in the Agoral Gathering: A Case Study of Pope John Paul II's 1979 Visit to Poland. Journal of Humanistic Psychology. 1987;27(4):390-405. doi:10.1177/0022167887274002.Retrieved from https://journals.sagepub.com/doi/10.1177/0022167887274002 and Accessed on 19 Oct, 2020.
109. Biela, A., & Tobacyk, J.J. (1987). Self-transcendence in the agoral gathering : A case study of Pope John Paul II's 1979 visit to Poland. 'Journal of Humanistic Psychology', 27(4),

390-405. Retrieved from https://journals.sagepub.com/doi/abs/10.1177/0022167887274002. Assessed on 14 Oct, 2020.

110. Fromm, E. (1994). Escape from freedom. Macmillan.

111. BBC. Australians asked not to list their religion as Jedi. Retrieved from http://www.bbc.co.uk/newsbeat/article/36942171/australians-asked-not-to-list-their-religion-as-jedi. Assessed on 14 Oct, 2020.

112. Sharma, R. (2016). Santoshi Maa : The celluloid goddess. Livemint. Retrieved from https://www.livemint.com/Sundayapp/c1dqPakofWSZ6nIMbXIVdO/Santoshi-Maa-The-celluloid-goddess.html. Accessed on 14 Oct, 2020.

113. Hanich, J. (2018). 'Audience Effect : On the Collective Cinema Experience.' Edinburgh University Press.

114. Taieb Oussayfi (2018), 'The representation of religion in American motion pictures during the 20th Century' Retreived from https://medium.com/@taieboussayfi/the-development-of-the-representation-of-religion-in-american-motion-pictures-during-the-20th-651f9c8855d8 and Accessed on 22 Sep, 2019.

115. Religions. Pew Research Centre. Retrieved from https://www.pewforum.org/religious-landscape-study/. Accessed on 15 Oct, 2020.

116. Inglehart, R., & Norris, P. (2004). Sacred and Secular : Religion and Politics Worldwide. Cambridge Studies in Social Theory, Religion and Politics. Cambridge : Cambridge University Press. Retrieved from...

117. Oussayfi, T. (2018). The representation of religion in American motion pictures during the 20th Century. Medium. Retrieved from https://medium.com/@taieboussayfi/the-development-of-the-representation-of-religion-in-american-motion-pictures-during-the-20th-651f9c8855d8. Accessed on 6 Nov, 2020.

118. Delnaz Divecha (2017), '7 Bollywood movies that reflected the dark side of Religion.' Available at https://in.bookmyshow.com/entertainment/movies/bollywood-movies-on-religion/ Accessed on 16 Sep, 2020.

119. Monisa Qadri (2016), 'Films and Religion : An analysis of Aamir Khan's PK.' Available at https://digitalcommons.unomaha.edu/cgi/viewcontent.cgi?article=1361&context=jrf (Accessed on 22 Sep, 2019).

120. Prof Sharma (2020), 'Is God dead? atleast in Bollywood.'Retreived from https://timesofindia.indiatimes.com/blogs/voices/is-god-dead-atleast-in-bollywood/ and Accessed on 14 Oct, 2020.

121. Ali Shahzad, Sidra Chaudhry, Rooh-e-Aslam, A.B. Faridi (2012) 'Portrayal of Muslims Characters in the Indian Movies', Retreived by http://www.nihcr.edu.pk/Latest_English_Journal/Jrnl%2033-1%20(2012)/7.%20PORTRAYAL%20OF%20MUSLIMS,%20ShehzadAli.pdf and Accessed on 14 Oct, 2020.

122. Constitution. Shri Mata Vaishno Devi Shrine Board. Retrieved from

https://www.maavaishnodevi.org/constitution.aspx. Assessed on 11 Nov, 2020.

123. The Integration of Faith and Learning Among Collegiate Theatre Artists : A Hermeneutical Phenomenological Study (2018). Retrieved from https://plato.stanford.edu/entries/faith/ and Accessed on 22 Oct, 2020.

124. Durkheim, E. (1895/1938) 'The rules of sociological method.' Chicago, University of Chicago Press. Retrieved from https://www.researchgate.net/publication/207258327_What_Are_Institutions#:~:text=Institutions%20basically%20are%20structural%20embodiments,%2C%202001%3BSkocpol%201985%3BWeber and Accessed on 22 Oct, 2020.

125. The Integration of Faith and Learning Among Collegiate Theatre Artists : A Hermeneutical Phenomenological Study (2018). Retrieved from https://plato.stanford.edu/entries/faith/ and Accessed on 22 Oct, 2020.

126. Pautz, Michelle C. (2016). 'Films can have a major influence on how people view government.' Retrieved from https://blogs.lse.ac.uk/usappblog/2015/03/12/films-can-have-a-major-influence-on-how-people-view-government/ and Accessed on 10 Oct, 2020.

127. Clark, J. (2000). The Social Psychology of Jury Nullification. Law and Psychology Review, Vol. 2.

128. Hodgson, Geoffrey. (2006). What Are Institutions?. Journal of Economic Issues. XL. 1-25. 10.1080/00213624.2006.11506879 Retrieved form https://www.researchgate.net/publication/7221894_The_selective_disruption_of_spatial_working_memory_by_eye_movements and Accessed on 21 Oct, 2020.

129. Brudy , Kristin D. (2006). 'The Drama of the Courtroom: Media Effects on American Culture and Law.' URL : https://repository.library.georgetown.edu/bitstream/handle/10822/551693/Kristin_Brudy_FINAL.doc.pdf?sequence=4

130. Brudy, Kristin D. (2006). The Drama of the Courtroom: Media Effects on American Culture and Law. Retrieved from https://repository.library.georgetown.edu/bitstream/handle/10822/551693/Kristin_Brudy_FINAL.doc.pdf?sequence=4. Assessed on 11 Nov, 2020.

131. 12 Angry Men. IMDB. Retrieved from https://www.imdb.com/title/tt0050083/plotsummary. Assessed on 11 Nov, 2020.

132. I want to Live!. Rotten Tomatoes. Retrieved from https://www.rottentomatoes.com/m/i_want_to_live. Assessed on 11 Nov, 2020.

133. Fedorek, B.M. (2013). 'THE IMPACT OF CRIME-RELATED TELEVISION PROGRAMS ON STUDENTS.' PERCEPTIONS OF THE CRIMINAL JUSTICE SYSTEM.' Indiana University of Pennsylvania. Retrieved from https://citeseerx.ist.psu.edu/viewdoc/download?doi=10.1.1.1000.7940&rep=rep1&type=pdf

134. History of the CIA. Central Intelligence Agency. Retrieved from https://www.cia.gov/about-cia/history-of-the-cia
135. Star Wars and the History of Trans media Storytelling (2018). Retrieved from https://www.denofgeek.com/movies/the-behind-the-scenes-battles-of-the-mission-impossible-franchise/. Assessed on 11 Nov, 2020.
136. Bridge of Spies : The Man Behind Tom Hanks Character (2015). Retrieved from https://time.com/4062896/bridge-of-spies-tom-hanks-james-b-donovan/and Accessed on 22 Oct, 2020.
137. FILM; The C.I.A. Blows Its Cover for 'Patriot Games.' (2012), The New York Times. Retrieved from https://www.nytimes.com/1992/06/14/archives/film-the-cia-blows-its-cover-for-patriot-games.html.
138. Line of Duty. (2012) IMDb. Retrieved from https://www.imdb.com/title/tt2303687/. Assessed on 11 Nov, 2020.
139. Pereira, Miguel & Elkawy, Amer & Lekov, Andrey & Adhikari, Keshab. (2015). Netflix – the new face of the https://www.researchgate.net/publication/277311914_Netflix_-_the_new_face_of_the_TV_industry and Accessed on 22 Oct, 2020.
140. Silva, M. (2019). Designated Survivor was the political drama conservatives needed to watch https://qz.com/quartzy/1675121/conservatives-should-watch-netflixs-designated-survivor/. Quartz. Retrieved from https://qz.com/quartzy/1675121/conservatives-should-watch-netflixs-designated-survivor/. Assessed on 11 Nov, 2020.
141. American Assassin. IMDB. Retrieved from https://www.imdb.com/title/tt1961175/. Assessed on 11 Nov, 2020.
142. Jaikuma, Priya. (2003) Bollywood Spectaculars, Vol. 77, No. 3/4 (pp. 24-29). Retrieved from https://www.jstor.org/stable/pdf/40158170.pdf?ab_segments=0%252Fbasic_search_SYC-5462%252Fcontrol&refreqid=excelsior%3A449e234280ea3155a895b73a66200363) World Literature Today .and Accessed on 11 Oct, 2020.
143. Courtroom dramas : Reel vs real (Tribune India News Service URL, https://www.tribuneindia.com/news/archive/features/courtroom-dramas-reel-vs-real-306859. Retrieved from https://www.tribuneindia.com/news/archive/features/courtroom-dramas-reel-vs-real-306859.

□

अध्याय-4

बच्चों और किशोरों पर फिल्मों का प्रभाव

परिचय

बचपन और किशोरावस्था एक महत्त्वपूर्ण विकास का दौर होता है और उनकी पहचान और तर्क निर्माण की नींव में प्रमुख भूमिका निभाता है। सामाजिक शिक्षण सिद्धांत[144] बताता है कि बच्चे अपने आसपास के लोगों को गौर करके सीखते हैं। बच्चे अपने बड़ों के साथ बातचीत से जीवन के सबक के तौर पर नैतिकता और मूल्यों के बारे में भी सीखते हैं।[145] अतिरिक्त शिक्षा उनके विभिन्न प्रकार के मनोरंजक और बचपन की गतिविधियों के संपर्क में आने से प्राप्त होती है।[146] जैसे-जैसे प्रौद्योगिकी उन्नत होती जा रही है, सामाजिक मानकों में बदलाव आ रहा है और मनोरंजन के माध्यम बदल रहे हैं, वैसे-वैसे 'बचपन के मनोरंजन' की परिभाषा में भी बदलाव आ रहा है।[147] क्या आपने कभी सोचा है कि आपके और आपके बच्चों के पास बचपन की गतिविधियों पर चर्चा करने के लिए कोई सामान्य संदर्भ बिंदु नहीं होता? यह उल्लेखनीय है कि पीढ़ी X और Y ने अपना बचपन भारतीय कॉमिक स्ट्रिप्स, जैसे इंद्रजाल कॉमिक्स, अमर चित्रकथा, मधु मुसकान, बहादुर, राजन-इकबाल, टिंकल, चंदा-मामा, मोटू-पतलू, बबलू जासूस, तेनालीराम, पंचतंत्र, चाचा चौधरी को पढ़ने में बिताया। हालाँकि वर्तमान पीढ़ी के पास इन कॉमिक स्ट्रिप्स का कोई संग्रह नहीं है, वहीं इन कहानियों की निरंतरता न होने से भारतीय पीढ़ियों के बीच दूरी बढ़ गई है। हालाँकि अमरीकियों के बारे में भी ऐसा नहीं कहा जा सकता है। हॉलीवुड फिल्मों ने सुनिश्चित किया है कि पीढ़ियों के बीच जुड़ाव मजबूत हो और इसके लिए कॉमिक्स स्ट्रिप्स, कॉमिक स्ट्रिप्स के पात्रों, स्पाइडरमैन, सुपरमैन जैसे कुछ कार्टून पात्रों पर फिल्में बनाकर पीढ़ियों को आपस में चर्चा करने के लिए एक संदर्भ बिंदु प्रदान किया है।

हॉलीवुड ने कॉमिक-स्ट्रिप्स का लाभ उठाया है और कॉमिक स्ट्रिप्स की कहानियों के जरिए मल्टी-बिलियन डॉलर का व्यवसाय बनाया है।[148] दूसरी ओर बॉलीवुड इस क्षमता का अहसास करने में चूक गया और भारतीय कॉमिक स्ट्रिप्स के खजाने को भुनाने में विफल रहा। हॉलीवुड ने उस सुपरहीरो को फिर से परिभाषित करने के लिए कड़ी मेहनत की है, जो 70 साल से भी पहले कॉमिक स्ट्रिप्स में पेश किए गए थे और 21वीं शताब्दी के दर्शकों को पसंद आनेवाली कहानियाँ सफलतापूर्वक प्रस्तुत कीं। ऐसा क्यों है कि यह समझने के बावजूद कि इन कॉमिक स्ट्रिप्स में से कुछ भारत और भारतीय दर्शकों के लिए कितनी महत्त्वपूर्ण हैं, बॉलीवुड किसी भी कॉमिक स्ट्रिप्स को मल्टी मिलियन डॉलर की फ्रेंचाइजी में नहीं बदल पाया? कल्पना कीजिए कि यह भारत के लिए कितना जबरदस्त होता, अगर पूरी दुनिया के बच्चे और विशेष रूप से एशिया के लोग, अपने घरों में भारतीय कॉमिक स्ट्रिप्स के अनुभवों के साथ बड़े होते।

इसके अलावा कल्पना करें कि यह कितना अच्छा होता, अगर एक परिवार के कुछ सामान्य बिंदुओं, अनुभवों और कल्पनाओं को पीढ़ी-दर-पीढ़ी साझा करता, इससे परिवार मजबूत होता और एकजुट रहता। एवेंजर की कॉमिक स्ट्रिप्स 1960 के दशक में मार्वल ने शुरू की थी। 2019 में हार्वर्ड बिजनेस रिव्यू में हैरिसन, कार्लसन और स्कर्लवाज के एक लेख के अनुसार, मार्वल कॉमिक्स और उसके पात्रों ने 22 फिल्में बनाई हैं। इससे दुनिया भर में 17 बिलियन डॉलर (लगभग 1,27,000 करोड़ रुपए) की कमाई भी की।[149] क्या यह हॉलीवुड के निर्माताओं के ही वश की बात है या बॉलीवुड के निर्माताओं में कमी हो गई है? मैं कुछ नहीं कह सकता। एक तरफ जहाँ बैटमैन एक अंतरराष्ट्रीय नायक बन गया और अरबों डॉलर की कमाई की और अरबों दिमागों को प्रभावित भी किया, वहीं बहादुर (1976 में सुर्ती और ब्राह्मणिया का बनाया पात्र) को वह दर्जा कभी नहीं मिल पाया। कल्पना करें कि बहादुर जैसा एक पात्र रचा जाता, जिसे एक अच्छे नागरिक (उसके पास दैवीय शक्तियाँ नहीं होतीं) के तौर पर दिखाया जाता और वह सिटीजंस सिक्योरिटी फोर्स (सी.एस.एफ.) की तरफ से भारत में अपराध से लड़ता। वह नागरिक पुलिस की अवधारणा पर अपराध से लड़ता, जिस पर हाल के दिनों में विभिन्न राज्य और देश कानून और प्रवर्तन नीतियाँ विकसित कर रहे हैं।[150] ऐसा कैसे है कि बॉलीवुड ने बहादुर के बारे में कभी कुछ नहीं बनाया, जबकि बहादुर अधिकांश भारतीय बच्चों के बीच एक लोकप्रिय पात्र था?

2010 में ग्राफिक नोवेल्स ऐंड कॉमिक्स जर्नल में डॉ. रितु खंडूरी के एक लेख में भारतीयों के जीवन में कॉमिक्स के महत्त्व बताया गया है।[151] उन्होंने कॉमिक्स की सांस्कृतिक प्रासंगिकता और भारत में कॉमिक्स की भूमिका पर भी चर्चा की है। आगे वे कहती हैं कि कॉमिक्स सांस्कृतिक अवधारणाओं की वाहक हैं, जो एक पीढ़ी से दूसरी पीढ़ी में हस्तांतरित होती रहती हैं। कॉमिक्स और उसमें प्रस्तुत किए गए पात्र पाठकों के मन में छप जाते हैं और आगे चलकर सांस्कृतिक कोष बन जाते हैं।[152] बच्चों को दोस्ती, वफादारी, प्यार, दया, विश्वास, जिम्मेदारी, टीमवर्क और नैतिकता के मूल्यों के बारे में सिखाने के लिए कॉमिक्स और उसमें दिए गए पात्रों का फायदा उठाने में हॉलीवुड ने अद्भुत काम किया है। वहीं यह स्पष्ट है कि बॉलीवुड उस ऊँचाई को छू भी नहीं सका है। यहाँ तक कि छोटे परदे का सबसे ज्यादा लोकप्रिय पात्र 'शक्तिमान' कभी भी बड़े परदे पर जगह नहीं बना सका या सुपरमैन जैसी किसी शृंखला की तरह सामने नहीं लाया जा सका। बॉलीवुड की अक्षमता की और भी वजहें हो सकती हैं, लेकिन मेरा मानना है कि उत्साह की कमी इसके पीछे सबसे बड़ी वजह है। कॉमिक स्ट्रिप्स का सांस्कृतिक महत्त्व है और पहले भी कई शोधकर्ता इसे अनुभवों के आधार पर साबित कर चुके हैं। कॉमिक्स हमारे रोजमर्रा के जीवन से संबंधित विभिन्न मानदंडों, मूल्यों, मान्यताओं और भावबोधक प्रतीकों का संदर्भ बताते हैं। फिर भी किसी भी भारतीय कॉमिक स्ट्रिप्स पर बॉलीवुड कोई ऐसी बड़ी फिल्म नहीं बना सका, जो हमारे बच्चों के रोजमर्रा के जीवन का हिस्सा बन जाए।

बच्चों के लिए उपलब्ध भारतीय कॉमिक सामग्री की निरंतरता के अभाव के चलते उन पर लगातार 'ए' श्रेणी की वयस्क फिल्मों और गानों का हमला हो जाता है। इन फिल्मों से बच्चों को दूर रखने को लेकर 'इंडियन व्यूवरशिप कानून' पर्याप्त मजबूत नहीं हैं, जहाँ सीमित सुरक्षा उपाय के चलते बच्चों को ऐसी वयस्कों वाली फिल्मों से दूर नहीं रखा जा पाता।

इंडियन व्यूवरशिप कानून इतने मजबूत नहीं हैं कि बच्चों को इन फिल्मों से दूर रखा जा सके, जहाँ ऐसे सुरक्षा उपाय भी नहीं हैं, ताकि बच्चों को वयस्कों के लिए बनीं फिल्में देखने से वंचित किया जा सके या उन्हें किसी निगरानी में ऐसी फिल्में दिखाई जा सकें। इसका नतीजा यह होता है कि अनजाने में ही बच्चे द्विअर्थी गानों, गाली-गलौज से भरे डायलॉगों, हिंसा और यौन-उन्मुख सामग्री के संपर्क में आ जाते हैं। फिल्मों के पात्र बच्चे नहीं होते, जिससे कि ये नन्हे दर्शक खुद को जोड़ पाएँ, फिर भी उनमें लोकप्रिय फिल्म कलाकारों के जैसा ही बनने की इच्छा

पैदा होने लगती है। इसके अलावा कानून कड़े न होने से भारतीय सिनेमा दर्शकों की संख्या को सीमित करने में विफल रहा है। 'ए' श्रेणी की फिल्म देखने के लिए अपने बच्चों के साथ आनेवाले माता-पिता के मूवी हॉल में प्रवेश को प्रतिबंधित करने का कोई प्रावधान या विकल्प नहीं है। जबकि अमरीकी संदर्भ में, दर्शकों के लिए कानूनों को अच्छी तरह से तैयार किया गया है और उनका कड़ाई से पालन किया जाता है। बच्चों को उनके माता-पिता के साथ 'ए' रेटेड फिल्मों के लिए मूवी हॉल में प्रवेश नहीं देने के सख्त दिशा-निर्देशों का पालन किया जाता है।[153] सरकारी एजेंसियों और बॉलीवुड को वैश्विक अपेक्षाओं और मानकों पर खरा उतरने के लिए अभी लंबा रास्ता तय करना है।

शोधकर्ताओं ने फिल्मों में प्रदर्शित सामग्री, जैसेकि लैंगिक भूमिकाओं, रोल आइडेंटिटी, भूमिकाओं से जुड़े दाग, नैतिक मूल्यों की प्रस्तुति आदि के प्रभाव की पड़ताल की है। बच्चों की श्रेणी में 152 लोकप्रिय एनिमेटेड फिल्मों की सामग्री विश्लेषण में पाया गया कि नायक की भूमिका ज्यादातर पुरुषों ने निभाई थी और महिलाओं की तुलना में पुरुष पात्रों को ज्यादा ताकतवर प्रदर्शित किया गया था।[154] हाल के एक अध्ययन में लेखक ने पाया है कि बॉलीवुड फिल्में भारतीय संस्कृति को सही तरीके से नहीं दिखाती हैं। बहुसंख्यक फिल्मों ने इसे गलत तरीके से प्रस्तुत किया है और विभिन्न समुदायों की भूमिका और लैंगिक प्रतिनिधित्व को रूढ़िवादी बनाकर पेश किया है। बॉलीवुड फिल्मों में सामाजिक भूमिकाओं और समुदायों के बारे में भ्रामक जानकारी दी गई। इसका प्रभाव इतना गहरा हुआ है कि छात्रों का मानना था कि फिल्मों में दिखाई गई रूढ़िवादिता वाकई सच है।[155] अपने अध्ययन में लेखक ने यह भी गौर किया कि हॉलीवुड फिल्मों में ऐसी गलत बयानी का एक भी मामला नहीं सामने आया, जहाँ उन्होंने अमरीकी संस्कृति को एक नजदीकी उदाहरण के साथ पेश किया हो। एक अन्य अध्ययन ने अमेरिका, अर्जेंटीना, ब्राजील, मैक्सिको की लोकप्रिय फिल्मों की तुलना की और पाया कि अमरीकी फिल्मों ने ड्रग और तंबाकू के इस्तेमाल वाले दृश्यों की सामग्री को घटाया, जबकि 2002-2009 की अवधि में शराब के इस्तेमाल और हिंसा के दृश्य बढ़ गए हैं।[156]

शोध के लिए उभर रही संस्थाओं में ये नतीजे जुड़ गए, जो लैंगिक भूमिका की घिसी-पिटी व्यापकता, सामुदायिक प्रतिनिधित्व, ड्रग्स की लत और फिल्मों के व्यापक माध्यमों में हिंसा में लिप्तता, जिसके संपर्क में बच्चे और किशोर तक हैं, के बारे में बताते हैं।

बच्चों और किशोरों के व्यक्तित्व निर्माण में फिल्मों का प्रभाव

बच्चे और किशोर अपने बढ़ने और सीखने के दौर में बहुत जल्दी सीखने की क्षमता रखते हैं। वे अपने आसपास के माहौल से सीखते हैं कि खुद को समाज में स्वीकार्य बनाए रखने के लिए कैसे पेश आएँ। वे जो कुछ भी सीखते हैं, उसका असर आजीवन उनके क्रियाकलापों में नजर आता है। शोध के मुताबिक बच्चों और किशोरों में पाँच प्रमुख प्रकार के विकास के तत्त्व होते हैं, जैसे—1. भावनात्मक स्वास्थ्य, 2. संज्ञानात्मक विकास, 3. परिवार एवं साथियों से संबंध, 4. निजी विकास, और 5. चरित्र निर्माण।[157]

संस्कृति के बारे में जानना बच्चे की शैक्षणिक जानकारी के प्रमुख स्रोतों में शामिल है, जिससे उसे तमाम सामाजिक नियम कायदों की एक अंतर्दृष्टि मिलती है और वह अपने व्यक्तित्व निर्माण में सामाजिक सांस्कृतिक ढाँचा तैयार कर सकता है।[158] बच्चे के मनोवैज्ञानिक विकास के लिए एक और महत्त्वपूर्ण पहलू उनकी कल्पना और रचनात्मकता है। यहाँ उनकी कल्पनाशीलता और रचनात्मकता को आकार देनेवाले सूचना के स्रोतों की महत्त्वपूर्ण भूमिका होती है। जैसे-जैसे बच्चे बढ़ते हैं और अपने साथी बच्चों के साथ बातचीत करते हैं, वे एक-दूसरे के साथ 'खेलने' लगते हैं। वे एक-दूसरे के साथ 'खेलने' का फैसला कैसे करते हैं, यह उनके आसपास के माहौल से उनके सीखने पर असर डालता है। खेल का पहलू बच्चे की कल्पना, रचनात्मकता पर आधारित पाया गया है और इसे एक मनोवैज्ञानिक प्रक्रिया के रूप में परिभाषित किया गया है, जिसमें नए विचार पैदा होते हैं और जो विचार संभावित तौर पर व्यावहारिक होते हैं, उनकी कार्यक्षमता भी परखते हैं।[159] विकास कर रहे इनसान के लिए खेलकूद पर अधिक जोर देना जरूरी है।

बच्चे अपने खेलने और गैर-परंपरागत तौर पर सोचने की क्षमता के ढाँचे में कैसे बदलाव लाते हैं, उस पर मीडिया में मौजूद सामग्री का असर पड़ता है बल्कि यह कहना ज्यादा दुरुस्त होगा कि वे पहले से मौजूद स्रोतों, जैसेकि व्यापक तौर पर प्रसारित फिल्मों पर निर्भर करते हैं।

बच्चों को नियमित रूप से तथ्यों को तोड़-मरोड़कर दिखाया जाता है और यह काम ज्यादातर बड़े मीडिया समूह करते हैं। इन समूहों की पहुँच बहुत व्यापक होती है[160] और ये बच्चों को आसानी से प्रभावित कर लेते हैं।

यह मुद्दा तब और समस्याग्रस्त हो जाता है, जब बच्चे फिल्मों, धारावाहिकों

और कार्टून फिल्मों के किरदारों की नकल करके उनके जैसा ही अभिनय करने के विचारों पर काम करने लगते हैं। ऐसा करके वे अपनी खुद की काबिलीयत और विशिष्टता को विकसित होने से रोक देते हैं और उनके लिए स्क्रीन पर नजर आए किरदार जैसा दिखना और बनना आसान लगने लगता है।[161]

'वोहलवेंड' (2012) ने अपने अध्ययन में बताया था कि डिज्नी की फिल्में बच्चों को राजकुमारी की तरह व्यवहार करना और जैसे राजकुमारी को राजकुमार बचाता है, उसकी नकल करना सिखाती हैं। बच्चे भी लैंगिक भूमिका निर्माण के लिए फिल्मों से प्रेरणा लेकर पुरुषत्व और स्त्रीत्व की चरम सीमा तक जा पहुँचते हैं। कोई कह सकता है कि इन लैंगिक भूमिकाओं को दिखाने का नकारात्मक असर नहीं होता, लेकिन वे यह गौर नहीं कर पाते कि इससे बच्चों में रचनात्मकता और कल्पनाशीलता के विकास में रुकावट आती है। किशोरावस्था में बड़े होने के दौरान बच्चे इन लैंगिक भूमिकाओं का अभ्यास करना जारी रखते हैं, क्योंकि यह उनके मानस-पटल पर हमेशा के लिए अंकित हो जाता है। बच्चे अन्य किरदारों की नकल करते-करते खलनायकों की भी नकल करने लगते हैं और इसके चलते स्कूलों में उनकी बदमाशी के मामले बढ़ने लगते हैं।[162]

हालाँकि बच्चों को उनके समाज में प्रचलित सांस्कृतिक प्रथाओं के जरिए जाति, लिंग के प्रति अपने व्यवहार को ढालने और अपनी खुद की पहचान विकसित करना सिखाया जाता है। जैसे-जैसे बच्चे बड़े होते हैं, वे एक व्यक्ति के तौर पर खुद समाज की अपेक्षाओं का सामना करते हैं। यहाँ फिल्में उन्हें यह सिखाने में अहम भूमिका निभाती हैं कि 'सामाजिक-सांस्कृतिक और ऐतिहासिक ढाँचे के भीतर कैसे काम करें।'[163] सामाजिक अपेक्षाओं की प्रतिक्रिया के तौर पर बच्चे अपने आसपास नजर दौड़ाते हैं और तब वे यह समझने की कोशिश करते हैं कि "अपनी पहचान बनाने के मायने क्या हैं।" फिल्मों में दिखाई गई ज्यादातर भावपूर्ण प्रस्तुतियाँ अविस्मरणीय छाप छोड़ती हैं, जिसका इस्तेमाल वे अपने संदर्भ में करते हैं। जब छोटे बच्चे मनोरंजन के साधनों को देखते हैं, जैसे कि फिल्में तो उसकी तमाम नाटकीय छवियाँ युवा दिमागों में रच-बस जाती हैं। बच्चों को लक्ष्य कर बनाई गईं फिल्में 'जाति, वर्ग और लिंग के प्रति परंपरागत संदेशों' को दिखाती हैं और उनके व्यक्तित्व निर्माण पर असर डालती हैं। भारतीय बच्चों के सामने अपनी संस्कृति के अनुरूप किरदारों, जैसे 'चाचा चौधरी', 'तेनालीराम', 'वेताल पच्चीसी' की गैर-मौजूदगी के चलते बच्चों के सामने विदेशी किरदारों के तौर पर ही मनोरंजन के विकल्प मौजूद

रहते हैं, जिससे उनमें भ्रम की स्थिति बन जाती है। वे वास्तविकता में एक अलग दुनिया देखते हैं, जोकि कार्टूनों और सुपरहीरो वाली फिल्मों में दिखाई देती है, जो विदेशी संदर्भ में संस्कृति और प्रथाओं को दिखाती हैं। उदाहरण के लिए, भारत में बच्चों के बीच लोकप्रिय कार्टून फिल्मों के चरित्र 'शिनचैन', 'नोबिता', 'डोरेमॉन' हैं, जबकि इन कार्टून सीरीज की पृष्ठभूमि जापानी है। भारतीय बच्चे को इस सवाल के साथ छोड़ दिया जाता है कि क्या इन फिल्मों में दिखाई गई प्रथाएँ वास्तविक हैं या जिस सांस्कृतिक परिवेश में वह रह रहा है, वह बेहतर है ? इसके चलते उसे अपनी सांस्कृतिक पहचान पर ही संदेह होने लगता है और अपनी संस्कृति के प्रति उसका सम्मान घटने लगता है। इसके चलते उनका रुझान विदेशी संस्कृति और प्रथाओं की तरफ बढ़ जाता है, वे उसे ही अपनाने लगते हैं, जिससे बच्चों और उनके माता-पिता के बीच की खाई बढ़ने लगती है। पुरानी कॉमिक स्ट्रिप्स की गैर-मौजूदगी इस असर को और गहरा कर देती है, क्योंकि बच्चों और माता-पिता के बीच चर्चा के लिए कोई सामान्य विषय नहीं रह जाता, जहाँ बच्चा ऐसी फिल्मों में दिखाई गई प्रथाओं और घटनाओं से जुड़ी अपनी जिज्ञासा दूर कर सके।

बड़े होकर किशोर घर से बाहर कदम रखते हैं और दुनिया का अनुभव करते हैं। जब उनका सामना अपने शिक्षकों और साथियों से होता है तो वे अपनी पहचान बनानेवाले उस स्रोत की ओर उन्मुख होते हैं, जिसमें वे सबसे आसानी से ढल सकते हैं और फिर उसी फिल्म के किरदारों की नकल उतारते हुए व्यवहार करने की कोशिश करते हैं। भारतीय संस्कृति में शिक्षक का दर्जा भगवान् से भी ऊँचा माना गया है। हालाँकि बॉलीवुड ने शिक्षक की छवि को बरबाद करने में शायद ही कोई कसर छोड़ी हो और बच्चों को भ्रमित न किया हो। बॉलीवुड फिल्मों में शिक्षकों के किरदारों को अकसर मजाकिया या उपहास योग्य दिखाया जाता है, न कि एक धीर-गंभीर पढ़े-लिखे पेशेवर सरीखा।[164] 1998 में आई बेहद लोकप्रिय फिल्म 'कुछ-कुछ होता है' का ही एक उदाहरण लेते हैं। इस फिल्म में शिक्षकों को फैंसी किरदारों के तौर पर दिखाया गया है, जो द्विअर्थी बातें करते हैं और छात्र उनका मजाक उड़ाते रहते हैं। साल 2000 में आई फिल्म 'मोहब्बतें' में प्रधानाचार्य का किरदार अमिताभ बच्चन ने निभाया था, जिसे अभिमानी और कुतर्क करनेवाले शख्स के रूप में पेश किया गया है। फिल्म 'मैं हूँ न' में प्रोफेसर के रोल में सुष्मिता सेन को कुछ ज्यादा ही ग्लैमराइज किया गया था और यह संकेत देने की कोशिश की गई थी कि महिला शिक्षकों को पुरुषों की यौन इच्छाओं को संतुष्ट करनेवाली

वस्तुओं के तौर पर भी पेश किया जा सकता है।[165] इस तरह के चित्रण से एक छवि बनती है कि शिक्षक सम्मान के योग्य नहीं होते और उनके ज्ञान की परवाह किए बिना उनका मजाक बनाया जा सकता है। दूसरी ओर हॉलीवुड फिल्में हमेशा शिक्षकों को बहुत ही विद्वान् और सम्मानित व्यक्तियों के रूप में दिखाती हैं, भले ही वह प्राथमिक विद्यालय के शिक्षक ही क्यों न हों। 2017 में आई फिल्म 'वंडर' में शिक्षक की भूमिका फिल्म के केंद्र में नहीं थी, फिर भी फिल्म में शिक्षकों को विद्वान्, सहयोगी और छात्रों को बेहतर इनसान बनने के लिए प्रेरित करनेवाले के तौर पर पेश किया गया था। एक अध्ययन में बताया गया है कि हॉलीवुड फिल्में या तो शिक्षकों को नए और सफल व्यक्ति के रूप में दिखाती हैं या अनुभवी शिक्षकों को प्रशासन से मुश्किलों का सामना करते दिखाया जाता है। हालाँकि हर मामले में शिक्षक को हमेशा आदर्शवादी और जानकार दिखाया जाता है, जो मानता है कि छात्रों को सही दिशा में ले जाना उनकी जिम्मेदारी है।[166]

एक और लोकप्रिय फिल्म है 'बॉस बेबी', जो कि मजाकिया फिल्म है और इसमें परोक्ष में भाई-बहनों के बीच प्रतिद्वंद्विता को चित्रित किया गया है। बच्चे एक प्रमुख दर्शक होने के नाते भाई-बहन के बीच प्रतिद्वंद्विता को अनिवार्य घटनाक्रम के रूप में ले सकते हैं, जो उनके बीच प्रेम और करुणा को कम कर सकता है। यह परिवार के सदस्यों के बीच गोपनीयता को भी चित्रित करता है, जिससे उनके बीच खुलेपन के मूल्यों पर प्रश्नचिह्न लगता है। ऐसे उदाहरणों का बच्चों और नन्हे दिमाग वालों पर खासा असर पड़ सकता है, क्योंकि वे वास्तविकता की तुलना में परस्पर विरोधी विचार का सामना करते हैं। 'पंचतंत्र' की कहानियों की अनुपस्थिति बच्चों में सही मूल्यों को आत्मसात् करने के मुद्दे को बढ़ावा देती है। फिल्में बचपन के विकास को बाधित करने लगती हैं, जिस पर हमें यह सवाल सामने रखना चाहिए कि 'हमारे बच्चों के जीवन में किसे प्रमुख शिक्षक बनाना है?' ये फिल्में बच्चों, किशोरों और युवाओं के जीवन और उनकी आस्था, विश्वास और मासूमियत में दखलंदाजी कर रही हैं और सरल मनोरंजन के नाम पर बचपन का शोषण कर रही हैं। सवाल से इतर भले ही हम इस तथ्य से सहमत होना चाहें या नहीं, लेकिन फिल्मों के माध्यम से मनोरंजन धीरे-धीरे बचपन की शिक्षा के प्रमुख माध्यमों में से एक के तौर पर विकसित हो चुका है।[167] फिल्मों के मनोवैज्ञानिक प्रभाव अचूक हैं। इनका प्रभाव तब देखा जाता है, जब लड़के-लड़कियों से बेहतर अभिनय करते हैं, लड़कियाँ लड़कों से कमजोर किरदार निभाती हैं और इसको लेकर सामान्य महसूस करती हैं; जब तक कि बड़ों द्वारा उनको टोका नहीं जाता।

बच्चों और किशोरों में नशे को बढ़ावा देने में फिल्मों का प्रभाव

फिल्में बच्चों और किशोरों के जीवन और समाज में नशे की स्वीकार्यता, प्रबलता और उपयुक्तता के बारे में जानकारी प्रदान करने के लिए भी दोषी हैं। एक रिपोर्ट बताती है कि पहले तंबाकू कंपनियाँ फिल्मों में तंबाकू के उपयोग को दर्शानेवाले दृश्यों को प्रायोजित करती थीं, जिसके बाद यह एक चलन बन गया।[168] ज्यादातर फिल्में अब नायक को रईस नशे के लती के तौर पर दिखाती हैं और स्क्रिप्ट के मुताबिक आकर्षक और लोकप्रिय पात्रों के तौर पर पेश करती हैं। उदाहरण के लिए, युवाओं पर आधारित बेहद लोकप्रिय फिल्म 'थ्री ईडियट्स' में छात्रों को मुख्य भूमिका में संस्थान के परिसर में शराब पीते दिखाया गया, जिससे दर्शकों में यह संदेश जाता है कि कॉलेज में शराब पीना सामान्य सी बात है। फिल्मों में ऐसे दृश्यों से किशोरों में शराब के सेवन को बढ़ावा मिलता है और उन्हें शराब को लेकर प्रयोग करने और पीने के लिए उकसाते हैं। एक अध्ययन में पाया गया कि 7.3 प्रतिशत छात्रों ने कम-से-कम एक तंबाकू से संबंधित विज्ञापन से वाकिफ होने की बात कही और ग्लोबल यूथ टोबैको सर्वे-2009 में यह पाया गया था कि भारत में 15 प्रतिशत युवा तंबाकू का सेवन करते हैं।[169]

फिल्मों में सिगार, सिगरेट और शराब वाले दृश्यों से बच्चे और किशोर अछूते नहीं रह पाते और यहाँ तक कि उनकी आयु वर्ग के लिए उपयुक्त फिल्मों में भी शराब के इस्तेमाल के दृश्य नजर आ जाते हैं। मशहूर डिज्नी फिल्में, जिनके कि लक्षित दर्शक ही बच्चे होते हैं, उनमें भी लोकप्रिय पात्रों को सिगार पीते दिखाने से पहले एक बार भी बच्चों पर पड़नेवाले प्रभाव के बारे में नहीं सोचा जाता। उदाहरण के लिए, गूफी को सिगार पीते और धुएँ के छल्ले बनाते तथा पीटर पैन को एक साथ दो सिगार पीते हुए दिखाया गया है।[170]

एक और फिल्म 'द क्लास ऑफ 1984' में भी युवाओं को क्रांतिकारी, सेक्स-क्रेजी, नशेड़ी की तरह दिखाया गया है, जिससे तमाम युवा 'इस्तेमाल योग्य छिछोरे' के तौर पर नजर आते हैं। 2008 में हुए सिन एट अल के शोध के मुताबिक फिल्मों के 52 प्रतिशत सैंपल में शराब पीने का कम-से-कम एक सीन जरूर था।[171]

धूम्रपान के दृश्य युवा दर्शकों के बीच जिज्ञासा पैदा करते हैं, धूम्रपान करनेवालों की सामाजिक हैसियत को बढ़ा-चढ़ाकर पेश करते हैं और उनके प्रति धारणा बदलते हैं और धूम्रपान करने की उनकी इच्छा को बढ़ाते हैं।[172] फिल्मी सितारे भी ऐसा किरदार निभाते हैं, जो फिल्मों के स्क्रीन और उससे इतर भी धूम्रपान करता

नजर आता है तथा युवा दर्शकों को धूम्रपान के लिए उकसाता है। दर्शक फिल्म स्टार के साथ एक 'परस्पर सामाजिक संबंध'[173] बना लेते हैं और जहाँ तक धूम्रपान और शराब पीने का मामला है, तो दर्शक उनके व्यवहार, आदतों और आचरण का प्रमुखता से अनुकरण करते हैं। परस्पर-सामाजिक संबंध को 'दर्शक और कलाकार के बीच आमने-सामने के रिश्ते के रूप में परिभाषित किया जाता है।'[174] लोगों के बीच अभिनेता के व्यवहार, आदतों और उसके आचरण को उनके प्रशंसकों द्वारा बारीकी से गौर किया जाता है, तो ऐसे में कलाकारों की भी जिम्मेदारी बनती है कि वे अपनी एक जिम्मेदार छवि पेश करें। अगर हम हॉलीवुड सितारों पर गौर करें, तो उनमें से अधिकांश मानव जाति की बेहतरी के लिए अपने प्रशंसकों को सकारात्मक संदेश देने की पूरी कोशिश करते हैं। पुरस्कार समारोहों में उनके भाषणों में आप पाएँगे कि वे किसी वैश्विक मुद्दे को उठाते हैं और दर्शकों में उन चीजों के प्रति जागरूकता की बात करते हैं। उदाहरण के लिए सेलेना गोमेज 2009 से यूनिसेफ की ब्रांड एंबेसडर के तौर पर काम कर रही हैं। एंजेलिना जॉली गुडविल एंबेसडर यूनाइटेड नेशंस हाई कमिश्नर फॉर रिफ्यूजीज हैं, और युद्ध से प्रभावित तमाम देशों का दौरा कर शरणार्थियों से मिलती रहती हैं।

प्लेसिस और फेल्ड्युसेन ने अपने 'पेपर मेंटर्स, रोल मॉडल्स एंड हीरोज इन द लाइव्स ऑफ गिफ्टेड चिल्ड्रेन' में एक रोल मॉडल के बारे में बताया है कि उसे एक ऐसा शख्स बनने की कोशिश करनी चाहिए, जो प्रशंसनीय हो और जिसके जीवन से लोग प्रेरणा ले सकें और अनुकरण कर सकें।[175] वहीं अपने साथियों के साथ गैरिसन ने यह निष्कर्ष निकाला कि रोल मॉडल्स वह वास्तविक जीवित इनसान हैं, जो घर, स्कूल, समुदाय या मीडिया, कहीं भी पाए जा सकते हैं। इतिहास का कोई शख्स या साहित्य में उपन्यास का कोई पात्र भी रोल मॉडल बन सकता है।[176]

ऐसे कई अध्ययन हैं, जिन्होंने बच्चों की धारणा और व्यवहार पर रोल मॉडल के गहन प्रभाव के बारे में बताया है। उदाहरण के लिए, 1986 में स्कॉट ने लैंगिक समानता से संबंधित अध्ययन सामग्रियों के बच्चों पर पड़नेवाले प्रभाव का अध्ययन किया, जिसमें पुरुषों और महिलाओं को गैर-परंपरागत भूमिकाओं में दिखाया गया था। उन्होंने पाया कि छात्रों की धारणा में इस तरह का बदलाव आया कि वे यह मानने लगे कि गैर-पारंपरिक भूमिकाओं में भाग लेनेवाले पुरुषों और महिलाओं की संख्या बढ़नी चाहिए।[177]

कॉवे के मुताबिक लोग सामाजिक परिवेश में आँकड़ों पर सकारात्मक और नकारात्मक रोल मॉडलिंग के आधार पर अपनी खुद की पहचान बनाते हैं।[178]

इसके बाद जूली मैरी डक ने 12 से 15 वर्ष की आयु के बच्चों पर वास्तविक जीवन बनाम मीडिया के आँकड़ों की भूमिका पर एक अध्ययन किया और पाया कि 50-75 प्रतिशत बच्चों ने पॉप स्टार, अभिनेताओं, टीवी पात्रों आदि को अपना आदर्श मानकर अनुकरण किया। बच्चों पर रोल मॉडल के प्रभाव के वैज्ञानिक प्रमाणों को देखते हुए एक मीडिया फिगर को अपनी जिम्मेदारी को समझना चाहिए। हॉलीवुड में कई व्यक्तित्व हैं, जो बच्चों के लिए रोल मॉडल बनने के योग्य हैं। उदाहरण के लिए, जॉन लीजेंड अपने चैरिटेबल प्रयासों के लिए अच्छी तरह से जाने जाते हैं, जो प्राकृतिक आपदा के पीड़ितों के लिए जागरूकता बढ़ाने के काम करते हैं, अमरीकी सैनिकों के लिए कार्यक्रम करते हैं या तीन चैरिटी के बोर्ड सदस्य के तौर पर अपना योगदान देते हैं।[179] इसी तरह, जानी-मानी अभिनेत्री एंजेलीना जोली, जो कि यू.एन. शरणार्थी एजेंसी की गुडविल एंबेसडर भी हैं, को शरणार्थियों और राष्ट्रीय और अंतरराष्ट्रीय महत्त्व के अन्य सामाजिक मुद्दों के बारे में जागरूकता बढ़ाते हुए देखा जा सकता है। हॉलीवुड की हस्तियाँ समकालीन मुद्दों, जैसेकि अन्य मुद्दों के बीच जलवायु परिवर्तन के बारे में भी बात करती हैं। अपने ऑस्कर भाषण में लियोनार्डो डिकैप्रियो ने जलवायु परिवर्तन के बारे में बात की और कहा कि हमें मिलकर इसके समाधान का प्रयास करना चाहिए।

हालाँकि ऐसा ही बॉलीवुड हस्तियों को लेकर नहीं कहा जा सकता। लेखक ने अपने लेख 'इज बॉलीवुड एस्पाउजिंग अपॉर्च्युनिस्टिकली' में इस मुद्दे को उभारा है कि बॉलीवुड हस्तियाँ राष्ट्रीय मुद्दों को तभी छूती हैं, जब उन्हें या तो अपना या अपनी फिल्मों का प्रचार करना होता है। उदाहरण के लिए, हाल में सरकार के खिलाफ प्रदर्शनों में दीपिका पादुकोण को एक भारतीय विश्वविद्यालय में प्रदर्शन का हिस्सा बनते देखा गया था, 'संयोग से' उसी दौरान वे अपनी फिल्म के प्रचार के सिलसिले में उस शहर में दौरे पर थीं।[180] इसी तरह सुशांत सिंह राजपूत और रिया चक्रवर्ती समेत बॉलीवुड के अन्य अभिनेताओं और अभिनेत्रियों के कथित तौर पर ड्रग दुरुपयोग में शामिल होने के ताजा मामले ने फिर से हमें सवाल उठाने को विवश किया है कि भारत में बच्चों के सामने बॉलीवुड किस तरह के रोल मॉडल पेश कर रहा है।

शोधकर्ताओं ने संयुक्त राज्य अमेरिका में किशोरों और बच्चों के बीच धूम्रपान की आदत का अध्ययन करने की कोशिश की है और इसकी तुलना हॉलीवुड फिल्मों में धूम्रपान दृश्यों से की।[181] क्रॉस सेक्शनल और लॉन्गीट्यूडिनल शोध

में फिल्मों की भावना के संपर्क में आने और धूम्रपान की आदतों में मजबूत और स्वतंत्र संबंध पाया गया। अमेरिका में किशोरों पर इसी तरह के अन्य अध्ययनों ने उनके धूम्रपान व्यवहार और स्क्रीन पर उनके पसंदीदा फिल्म सितारों के धूम्रपान की स्थिति के बीच सकारात्मक संबंध पाया है।[182] अध्ययन बच्चों में समाज से सीखने के प्रभाव के बारे में बताता है कि बच्चे अपने सामाजिक माहौल पर कितनी बारीक नजर रखते हैं।[183] विश्व स्वास्थ्य संगठन ने अपनी रिपोर्ट में धूम्रपान व्यवहार पर फिल्मों के प्रभाव का उल्लेख किया है, जिसमें बताया गया है कि हॉलीवुड फिल्मों की तुलना में अन्य देशों में बनी फिल्मों में तंबाकू के इस्तेमाल को दर्शानेवाले दृश्य अधिक हैं।[184] भारतीय संदर्भ में बॉलीवुड फिल्मों में तंबाकू के इस्तेमाल को लेकर हुए एक अन्य अध्ययन में इसी तरह के नतीजे पाए गए।[185]

हालाँकि हॉलीवुड फिल्में दुनिया भर में देखी जाती हैं और उनका आधे से ज्यादा मुनाफा अमेरिका के बाहर से आता है। ऐसे में अमेरिका से बाहर के युवा दर्शकों पर हॉलीवुड फिल्मों के प्रभाव के आकलन के लिए अन्य नमूनों को भी देखना जरूरी है। इस पर बहस हो सकती है कि अमरीकी किशोरों में धूम्रपान की लत ज्यादा हावी है और उस संस्कृति से बाहर के किशोरों पर इसका असाधारण प्रभाव नहीं है। हालाँकि अमरीकी उपभोक्तावादी संस्कृति की व्यापकता और अपील को देखते हुए फिल्मों में इस तरह के दृश्यों का बच्चों और किशोरों पर संयुक्त राज्य अमेरिका के बाहर कहीं अधिक प्रभाव पड़ सकता है। हांगकांग के किशोरों द्वारा महीने भर के अंदर देखी गई हॉलीवुड फिल्मों की संख्या और उनकी धूम्रपान की आदतों पर एक रिसर्च की गई और द्विचर संबंध प्रस्तुत किया गया। फिल्मों में धूम्रपान की सकारात्मक प्रस्तुति से देश भर के किशोरों में यह संकेत जाता है कि इससे न केवल उनकी स्वीकार्यता बढ़ेगी, बल्कि उन्हें एक वैश्विक नजरिए वाले शख्स के तौर पर देखा जाएगा, जिसका दृष्टिकोण शांत है। किशोर जो अपनी 'आत्म-छवि' के साथ इस संदेश को जोड़ लेते हैं, वे छोटी उम्र में धूम्रपान से अपने साथी-दोस्तों के बीच अपनी मर्दानी छवि की सकारात्मक अपेक्षा करने लगते हैं।

जैसाकि बच्चों पर फिल्मों में दिखाए जानेवाले दृश्यों, जिसमें लगातार गाली, सेक्स, ड्रग्स, शराब का लगातार हमला होता है, ऐसे में फिल्म निर्माताओं के सामने उन सवालों को उठाने का यही समय है कि भविष्य के लिए हम उनसे क्या चाहते हैं? यहाँ तक कि अगर एक बच्चा फिल्म नहीं देख रहा है, तब भी उसके सामाजिक दायरे में रहनेवाले उसके साथियों का दबाव उस पर होता है, क्योंकि वे फिल्में देख रहे होते हैं और फिल्मी संस्कृति की नकल करते हैं, जिसमें नशे की लत भी जुड़

जाती है। इस तरह की चीजें मीडिया में तस्वीरों के जरिए, जैसे फिल्मों के पोस्टर और अखबारों के लोकप्रिय पेज-3 से लगातार युवाओं की ओर धकेली जाती हैं। ये तस्वीरें सभी आयु वर्ग को आसानी से सुलभ हैं, चाहे वे किशोर हों या बच्चे; भले ही सेंसर बोर्ड ने उनके लिए केवल विशिष्ट श्रोताओं का प्रमाण-पत्र जारी कर रखा हो। ये तमाम स्रोत दर्शकों पर फिल्मों के ऐसे दृश्यों को दिखा-दिखाकर हमला करते हैं, जिसमें किरदार अपने दोस्तों के बीच खुशनुमा समय बिताते दिखाया गया होता है। यह युवाओं में भरोसा जगाता है कि उन्हें भी इस संस्कृति और व्यवहार का अनुकरण करना चाहिए, ताकि अपनी मित्र मंडली में वैसी ही लोकप्रियता और स्वीकार्यता हासिल हो सके।

हम यह भी देखते हैं कि फिल्में अकसर नशे के दुरुपयोग को ग्लैमराइज करती हैं और भले ही उन किरदारों को किसी परेशानी में दिखाया जाए, लेकिन उन्हें अच्छी रोशनी, सहानुभूति पाते दिखाया जाता है और फिल्म भी अच्छाई दिखाते हुए खत्म होती है। यह चीजें युवा दिमागों पर छाप छोड़ती हैं कि धूम्रपान, शराब और ड्रग्स का इस्तेमाल आजमाया जा सकता है, जिससे उनकी अपने दोस्तों के बीच स्वीकार्यता बढ़ेगी और वे काफी प्रगतिशील दिखेंगे। यहाँ तक कि अगर वे किसी समस्या का सामना करते हैं तो समय के साथ आसानी से उसे दूर कर लेंगे। हालाँकि यह वास्तविकता से कोसों दूर है।

फिल्में स्वास्थ्य में गिरावट को नहीं दिखाती हैं, जिससे शरीर तमाम कैंसर की चपेट में आने की ओर बढ़ने लगता है, जिसका इलाज भी चुनौतीपूर्ण है। इसके साथ ही उपेक्षा के चलते संबंधों में गिरावट, एक व्यसनी की आर्थिक स्थिति का बिगड़ना, क्योंकि दवाएँ सस्ती नहीं हैं, इन चीजों को भी नजरअंदाज किया जाता है। अगर फिल्में ड्रग्स के असर की असलियत दिखाना शुरू कर दें, तो बच्चों और किशोरों के बीच नशे के इस्तेमाल में काफी कमी आएगी।

फिल्मों में हिंसा का बच्चों और किशोरों पर असर

ऐसी सांस्कृतिक चर्चाएँ बहुत कम हैं, जिन पर लंबे समय तक मंथन चला हो कि क्या फिल्मों में दिखाई जानेवाली हिंसा के चलते बच्चों और किशोरों में हिंसक व्यवहार बढ़ जाता है ? हिंसक ऑनस्क्रीन सामग्री को वास्तविक जीवन की तरह या कार्टून के दृश्यों के रूप में समझा जा सकता है, जिसमें फिल्म या कार्टून के किरदार दूसरों को किसी तरह के फोर्स या हथियार के इस्तेमाल से अन्य किरदारों को नुकसान पहुँचाते दिखाए जाते हैं।

हम पाठकों को कल्टिवेशन थियरी के बारे में बताना चाहेंगे, जिसके मुताबिक—"मीडिया के जरिए किसी संदेश का सामना जितनी अधिक बार एक व्यक्ति से कराया जाएगा, उतना ही उस व्यक्ति के यह मानने की संभावना बढ़ती जाएगी कि संदेश वास्तविक है और इसका अनुकरण किया जा सकता है।"[186] हमें बच्चों और किशोरों पर हिंसक सामग्री की बमबारी की मात्रा को रोकना चाहिए और उनका मूल्यांकन करना चाहिए। युवाओं द्वारा बड़े पैमाने पर गोलीबारी की दुःखद घटना के बाद इसके पीछे के संभावित सांस्कृतिक प्रोत्साहन को एक कारक के तौर पर माना गया और इस पर तमाम बहस भी केंद्रित हुईं। बहुसंख्यकों ने हिंसा प्रधान फिल्मों को भी जिम्मेदार बताया।[187] 'सामाजिक-विज्ञान समुदाय' ने भी इसी तरह के निष्कर्ष दिए। अमरीकी मनोवैज्ञानिक संघ (ए.पी.ए.) की तरह कुछ पेशेवर समूहों ने अपने नीतिगत बयान जारी किए, जिसमें उन्होंने निर्विवाद तौर पर फिल्मों में दिखाए जानेवाले हिंसक दृश्यों को बच्चों और किशोरों में बढ़नेवाली आक्रामकता से जोड़ा है। हालाँकि एक अन्य 230 सदस्यों वाले समूह ने, जिसमें मीडिया स्कॉलर, मनोवैज्ञानिक और क्रिमिनोलॉजिस्ट शामिल थे, ने ए.पी.ए. को अपनी उन नीति घोषणाओं को वापस लेने की अपील की, जिसमें फिल्मों में दिखाई जानेवाली हिंसा के युवाओं पर असर की बात कही गई थी।[188] फिल्म में हिंसक सामग्री के विरोध और समर्थन में तमाम सबूतों के लिए तमाम स्रोतों का सहारा लिया गया, जिसमें लॉन्गीट्यूडिनल स्टडीज प्रयोगशाला में अध्ययन और विभिन्न कारकों के बीच सह-संबंधीय निष्कर्षों का अध्ययन शामिल है।

फिल्मों में हिंसा किशोर अपराध और हिंसा में योगदान देती है या नहीं, इस पर बहस के लिए प्रयोगशाला में हिंसा और आक्रामकता के अध्ययन से निकले निष्कर्ष पर ध्यान केंद्रित किया गया। शोधकर्ताओं ने मध्यम से कम हिंसक व्यवहार के परिणामों पर ध्यान केंद्रित किया है। इस प्रकार आक्रामकता और हिंसा को दर्शानेवाली घटनाओं पर यह अध्ययन और युवाओं में आक्रामकता की वास्तविक घटनाओं के बारे में हमें सलाह देने की इनकी क्षमता चर्चा का विषय रही है।[189] मिशेल ने 2012 में यह भी पाया कि सामाजिक मनोविज्ञान के उपायों से ज्यादातर क्षेत्र प्रयोगों में उनकी विश्वसनीयता और परिणामों की भविष्यवाणी में कठिनाई आती है। क्रेहे ने अपने साथियों के साथ प्रयोगशाला के सेटअप में किए एक अध्ययन में हिंसक फिल्मी दृश्यों और प्रतिभागियों को सौंपे काम में छिटपुट आक्रामकता के बीच संबंध के सबूत पाए। हालाँकि वास्तविक जीवन में हिंसा के अनुभव ने प्रयोगशाला में आक्रामक व्यवहार वाले नतीजे नहीं दिए।

फिल्मों में हिंसा के प्रभाव पर हालिया कुछ बहसों ने 20वीं सदी में फिल्मों में हिंसा के दृश्यों को शामिल करने पर चिंता के सुर उठे, क्योंकि हाल के दौर में पिछली सदी की तुलना में युवाओं के हिंसक होने के मामलों में तेजी आई है। कई विद्वानों ने अपने तर्कों को आगे रखा है, जिसमें उन्होंने इसके लिए सीधे तौर पर फिल्मों में शामिल हिंसक दृश्यों को जिम्मेदार ठहराया है। 1970 के दशक के शुरुआती वर्षों में युवाओं को ज्यादा-से-ज्यादा फिल्मों की ओर खींचने के लिए हिंसा को बढ़ावा दिया गया था। अमरीकी सर्जन जनरल की प्रसिद्ध टेलीविजन रिपोर्ट में उन्होंने मीडिया की लोकप्रियता को हिंसा में बढ़ोतरी के लिए जिम्मेदार ठहराया था। कुछ इसी तरह की बहस दुनिया के अलग-अलग हिस्सों में शुरू हुई, जब किशोर अपराध के मामलों में उछाल दर्ज किया जाने लगा।[190] इस अपराध के उछाल ने बच्चों और किशोरों पर फिल्मों के प्रभाव से संबंधित सिद्धांतों के अध्ययन में गंभीरता से काम करने का इशारा किया।

बच्चों में फिल्मों और हिंसा के बीच के कथित संबंधों के बारे में अधिक स्पष्ट रूप से समझाने के लिए हम सेंटरवॉल के विश्लेषण को देख सकते हैं, जिसमें उन्होंने अमेरिका और कनाडा में हत्याओं की दर को दक्षिण अफ्रीका में होनेवाली हत्याओं की दर के समान आँका था। इसके लिए दक्षिण अफ्रीका को चुना गया, क्योंकि वहाँ अमेरिका से काफी बाद में यानी 1975 में टेलीविजन पहुँचा। अध्ययन में पाया गया कि दक्षिण अफ्रीका में युवाओं के बीच हिंसक घटनाओं की दर टेलीविजन की शुरुआत के बाद काफी बढ़ गई और हिंसा का पैटर्न बिल्कुल अमेरिका जैसा ही था, जहाँ फिल्मों और मीडिया का वैसा ही संदिग्ध प्रभाव कायम था। कनाडा के युवाओं की हिंसक घटनाएँ टेलीविजन की शुरुआत के बाद भी बढ़ीं। कनाडा में एक और शोध में पाया गया कि बच्चों की आक्रामकता की घटनाएँ टेलीविजन की शुरुआत के बाद कई स्थानों पर बढ़ीं।[191]

फिल्मों में हिंसा की शुरुआत को ग्रिफिथ की फिल्म 'द मस्कटीयर्स ऑफ पिग एलि' में तलाशे जा सकते हैं और टॉड ब्राउनिंग की बेहद लोकप्रिय अपराध शृंखला 'अंडरवर्ल्ड, द ड्रैग नेट' और 'थंडरबोल्ट' ने गैंगस्टरों जैसे विषय पर फिल्मों में हिंसा प्रधान विषयों पर मुहर लगा दी। इन फिल्मों की लोकप्रियता ने आगे के फिल्म निर्माताओं को इसके बाद दर्शकों के सामने से हिंसक दृश्यों को हटने नहीं दिया। कई सम्मानित विद्वानों का इस धारणा में दृढ़ विश्वास था कि आपराधिक गतिविधियों के आसपास बनी फिल्मों ने किशोर अपराध में अचानक वृद्धि की थी।

हॉलीवुड पर अकसर किशोरों को अपराध में कॅरियर तलाशने का जिम्मेदार माना जाता है, क्योंकि किशोर आसानी से प्रभाव में आ जाते हैं। युवा दर्शकों पर तेज-तर्रार और रोमांचकारी गैंगस्टर फिल्मों के हानिकारक प्रभाव को देखते हुए यह बहुत जरूरी हो गया है कि नियामक और अन्य लोग इस ओर ध्यान दें, जो इस सर्वव्यापी मास मीडिया को सेंसर करने और मानकीकृत करने की इच्छा रखते हैं।

भारत में बॉलीवुड को भी कई बार फिल्मों में हिंसा वाले दृश्य दिखाने के लिए दोषी माना जाता है, जो बच्चों और किशोरों को आसानी से उपलब्ध भी हो जाता है। 1990 के दशक की शुरुआती फिल्मों में नायक और खलनायक के बीच लड़ाई के दृश्य फिल्म के लिए एक ब्लॉक बस्टर टिकट हुआ करते थे, इसलिए निर्देशकों ने उन्हें यथासंभव नाटकीय बना दिया और खलनायक को बुरे लोगों के रूप में दिखाया। धीरे-धीरे 2000 के दशक में प्रगति हुई, धारणा बदल गई। खलनायक दर्शकों की सहानुभूति पाने लगे और अच्छे दिल वाले इनसान के रूप में दिखाए जाने लगे।

युवा मन बहुत नाजुक और कोई भी छाप ग्रहण करने के प्रति संवेदनशील होता है। एक तरफ जहाँ अपराधियों को जीवंत पात्रों के रूप में दिखाया जा रहा है, वहीं यह युवा मन में दुविधा पैदा करता है कि क्या पारंपरिक मार्ग का अनुसरण करना है या प्रसिद्ध और सफल होने के लिए अपराधी बनने जैसे शॉर्टकट अपनाना है। बाद वाला आरामदायक और आकर्षक है, जो अकसर आज के युवाओं को लुभाता है। इसका परिणाम बच्चों और किशोरों के बीच हिंसा में बढ़ोतरी के तौर पर नजर आता है। एक ओर जहाँ बच्चे हिंसा एवं धोखाधड़ी के इन दृश्यों को अपने सामने देख रहे हैं, वहीं उनका ग्रहणशील दिमाग यह सोचने लगता है कि बाहर की दुनिया रहने के लिए बेहतर जगह नहीं है। इसे 'कल्टिवेशन थियरी' के जरिए समझाया जा सकता है कि बच्चे इस बात पर विश्वास करना शुरू कर देते हैं कि उन्हें मीडिया के जरिए जो कुछ भी दिखाया जा रहा है, वह सब सच है। जितना संभव हो, बाहरी दुनिया के संपर्क में आने से बचने के लिए वे अंतर्मुखी भी हो सकते हैं। उनके लिए दूसरों पर भरोसा करना मुश्किल हो सकता है, क्योंकि जैसाकि फिल्मों में उन्हें दिखाया गया होता है कि दूसरे लोग ज्यादातर गलत इरादों वाले, धोखेबाज और अक्खड़ होते हैं। जो बच्चे हिंसा को एक मानक विशेषता मान बैठते हैं, उनके लिए असामाजिक, तनावग्रस्त और कुछ चरम मामलों में तो उनके समाज के लिए खतरा बन जाने का जोखिम होता है।

भारतीय कॉमिक्स उद्योग का मामला और वैश्विक मंच पर भारतीय सुपरहीरो की कमी

भारतीय कॉमिक्स उद्योग की शुरुआत 1960 के दशक में हुई। प्राण शर्मा का 'चाचा चौधरी' कॉमिक्स भारतीय बाजार में कदम रखनेवालों में शामिल थे और उनकी 10 मिलियन (एक करोड़) से अधिक प्रतियाँ बिकीं। शुरुआती सफलता के चलते 1970 के दशक में कई अन्य कॉमिक पत्रिकाएँ उभरने लगीं। कुछ प्रमुख पत्रिकाओं में डायमंड कॉमिक्स हैं, जिसने अंतरिक्ष नायक चरित्र 'फौलादी सिंह' का किरदार गढ़ा; 'लंबू और मोटू' की जासूसी जोड़ी तथा एक स्कूल जानेवाले छात्र 'बिल्लू' के सामान्य मुकाबलों वाली पत्रिकाएँ शामिल हैं। 1980 का दशक भारतीय कॉमिक्स के फलने-फूलने का सुनहरा दौर माना जाता है। 1980 के दशक में प्रमुख कॉमिक पत्रिकाओं में 'टिंकल' थे, जिसमें शिकारी शंभू, कालिया, रामू और शामू, तंत्री थे मंत्री और सुपंडी के पात्रों को पेश किया गया था, जबकि राज कॉमिक्स ने कुछ सुपरहीरो से परिचय कराया, जैसे सुपर कमांडो ध्रुव और नागराज। ये कॉमिक प्रकाशक कुछ हफ्तों के भीतर लाखों प्रतियों की बिक्री तक पहुँच जाते थे।

हालाँकि अमरीकी कॉमिक्स की शुरुआत के चलते भारतीय पात्र धीरे-धीरे गायब होने लगे। भारत का मध्यवर्ग चाहता था कि उनके बच्चे भूमंडलीकरण के कारण विदेशी किरदारों को ज्यादा-से-ज्यादा पढ़ें, इसके लिए भारतीय संस्कृति की खराब छवि प्रस्तुत किए जाने के कारण उन्होंने इसमें भरोसा खो दिया था। एक औसत भारतीय को 'पंचतंत्र' के नैतिक पाठों की तुलना में चूहे बिल्ली का खेल ज्यादा मनोरंजक लगने लगा था। भारतीय पात्रों की लोकप्रियता में गिरावट की कई और वजहें भी हो सकती हैं। उनमें से सबसे प्रमुख यह हो सकता है कि भारतीय फिल्म उद्योग ने किसी भारतीय सुपरहीरो को उभारने का प्रयास नहीं किया। इसके बजाय वे पश्चिमी सुपरहीरो वाली फिल्मों की नकल करने में जुट गए और 1980 और 1987 में भारतीय सुपरमैन संस्करण की फिल्में रिलीज हुईं। इंद्रजाल कॉमिक्स के पात्र बहादुर पर बॉलीवुड में कोई फिल्म नहीं बनी। इसी दौरान हॉलीवुड में अमरीकी और जापानी कॉमिक करेक्टर जैसे सुपरमैन, स्पाइडरमैन, शिनचैन पर ढेर सारी फिल्में बनाई जा रही थीं।

अमरीकी कॉमिक्स उद्योग और जापानी कॉमिक्स उद्योग, जिसे मंगा उद्योग के रूप में भी जाना जाता है, को कॉमिक/एनीमेशन मूवी निर्माताओं का पर्याप्त समर्थन मिला, जिससे उन्होंने अच्छा काम किया। मंगा को जापानी अर्थव्यवस्था का

पावरहाउस माना जाता है। पूरे प्रकाशन उद्योग का 20 प्रतिशत हिस्सा उनका है।[192] बॉलीवुड मंगा की सफलता की कहानी से सबक ले सकता है कि वे किस तरह एनीमेशन, फिल्में, वीडियो-गेम और मर्चेंडाइज आदि के साथ अत्यधिक समन्वित क्रॉस मीडिया लाइसेंसिंग का निर्वहन करते हैं। इस प्रकार वे दर्शकों के एक व्यापक दायरे तक पहुँचने में सफल रहते हैं। अपने आर्थिक लक्ष्यों के बावजूद उन्होंने यह सुनिश्चित किया है कि जापानी सांस्कृतिक स्तंभों में मंगा की अपनी जगह बरकरार रहे।[193] उनके एनीमेशन की गुणवत्ता शानदार है और सभी आयु-समूहों का ध्यान आकर्षित करती है।

दूसरी ओर भारत, जो सॉफ्ट पावर के मामले में अग्रणी देशों में से एक है, उसे अभी उच्च गुणवत्ता वाली एनीमेशन फिल्मों में पकड़ बनानी है। ऐसा कैसे है कि भारत अच्छी एनीमेशन फिल्मों के निर्माण के क्षेत्र में इतना पीछे है ? एक भारतीय स्कूल में एक अध्ययन किया गया था, जिसमें छात्रों को अपने पसंदीदा कॉमिक पात्रों के नाम बताने के लिए कहा गया था। यह आश्चर्यजनक था कि उनमें से ज्यादातर ने एक अमरीकी या जापानी कार्टून चरित्र का नाम लिया।[194]

भारतीय कॉमिक किरदारों को पुनर्जीवित करने के उपयुक्त अवसर अहसास करने के लिए बॉलीवुड के लिए यह झिंझोड़नेवाला मामला होना चाहिए। यह पहचान की भावना प्रदान करेगा, जबकि बच्चे अपने पसंदीदा हास्य पात्रों के माध्यम से भारतीय सांस्कृतिक प्रथाओं को देखेंगे।

बच्चों और किशोरों पर हॉलीवुड के सुपरहीरो का रचनात्मक प्रभाव

इन दिनों मानवीय भावनाओं को ऊपर उठानेवाले संदेश सबसे ज्यादा हॉलीवुड सुपरहीरो की फिल्मों में पाए जाते हैं। इस दिशा में जिस फिल्म ने सबसे ज्यादा लोगों को अपना मुरीद बनाया है, वह 'स्पाइडरमैन' है। फिल्म में पीटर पार्कर कॉलेज में पढ़ता है और पढ़ाई-लिखाई में मेधावी है, लेकिन उसके जीवन के उतार-चढ़ाव की वजह से उसके ग्रेड ऊपर नीचे होते रहते हैं। वह एक लड़की से प्यार करता है, हालाँकि उससे अपनी भावनाएँ व्यक्त करने में झिझकता है। उसे अकेला, अंतर्मुखी दिखाया जाता है और उसके कुछ ही दोस्त होते हैं। ज्यादातर समय वह खुद को लेकर असमंजस में नजर आता है और अपने शैक्षणिक, व्यक्तिगत तथा सामाजिक जीवन के बीच संघर्ष करता दिखता है। उसकी भूमिका को कुछ इस तरह से तैयार किया गया है कि बहुत से दर्शक खुद को उस जैसा ही पाते हैं और उसके जैसा

'नहीं' होना चाहते। स्पाइडरमैन खुद को जोखिम में डालकर दूसरों को बचाता है, क्योंकि उसने अपने अंकल की कही बातों को दिल में सहेज रखा है—'बड़ी ताकत के साथ बड़ी जिम्मेदारी भी निभानी पड़ती है।' बैटमैन का नैतिक सिद्धांत उसे जानबूझकर किसी इनसान की जान लेने से रोकता है, यहाँ तक कि उस जोकर को भी बख्श देता है, जो दूसरों को पाप की तरफ धकेलने के लिए जिंदा रहता है। फिल्म हमें यह सीख देती है कि विपरीत हालात में नैतिक सिद्धांतों से समझौता न करने के लिए हिम्मत, दृढ़ इच्छाशक्ति और बलिदान चाहिए।

सुपरहीरो फिल्म की एक और सफल श्रृंखला 'एवेंजर्स' है, जहाँ खलनायक थानोस नाम का एक वारलॉर्ड है, जो बाहरी दुनिया से आया है और हमें अपने आप से बचाने के लिए समर्पित है। एक किरदार से वह कहता है, "नन्हे जीव, यह एक बहुत सरल सा कैलकुलस है। ब्रह्मांड सीमित है, इसके संसाधन सीमित हैं। अगर जीवन को अनियंत्रित छोड़ दिया जाएगा तो इसका अस्तित्व खत्म हो जाएगा। इसे सुधार की जरूरत है।" वह परम शक्ति हासिल करना चाहता है, ताकि वह सबकुछ अपनी उँगलियों पर रख सके और आधी जीवित वस्तुओं का सफाया कर सके। थानोस खुद को महान् मानवतावादी के रूप देखता है, एक आदर्शवादी चाहता है कि जो जिंदा रहें, वे फलते-फूलते रहें और खुश रहें। वह जनसंख्या नियोजकों की तरह है, जो लोगों और संसाधनों को अधिक स्थायी संतुलन में लाने के लिए ज्यादा-से-ज्यादा लोगों की पहुँच गर्भपात तक रखते हैं। उसका नैतिक नजरिया उपयोगितावाद है। वह आधी आबादी की पीड़ा को घटा देगा और उसके आनंद को चरम पर पहुँचा देगा, लेकिन ऐसा करने के लिए वह आबादी के दूसरे हिस्से को गायब कर देगा, जिसे वह 'दया' का काम कहता है। अन्य एवेंजर्स के पास भी अधिक अद्भुत शक्तियाँ हैं, लेकिन वह (थानोस) समूह के नैतिक केंद्र में है। कभी-कभी अन्य एवेंजर्स उसे अपने पुराने जमाने के तरीकों को लेकर चिढ़ाते हैं, लेकिन जब चिप्स गिरावट में होते हैं, तो वे उसे एक स्वाभाविक नेता के रूप में देखते हैं।

आइए, हम बच्चों के बीच एक और बहुत लोकप्रिय फिल्म-श्रृंखला 'हैरी पॉटर' की ओर ले चलते हैं। इस श्रृंखला को जितना बच्चों ने पसंद किया, उतना ही किशोरों ने भी। इस श्रृंखला में जो महत्त्वपूर्ण संदेश निहित है, वह यह कि परिवार के बाद मित्रता महत्त्वपूर्ण है। यह दिखाता है कि कैसे विभिन्न पात्र एकजुट होकर एक टीम की तरह काम कर सकते हैं और सभी बाधाओं से लड़ सकते हैं। फिल्म बच्चों को कुछ नैतिक मूल्य भी सिखाती है, जैसेकि बुजुर्गों को सम्मान देना और

आज्ञाकारी बनना, भले ही उनका पदनाम और अधिकार चाहे जो हो। हैरी पॉटर के मुख्य किरदार को सभी के प्रति बहुत विनम्र दिखाया गया है, जो उसे बहुत लोकप्रिय बनाता है। एक की-कीपर 'हैग्रिड' को वह काफी सम्मान देता है, जिसके चलते उसे अपने अभियानों में उसकी काफी मदद मिलती है। एक अन्य दृश्य में वह घर के बौने डॉबी के साथ दोस्ताना है और इस दृश्य का मजबूत पहलू यह है कि वह लोगों के काम के आधार पर उनका सम्मान नहीं करता, बल्कि वह सभी से उतने ही आदर के साथ मिलता है। यह फिल्म छात्र के जीवन में एक गुरु के महत्त्व को भी बताती है। फिल्म के ज्यादातर हिस्सों में यह छात्र के व्यक्तित्व और व्यवहार पर गुरु के प्रभाव को दिखाती है। दर्शकों के रूप में हमारा कर्तव्य फिल्मों को प्रोत्साहित करना होना चाहिए, जो स्क्रिप्ट में बुने गए नैतिक मूल्यों और परदे पर इसका प्रभावशाली चित्रण करती हैं तथा आज की सबसे बड़ी जरूरत भी है।

सुपरहीरो कैसे किरदार बनाते हैं?

काल्पनिक चरित्रों खासकर सुपरहीरो को अकसर रोल मॉडल के रूप में देखा जाता है। बच्चे अपने रोल मॉडल के रूप में सुपरहीरो को देखते हैं और जैसाकि मैकक्रेरी बताते हैं कि सुपरहीरो के साथ जुड़ने से बच्चे इन पात्रों की विशेषताओं को खुद में शामिल करने की कोशिश कर सकते हैं। लेखक ने किंडरगार्टन-आयु वर्ग के बच्चों के एक समूह के व्यक्तिगत मूल्यों का आकलन करने के लिए 1999 में एक अध्ययन भी किया। बच्चों से नायक और नायिका के बारे में बताने को कहा गया तो उन्होंने उनकी तस्वीर बना दी। लगभग 64 प्रतिशत प्रतिभागियों ने सुपरहीरो को अपने व्यक्तिगत नायक के रूप में चुना।[195]

अमेरिका के जनक कैप्टन स्टैन ली ने एक टेड टॉक में कहा था कि लोग हमेशा किसी ऐसी चीज की तलाश करते हैं, जो एक आदर्श व्यक्ति या एक आदर्श स्थिति का प्रतिनिधित्व करती हो। उनके अनुसार, लोग सुपरहीरो पात्रों को प्यार करते हैं, क्योंकि उनके पास सर्वोच्च शक्तियाँ हैं, लेकिन इसके साथ किसी आम आदमी की तरह व्यक्तिगत समस्याएँ भी जुड़ी हैं। ये पात्र प्रदर्शित करते हैं कि सामान्य व्यक्ति भी अपने मानक स्व से ज्यादा बेहतर हो सकता है। उदाहरण के लिए, सुपरमैन एक ऐसा चरित्र है, जो छोटे शहर से जुड़ा हुआ है और खेतों में काम भी करता था, हालाँकि वह जल्द ही यह जान जाता है कि वह पृथ्वी का सबसे शक्तिशाली व्यक्ति है।

इसी प्रकार 'हीरो आर्कटाइप' कुछ विशेषताओं और व्यक्तित्व लक्षणों वाले

एक परंपरागत नायक के तौर पर सामने आता है। रेबेका रे ने अपने लेख 'टाइप्स ऑफ हीरोज इन लिटरेचर' में बताया है कि साहित्य में एक नायक एक ऐसा व्यक्ति होता है, जो नायक होता है और अपने आदर्श और कुलीन मूल्यों के लिए आदर पाता है।[196]

मार्वल कॉमिक्स ने दिलचस्प रूप में ऐसे चरित्रों को पेश किया, जो साहसी थे और ऐसी समस्याओं से जूझते थे, जो असल दुनिया में भी परेशान करती हैं, जैसे भेदभाव, गरीबी, बदमाशी और नस्लवाद की घटनाएँ। लेकिन एक सवाल उठता है कि ये कौन से गुण हैं, जो एक किरदार या व्यक्ति को 'आदर्श' बनाते हैं।

कॉटरेल, न्यूबर्ग और ली ने वर्ष 2007 में विभिन्न गुणों वाले व्यक्तियों में निहित मूल्यों का पता लगाने के लिए एक प्रयोग किया और प्रतिभागियों से एक आदर्श व्यक्ति की 13 विशेषताओं को रेटिंग देने को कहा। 13 में से 7 विशेषताओं को महत्त्वपूर्ण पाया गया, जिसमें विश्वसनीयता, सहकारिता, सहमतता, बहिर्मुखता, भावनात्मक स्थिरता, बुद्धिमत्ता, शारीरिक स्वास्थ्य शामिल हैं।[197]

हॉलीवुड के सुपरहीरोज ने अपने तरीके से इन सकारात्मक विशेषताओं को अपनाया है। उदाहरण के लिए, सुपरमैन एक भरोसेमंद शख्स है, जो अपने बॉय स्काउट सम्मान के लिए भी जाना जाता है। वह दयालु और सौम्य है, जो अन्य सुपरहीरोज के साथ-साथ आम नागरिकों के साथ दोस्ती और परिचय बनाए रखना पसंद करता है। स्पाइडरमैन एक किशोर है, जो एक सुपरहीरो की जिम्मेदारी के साथ अपनी उम्र के संघर्षों में संतुलन साधने की कोशिश में जुटा रहता है। मानवता महानता के काबिल है, उसका किरदार इस मूल विचार का प्रतिनिधित्व करता है। बैटमैन अंतर्मुखी, नियंत्रित, शांत है और किसी भी स्थिति के लिए तैयार रहना पसंद करता है। वह अपनी यूटिलिटी बेल्ट के इर्द-गिर्द तमाम गैजेट्स रखता है, जो किसी जरूरत के समय काम आ सकते हैं। वहीं सभी सुपरहीरोज में आयरनमैन सर्वाधिक करिश्माई सुपरहीरो है। वह बातूनी है, साहसी है और जटिल हालात को अपनी रचनात्मकता और उत्साह के साथ सँभाल लेता है।

हालाँकि बॉलीवुड ने कभी ऐसे चरित्रों का निर्माण नहीं किया है, जो सुपरहीरो के रूप में अच्छे रोल मॉडल के रूप में काम कर सकें। 1987 में आई 'मिस्टर इंडिया' को ही आज तक भारत की एकमात्र सर्वश्रेष्ठ सुपरहीरो वाली फिल्म माना जाता है। किरदार को उन शक्तियों से लैस दिखाया गया है, जो उसे अदृश्य कर देती हैं और वह इन शक्तियों का उपयोग अपराध से लड़ने तथा न्याय दिलाने में करता है। समय के साथ, तमाम सुपरहीरो वाली फिल्में बनीं, जैसे 'भावेश जोशी

सुपरहीरो' (2018), 'ए फ्लाइंग जट्ट' (2016), 'मिस्टर एक्स' (2015), 'रा-वन' (2011), 'द्रोण' (2008), 'कृष' (2006), ये फिल्में कुछ दिनों तक तो चर्चा में रहीं, लेकिन अपने दर्शक वर्ग, खासतौर पर बच्चों पर कभी गहरी छाप नहीं छोड़ पाईं। ये सुपरहीरो किन मूल्यों के लिए जाने जाते हैं? क्या वे उन मूल्यों को लगातार बनाए रख पाते हैं? उनका निजी बलिदान समाज की बेहतरी में कैसे काम आता है? वे व्यक्तिगत जरूरतों और सामाजिक जिम्मेदारी के बीच संतुलन कैसे बनाते हैं? ये कुछ ऐसे गहरे सवाल हैं, जिनका जवाब बॉलीवुड का कोई भी महानायक नहीं दे सकता।

अब जरा कल्पना करें बैटमैन के बलिदान की, जबकि वह रईसों की तरह रह सकता था, स्पाइडरमैन ने समाज की सेवा के लिए अपने प्रेम का बलिदान दिया, या हर चीज से दूर होने के लिए सुपरमैन का एकांत के किले में चले जाना। सभी हॉलीवुड सुपरहीरो दोस्ती, दया, संबंधों और प्रेम के प्रति गहरा सम्मान दर्शाते हैं। हमारे सुपरहीरो इन मजबूत गुणों को क्यों नहीं दर्शाते, जिससे कि हमारे युवा भी जुड़ सकें और उनमें भी सुपरहीरो वाले भाव पैदा हो सकें? फिर वे एक ऐसे कथानक का हिस्सा बनेंगे, जिसे दो पीढ़ियाँ साझा करेंगी। तब तक के लिए बॉलीवुड ने हमें आज तक जो कीचड़ दिया है, उसमें ही लोटकर खुश हो सकते हैं।

संदर्भ–

144. Bandura, A., & Walters, R.H. (1977). Social learning theory (Vol. 1). Englewood Cliffs, NJ : Prentice-hall.
145. Heyman, G.D., & Legare, C.H. (2013). Social cognitive development : Learning from others. Available at file:///E:/summer/Movies%20and%20society/HeymanLegare_2013.pdf Accessed on 17 Oct, 2020.
146. Robinson, E. (2014). The Influence of Superhero Characters on Moral Judgment in School-age Children (Doctoral dissertation, Alfred University, Alfred, NY).
147. Strasburger, V.C., Wilson, B.J. & Jordan, A.B. (2014), 'Children, Adolescents, and the Media', 3a Edició.
148. Watson, Ammy (2020) Superhero movies : domestic box office revenue. Available at https://www.statista.com/statistics/311931/superhero-movies-box-office-revenue/ (Accessed on 18 Oct, 2020).
149. Harrison, Spencer., Carlsen Arne, Skerlavaj, Miha, (2019) Marvel's Blockbuster Machine. Harvard Business Review. Available at https://hbr.org/2019/07/marvels-blockbuster-machine (Accessed on 18 Oct, 2020).
150. Dhapola, Shruti. (2013) AAP on Citizen Security Forces : To help women, not police them. First Post. Available at firstpost.com/

politics/aap-on-citizen-security-forces-to-help-women-not-police-them-1240485.html (Accessed on 18 Oct, 2020).

151. Khanduri, R.G. (2010). C Martin, J.F. (2007). Children's attitudes toward superheroes as a potential indicator of their moral understanding. Journal of Moral Education, 36(2), 239-250. Comicology : Comic books as culture in India. Journal of Graphic Novels and Comics, 1(2), 171-191.
152. Martin, J.F. (2007). Children's attitudes toward superheroes as a potential indicator of their moral understanding. Journal of Moral Education, 36(2), 239-250.
153. AMC Safety & Age Policy. Available at https://www.atomtickets.com/help/entry/amc-age-policy. Accessed on 18 Oct, 2020.
154. Aley, M., & Hahn, L. (2020), 'The Powerful Male Hero : A Content Analysis of Gender Representation in Posters for Children's Animated Movies.' Available at https://doi.org/10.1007/s11199-020-01127-z (Accessed on 18 Sep, 2020).
155. Sharma, D. (2015) 'Stereotypicality in Indian cinema is not a healthy trend', Hindustan Times. Available at https://www.hindustantimes.com/editorials/stereotypicality-in-indian-cinema-is-not-a-healthy-trend/story-y6SG1xuOvBb0cZfWJpUg0H.html (Accessed on 14 Oct, 2020).
156. Thrasher, J.F., Sargent, J.D., Vargas, R., Braun, S., Barrientos-Gutierrez, T., Sevigny, E.L., ... & Hardin, J. (2014). Are movies with tobacco, alcohol, drugs, sex, and violence rated for youth? A comparison of rating systems in Argentina, Brazil, Mexico, and the United States. International Journal of Drug Policy, 25(2), 267-275. Available at https://doi.org/10.1016/j.drugpo.2013.09.004 (Accessed on 14 Oct, 2020).
157. Schaefer, C., & DiGeronimo, T. (2000), 'Ages & stages : A parent's guide to normal childhood development', New York : John Wiley & Sons.
158. Collier, D. (2014), 'I'm just trying to be tough, okay': Masculine performances of everyday practices. Journal of Early Education Literacy, 1-24, (p. 4).
159. Hill, S. (2012), 'Creativity', Encyclopedia of management (7th ed., pp. 209-211). Detroit : Gale. Retrieved from http://go.galegroup.com/ps/i.do?id=GALE%7CCX4016600072&v=2.1&u=colosprings&i t=r&p=GVRL&sw=w&asid=ac4f7f533d7850b3213eee93fbf42149, (Accessed on 18 Sep, 2020).
160. Bell, E., Haas, L., & Sells, L., (1995). From mouse to mermaid the politics of film, gender and culture. Bloomington : Indiana University Press.
161. Tonn, T. (2008), 'Disney's influence on females perception of gender and love', Retrieved from http://www2.uwstout.edu/content/lib/thesis/2008/2008tonnt.pdf (Accessed on 18 Sep, 2020).
162. Thye, Tan Sri Lee Lam. (2017) Violent films influence students. New Straits Times. Available at https://www.nst.com.my/opinion/

letters/2017/06/252402/violent-films-influence-students. (Accessed on 18 Oct, 2020).

163. Ajayi, L. (2011), 'A multiliteracies pedagogy : Exploring semiotic possibilities of a Disney video in a third grade diverse classroom', Urban Review, 43(3), 396-413 (p.401). Available at Doi:10.1007/s11256-010-0151-0 (Accessed on 20 Sep, 2020).
164. Uniyal, Parmita. (2013) Bollywood and its ever-changing teachers, Hindustan Times. Available at https://www.hindustantimes.com/india/bollywood-and-its-ever-changing-teachers/story-iaqkZsCf8WaIfxC2DhdaiI.html (Accessed on 19 Oct, 20).
165. Sharma, Kritiksha. (2020) Why Bollywood Does Not Take Its Female Teachers Seriously, Kool Kanya. Available at https://koolkanya.com/blogs/pop-culture/why-bollywood-does-not-take-its-female-teachers-seriously/ (Accessed on 19 Oct, 2020).
166. Mariani, L. Images of teachers in Hollywood cinema (Part 3). Available at http://www.cinemafocus.eu/Studi%20sul%20cinema/Teachers1firstpart.pdf (Accessed on 19 Oct, 2020).
167. Giroux, H. A. (2010), 'Stealing of childhood innocence--Disney and the politics of casino Capitalism : A tribute to Joe Kincheloe', Cultural Studies/Critical Methodologies, 10(5), 413-416. Available at doi:10.1177/1532708610379834 (Accessed on 20 Sep, 2020).
168. For the monetary value of tobacco companies' documented spending on Hollywood product placement agencies in 1979–1994, see http://www.smokefreemovies.ucsf.edu/problem/bigtobacco.html. In 2014, The Wall Street Journal reported paid placement of a Canadian e-cigarette brand in a film produced in the USA (13).
169. Agency (2011) Bollywood films promote smoking among children : Study. The Indian express. Available at https://indianexpress.com/article/entertainment/entertainment-others/bollywood-films-promote-smoking-among-children-study/ (Accessed on 19 Oct, 2020).
170. Jang, Meena. (2015) 13 Times Disney Showed Characters Smoking in Classic Films. Available at https://www.hollywoodreporter.com/gallery/disney-characters-smoking-classic-films-781053/6-no-smoking (Accessed on 18 Oct, 2020).
171. Dal Cin, S., Worth, K.A., Dalton, M.A., & Sargent, J.D. (2008). Youth exposure to alcohol use and brand appearances in popular contemporary movies. Addiction, 103(12), 1925-1932.
172. Pechmann, C., & Shih, C.F. (1999). Smoking scenes in movies and antismoking advertisements before movies : effects on youth. Journal of Marketing, 63(3), 1-13. Available at https://www.jstor.org/stable/pdf/1251772.pdf (Accessed on 14 Oct, 2020).
173. Perse, E. M., & Rubin, R. B. (1989). Attribution in social and parasocial relationships. Communication Research, 16(1), 59-77.
174. Horton, Donald and Wohl, Richard R. (1956), 'Mass Communication and para-social interaction: Observation on Intimacy at a distance',

Psychiatry, Vol. 19, No. 3, pp. 215-229.

175. Pleiss, M.K., & Feldhusen, J.F. (1995). Mentors, role models and heroes in the lives of gifted children. Educational psychologist, 30(3), 159-169. Retrieved from https://www.tandfonline.com/doi/abs/10.1207/s15326985ep3003_6. Accessed on 30 Oct, 2020.

176. Garrison, V.S., Stronge, J.H., & Smith, C.R. (1986). Are gifted girls encouraged to achieve their occupational potential? Roeper Review, 9, 101-104. Retrieved from https://www.tandfonline.com/doi/abs/10.1080/02783198609553021. Accessed on 30 Oct, 2020.

177. Scott, K. (1986). Effects of sex-fair reading materials on pupil's attitudes, comprehension, and interest. American Educational Research Journal, 23,105-1 16. Retrieved from https://journals.sagepub.com/doi/abs/10.3102/00028312023001105. Accessed on 30 Oct, 2020.

178. Caughey, J.L. (1984). Imaginary social worlds : A cultural approach. Lincoln : University of Nebraska Press.

179. 2017. 9 Celebrities Who Are Great Role Models for Your Kids. Retrieved from https://thriveglobal.com/stories/9-celebrities-who-are-great-role-models-for-your-kids/. Accessed on 4 Nov, 2020.

180. Sharma, D. (2020). Is Bollywood espousing causes opportunistically? Retrieved from https://timesofindia.indiatimes.com/blogs/voices/is-bollywood-espousing-causes-opportunistically/. Accessed on 30 Oct, 2020.

181. Distefan, J.M., Gilpin, E.A., Sargent, J.D., & Pierce, J.P. (1999). Do movie stars encourage adolescents to start smoking? Evidence from California. Preventive medicine, 28(1), 1-11. Available at https://www.researchgate.net/profile/James_Sargent/publication/242254636_LEAD_ARTICLE_Do_Movie_Stars_Encourage_Adolescents_to_Start_Smoking_Evidence_from_California1/links/54c0ec0e0cf21674cea0d016/LEAD-ARTICLE-Do-Movie-Stars-Encourage-Adolescents-to-Start-Smoking-Evidence-from-California1.pdf

182. Distefan, J.M., Pierce, J.P., & Gilpin, E.A. (2004). Do favorite movie stars influence adolescent smoking initiation? American Journal of Public Health, 94(7), 1239-1244. Available at https://tobaccocontrol.bmj.com/content/tobaccocontrol/10/1/16.full.pdf (Accessed on 14 Oct, 20).

183. Bandura, A., & Walters, R.H. (1977). Social learning theory (Vol. 1). Englewood Cliffs, NJ : Prentice-hall.

184. World Health Organization. (2015). Smoke-free movies : from evidence to action. Available at https://apps.who.int/iris/bitstream/handle/10665/190165/ 9789241509596_eng.pdf (Accessed on 14 Oct, 2020).

185. Arora, M., Mathur, N., Gupta, V.K., Nazar, G.P., Reddy, K.S., & Sargent, J.D. (2012). Tobacco use in Bollywood movies, tobacco promotional activities and their association with tobacco use among Indian

adolescents. Tobacco control, 21(5), 482-487. Available at https://tobaccocontrol.bmj.com/content/tobaccocontrol/21/5/482.full.pdf (Accessed on 14 Oct, 2020).

186. Gerbner G. & Gross L., (1976). Living with Television : The violence profile, Journal of Communication, 26(2), pp.173-199.

187. Boleik, B. (2012), 'Senator Jay Rockefeller : Study videogame violence', Politico. Retrieved from http://www.politico.com/story/2012/12/sen-jay-rockefeller-wants-shooter-games-andviolence-studied-85298.html (Accessed on 19 Sep, 2020).

188. American Psychological Association. (2005). Resolution on violence in videogames and interactive media. Retrieved from http://www.apa.org/about/governance/council/ policy/interactive-media.pdf (Accessed on 21 Sep, 2020).

189. Kutner L., & Olson C. (2008), 'Grand theft childhood : The surprising truth about violent videogames and what parents can do', New York, NY: Simon & Schuster.

190. Federal Bureau of Investigation (1951–2012), 'Uniform crime reports.' Washington, DC : Government Printing Office.

191. Williams, T.M., & Handford, A.G. (1986), 'Television and other leisure activities', In T.M. Williams (Ed.). The impact of television : A natural experiment in three communities (pp. 143–213). Orlando, FL : Academic Press.

192. Pineda, Rafael. (2017). Japan's Manga Market Grows 0.4% in 2016, Digital Sees 27.5% Increase. Anime News Network, March 18. Available at https://www.tandfonline.com/doi/pdf/10.1080/17510694.2018.1563420 (Accessed on 20 Oct, 2020).

193. Asher, Jonah., Sola, Yoko. (2011) The Manga Phenomenon. Available at https://www.wipo.int/wipo_magazine/en/2011/05/article_0003.html (Accessed on 20 Oct, 2020).

194. Kumar, Dharmendra., Vats, Aman. (2016) Cartoon Watching Behaviour in students of Noida Region, India. Modern Research Studies. 3(4) page- 916-927. Available at http://files.hostgator.co.in/hostgator201172/file/ 2016030406.pdf Accessed on 20 Oct, 2020.

195. McCrary, J.H. (1999). Children's Heroes and Heroines : Developing Values Manifested through Artwork. Retrieved from https://files.eric.ed.gov/fulltext/ED437390.pdf. Accessed on 27 Oct, 2020.

196. Ray, R. (2015). Types of Heroes in Literature. Storyboard That. Retrieved from https://www.storyboardthat.com/articles/e/types-of-heroes. Accessed on 28 Oct, 2020.

197. Cottrell, C.A., Neuberg, S.L., & Li, N.P. (2007). What do people desire in others? A socio-functional perspective on the importance of different valued characteristics. Journal of personality and social psychology, 92(2), 208. Retrieved from https://psycnet.apa.org/record/2007-00654-004. Accessed on 28 Oct, 2020.

□

अध्याय-5

फिल्में और भद्दी भाषा का प्रयोग

"भाषा स्वेच्छा से निर्मित प्रतीकों की एक प्रणाली के माध्यम से विचारों, भावनाओं और इच्छाओं को संप्रेषित करने की एक विशुद्ध रूप से मानवीय और असहज विधि है।"

—एडवर्ड सैपिर[198]

भाषा को बोलने और लिखित प्रतीकों के संग्रह के रूप में परिभाषित किया गया है, जिसके माध्यम से मनुष्य अपनी सोच और विचारों को व्यक्त करता है।[199] भाषा एक व्यक्ति की सामाजिक पहचान का एक स्पष्ट प्रतिनिधित्व है और एक सामाजिक समूह या संस्कृति के साथ उनकी निष्ठा की पहचान करने में मदद करती है। जैसाकि बातचीत संस्कार श्रृंखला के सिद्धांत में प्रकाश डाला गया[200], सामाजिक समूह अपनी पहचान को अलग करने के लिए खास प्रतीक और रीति-रिवाज बनाते हैं तथा भाषा इसमें केंद्रीय भूमिका निभाती है। भावनाओं और अहसासों को व्यक्त करने की क्षमता उन कुछ कौशलों में से एक है, जो मनुष्य को अन्य प्रजातियों से अलग करती है और यह भाषा के बिना असंभव है। दूसरे शब्दों में—भाषा को मानव जीवन में आवश्यक पूर्वापेक्षाओं में से एक माना जाता है और यह संचार-प्रक्रिया का एक अभिन्न अंग है।[201]

सामाजिक-भाषाविद् विद्वानों ने दोहराया है कि भाषा का उपयोग स्थिति या संदर्भ के अनुसार बदलता रहता है। दो अलग-अलग अभिनेताओं के बीच बातचीत भी व्यवसायों, संस्कृतियों और क्षेत्रों में भिन्न हो सकती है। दिलचस्प बात यह है कि भाषा पीढ़ी-दर-पीढ़ी बदलती रहती है।[202] उदाहरण के लिए, अपमानजनक शब्दों के इस्तेमाल को पीढ़ी Y की जीवन-शैली का एक हिस्सा माना जा सकता है, जबकि पीढ़ी X के लिए इसे अपमानजनक माना जाएगा। सामाजिक-भाषायी

विद्वानों का पूरा ध्यान भाषा और शब्द संरचना की घटनाओं को समझकर भाषा और समाज के बीच के अंतर को समझना है।[203, 204, 205] यह परस्पर क्रिया एक व्यक्तिगत पहचान बनाने में मदद करती है, जो उसे बाकी दुनिया से जोड़ती है। एक व्यक्ति का मूल वातावरण भी किसी की पहचान बनाने में महत्त्वपूर्ण योगदान देता है और भाषा इसका एक महत्त्वपूर्ण हिस्सा है। जैसाकि समाज व्यक्तियों का एक नेटवर्क है, मनुष्यों को जन्मजात वातावरण से अलग करना असंभव है, जिसमें वे पैदा होते हैं। अपने आसपास से सीखी गई भाषा का प्रभाव व्यक्तित्व में अधिक प्रतिबिंबित होता है और सामाजिक-भाषायी विद्वान् विभिन्न पारस्परिक, औपचारिक और अनौपचारिक वार्त्तालापों की जाँच करके इसे समझने की कोशिश करते हैं।[206]

देसी परिवेश के साथ-साथ फिल्में भी किसी व्यक्ति के व्यक्तित्व, सामाजिक संबंधों और भाषा को निर्धारित करने में महत्त्वपूर्ण भूमिका निभाती हैं। सिनेमा दर्शकों को सीखने का शानदार अनुभव प्रदान करता है और भाषा सीखने को आसान और अधिक रोचक बना सकता है।

फिल्मों को उल्लेखनीय विचारों और सोच को व्यक्त करने का एक तरीका माना जाता है, जो समाज की संस्कृति को प्रभावित करते हैं और कई बार तो फिल्में आम बोलचाल की भाषा को भी संशोधित करती हैं। फिल्म पटकथा लेखक अकसर पटकथा के जरिए या किसी-न-किसी रूप में महिमा या आलोचना/खारिज करके आम बोलचाल की भाषा या वैचारिक दृष्टिकोण को दर्शाने की कोशिश करते हैं। हालाँकि ऐसे प्रयास अकसर समाज में मौजूद जनसामान्य की विचारधारा के बजाय व्यक्तिगत पूर्वाग्रहों को दर्शाते हैं।[207] युवा पीढ़ी (Y जेनरेशन) से जुड़ने और उन्हें पसंद आने के लिए स्क्रिप्ट राइटर असावधानी में अपशब्दों और यौन-संदर्भों के साथ अश्लील सामग्री का इस्तेमाल करते हैं।

भाषा और फिल्मों का परस्पर संबंध

फिल्मों और भाषा का रिश्ता सदियों पुराना है और बहुत बारीकी से बुना हुआ है। संचार की कक्षाओं में फिल्मों के अधिकांश इस्तेमाल के जरिए इसे समझाया जाता है।[208] यह मौखिक भाषा कौशल के शिक्षण की सुविधा प्रदान करता है और गैर-मौखिक संचार कौशल की समझ बनाता है। फिल्मों को एक शक्तिशाली साधन माना जाता है, जो असल में अनुभव किए बगैर भी विभिन्न संस्कृतियों और परंपराओं को समझने में मदद करता है। सांस्कृतिक लोककथाओं का विकास और निर्वाह सांस्कृतिक कहानियों को बताने पर निर्भर करता है।[209]

ये कहानियाँ कई तरीकों से सामने आ सकती हैं और इस मामले में फिल्मों को सबसे प्रमुख और प्रभावी तरीकों में से एक माना जाता है। यह दर्शकों की रुचि को जोड़े रखता है और विभिन्न सांस्कृतिक प्रथाओं की एक बहुत ही सकारात्मक छवि प्रस्तुत करता है।

डैनियल एरिजन ने अपनी पुस्तक में कहा है, "फिल्मों और भाषा का जन्म तब हुआ, जब फिल्म निर्माताओं ने गति की विभिन्न अवस्थाओं में छोटी छवियों के कमजोर जुड़ाव और इस विचार कि तस्वीरों की एक पूरी शृंखला एक-दूसरे से संबंधित हो सकती है, के बीच अंतर को महसूस किया।"[210]

फिल्मों में धर्मभ्रष्ट की संस्कृति

फिल्में आज हर किसी के जीवन का हिस्सा हैं, तमाम थ्रिलर से लेकर सोशल ड्रामा, रियलिटी सीरीज और कार्टून फिल्में, हर किसी के मनोरंजन का एक बड़ा हिस्सा हैं। हर आयु वर्ग का व्यक्ति किसी-न-किसी रूप में फिल्मों के साथ जुड़ा हुआ है। समाज एक हद तक फिल्मों में परिलक्षित होता है और बदले में फिल्में दर्शकों की राय को प्रभावित करके और रूढ़ धारणाओं को बदलकर समाज को प्रभावित करती हैं। फिल्मों के दर्शकों पर गहरा प्रभाव डालने के बावजूद हम अब भी इसे जीवन का यथार्थवादी चित्रण नहीं मानते हैं। हाल ही में फिल्मों के माध्यम से सामग्री के चित्रण में भारी बदलाव आया है। ड्यूफ्रेन और लेहमन ने अपने लेख 'पर्सुएसिव अपील फॉर क्लीन लैंग्वेज' में फिल्मों और अन्य टेलीविजन सामग्री में बढ़ी गाली-गलौज पर प्रकाश डाला है।[211] अन्य लेखकों के साथ ही कैकोला ने अपवित्र आचरण को कुछ इस तरह परिभाषित किया है—"अशिष्ट भाषा या अपशब्द का अध्ययन, जिनका प्रयोग विभिन्न उद्देश्यों के लिए किया जा सकता है—भाषाविदों, मनोवैज्ञानिकों और कंप्यूटर वैज्ञानिकों के काफी काम के हैं।"[212]

हालाँकि संस्कृति में काफी लंबे समय से अपवित्र आचरण का अस्तित्व रहा है, लेकिन हाल ही में इसने वर्जना लाँघ दी है और रोजमर्रा बात-व्यवहार तथा फिल्मों में अपनी जगह बना ली है। फिल्म सामग्री के अति दिखावा और इंटरनेट का ऐसी छवियों को और प्रामाणिक बनाना, ऐसा माहौल तैयार होता है, जो वास्तविक सा नजर आने लगता है।[213] उदाहरण के लिए, मिडल स्कूल के छात्रों को लगता है कि अपशब्द स्वीकार्य हैं और जब फिल्मों में गाली-गलौज देखते हैं तो वे खुद भी आपस के व्यवहार में गाली-गलौज करते हैं।

फिल्मों में अश्लीलता, गाली-गलौज या अपशब्दों को एक सामान्य भाषायी

अभिव्यक्ति माना जाता है। स्लैंग की समझ विकसित करने में फिल्में महत्त्वपूर्ण भूमिका निभाती हैं, जिसका असर किसी के भाषा सीखने पर पड़ता है। समाज में अश्लीलता की अभिव्यक्ति की समझ विकसित करना तमाम वर्गों के लिए जरूरी है। भाषा–विज्ञान के लिए यह अश्लीलता की व्यावहारिकता को बेहतर ढंग से समझने में मदद करता है। मनोवैज्ञानिकों के लिए यह गाली–गलौज के सामाजिक–सांस्कृतिक कारकों को समझने में मदद करता है। कुल मिलाकर ये वर्ग–संदर्भ और सामाजिक कारकों का विश्लेषण करके शब्दों के कार्य एवं प्रभावों का उपयोग करते हैं।[214] उनके लिए फिल्म ऐसी सामग्री भी प्रदान करती है, जिसमें भावनाओं, विचारों और अहसासों की अभिव्यक्ति का उच्च स्तर शामिल होता है। वे एक विशेष कार्य करने के लिए एक उद्‌देश्यपूर्ण प्रयास को इंगित करने के लिए अशिष्ट शब्दों के उपयोग पर विचार करते हैं। उदाहरण के लिए, 'मैं एक मूर्ख कुत्ता हूँ' बोलना अत्यधिक हताशा और गुस्से को 'मैं बेवकूफ हूँ' के लहजे से कहीं ज्यादा गहराई प्रदान करता है। अश्लील भाषा संस्कृतियों, आबादी और समुदायों के मुताबिक बदलती रहती है। शायद एक ऐसे स्तर पर जहाँ धार्मिक भावनाएँ प्रभावित होती हैं, जैसेकि देवताओं और राक्षसों के नाम, धार्मिक इनसान, पवित्र स्मारक या पूजाघर।[215]

फिल्मों में शीर्षक, चरित्र का नाम, संवाद, विषय, रूपांकनों, गीतों, विशेष रूप से हिंदी अंग्रेजी मिश्रित नारे और उपशीर्षक के निर्माण के क्रम में कई बने हुए कथानक सामने आते हैं। इनमें से कई को दर्शकों के सामने गलत अर्थ प्रस्तुत करने के लिए जिम्मेदार माना जाता है। अश्लील भाषा कभी–कभी कार्यक्रमों, फिल्मों, टेलीविजन सीरीज और नई वेब सीरीज में भी झलक उठती है। उदाहरण के लिए, 'वुल्फ ऑफ द वॉल स्ट्रीट' (2013) में करीब 569 अपशब्द या गालियाँ इस्तेमाल की गई हैं, यानी प्रति मिनट 3.16 शब्द। भले ही अगले साल आई फिल्म 'स्वियरनेट : द मूवी' (2014) ने इस आँकड़े को भी पार कर दिया, जिसमें पूरी फिल्म में 935 बार गालियाँ या अपशब्दों इस्तेमाल किया गया, जबकि फिल्म कुल दो घंटे से भी कम की थी।[216] कथानक का यह पैटर्न और स्क्रिप्ट में अपशब्दों का इस्तेमाल दर्शकों पर प्रतिकूल असर डालता है। हालाँकि कमाई के मामले में इन फिल्मों ने बड़े पैमाने पर पैसा बनाया। इसकी वजह प्रशंसकों और दर्शकों की संख्या है।

फिल्मों में लैंगिक रूढ़िवाद, शैली और गाली–गलौज

फिल्मों की यथार्थवादी तस्वीर का बेहतर विश्लेषण ग्राफिक्स, पिक्चर इफेक्ट्स, गहरे डायलॉग, ठोस सामग्री, पटकथा और गीतों की गुणवत्ता तथा संख्या के आधार पर की जाती है।

अतीत के शोधकर्ताओं का तर्क है कि पुरुष महिलाओं की तुलना में अधिक अपमानजनक और अस्वीकार्य शब्दों का उपयोग करते हैं और अगर महिलाएँ ऐसी भाषा का उपयोग करती हैं तो इसे केवल एक भावनात्मक अभिव्यक्ति मान लिया जाता है। पुरुषों के अपमानजनक भाषा के इस्तेमाल को उनके बरदाश्त करने के तंत्र से जोड़ा जाता है, जो बाहरी तनाव को घटाने में मदद करता है, साथ ही कई बार नाराजगी जताने के लिए भी ऐसा किया जाता है। फिल्मों में ऐसी घटनाओं को या तो महिमामंडित किया जाता है या इन्हें लेकर दर्शकों की तटस्थ प्रतिक्रिया होती है।[217]

फिल्मों में अपशब्द, यौन-संदर्भ और हिंसा के मामलों की पड़ताल के लिए एशले हेगुडा ने वर्ष 2007 में 1968 में बनी फिल्मों और बाद में उनकी रीमेक का तुलनात्मक विश्लेषण किया। उन्होंने भाषायी सामग्री, अश्लीलता, आपत्तिजनक शब्दों के उपयोग, लैंगिक वस्तु के तौर पर दर्शाना, गाली-गलौज और हिंसा पर तुलनात्मक विश्लेषण किया। उन्होंने पाया कि 'हॉलीवुड एलीट' की फिल्म सामग्री पर ज्यादा चर्चा इसलिए हुई, क्योंकि उसमें आपत्तिजनक भाषा का स्तर बढ़ा हुआ था और अश्लीलता का व्यापक इस्तेमाल हुआ था। इसके साथ-ही-साथ इंडस्ट्री और पेशेवरों का एक सर्वेक्षण भी किया गया तथा सामग्री में बदलाव उनके सामने प्रस्तुत किया गया। यह शोध 1968 से 2002 के बीच बनी अमरीकी फिल्मों को लेकर था, जिसमें गाली-गलौज, अपमानजनक शब्दों और यौन-संदर्भों का इस्तेमाल किया गया था। ऐसे कई उदाहरण हैं, जो बताते हैं कि हॉलीवुड की फिल्मों में अपशब्दों और गाली-गलौज का इस्तेमाल बढ़ गया है एवं इसने आम बोलचाल में गालियों और अपशब्दों के इस्तेमाल को और भी बढ़ावा दिया है। उदाहरण के लिए, फिल्म 'साइको' (1960) और उसकी रीमेक 'साइको' (1998) पटकथा, सामग्री और भाषा जैसे कई मामलों में लगभग एक जैसी ही थीं। हालाँकि गाली-गलौज का इस्तेमाल बढ़ा दिया गया था। एक अन्य फिल्म 'द मंचूरियन कैंडिडेट' (1962) और 'द मंचूरियन कैंडिडेट' (2004) में हिंसा और यौन-सामग्री जस-की-तस रखी गई थी। हालाँकि मूल फिल्म की तुलना में अपमानजनक शब्दों का इस्तेमाल 250 प्रतिशत तक बढ़ा दिया गया था। 'मिस्टर डीड्स गोज टू टाउन' (1936) और 'मिस्टर डीड्स' (2002) में जहाँ मूल फिल्म में धूम्रपान और शराब पीने, महिलाओं को यौन-संतुष्टि की वस्तु के तौर पर दिखाने के सामान्य से सीन थे, वहीं नई बनी फिल्म में 36 जगहों पर गाली-गलौज थी। एक लोकप्रिय फिल्म 'फ्रेंचाइजी, द ममी' (1932) और 'द ममी' (1999) में भी काफी अंतर थे। नई फिल्म में स्पेशल इफेक्ट्स के अलावा अपशब्दों में काफी बढ़ोतरी देखी गई और 13 बार गाली-गलौज को शामिल किया गया। लेखक के मुताबिक फिल्म निर्माता

कथानक के निर्माण में या सामग्री को परिष्कृत करने में शायद ही कोई गुणात्मक समय बिताते हों, लेकिन नग्नता को शामिल करने में दिलचस्पी रखते हैं। फिल्म 'फादर ऑफ द ब्राइड' (1950) और 'फादर ऑफ द ब्राइड' (1991) में आयु संबंधी चिंताएँ स्पष्ट हैं तथा यौन संदर्भ बहुतायत में हैं।[218]

हॉलीवुड में अश्लीलता : फ*** शब्द का इस्तेमाल

फिल्मों में रॉबर्ट आल्टमैंस की मैश (1970) में एक फुटबॉल मैच के दौरान इसका इस्तेमाल पहली बार उभरा था। उसके बाद से इस शब्द ने ध्यान केंद्रित करना शुरू किया और अब यह बेहद सामान्य तौर पर इस्तेमाल किया जाता है। फिल्मों में गाली-गलौज संभवतः ब्रिटेन से शुरू हुई, जब 1967 में दो ब्रिटिश फिल्मों 'उल्यिसिस' (Ulysses) और आई विल नेवर फॉरगेट वाट्स'इसनेम, (I'll Never Forget What's'isname) में फ*** शब्द का इस्तेमाल किया। इसके बाद यह शब्द बेहद लोकप्रिय हो गया और अकसर इस्तेमाल में आने लगा, यहाँ तक कि वियतनाम आंदोलन में इसके इस्तेमाल के बाद से अमरीकी जीवन-शैली का हिस्सा ही बन गया। उस दौर का एक लोकप्रिय नारा था—'1,2,3,4 वी डोंट वॉण्ट योर फ**इंग फाइट', 1960 में यह काफी चर्चाओं में रहा था। हॉलीवुड में गाली-गलौज की यह शुरुआत थी और 1960 के बाद की ज्यादातर फिल्मों ने दर्शकों को चौंका दिया, जिसमें जैक निकोल्सन की 'कार्नल नॉलेज' (1971) और विलियम फ्रायडकिन की 'द एक्सॉर्सिस्ट' (1973) प्रमुख हैं।[219] निम्नलिखित आँकड़े यह उजागर करते हैं कि 1980 के बाद से फ*** शब्द के इस्तेमाल में किस तरह उछाल आया, जिससे हॉलीवुड में भाषा का प्रभाव भी उभरा।

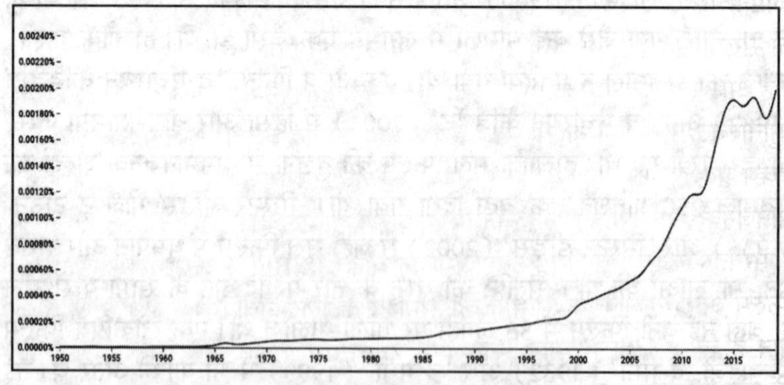

स्रोत : गूगल बुक एन-ग्राम्स कॉर्पस

तस्वीर : 1950 से 2019 के बीच फ शब्द के प्रयोग की आवृत्ति**

उपर्युक्त ग्राफ 1950 से 2019 तक फिल्मों में एफ-शब्द के उपयोग में वृद्धि को दर्शाता है। यह देखना दिलचस्प है कि 'मैश' (1970) की रिलीज से पहले 1965 में इस शब्द के इस्तेमाल की आवृत्ति 0.00003 प्रतिशत थी। हालाँकि रिलीज के बाद इस्तेमाल की आवृत्ति में काफी इजाफा हुआ है। 2019 में आवृत्ति 0.0019 प्रतिशत थी। 1965 में फिल्म रिलीज होने के बाद से तुलनात्मक दृष्टि से यह बढ़ोतरी लगभग 63 गुना है और प्रतिशत में यह लगभग 6333.33 प्रतिशत है।

माइकल मेडवेड ने अपनी पुस्तक 'हॉलीवुड वर्सेज अमेरिका' में तर्क दिया है कि फिल्म निर्माता और हॉलीवुड अपने एजेंडे को आगे बढ़ा रहे हैं। हॉलीवुड क्रूरता को महिमामंडित कर रहा है और गाली-गलौज को लेकर बहानेबाजी कर रहा है।[220] फिल्म निर्माता हो सकता है कि प्रोपेगैंडा प्रचार के लिए अपनी फिल्मों की मार्केटिंग करते हों। हालाँकि रूढ़िवादी आलोचकों का तर्क है कि हॉलीवुड एक कुलीन संस्कृति प्रस्तुत करता है, जो दर्शकों से मेल नहीं खाती, जिनका कि वह मनोरंजन करता है। इसलिए कोई भी आसानी से तर्क दे सकता है कि बड़े पैमाने पर फिल्में आमतौर पर इस्तेमाल की जानेवाली भाषा, खासतौर पर गाली-गलौज के इस्तेमाल को प्रभावित करती हैं।

भारतीय फिल्मों में गाली-गलौज की व्यावहारिकता

अपनी शुरुआत से ही भारतीय फिल्म उद्योग सामाजिक परिवर्तन का ध्वजवाहक रहा है। फिल्म बिरादरी ने विभिन्न शैलियों के माध्यम से ढेर सारे सामाजिक संदेशों को आगे बढ़ाने की जरूरत समझी है। इन प्रयोगों ने बहुत से लोगों को अपना मुरीद बनाया और बॉक्स ऑफिस पर अच्छी कमाई भी की। हालाँकि काफी संख्या में फिल्म निर्माता अभी भी सदियों पुराने फिल्म मॉडल का अनुसरण करते हैं और सामाजिक मुद्दों पर ज्यादा ध्यान नहीं देते। निर्माता या पटकथा लेखक यह सुनिश्चित करने का लक्ष्य रखते हैं कि एक उत्पाद के तौर पर फिल्म बाजार में अच्छा प्रदर्शन करे, भले ही इसमें तथ्यों को तोड़-मरोड़कर पेश किया गया हो, अपमानजनक भाषा या कथानक का मिथ्याकरण शामिल हो। इस उद्देश्य के लिए भारत सरकार ने एक 'केंद्रीय फिल्म प्रमाणन बोर्ड' (CBFC) का गठन किया है, जो फिल्म और वाणिज्यिक सामग्री की समीक्षा के लिए गवर्निंग बॉडी है।[222] ऐसा अनुमान है कि हर साल तमाम प्लेटफॉर्मों पर करीब 1250 फीचर फिल्में, लघु फिल्में और विज्ञापनों का निर्माण किया जाता है।[223] ऐसा अनुमान है कि करीब दास लाख लोग रोज विभिन्न माध्यमों के जरिए फिल्में देखते हैं। भारतीय फिल्म उद्योग

में बॉलीवुड की एक महत्त्वपूर्ण हिस्सेदारी है और कमाई में भी अच्छा-खासा हिस्सा इसी का है। इसके अलावा हिंदी भाषा की फिल्में विभिन्न क्षेत्रीय भाषाओं में भी बनती हैं, जिनमें भोजपुरी, बंगाली, तमिल और अन्य दक्षिणी भारतीय भाषाएँ शामिल हैं। ये फिल्में सामाजिक जुड़ाव का बड़ा आधार हैं, लेकिन उनका दायरा भाषा अवरोध के कारण कुछ क्षेत्रों या समुदायों तक ही सीमित रह जाता है।

विविधता और पहुँच के मामले में फिल्में सामाजिक मानदंडों, दृष्टिकोण और सांस्कृतिक जागरूकता एवं व्यवहार को समझने और संवाद करने के लिए एक बेहतर मंच हो सकती हैं। फिल्में मास मीडिया हैं, जो जनता से सीधे संवाद करने के लिए सबसे अधिक इस्तेमाल की जाती हैं। यह माना जाता है कि फिल्म के साथ समाज का चित्रण मेल खाता है।

हालाँकि सिनेमा इसे सामाजिक वास्तविकता के मध्यस्थ के रूप में प्रदर्शित करने का प्रयास कर रहा है, जो हमारे रोजमर्रा के जीवन के सांस्कृतिक और भौतिक ताने-बाने को पुनर्निर्देशित करने की क्षमता रखता है।[224] अपनी शुरुआत से ही फिल्में मनोरंजन का एक लोकप्रिय रूप रही हैं। 1913 में 'राजा हरिश्चंद्र' रिलीज हुई, जिसने उद्योग में एक नया चलन स्थापित किया। यह फिल्म एक मूक फिल्म थी, जिसमें एक पौराणिक इतिहास था, जिसने फिल्म निर्माताओं के लिए दिशा तय कर दी थी।[225]

भारतीय सिनेमा के शुरुआती दिनों में फिल्में अश्लीलता या यौन-संदर्भों से रहित थीं, क्योंकि फिल्म निर्माता चाहते थे कि उनकी फिल्में समाज में स्वीकार्य हों। 1960 और '70 के दशक ने बॉलीवुड के महान् कलाकारों को देखा, जिन्होंने दर्शकों को प्रभावित करने के लिए अपने हास्य और अदाकारी कौशल का इस्तेमाल किया। ये अभिनेता इतने प्रभावशाली थे कि आम जनता उनकी नकल करने लगी थी। उदाहरण के लिए, 'केश्टो मुकर्जी' की हँसने की शैली की नकल सबसे ज्यादा हुई। 'महमूद' के हावभाव की भी नकल खूब हुई और उनकी तरह से बात-व्यवहार करना समाज में आम चलन बन गया। शुरुआती दौर गाली-गलौज और अश्लीलता से परे था; हालाँकि वेब सीरीज के हालिया बदलाव और माँग के अनुरूप सामग्री ने भारतीय फिल्म उद्योग में आमूल-चूल परिवर्तन कर दिया। दर्शकों के साथ संबंध जोड़ने के लिए फिल्म निर्माताओं ने भारी मात्रा में अश्लील और अपमानजनक शब्दों का प्रयोग शुरू कर दिया है। उदाहरण के लिए, सबसे लोकप्रिय वेब सीरीज में से एक द वायरल फीवर के 'ट्रिपलिंग' (2017) एपिसोड में एक पिता और उसके बच्चों के बीच बातचीत का सीन फिल्माया गया है, जिसमें वे एक-दूसरे से बेहद

हलकी और गाली–गलौज भरे लहजे में बात करते हैं। इसी सीरीज में भाई–बहनों को शराब, ड्रग्स और अभद्र भाषा का इस्तेमाल करते दिखाया गया है। इस तरह के चित्रण भारतीय परिवारों में निहित पवित्रता की अवधारणा को छिन्न–भिन्न करने का काम करते हैं, इसका युवा पीढ़ी पर बुरा असर पड़ता है।

इसी तरह का मामला हास्य–शैली को लेकर भी देखा गया है। पहले के समय में स्थिति और अवलोकन संबंधी कॉमेडी की अवधारणा थी। बॉलीवुड के लोकप्रिय अभिनेताओं में से एक राजेश खन्ना को इस कला में महारत हासिल थी और उन्होंने अनगिनत ऐसे रोल किए भी। उनका फॉर्मूला इस कदर बेहतर था कि संजीव कुमार जैसे तमाम अभिनेताओं ने उनकी इस शैली को अपनाया। हालाँकि आज के कॉमेडियन दर्शकों को प्रभावित करने के लिए अभद्र भाषा का इस्तेमाल करते हैं।

सेंसरशिप की गैर–मौजूदगी के चलते उनकी प्रस्तुति को शायद ही किसी चुनौती का सामना करना पड़ता है। 'ए.आई.बी', 'जाकिर खान', 'भुवन बम' और 'राहुल सुब्रमण्यन' जैसे लोकप्रिय कलाकार स्टैंडअप कॉमेडी को अश्लील भाषा के तड़के से चटपटा बनाने की कोशिश करते हैं। वे दर्शकों को अश्लील सामग्री के जरिए प्रभावित करने की कोशिश करते हैं। हालाँकि वे एक डिस्क्लेमर देते हैं कि उनकी सामग्री वयस्कों के लिए है, लेकिन उनकी सामग्री की व्यापक उपलब्धता और उन कलाकारों तक सीमित पहुँच के कारण ऐसी सामग्री किशोरों को भी उपलब्ध हो जाती है। इससे उनके दिमाग में समाज की एक काल्पनिक छवि बन जाती है, जिसे वे खोजते तो रहते हैं, लेकिन वह उन्हें कहीं मिलती नहीं है। वेब सीरीज का विचार शुरू हुआ 'परमानेंट रूममेट्स' (2014) और 'पिचर्स' (2015) की लोकप्रिय सीरीज के बाद से। भारतीय सीरीज में महिलाओं की अपमानजनक सामग्री को भी महिमामंडित करने की कोशिश की और इसे सामाजिक वर्जनाओं को तोड़ने की एक क्रांति के तौर पर पेश किया। सीरीज में इस तरह के संदर्भ को बढ़ावा दिया 'फोर मोर शॉट्स प्लीज' (2019), 'लीला' (2019) और 'कॉलेज रोमांस' (2019) ने। इसमें महिलाओं द्वारा इस्तेमाल की जानेवाली अपमानजनक भाषा का महिमामंडन किया गया है, जो वास्तविकता में शायद ही हो। इसके उलट हाल में रिलीज हुई वेब सीरीज 'ये मेरी फैमिली' (2018) साफ–सुथरी कॉमेडी का एक उपयुक्त उदाहरण भी हमारे सामने है। इसमें किसी तरह की अभद्र भाषा का प्रयोग नहीं है, इसके बावजूद यह बड़ी हिट है। इसके पीछे बेहतर पटकथा लेखन और स्क्रीनप्ले एक बड़ी वजह है, जो वयस्कों को उनके बचपन की यादों से जोड़ती है।

ऐसे कई उदाहरण हैं, जहाँ फिल्मों को दर्शकों के बीच लोकप्रिय बनाने के लिए अभद्र भाषा और फूहड़ता परोसी जाती है। उदाहरण के लिए, प्रसिद्ध बॉलीवुड फिल्म 'कामिनी' (2009), जहाँ नायक 's' अक्षर का उच्चारण नहीं कर पाता और 's' के साथ सभी शब्द उसके लिए 'f' से शुरू होते हैं। जब फिल्म रिलीज हुई तो किशोरों में ऐसा ही बोलने की एक सनक सवार हो गई। फिल्म इतनी लोकप्रिय हुई कि लोगों ने अपने दैनिक वार्त्तालाप में उस किरदार की कमियों का ही अनुकरण करना शुरू कर दिया। इसके विपरीत, कुछ फिल्मों ने भाषा को सही तरीके से पुनर्परिभाषित किया। ऐसी ही एक फिल्म 'मुन्ना भाई एम.बी.बी.एस.' (2003) ने 'जादू की झप्पी' वाक्यांश को लोकप्रिय बना दिया। फिल्म अभिनेताओं के अनुसार, जादू की झप्पी सिर्फ गले लगाने से नहीं जुड़ी हुई है, बल्कि यह प्यार और देखभाल की भावना व्यक्त करने का एक तरीका भी है।[226]

कुछ बॉलीवुड फिल्मों ने स्थानीय भाषा के व्यापक उपयोग को लोकप्रिय बनाया या क्षेत्र विशेष की फूहड़ता को उभारा। उदाहरण के लिए, गैंगस्टर और अंडरवर्ल्ड विषयों पर बनी फिल्मों से खोखा (एक करोड़), पेटी (एक लाख) या भाई (डॉन) शब्द दर्शकों के बीच प्रचलित हुए। इसी तरह 'गली बॉय' (2019), जिसने एक संघर्षरत गायक की कहानी को दर्शाया, जो एशिया की सबसे बड़ी झुग्गियों में से एक धारावी में रहता है और उस पर झुग्गी-झोंपड़ी इलाके में इस्तेमाल की जानेवाली भाषा तथा स्थानीय शब्दों का गहरा प्रभाव होता है। इसके चलते लोग एक-दूसरे को बंताई के नाम से संबोधित करने लगे, जिसे धारावी की भाषा में भाई कहा जाता है।[227]

अश्लीलता प्रतिबंधित हो : कानून का एक सक्षम हथियार

फिल्म उद्योग हो या कोई और जगह भाषण और अभिव्यक्ति का अधिकार संयम पर आधारित है। राष्ट्र की नैतिकता, संप्रभुता और अखंडता के खिलाफ कोई भी सामग्री यदि राज्य की सुरक्षा, नैतिकता में बाधा डालती है या मानहानि करती है या न्यायालय की अवमानना करती है तो वह जाँच के दायरे में होगी। कोई भी प्रस्तुति, जो किसी भी तरह की हिंसा को भड़का दे, उसे भारत में सार्वजनिक प्रदर्शन की अनुमति नहीं दी जा सकती है, लेकिन क्या फिल्मों ने कभी इन मानदंडों को पूरा किया? यह बहस का मुद्दा है। भारतीय फिल्मों में भारतीय संविधान के अनुच्छेद 19(2) के तहत उचित प्रतिबंध लगाया गया है, जिसका उल्लेख सिनेमैटोग्राफिक अधिनियम की धारा 5(बी) के तहत भी किया गया है, जबकि इसका अनुपालन किया जाना चाहिए, लेकिन इसका अकसर दुरुपयोग किया जाता है।[228]

'बॉबी आर्ट इंटरनेशनल बनाम ओम पाल सिंह हूँ' केस में, जिसे 'बैंडिट क्वीन केस' के नाम से भी जाना जाता है, जहाँ सुप्रीम कोर्ट ने सेंसरशिप पर विचार करते हुए अश्लीलता के एक दृश्य के चलते फिल्म पर लगे प्रतिबंध को हटा दिया और भाषण और अभिव्यक्ति की स्वतंत्रता को बरकरार रखा। यौन टिप्पणियों, पुरुषों और महिलाओं की शारीरिक विशेषताओं से संबंधित डायलॉग, टाइम्स की एक बदरंग तस्वीर को घटना की वास्तविकता दर्शाने के लिए रखा गया था।[229] 1959 में आई एक बंगाली फिल्म 'नील आकाशेर नीचे' में आपत्तिजनक सामग्री के अंशों को उभारा गया था, जिसे राजनीतिक विद्वेष को भड़काने की आशंका के चलते रिलीज होने से रोक दिया गया था। तब से सी.बी.एफ.सी. फिल्मों की समीक्षा करनेवाले एक छानबीन मंच के रूप में काम कर रहा है।[230]

केसलेट : नेटफ्लिक्स 'सैक्रेड गेम्स' (2018) में इस्तेमाल किया गया

फिल्मों में धर्मभ्रष्ट आचरण की व्यावहारिकता की पड़ताल के लिए हमने नेटफ्लिक्स की ऑरिजिनल सीरीज 'सैक्रेड गेम्स' के नवीनतम खंड का विश्लेषण किया, जिसे 2018 में लॉञ्च किया गया था। नेटफ्लिक्स के उपाध्यक्ष 2006 में आए विक्रम चंद्र के उपन्यास 'सैक्रेड गेम्स' से काफी प्रभावित थे और उन्होंने उसी समय तय कर लिया था कि वह भारत के सर्वश्रेष्ठ मीडिया हाउस से इस पर वेब सीरीज के प्रोडक्शन का करार करेंगे। अनुराग कश्यप, नीरज ध्यावन और विक्रमादित्य मोटवानी की निर्देशित इस सीरीज को 5 में से 4.6 की रेटिंग हासिल हुई[231] और यह अंतरराष्ट्रीय एमी अवॉर्ड्स-2019 नामित हुई।[232]

'सैक्रेड गेम्स' एक भारतीय क्राइम थ्रिलर वेब सीरीज है, जिसमें दो सीजन हैं और यह मुंबई पर आधारित है, जो '90 के दशक में भारत के आर्थिक पुनरुद्धार के दौरान संगठित अपराध, राजनीति और भ्रष्टाचार के ताने-बाने में झूल रही होती है। यह वेब सीरीज भ्रष्ट पुलिस विभाग की कहानी बयान करती है और गैंगस्टर्स, ड्रग्स, नग्नता और अपशब्दों तथा गाली-गलौज को महिमामंडित करती है। हालाँकि इस श्रृंखला को दर्शकों से मिश्रित प्रतिक्रिया मिली है। एक तरफ जहाँ कुछ लोगों ने कलाकारों के अभिनय को सराहा है, वहीं दूसरी ओर लोगों ने सीरीज में अश्लील भाषा और गलत आचरण वाले दृश्यों की भरमार की निंदा भी की है।[233]

अभद्र आचरण और भूमिका निर्वहन की चिंता दर्शकों को तय करने के लिए छोड़ दी गई है। इस वेब सीरीज ने विभिन्न भावुक मुद्दों पर छूने की कोशिश

की है, ताकि इस ओर लोगों का ध्यान जाए और इनकी समीक्षा हो। 'नवाजुद्दीन सिद्दीकी' द्वारा निभाया गया गायतोंडे नाम का चरित्र एक अंडरवर्ल्ड गैंगस्टर है, जो सामाजिक और व्यक्तिगत असफलताओं, पहचान के संकट और तुच्छ जीवन जैसी परिस्थितियों के चलते ऐसा बन जाता है।

कलाकारों को विभिन्न वयस्क वार्त्तालापों के साथ उभारा जाता है, जो पारंपरिक सिनेमा-शैली को तोड़ते हैं और अभिव्यक्ति के लिए अश्लील माध्यम का इस्तेमाल करते हैं। हालाँकि दर्शकों को शुरुआत में अश्लीलता, यौन संबंध, सामान्य पीड़ा और गैंगस्टर के मनोवैज्ञानिक परिप्रेक्ष्य के अतिरंजित रूप को देखना थोड़ा हैरानी भरा लगा। 'गणेश गायतोंडे' के चरित्र से पता चलता है कि किस तरह राजनीतिक परतों का मंथन किया जाता है। उसने एक सीन में जिक्र किया है कि 'दुनिया में धर्म सबसे बड़ा व्यवसाय है, लोगों पर राज करने के लिए लोग भगवान् के डर का इस्तेमाल करते हैं।'

अश्लील और गलत संदर्भों का इस्तेमाल करते हुए आपस की बातचीत में मशगूल रखकर एक गैंगस्टर और अन्य सहायक पात्रों का जरूरत से ज्यादा महिमामंडन दिखाया गया है। ड्रग्स का इस्तेमाल दवा की तरह, अश्लीलता, धार्मिक मान्यताओं के उद्धरण और देवताओं के लिए अभद्र शब्दों का इस्तेमाल खूब किया गया है। दूसरी ओर नायक सरताज सिंह है, जिसकी भूमिका लोकप्रिय बॉलीवुड अभिनेता सैफ अली खान ने निभाई है, वह अपनी निजी धारणा, भरोसे और पहचान के संकट की दुविधा का सामना करता है। नायक को किसी अन्य भारतीय फिल्म की तरह चित्रित नहीं किया जाता है, जहाँ अच्छाई की बुराई पर जीत होती है या एक सुखद अंत के साथ। सरताज का चरित्र भी अपनी भावनाओं, क्रोध या भय को व्यक्त करने के लिए विभिन्न अपशब्दों का इस्तेमाल करता है। इसके विपरीत गैंगस्टर को भगवान् की तरह चित्रित किया गया है, जो युवाओं को निर्देशित करता है और दूसरों के जीवन को नियंत्रित करता है। उपन्यास के लेखक का कहना है कि सीरीज में प्रयोग की गई भाषा उपन्यास की मूल पटकथा से बिल्कुल अलग है, क्योंकि सीरीज को एक उत्पाद के रूप में प्रचारित करने और उससे ज्यादा-से-ज्यादा कमाई करने का लक्ष्य शामिल है। महिला पात्रों को अति सूक्ष्मतम संदर्भों में दिखाया गया है, जिन्हें या तो पूरी तरह दरकिनार किया गया है या समाज की बुराइयों के पीड़ित के रूप में पेश किया गया है। इसके अलावा छोटे बच्चों पर अत्याचार, महिलाओं को निम्न तबके का दिखाना, भारतीयों में यौन संबंधों की उत्कंठा, नस्लवाद को बहुत ज्यादा दिखाया गया है।

इस तरह से गैर-पारंपरिक गलत भूमिका निभाने का असर यह हुआ कि बड़ी संख्या में सीरीज देखनेवाले दर्शक मिले। यहाँ सवाल यह उठता है कि भाषा का ऐसा चित्रण और इस्तेमाल क्या अच्छी भूमिका निभा रहा है या इसके विपरीत मानक स्थापित कर रहा है? हालाँकि संवाद, नग्नता और रेटिंग को लेकर तमाम आपत्तियाँ उठाई गईं। क्या यह उस संदेश को कम करने के लिए पर्याप्त है, जो नाराज हो रहा है? जिस तरह की अश्लीलता परोसी गई है, उससे यह सीरीज को प्रतिबंधित दायरे में लाता है; फिर भी यह सीरीज 18 साल से कम उम्र के दर्शकों के लिए भी उपलब्ध है। ये सवाल भाषा और संस्कृति के उत्थान में फिल्मों की भूमिका को लेकर आशंका पैदा करते हैं।

इस शो में तमाम ऐसे दृश्य हैं, जिनको लेकर यह लगता है कि सी.बी.एफ.सी. इसे कभी रिलीज नहीं होने देता। इसमें कटौती और बदलाव नहीं किए गए। तमाम दृश्यों, जिनमें अतिरंजित डायलॉग, ग्राफिक सींस, नग्नता दिखाई गई है, इससे पहले भारतीय सिनेमा ने कभी स्वीकारोक्ति नहीं दी थी। हालाँकि भारतीय समाज के कई धड़े यह मानना चाहते हैं कि कुछ अश्लील हिस्से विदेशी अवधारणा के तहत शामिल किए गए हैं, जैसाकि 'फिफ्टी शेड्स ऑफ ग्रे' में किया गया है, यह सच्चाई से कोसों दूर है और 'सैक्रेड गेम्स' में भी वैसा ही या थोड़ा ज्यादा उभारा गया है।[234] आठ एपिसोड वाली यह सीरीज मन को रोमांचित जरूर करती है, लेकिन जहाँ अभद्रता का सवाल है, इस सीरीज से अच्छा अनुभव नहीं मिलता। जहाँ तक भाषा का सवाल है, कंपनी और अधिकारियों को अब भी प्रतिबंधात्मक तंत्र पर काम करने की जरूरत है। वृद्धि की संभावना की जहाँ तक बात है, नेटफ्लिक्स के चीफ कंटेंट ऑफिसर टेड सैरंडन का दावा है कि कंपनी का मुख्य लक्ष्य बहुत तेजी से एच.बी.ओ. की तरह बनने का है, इससे पहले कि एच.बी.ओ. हम जैसी बन जाए।[235]

ऐसी अतिरंजित और हिट सीरीज का आकलन नैतिक रूप से गलत है। रोल प्ले दर्शकों के दिमाग पर असर छोड़ता है, जिसमें उम्र मायने नहीं रखती; इसलिए यह कहना कि केवल युवाओं पर गलत असर पड़ेगा, यह ठीक नहीं होगा। गैंगस्टर का चित्रण और उसका महिमामंडन अंततः दर्शकों को वास्तविकता से दूर ले जाएगा। नकल करने, डायलॉग दोहराने, गानों को दर्शक अकसर गंभीरता से देखते हैं। वास्तविकता क्या है और क्या नहीं, इसमें अंतर कर पाना लोगों की धारणा से परे हो जाता है। अधिकांश फिल्म में नकारात्मक चरित्र नायक की तुलना में अच्छा

कर रहे दिखते हैं। ड्रग्स का इस्तेमाल, अवैध संबंधों, यौन-संदर्भों, नग्नता और अश्लीलता का चित्रण दर्शकों पर दीर्घजीवी छाप छोड़ता है।

केस अध्ययन : रोवन एटकिंसन का लोकप्रिय टेलीविजन सीरीज 'मिस्टर बीन' (1990)

लंदन की एक खराब सड़क पर एक व्यक्ति आकाश में अचानक हुई तेज रोशनी के बीच नीचे गिरता है। इस तरह से तमाम लोग बेहद मजाकिया किरदार, जिसे 'मिस्टर बीन' के नाम से जाना जाता है, के बारे में परिचय पाते हैं। मिस्टर बीन को हमेशा उनकी विशेष पहचान वाली ट्वीड जैकेट और एक लाल टाई में देखा जाता है और उनके साथ एक टेडी बियर भी होता है, जिसे वह एक जिंदा पालतू की तरह प्यार करते हैं।

मिस्टर बीन का मुख्य किरदार ब्रिटिश अभिनेता रोवन एटकिंसन ने निभाया है। हममें से अधिकांश लोग मिस्टर बीन की गलतियों, उनकी मूर्खतापूर्ण और भोले-भाले, लेकिन कल्पनाशील और मौलिक कामों पर खिलखिलाते हुए बड़े हुए हैं। दैनिक कार्यों को करने का उनका प्रयास, दूसरों की मदद करने की उनकी इच्छा, जो किसी तरह गलत हो जाती है और उनका समाधान नियमित रूप से विफल हो जाता है। यह कहना गलत नहीं होगा कि मिस्टर बीन वास्तव में एक बच्चा है, जिसे किसी आदमी का शरीर मिल जाता है। मिस्टर बीन का खास हिस्सा उनका इशारों में बात करना और चंचल शोरगुल है। एक स्वतंत्र, लक्ष्य-उन्मुख व्यक्ति के रूप में दिखाने के बावजूद मिस्टर बीन को एक विश्लेषणात्मक दृष्टिकोण वाले इनसान के रूप में चित्रित किया गया है, साथ ही यह भी दिखाया गया है कि वह अपनी दैनिक समस्याओं का समाधान कैसे ढूँढ़ते हैं। अपनी कठिनाइयों से निपटने का उनका नजरिया, जैसेकि खरीदारी या डॉक्टर के पास जाना, जोकि रोजाना का हिस्सा है, मिस्टर बीन की कॉमेडी का बुनियादी और महत्त्वपूर्ण तत्त्व है।[236]

हर कॉमेडियन के पास एक नजरिया और दृष्टिकोण होना चाहिए, जो उन्हें खास और अलग बनाता है। उन्होंने अकल्पनीय को भी कल्पनाशील बनाकर केवल अपने चेहरे के हावभाव से लोगों के चेहरे पर हँसी ला दी और वह भी बगैर एक भी डायलॉग बोले हुए। उन्होंने दिखा दिया है कि हास्य और मनोरंजक होने के लिए किसी को अश्लील होने की जरूरत नहीं है।

अश्लीलता की मनोवैज्ञानिक पट्टी

अध्ययनों ने सामाजिक रूप से बनाई गई भाषा-शैली में भाषाओं की भूमिका

की पहचान की है, जो किसी की पहचान बनाती है और अप्रासंगिक शक्ति का रूप अख्तियार करती है। इसके अलावा समाज के विकास के साथ यह धारणा बदलती रहती है मीडिया मॉडल से जानकारी लेकर इनसान के दिमाग की कंडीशनिंग करना सामाजिक शिक्षा का काम है, जिसका असर आनेवाले कई वर्षों तक रहता है। इसका एक उदाहरण हमारी बचपन की कार्टून फिल्में या पात्र हैं, जिन्हें कोई कभी नहीं भूलता। इसलिए एक उपयुक्त रोल मॉडल सेट करना जरूरी है और मीडिया में या स्कूलों में बच्चों को अश्लीलता के संपर्क में न आने दें, ताकि उनकी संवेदनशीलता को नुकसान न पहुँचे।[237] इसलिए फिल्मों में उपलब्ध सामग्री को नियंत्रित करना और मिस्टर बीन जैसे शो को बढ़ावा देना महत्त्वपूर्ण है, जो बच्चों पर जीवन-पर्यंत असर डालता है।

संदर्भ–

198. Edwards, J. (2009). Language and identity: An introduction. Cambridge University Press. Retrieved from 'https://www.cambridge.org/in/academic/subjects/languages-linguistics/sociolinguistics/language-and-identity-introduction?format=HB&isbn=9780521873819.' Accessed on 20 Oct, 2020.
199. Crystal, D., & Robins, R.H. (2020). Language. Encyclopædia Britannica. Retrieved from 'https://www.britannica.com/topic/language.' Accessed on 16 Oct, 2020.
200. Collins, R. (2014). Interaction ritual chains. New Jersey : Princeton university press. Retrieved from 'https://press.princeton.edu/books/paperback/9780691123899/interaction-ritual-chains.' Accessed on 16 Oct, 2020.
201. Corballis, M.C., & Corballis, M.C. (2002). From hand to mouth: The origins of language. U.K. : Princeton University Press. Retrieved from 'https://books.google.co.in/From hand to mouth : The origins of language.' Accessed on 8 Oct, 2020.
202. Ashwindren, S., Shankar, V., & Zarei, N. (2018). Selected Theories on the Use of Profanity. International Journal of Academic Research in Business and Social Sciences, 8(9), 1975-1982. Retrieved from https://hrmars.com/papers_submitted/4876/Selected_Theories_on_the_Use_of_Profanity.pdf. Accessed on 28 Oct, 2020.
203. Holmes, J. (1992), An Introduction to Sociolinguistics. London : Longman (p.1).
204. Fasold, R. (1993). The Sociolinguistics of Society. Oxford : Blackwell Publishers.
205. Brown H. Douglas, (2000). Principles of Language Learning and Teaching, Fourth Edition, Longman.

206. Ashwindren, S., Shankar, V., & Zarei, N. (2018). Selected Theories on the Use of Profanity. International Journal of Academic Research in Business and Social Sciences, 8(9), 1975-1982. Retrieved from https://hrmars.com/papers_submitted/4876/Selected_Theories_on_the_Use_of_Profanity.pdf. Accessed on 28 Oct, 2020.

207. Seferoğlu, G. (2008). Using feature films in language classes. Educational studies, 34(1), 1-9. Retrieved from 'https://www.tandfonline.com/doi/abs/10.1080/03055690701785202.' Accessed on 20 Oct, 2020.

208. Knee, Adam. 2001. 'Feature Films in Language Teaching : Possibilities and Practical Problems.' In 'Pedagogy of Language Learning in Higher Education : An Introduction,' ed. Gerd Bräuer, 143–54. Westport, Conn.: Ablex. Retrieved from https://books.google.co.in/ Feature Films in Language Teaching. Accessed on 8 Oct, 2020.

209. Avon, A. (2006). Watching films, learning language, experiencing culture : An account of deaf culture through history and popular films. 'The Journal of Popular Culture', 39(2), 185-204. Retrieved from https://onlinelibrary.wiley.com/doi/full/10.1111/j.1540-5931.2006.00228.x. Accessed on 20 Oct, 2020.

210. Arijon, D. (1991). 'Grammar of the film language.' Silman-James Press. Retrieved from https://www.silmanjamespress.com/shop/filmmaking-directing/grammar-of-the-film-language/. Accessed on 16 Oct, 2020.

211. DuFrene, D.D., & Lehman, C.M. (2002). Persuasive appeal for clean language. Business Communication Quarterly, 65(1), 48-55. Retrieved from https://journals.sagepub.com/doi/pdf/10.1177/108056990206500110. Accessed on 16 Oct, 2020.

212. Cachola, I., Holgate, E., Preoţiuc-Pietro, D., & Li, J.J. (August 2018). Expressively vulgar: The socio-dynamics of vulgarity and its effects on sentiment analysis in social media. In Proceedings of the 27th International Conference on Computational Linguistics (pp. 2927-2938). Retrieved from https://www.aclweb.org/anthology/C18-1248.pdf. Accessed on 20 Oct, 2020.

213. Kaye, B.K., & Sapolsky, B.S. (2004a). Talking a 'blue' streak : Context and offensive language in prime time network television programs. Journalism and Mass Communication Quarterly, 81(4), 911–927. Retrieved from https://journals.sagepub.com/doi/abs/10.1177/107769900408100412. Accessed on 30 Oct, 2020.

214. Hagen, S. H. (2013). Swearwords and attitude change : A sociolinguistic study (Master's thesis, The University of Bergen). Retrieved from http://bora.uib.no/handle/1956/7270. Accessed on 20 Oct, 2020.

215. Loae Fakhri Jdetawy. 2019. 'The nature, types, motives, and functions of swear words : A sociolinguistic analysis', International Journal of Development Research, 09, (04), 27048-27058. Retrieved from http://www.journalijdr.com/sites/default/files/issue-pdf/15695.

pdf and Accessed on 21 Oct, 2020.

216. Semley, J. (2014). The premise of this film? Swearing. Theglobeandmail. Retrieved from https://www.theglobeandmail.com/arts/film/film-reviews/the-premise-of-this-film-swearing/article20250574/. Accessed on 30 Oct, 2020.

217. Güvendir, E. (2015). Why are males inclined to use strong swear words more than females? An evolutionary explanation based on male intergroup aggressiveness. Language Sciences, 50, 133-139. Retrieved from https://www.sciencedirect.com/science/article/abs/pii/S0388000115000194. Accessed on 20 Oct, 2020.

218. Haygood, A. (2007). The climb of controversial film content (Doctoral dissertation, Liberty University). Retrieved from https://digitalcommons.liberty.edu/cgi/viewcontent.cgi?article=1007&context=masters&sei-re. Accessed on 20 Oct, 2020.

219. Byrnes, P. (2014). Well, I swear : A brief f---ing history of profanity in the movies. The Sunday Morning Herald. Retrieved from https://www.smh.com.au/entertainment/movies/well-i-swear-a-brief-fing-history-of-profanity-in-the-movies-20140901-10axdu.html. Assessed on 10 Nov, 2020.

220. Medved, M. (2011). Hollywood vs. America : Popular Culture And The War on Tradition. Harper Collins. Retrieved from https://books.google.co.in /books/about/Hollywood_Vs_America.html?id=o9tkAAAAMAAJ&redir_esc=y Accessed on 20 Oct, 2020.

221. Doherty, T. (1999). Pre-code Hollywood : Sex, immorality, and insurrection in American cinema, 1930–1934. Columbia University Press. Retrieved from https://books.google.co.in/books?id=tyZx10XsSbIC&printsec=frontcover&redir_esc=y - v=onepage&q&f=false Accessed on 20 Oct, 2020.

222. Central Board of Film Certification. Ministry of Information and Broadcasting. Retrieved from https://mib.gov.in/film/central-board-film-certification#:~:text=Central%20Board%20of%20Film%20Certification%20(CBFC)%20is%20a%20statutory%20body,be%20publicly%20exhibited%20in%20India... Assessed on 10 Nov, 2020.

223. McCarthy, N. (2014). Bollywood : India's Film Industry By The Numbers [Infographic]. Retrieved from https://www.forbes.com/sites/niallmccarthy/2014/09/03/bollywood-indias-film-industry-by-the-numbers-infographic/?sh=75cfac22488b. Accessed on 4 Nov, 2020.

224. Chandra, G., & Bhatia, S (2019). Social Impact of Indian Cinema-An Odyssey from Reel to Real. Global Media Journal (Arabian Edition). Retrieved from https://amityuniversity.ae/gmj-ae/journals/Sudha-Bhatia-Geetanjali.pdf. Accessed on 18 Sep, 2020.

225. Raja Harishchandra. Britannica. Retrieved from https://www.britannica.com/topic/Raja-Harishchandra. Assessed on 10 Nov, 2020.

226. Jha, S. (2020). Sanjay Dutt : Great to see that dialogues of my film are being used to spread positivity in such times. Retrieved from https://www.nationalheraldindia.com/entertainment/sanjay-dutt-great-to-see-that-dialogues-of-my-film-are-being-used-to-spread-positivity-in-such-times. Accessed on 30 Oct, 2020.

227. 2019. Gully Boy review. Filmi Beat. Retrieved from https://www.filmibeat.com/bollywood/movies/gully-boy-ranveer-singh-2019/story.html. Assessed on 10 Nov, 2020.

228. The Cinematograph Act, 1952 and Rules. Ministry of Information and Broadcasting. Retrieved from https://www.mib.gov.in/acts/cinematograph-act-1952-and-rules. Assessed on 10 Nov, 2020.

229. Bharucha, Bobby Art International, Etc vs Om Pal Singh Hoon & Ors on 1 May, 1996 Cji, S.P. Bharucha, B.N. Kirpal. Retrieved from https://indiankanoon.org/doc/1400858/. Accessed on 18 Sep, 2020.

230. Padmanabhan, J.A. (2011). Ban on Film. The Hindu. Retrieved from https://www.thehindu.com/opinion/letters/ban-on-film/article2665992.ece. Assessed on 10 Nov, 2020.

231. Retrieved from https://www.rottentomatoes.com/tv/sacred_games/s01. Accessed on 30 Oct, 2020.

232. FP Staff. (2019). Sacred Games loses at International Emmy Awards 2019 : How the cast of Netflix Original predicted win on The Brand-New Show. Retrieved from https://www.firstpost.com/entertainment/sacred-games-loses-at-international-emmy-awards-2019-how-the-cast-of-netflix-original-predicted-win-on-the-brand-new-show-7701831.html. Accessed on 30 Oct, 2020.

233. Lakhe, M.(2018). Sacred Games : A profane series. CNBC. Retrieved from https://www.cnbctv18.com/economy/sacred-games-a-profane-series-309131.htm. Accessed on 30 Oct, 2020.

234. O'Brien, J.M. (2002). The netflix effect. Wired Magazine, (10.12), 5. Retrieved from https://www.wired.com/2002/12/netflix-6/. Accessed on 30 Sep, 2020.

235. Hass, N. (2013). And the Award for the Next HBO Goes to... GQ Magazine, 29. Retrieved from https://www.gq.com/story/netflix-founder-reed-hastings-house-of-cards-arrested-development. Accessed on 30 Sep, 2020.

236. Patricia Neville (2009) Side-splitting masculinity: comedy, Mr. Bean and the representation of masculinities in contemporary society. Retrieved from https://doi.org/10.1080/09589230903057043. Accessed on 17 Oct, 2020.

237. Cressman, D.L., Callister, M., Robinson, T., & Near, C. (2009). Swearing in the cinema: An analysis of profanity in US teen-oriented movies, 1980–2006. Journal of Children and Media, 3(2), 117-135. Retrieved from https://www.tandfonline.com/doi/full/10.1080/17482790902772257. Accessed on 17 Oct, 2020.

□

अध्याय-6

फिल्में, ड्रग्स और हिंसा

बीसवीं शताब्दी में प्रमुख बदलावों में से एक मास मीडिया को बड़े पैमाने पर मिली हुई छूट भी है। मीडिया साधन जैसेकि टेलीविजन, वीडियो गेम, फिल्में आदि लोगों के दैनिक जीवन में केंद्रीय भूमिका निभा रहे हैं और उनकी आस्था, मूल्यों, दृष्टिकोण और व्यवहार को आकार देने में महत्त्वपूर्ण भूमिका निभा रहे हैं। हालाँकि मीडिया के जरिए हिंसा का प्रसार और दर्शकों पर इसके नतीजे जाँच के दायरे में आ गए हैं, वही हाल ड्रग्स के चित्रण को लेकर भी है। इन दो विषयों पर अध्ययन के विभिन्न क्षेत्रों में विद्वान् व्यापक शोध कर रहे हैं।

विश्व स्वास्थ्य संगठन द्वारा हिंसा को शारीरिक बल या शक्ति के उद्देश्यपूर्ण उपयोग के रूप में परिभाषित किया गया है, जो स्वयं या किसी और के खिलाफ या किसी समूह या समुदाय के खिलाफ, डराने या वाकई चोटिल करने के लिए, जिसके परिणामस्वरूप या तो चोट लगने, मानसिक आघात पहुँचने या किसी भी तरह की कमी की आशंका बढ़ जाती है।[238] मीडिया हिंसा सामान्य जनजीवन के लिए जितनी खतरनाक है, उतनी ही असल दुनिया में हिंसा और आक्रामकता को भी हवा देने में भी इसका कोई मुकाबला नहीं है।[239, 240, 241] जनता पर हिंसा के गंभीर प्रभावों के मद्देनजर, 1996 में 49वीं विश्व स्वास्थ्य सभा ने यह ऐलान करने का फैसला किया कि हिंसा दुनिया में प्रमुख और बढ़ती जन स्वास्थ्य चिंता है।[242]

इसी तरह मादक द्रव्यों का सेवन और दुरुपयोग एक गंभीर समस्या है, जो बहुत तेजी से लोगों, खासतौर पर युवाओं को अपने नियंत्रण में ले रहा है।[243] लोग किसी जरूरत या किसी काम को पूरा करने के लिए नशा करते हैं। ड्रग्स हो सकता है कि अपने प्रभाव से कुछ मुद्दों या इच्छाओं का समाधान सुझाता हो, जैसे—दूसरों के बीच आनंददायक अनुभूति या इसके प्रयोग से प्रतीकात्मक तौर

पर राहत मिलती हो; उदाहरण के तौर पर ललकारने की भावना, अपनेपन और आत्मनिर्भर होने का अहसास होता हो।[244] हालाँकि मादक द्रव्यों का सेवन तमाम स्वास्थ्य और मनोसामाजिक जोखिमों से जुड़ा हुआ है।[245, 246] ड्रग्स का इस्तेमाल करने का फैसला इससे जुड़े जोखिम के नजरिए से जुड़ा हुआ है[247] और जब ड्रग्स के इस्तेमाल से जुड़ा हुआ जोखिम बढ़ जाता है, तो इसके इस्तेमाल की दर भी घट जाती है।[248] मीडिया में दिखाने से जहाँ जोखिम के दृष्टिकोण पर प्रभाव पड़ता है, वहीं नशे को भी बढ़ावा मिलता है। उदाहरण के लिए क्रिस्टोफर ब्यूडॉइन और हॉन्ग ट्रासी ने 'अमेरिकन जर्नल ऑफ हेल्थ बिहैवियर' में 2012 में प्रकाशित अपने पेपर 'मीडिया यूज एंड पर्सीव्ड रिस्क ऐज प्रिडिक्टर्स ऑफ मैरियुआना यूज' में 750 अमरीकी युवाओं का सर्वेक्षण करके मीडिया के इस्तेमाल (अभियान) का प्रभाव और मैरियुआना के प्रयोग पर कथित जोखिम का पता लगाया। उन्होंने पाया कि कथित जोखिम ने मैरियुआना के इस्तेमाल की सोच और मैरियुआना के इस्तेमाल के इरादे को घटाया। इसके अलावा एंटी ड्रग मीडिया अभियान भी कथित जोखिम से जुड़े हुए थे।[249]

हालाँकि फिल्में हमारे समाज में हिंसा और ड्रग्स के प्रयोग की बहुत ही अस्पष्ट तस्वीर चित्रित करती हैं और दोनों विषयों को लापरवाही से चित्रित करती हैं।

फिल्में और हिंसा

हिंसा को हमेशा एक नकारात्मक लक्षण के तौर पर देखा जाता है, इसलिए फिल्म निर्माताओं का यह दायित्व और नैतिक कर्तव्य बनता है कि वे हमारे दृष्टिकोण को बदलें तथा समाज को हिंसक व्यवहार के प्रभाव के प्रति जागरूक करें। इसके बजाय फिल्म निर्माताओं ने हिंसा का इस्तेमाल किया और फिल्मों में दर्शकों की दिलचस्पी को बढ़ाया।[250]

शोध से पता चलता है कि हिंसक मनोरंजन के लगातार संपर्क में आने से दर्शकों के व्यवहार और मनोवैज्ञानिक प्रक्रियाओं में बदलाव आने की आशंका पैदा हो सकती है, जिससे उनके अंदर संवेदनशीलता खत्म हो सकती है।[251] इसका नतीजा यह हो सकता है कि हिंसक फिल्में दर्शकों को 'सौम्य' लगने लगेंगी और समाज में फिल्मों में हिंसा को लेकर स्वीकार्य स्तर बदलता जाएगा। तमाम संगठन इस मुद्दे पर अपनी आवाज बुलंद कर रहे हैं कि मीडिया में हिंसा व्यापक परिदृश्य में लोगों के लिए गंभीर खतरा बनता जा रहा है। उदाहरण के लिए, अमेरिकन साइकोलॉजिकल

एसोसिएशन ने 2005 में मीडिया में हिंसा से समाज की आक्रामकता विषय पर एक पॉलिसी स्टेटमेंट जारी किया था 'रिजॉल्यूशन ऑन वॉयलेंस इन वीडियो गेम्स एंड इंटरैक्टिव मीडिया', 2005।

तमाम ऐसे उदाहरण हैं, जिनसे फिल्मों में हिंसा के युवाओं पर बढ़ते नकारात्मक प्रभाव को स्पष्टतया दर्शाया गया है। एक दुर्भाग्यपूर्ण घटना में एक नौजवान बंदूक और भारी गोला-बारूद से लैस होकर आया, उसने धुएँ वाले दो कंटेनर से हमला किया और फिर फायरिंग करने लगा। इस घटना में 12 लोग मारे गए और 70 घायल हुए। विडंबना यह कि आरोपी होम्स ने इस वारदात से 20 मिनट पहले ही 'बैटमैन' फिल्म का टिकट खरीदा था। होम्स उस फिल्म के एक किरदार 'जोकर' से अपनी तुलना कर रहा था।[252]

इसी तरह की एक वारदात भारत में हुई, जब छात्रों के एक समूह ने एक 15 साल के लड़के को अगवा कर लिया, 50 हजार रुपए फिरौती माँगी और बाद में उसकी हत्या कर दी। जाँच में सामने आया कि आरोपी विवेक ओबरॉय अभिनीत फिल्म 'शूटआउट एट लोखंडवाला' से प्रेरित थे, जिसमें विवेक ने गैंगस्टर का किरदार निभाया था और यह फिल्म मुंबई में शूटआउट की असली कहानी से प्रेरित थी। आरोपी ने स्वीकार किया कि वह हर दिन यह फिल्म देखता था और ओबरॉय के किरदार की नकल करता था।[253]

फिल्मों में हिंसा का चित्रण

सिनेमा की शुरुआत से ही हिंसा एक विषय के तौर पर इसके आसपास रहा है। श्याम-श्वेत दौर से लेकर कालजयी आर्थर पेन की ऐतिहासिक स्लो मोशन ऐक्शन फिल्म 'बॉनी एंड क्लायड' (1967) और क्वेंटिन टैरेंटिनो ने ज्यादा-से-ज्यादा रक्तपात और हिंसा दिखाई। इन फिल्मों में दिखाई गई हिंसा की व्यापकता के उदाहरण दिए जाते हैं, भले ही दर्शकों के अलग-अलग समूहों द्वारा ऊँची आलोचनात्मक समीक्षा की गई हो।

वेन स्टेट यूनिवर्सिटी में मनोचिकित्सा के एक सेवानिवृत्त क्लीनिकल प्रोफेसर और 50 से अधिक वर्षों से फोरेंसिक मनोचिकित्सक के मुताबिक, मीडिया में और वह भी खासतौर पर फिल्मों में दिखाई गई हिंसा काफी बढ़ गई है तथा खतरनाक ऊँचाई तक पहुँच गई है। वास्तविकता का विकृत संस्करण फिल्मों में चित्रित किया जा रहा है और इसके चलते अतिसंवेदनशील दिमाग काल्पनिक और विकृत वास्तविकता को वास्तविक दुनिया मानने लग रहा है।[254]

अपराध और हिंसा हमेशा माँग में बने रहते हैं और ज्यादा-से-ज्यादा लोगों को प्रभावित करने के उद्देश्य से पूरी दुनिया में फिल्म निर्माताओं को भी खुद से बाँध रखा है। हर आयुवर्ग के लोगों के सामने अपराध और हिंसा परोसने का सबसे बड़ा जरिया सिनेमा ही है। शोधकर्ताओं ने विश्लेषण किया है कि अपराध, प्रेम, सेक्स स्थायी और सदाबहार विषय हैं, जो अत्यधिक प्रभावशाली हैं। 19वीं शताब्दी के अंत में फिल्मों की शुरुआत के बाद से ही दुनिया भर में बननेवाली लगभग 75 प्रतिशत व्यावसायिक फिल्मों पर हावी हैं। यह बताना जरूरी है कि फिल्मों में दिखाई जानेवाली हिंसा अकसर काल्पनिक और बढ़ा-चढ़ाकर दिखाई जाती है। हत्या और मारपीट को ऐसे दिखाया जाता है, मानो वह सच हो और किसी भी जटिल हालात का आसान समाधान हो, जबकि इसके अंजाम का जरा सा भी पहलू नहीं दिखाया जाता, ज्यादातर जब इसमें नायक बनाम खलनायक का मामला शामिल होता है।[255]

हालाँकि यह साबित करने के लिए पर्याप्त प्रमाण नहीं हैं कि फिल्मों में अपराध और हिंसा लोगों के व्यवहार को निर्धारित या प्रभावित करते हैं, लेकिन एक शोध है कि इसका थोड़े समय के लिए ही सही, कुछ असर जरूर होता है। शोधकर्ताओं ने संकेत दिया है कि फिल्मों की हिंसा केवल उन लोगों में आक्रामकता का स्तर बढ़ा सकती है, जिनका इस ओर झुकाव होता है। ऐसे ही लोगों को फिल्मां की हिंसा अपराध करने, हत्या या अपमानित करने के विचार या तरीके सुझा सकती हैं।[256]

आधुनिक फिल्मों में हिंसा से एक गलत संदेश गया है। लोग ऐसे नायक को देखते हुए बड़े हो रहे हैं, जो मशीनगन और अन्य हथियारों से खलनायक तथा बुरे लोगों का सफाया करता है। वे ऐसा बगैर नतीजों या भावनाओं के करते हैं। यह सब निरंतर गति से होता है।

अनुसंधान से पता चला है कि मीडिया हिंसा की अलग-अलग प्रासंगिक विशेषताएँ हैं, जो शत्रुता बढ़ा सकती हैं।[257] पहली विशेषता यह कि जब मुख्य भूमिका या जिसे 'हीरो' कहते हैं, उसे उसकी हिंसक गतिविधि के लिए पुरस्कृत किया जाता है। दूसरी विशेषता यह कि हिंसक गतिविधि को परिवार के करीबी सदस्यों और समाज की सहमति मिलती है। इससे एक राय बनती है कि हिंसा से विवादों को सुलझाया जा सकता है। तीसरी प्रासंगिक विशेषता, जब हिंसक गतिविधि को समाज की बेहतरी के लिए जायज ठहराया जाता है। चौथी प्रकार की विशेषता में यह तर्क दिया जाता है कि हिंसा का कोई दुष्प्रभाव नहीं होता। हिंसा की ऐसी प्रस्तुति से युवा वर्ग को नकल के लिए बढ़ावा मिलता है, उनकी आक्रामकता को

बढ़ावा मिलता है, क्योंकि वे मानने लगते हैं कि उन्हें हिंसा को बिल्कुल भी गंभीरता से लेने की जरूरत नहीं है। पाँचवाँ और आखिरी गुण यह कि हिंसा को ऐक्शन से जोड़ा जाता है, जो उत्तेजक संगीत में और आनंद की अनुभूति देता है, लेकिन इस तरह की सामग्री के संपर्क में आनेवाले बच्चे परेशान और उत्तेजित हो जाते हैं और आगे चलकर आक्रामक व्यवहार प्रदर्शित करते हैं।[258]

ब्लैक फ्राइडे में हिंसक चित्रण

'फिल्म ब्लैक फ्राइडे' (2004) एस. हुसैन जैदी की लिखी एक विवादास्पद किताब पर आधारित थी। 1993 में बंबई बम धमाके पर आधारित फिल्म को आलोचनात्मक सराहना मिली थी और शुरू में इसकी सामग्री और अतिसंवेदनशील प्रकृति के चलते इसे प्रतिबंधित भी किया गया था। सेंसर बोर्ड ने दो साल तक इस फिल्म को रिलीज नहीं होने दिया था।[259]

फिल्म में दिसंबर 1992 से जनवरी 1993 के दरम्यान हुई घटनाओं का चित्रण किया गया है, जब अयोध्या में बाबरी मसजिद गिराए जाने के बाद मुंबई में बड़े पैमाने पर दंगे भड़क उठे थे। इस फिल्म में छिपी हुई घटनाओं, अत्याचारों से भरे क्रूर दृश्य और ऐसे दृश्य दिखाए गए हैं, जो समाज में स्वीकार्य नहीं हैं।

यह फिल्म दिखाती है कि भारतीय मुसलमानों की 'वफादारी' धीरे-धीरे इसलामी दुनिया और बहुसंख्यक हिंदुओं के बीच विभाजित हो गई है। घटनाओं का संस्करण जो फिल्म में चित्रित किया गया है, वह यह कि एक क्रोधित भारतीय मुसलिम समुदाय ने धमाके किए थे, जिनकी दुश्मनी और कटुता को पड़ोसी मुल्क और विरोधी पाकिस्तान ने भुनाया और हमला कराया था।

फिल्म में यह दिखाया गया कि पाकिस्तान की सैन्य खुफिया शाखा ने बम विस्फोटकों को व्यवस्थित करने में मदद की थी, अंडरवर्ल्ड से लोगों को विस्फोटकों को जगह-जगह लगाने के लिए भर्ती किया था और इतना ही नहीं, पाकिस्तानी सेना ने जरूरी हथियारों और गोला-बारूद की तस्करी में भी संगठित तौर पर मदद की थी। मुसलमानों के अलावा पुलिस के अधिकारियों को भी कुछ जगहों पर दोषी के तौर पर दिखाया गया था, जहाँ वे संदिग्ध मुसलिमों पर अत्याचार करते नजर आ रहे थे।[260]

इसकी संरचना का जटिल मिश्रण चौंकाता है, राजनीतिक प्रोपेगैंडा से भरपूर चित्रों का इस्तेमाल (जैसे क्षत-विक्षत बम धमाके के पीड़ित, संदिग्धों पर पुलिस टॉर्चर); पुलिस की बेहद शांत प्रक्रियागत विवरण और दस्तावेजी उपकरण (जिसमें

नंबरों वाले, काली पृष्ठभूमि पर सफेद अक्षरों में अध्यायों के शीर्षकों का लिखा होना और एक आड़ी-तिरछी संरचना आदि इन सबको मिलाकर फिल्म का आधे से ज्यादा हिस्सा बम विस्फोट करनेवाले के झुकाव की मूल वजह समझाने में खर्च किया गया है)।[261]

बॉलीवुड मूवी 'हैदर' (2014) : कश्मीर में समकालीन हिंसा का प्रतिनिधित्व

'हैदर' (2014) विलियम शेक्सपियर के दुःखांत हैमलेट का एक आधुनिक रूपांतरण है। इस तरह स्पष्ट रूप से यह फिल्म बदले की भावना पर आधारित है, जिसमें हिंसा को और बढ़ाना शामिल है, जैसाकि हैमलेट की कहानी में प्रस्तुत किया गया था। फिल्म में 1995 के आसपास का कश्मीर दिखाया गया है, जब कश्मीर बेहद हिंसक अलगाववादी आंदोलन की चपेट में था, जिसे बड़ी तत्परता से पाकिस्तान की ओर से समर्थन और मदद दी जाती थी और भारतीय सेना की काररवाई पर कड़ी प्रतिक्रिया होती थी।[262] '90 के दशक की शुरुआत, जिस दौर को फिल्म में दिखाया गया है, उस समय कश्मीर घाटी में चुनाव की तैयारियों और चरमपंथी गुटों की हिंसा के चलते तनाव चरम पर था। यह फिल्म कश्मीर में 'अशांति' की कहानी को बताने में काफी हद तक सफल रही है।[263]

जहाँ तक कश्मीरी उथल-पुथल और आधिकारिक हिंसा, पुरुषों और महिलाओं को गायब कर देने, उनको यातना देने तथा मार देने का मामला है, यह कहना गलत नहीं होगा कि फिल्म हैदर ने असाधारण काम किया है। हैदर के ज्यादातर केंद्रीय पात्र बेधड़क जान देते हैं। फिल्म के अंतिम क्षणों में हैदर का नायक अपने चारों तरफ बिखरे खून से लथपथ लोगों और उनके अंगों के बीच से लड़खड़ाता हुआ आगे बढ़ता है, उसकी माँ भी इनमें शामिल रहती है।[264]

बीते कुछ वर्षों में ऐसी कई घटनाएँ हुई हैं, जिन्होंने प्रशासन की तरफ से 'अभिव्यक्ति की स्वतंत्रता' और 'विरोध के अधिकार' के दमन को लेकर बहस को तेज किया है। यह बहस का मुद्दा है कि भारत अब एक ऐसा देश बनता जा रहा है, जहाँ दमनकारी सरकारी शक्तियों ने सच बोलना जोखिम भरा बना दिया है और आज कश्मीर में जारी अशांति ने यह साबित कर दिया है कि फिल्म में दिखाई गई घटनाओं को इतिहास की तारीख से झुठलाया नहीं जा सकता। हैदर की सफलता इस तथ्य में निहित है कि उसने कश्मीर को लाकर सबके सामने रख दिया है।[265]

क्या फिल्मों में हिंसा का महिमामंडन होता है? यदि हाँ, तो क्या यह दर्शकों को प्रभावित करता है?

पश्चिमी देशों और साथ ही भारत में सिनेमा, हिंसा की क्रूर और बर्बर प्रकृति को चिह्नित करने से बचते हैं। इसके पीछे शायद एक आशंका यह भी है कि इससे पारिवारिक दर्शक दूर हो जाएँगे, या फिल्म को 'ए' रेटिंग मिल जाएगी। अनुराग कश्यप द्वारा बनाई गई 'गैंग्स ऑफ वासेपुर' (2012) में जान-बूझकर असली हिंसा दिखाई गई थी। परिणामस्वरूप फिल्म एक धर्म विशेष पर आधारित नजर आती है और अपनी कहानी के आधार पर ही अपना दर्शक वर्ग बनाती है। इसके बगैर शायद बात बनती नहीं। भारत की हिंदी पट्टी के लोगों ने जब यह फिल्म देखी, तो उन्हें ऐसा नहीं लगा कि इसमें हिंसा 'बनावटी' या जबरन ठूँसी हुई है, बल्कि दर्शक खुद को इस फिल्म के साथ जोड़ पाए। इस तरह की हिंसा उन जगहों पर रोजमर्रा की बात है।[266]

शुरुआत में ड्रग फिल्मों, जैसे 'मिस्ट्री ऑफ द लीपिंग फिश' से लेकर वर्तमान क्लासिक फिल्म जैसे 'रीक्वीम फॉर अ ड्रीम' तक के विश्लेषण से यह पाया गया है कि फिल्मों में ड्रग्स और ड्रग दुरुपयोग के दृश्यों की बारंबार प्रस्तुति उस दौर के लोकप्रिय और प्रशासनिक रुझान को दर्शाती हैं।

हालाँकि '90 के दशक से फिल्मों में ड्रग्स से जुड़ी फिल्मों की भरमार हो गई है। यहाँ तक कि यह संख्या तीन गुना तक गई है। वहीं अमेरिका में भी ड्रग्स का इस्तेमाल बेइंतेहा बढ़ गया है और पूरी तरह से फैल गया है।[267]

एक और उदाहरण है, फिल्म 'वास्तव : द रियलिटी' में असल जिंदगी की हिंसा महसूस की जा सकती है। इस फिल्म में एक शार्पशूटर को अपराध के लिए प्रेरित होते दिखाया जाता है।

'वास्तव : द रियलिटी' (1999) जैसाकि फिल्म का टैगलाइन ही स्पष्ट कर देता है, मुंबई के अंडरवर्ल्ड में मौजूद कड़वी हकीकत पर आधारित है। कहा जाता है कि यह फिल्म कमोबेश मुंबई अंडरवर्ल्ड अपराधी छोटा राजन पर आधारित है। इसे दीपक निका ने प्रोड्यूस किया था, जबकि महेश मांजरेकर ने इसका निर्देशन किया था।

वास्तव में एक रघु नाम के शख्स की कहानी है, जो निम्न-मध्यवर्गीय परिवार से ताल्लुक रखता है, जो अंडरवर्ल्ड के संपर्क में आ जाता है और एक खतरनाक कोकीन का लती गैंगस्टर बन जाता है। अशिष्ट भाषा, रघु का नशे का लती बन

जाना और उसका हिंसक गरम दिमाग मिजाज दर्शकों का ध्यान अपनी ओर खींचता है।

बॉलीवुड फिल्मों से, जिसमें ज्यादातर संजय दत्त ने भूमिका निभाई है, एक युवा स्नाइपर गलत तरीके से प्रेरित हो बैठता है। पुलिस कस्टडी में वह यह स्वीकार करता है कि उसने दत्त की गैंगस्टर फिल्में, जैसे 'वास्तव' और 'खलनायक' देखीं, उसका मन इनकी नकल करने का हुआ और इस क्रम में उसने आठ हत्याएँ कर डालीं। पुलिस ने बताया कि आरोपी अमन खड़खड़ी पश्चिमी दिल्ली के एक गाँव का रहनेवाला है और राजेश भारती गैंग से जुड़ा हुआ है।[268]

मीडिया के इस्तेमाल को सामान्यतया उपभोक्ता आधारित माना जाता है—"लोग मीडिया खपत और हिंसा की एक निश्चित डायट के बारे में बात करते हैं। शायद यह अंतर्निहित है कि उन्होंने यह पहचान लिया है कि मीडिया के जरिए बच्चों के दिमाग को पोषण देना उनके शरीर को पोषण देने जैसा है।"[269]

युवा पीढ़ी, जो सही और गलत में अंतर नहीं कर पाती, ऐसी अवास्तविक ग्लैमरस फिल्मों के जाल में फँस जाती है। मानसिकता इस तरह से ढाल दी जाती है कि वे अपनी वास्तविकता और समाज में समानता तलाश पाने में विफल रहते हैं। फिल्म का आकर्षण अंतहीन हो जाता है।

बॉलीवुड में गैंगस्टर का महिमामंडन

दर्शक हमेशा से रहस्यमयी कहानियों के प्रति आकर्षित रहते हैं। सिनेमा की दुनिया नकारात्मक कथानकों वाली फिल्मों से भरी पड़ी है, जो हमेशा से जनता का ध्यान आकर्षित करती रही हैं। लेकिन मनोरंजन की दुनिया समाधानों और तकनीक से भरी हुई है, जो किसी गैंगस्टर के कामों को महिमामंडित किए बिना भड़काऊ या क्रूर अपराधों को फिल्मा सकती है।

लोग कहते हैं कि कभी-कभी बुरा होना अच्छा है। लेकिन हमें कहाँ रुकना चाहिए? मुख्य सवाल यह उठता है कि गैंगस्टर फिल्मों से लोग क्यों मोहित हुए? इस सवाल का जवाब समझने के लिए यह महसूस करना जरूरी है कि गैंगस्टर फिल्में जो दिखाती हैं, उसकी असल जरूरत क्या है? एंटी हीरो फिल्मों का नायक अकसर दया का पात्र और आर्थिक रूप से विपन्न पृष्ठभूमि का दिखाया जाता है, चाहे वह 'मुन्ना भाई एम.बी.बी.एस.' का मुन्ना हो या 'रईस' फिल्म का रईस। इस गरीब पृष्ठभूमि से उठा गैंगस्टर अपराध का रास्ता अपने परिवार के पालन-पोषण के लिए चुनता है या किसी उद्‌देश्य या बदला पूरा करने के लिए। वह हमारी नजर में

अपनी किस्मत खुद बनाता दिखता है। सामान्य तौर पर फिल्म में दर्शक यह आँक लेते हैं कि अपराधी या गैंगस्टर के पतन का मतलब या तो जेल या मौत होती है, खराब लोगों को देखा गया है कि अगर वे पुलिस या कानून की पकड़ में नहीं आते हैं, तो उन्हें दर्शकों की सहानुभूति हासिल हो जाती है। इस मामले में 'धूम' सीरीज की फिल्मों से बढ़िया उदाहरण नहीं हो सकता, जहाँ दर्शक सिनेमा हॉल में अपनी सीट पकड़कर बैठे होते हैं और प्रार्थना कर रहे होते हैं कि 'सौम्य अपराधी' पुलिस के हाथों पकड़े न जाएँ।

दुर्भाग्य से ज्यादातर गैंगस्टर आधारित फिल्में बदमाश के 'लार्जर दैन लाइफ' व्यक्तित्व पर ध्यान केंद्रित होती हैं। गैंगस्टर और माफिया बॉस को ज्यादातर प्रभुत्व और अतिरिक्त नियंत्रण और प्रभावशाली जीवन जीते दिखाया जाता है। उन्हें भी सिस्टम या प्रशासन से मात खानी पड़ती है, लेकिन वह भी केवल फिल्म के क्लाइमेक्स में। तब तक उनका 'एकाधिकार' आम दर्शकों को लुभाता है, जो असल जिंदगी में शायद ही किसी गैंगस्टर से मिले हों।[270] हिंदी फिल्म उद्योग में एक गैंगस्टर, अपराधी, डॉन या माफिया यदि मुख्य किरदार है तो वह खराब व्यक्ति के तौर पर ही पेश किया जाएगा, यह तय नहीं है। वह फैशनेबल और आकर्षक डॉन जैसे 'वन्स अपऑन अ टाइम इन मुंबई' के सुल्तान मिर्जा, 'रईस' में रईस या 'डी-डे' में इकबाल सेठ हो सकते हैं। उन्हें महँगी कारों में सफर, फ्रांस में छुट्टियाँ मनाने का शौक होता है और अपने दुश्मन को खास अंदाज में खत्म करना लुभाता है। वहीं दूसरी तरफ ऐसे भी तमाम गैंगस्टर होते हैं, जो अपनी बदहाल पृष्ठभूमि और गंभीर दुर्भाग्य से ऊपर उठते हैं और तरक्की करते हैं। उन्होंने अपने प्रियजनों का नुकसान होते देखा होता है या बेरोजगारी के दुष्चक्र से बाहर निकलने के लिए आसानी से हासिल होनेवाले पैसे की ओर आकर्षित होते हैं।[271]

बहुत लंबे समय से अब तक बॉलीवुड ने गैंगस्टर की भूमिका को महिमामंडित किया है और उनके जीवन को वास्तविकता से परे शांत व प्रसन्नचित्त दिखाकर गुणगान किया है। शाहरुख खान अभिनीत फिल्म 'रईस' में केवल अपराधी का ही महिमामंडन नहीं किया गया है। यह फिल्म एक उदाहरण है कि 70 एम.एम. की स्क्रीन पर किसी अपराधी या डॉन की सपनों सरीखी प्रस्तुति कैसे की जा सकती है। वह क्रूर है, दुस्साहसी है और उसे बेरहम दिखाया जाता है। वह खुद को सरकार के नियमों से परे मानता है और अकसर खुद को सरकार की ताकत के बराबर आँकता है। डेनिम में सजा-धजा हीरो अपनी शॉटगन झलकाते हुए वह उन लोगों को सजा

देने में नहीं चूकता, जो उसके कानून के खिलाफ जाते हैं। उसका सजना-धजना जहाँ उसके प्रशंसकों को दीवाना बनाता है, वहीं उसके डायलॉग लोगों की रोजमर्रा की बोलचाल में आसानी से फिट हो जाते हैं।[272] बॉलीवुड में पाखंड हावी है, जहाँ फिल्म निर्माता गैंगस्टरों, डकैतों और आतंकियों की छवि बनाने के लिए हमेशा तैयार नजर आते हैं और उन्हें हमारे समाज में 'रॉबिन हुड' बनाने पर तुले रहते हैं।[273] मुन्ना भाई एम.बी.बी.एस., गैंग्स ऑफ वासेपुर, रमन राघव 2.0 और ऐसी ही तमाम अन्य गैंगस्टरर पर आधारित फिल्में शिक्षाप्रद नहीं कही जा सकती हैं। निर्माता-निर्देशक दर्शकों से केवल अपने हित साधने की फिराक में होते हैं, ताकि दूसरों की जिंदगी भले बरबाद हो, पर उनका मुनाफा कम न होने पाए।

इसके बावजूद, परिवारों को सुकून देनेवाली ऐसी दकियानूसी फिल्में भविष्य के लिए उनकी परेशानी का सबब बनती हैं। दर्शक इस उदाहरण का इस्तेमाल अपनी बेहतर देखभाल और मानसिक स्वास्थ्य जागरूकता के लिए कर सकते हैं। हम गैंगस्टर या उनके कार्यों का महिमामंडन करने की बजाय मनोरंजन से असाधारण संदेश दे सकते हैं।

फिल्में और ड्रग्स

हिंसा की ही तरह 'ड्रग्स और इसके दुरुपयोग' के विषय ने भी लंबे समय से दुनिया भर के कई फिल्म निर्माताओं को आकर्षित किया है। हालाँकि हाल के दौर में ड्रग्स और नशीली दवाओं के दुरुपयोग पर फिल्मों में बेतहाशा बढ़ोतरी देखी गई है।[274] न्यूयॉर्क फिल्म अकादमी की राय है कि 'ड्रग्स और इसके दुरुपयोग' के विषय पर फिल्मों में बढ़ोतरी पिछले 20 वर्षों में तीन गुना हो गई है।[275] ड्रग्स का इस्तेमाल आज समाज की सबसे गंभीर चिंताओं में से एक है और नशीली दवाओं के प्रतिकूल प्रभावों के बारे में जागरूकता बढ़ाने की बजाय फिल्मों ने इसके इस्तेमाल को महिमामंडित किया है।

आज के दौर में ड्रग्स इनसान के लिए गंभीर खतरा बन गया है; यह वाकई बहुत ज्यादा है कि लगभग 15.3 मिलियन (1.53 करोड़) लोग इनके दुष्प्रभावों से परेशानी झेल रहे हैं। अवैध ड्रग व्यापार तो पेट्रोलियम और हथियार कारोबार की बराबरी की हैसियत रखता है और लगभग 500 बिलियन डॉलर (लगभग 37 हजार करोड़) के टर्नओवर के साथ दुनिया का तीसरा सबसे बड़ा धंधा बना हुआ है। नशीले पदार्थ, जैसे भाँग, कोकीन, एंफेटामाइंस, अफीम और ऐसे ही तमाम प्रतिबंधित ड्रग्स का सेवन दुनिया भर में करीब 150 मिलियन से 250 मिलियन

(डेढ़ से ढाई करोड़) लोग करते हैं, जिसमें 15 साल से लेकर 64 साल की उम्र तक की आबादी शामिल है।[276]

कई शोध हैं, जो यह दावा करते हैं कि ड्रग्स के इस्तेमाल और इसके प्रभाव से व्यक्ति का व्यवहार आक्रामक हो जाता है। शराब के लती अपनी पत्नी, बच्चों या किसी अन्य पर हाथ में आई किसी भी चीज से हमला कर देता है। यह नशा और हिंसा के बीच संबंध का जीता-जागता उदाहरण है।

क्रैडॉक, जॉनसन और ब्लेफर के मुताबिक ड्रग्स के सेवन के पीछे एक वजह यह भी बताई जाती है कि आक्रामक कार्यों में इसकी जरूरत पड़ती है। किसी व्यक्ति को पैसे के लिए लूटना, जिसका इस्तेमाल फिर कोकीन खरीदने में ही किया जाए, तो यह उदाहरण है हिंसा का, जो ड्रग के सेवन का समर्थन करता है। हो सकता है कि हिंसा का इस्तेमाल ड्रग के धंधे को बढ़ाने के लिए किया जा रहा हो, भले ही कानून का उल्लंघन करनेवाला या घुसपैठिया खुद ड्रग का सेवन न करता हो।[277]

फिल्मों में नशे का चित्रण

जिन फिल्मों में साइकेडेलिक ड्रग्स का इस्तेमाल हो, उन्हें व्यापक अर्थ में 'ड्रग फिल्म' कहा जा सकता है।[278] या तो फिल्म की कहानी ही ड्रग्स पर आधारित होती है या उसके कुछ दृश्यों में नशे के सेवन को लेकर कोई घटनात्मक जिक्र होता है, जिससे कि दर्शकों की जिज्ञासा बनी रहे और भरपूर कमाई की जा सके। फिल्म के अति वास्तविकता से लेकर फंतासी तक फिल्मों में ड्रग्स को दो बड़ी श्रेणियों में दिखाया जाता है—पहला, वे फिल्में जिनमें ड्रग्स के सेवन, नशाखोरी और नशे की लत को दिखाया जाता है और दूसरा, ड्रग का धंधा शामिल होता है। जहाँ ड्रग का दुरुपयोग फिल्म की अवधारणा होती है, वहीं ड्रग्स का धंधा कहानी के तौर पर उभरता है।

1905 में बनी 'अ पाइप ड्रीम' ड्रग्स पर बनी शुरुआती फिल्मों में से थी और यह बहुत छोटी फिल्म थी। इसके बाद फिल्में, जैसे 'लेस दैन जीरो', 'अमेरिकन साइको', 'द बास्केट बॉल डायरीज', 'प्योर' और 'ट्रेनस्पॉटिंग' ने भी इस विषय को दिखाया और लोगों का मनोरंजन किया। ड्रग्स के मामले में भारतीय सिनेमा ने '70 के दशक के बाद प्रयोग शुरू किया। उसके बाद से इंडस्ट्री ने सिनेमा के फ्रेम के जरिए दुनिया के सामने बेहतरीन अदाकारी के कुछ नमूने पेश किए, जैसे 'हरे राम, हरे कृष्ण' (1972), 'चरस' (1976), 'जाँबाज' (1986)। इन फिल्मों को स्वर्णिम युग का सटीक उदाहरण माना जाता है। तमाम अन्य भारतीय फिल्मों ने भी

इस विषय पर ड्रामा, अपराध कहानियों, कॉमेडी और सस्पेंस थ्रिलर के प्रिज्म से छुटपुट प्रस्तुतियाँ पेश कीं। इसका प्रभाव कुछ इस कदर था कि तमाम गाने भी नशे की थीम पर बनाए गए। उदाहरण के लिए, बॉलीवुड में भाँग को खुमारी के लिए परंपरागत भारतीय ड्रग के तौर पर पेश किया गया। चूँकि भाँग का सीधा जुड़ाव हिंदू देवता भगवान् शिव से जोड़ा जाता है, इसलिए यह सांस्कृतिक तौर पर स्वीकार्य है, कई समारोहों में इसका सेवन किया जाता है और रीति-रिवाजों में भी इसको सामाजिक अनुमति मिली हुई है। 1978 में भारतीय ऐक्शन थ्रिलर फिल्म 'डॉन' का मुख्य किरदार भाँग खत्म करने बाद इसके प्रभाव में आकर हलके-फुलके अंदाज में नाचने-गाने लगता है। इसी तरह का एक दृश्य फिल्म 'आपकी कसम' (1974) में भी फिल्माया गया था, जिसमें एक युगल भाँग के नशे में झूमने और गाने लगता है। सामान्यतया भारतीय साहित्य और लोकगीतों में भाँग तथा अफीम का सेवन करनेवालों के प्रति आनंद और खुशमिजाजी वाला रवैया दिखता है, शायद ही इसमें कहीं कुछ अटपटा नजर आया हो।[279]

'जाँबाज' (1986) और 'चरस : अ ज्वॉइंट ऑपरेशन' (2004) ऐसी फिल्में रहीं, जिनकी मुख्य कहानी ही नशे पर आधारित थी। इन फिल्मों में दिखाया गया कि माफिया ड्रग के धंधे के सिस्टम पर किस तरह अपनी पकड़ बनाने की होड़ में हैं। कुछ और फिल्मों ने भी हिंसा, ड्रग्स, भ्रष्टाचार और सत्ता के खेल को अपना विषय बनाया। 'कमीने' (2009) में भी अंडरवर्ल्ड और ड्रग्स माफिया के गठजोड़ को दिखाया गया था। मिलन लुथेरिया की रेट्रो फिल्म 'वन्स अपॉन अ टाइम इन मुंबई' (2010) '70 के दशक में ड्रग्स के धंधे के विस्तार की कहानी बताती है, जो समाज में अपनी जड़ें फैला रहा होता है। फिल्म में अजय देवगन को मुंबई के स्मगलिंग अंडरवर्ल्ड में उदार हृदय वाले सरगना के तौर पर दिखाया जाता है। अपराधी होने के बावजूद उसे मुंबई के लोगों के लिए किसी मसीहा की तरह पेश किया जाता है। फिल्म का प्रचार दो गैंगस्टर हाजी मस्तान (कुछ उसे भारत का पहला डॉन बताते हैं) और दाऊद इब्राहिम (अंतरराष्ट्रीय अपराधी) के बीच प्रतिद्वंद्विता बताकर किया गया।[280] हिंदी सिनेमा पर आरोप लगते रहे हैं कि यह समय-समय पर दाऊद का आभार जताता रहा है। उसे 'मैचो-मैन', यानी मर्द की तरह पेश किया गया, जो टेबल के पास बैठकर सिगार पकड़े हुए, गहरे रंग का चश्मा लगाए हुए घूरनेवाले अंदाज में देख रहा हो।[281] इसी तरह 'दम मारो दम' (2011) गोवा में ड्रग्स की तस्करी पर आधारित फिल्म है। इसमें दिखाया गया है कि किस तरह एक शख्स

ड्रग्स के धंधे की तरफ केवल इसलिए आकर्षित होता है, क्योंकि इसमें बेशुमार पैसा है।

बॉलीवुड और इसमें नार्को संस्कृति की प्रस्तुति का जब हम विश्लेषण करते हैं, तो पाते हैं कि बहुत सारे लोग इसके इस्तेमाल से गौरवान्वित महसूस करते हैं। उदाहरण के लिए, फिल्म 'हरे रामा, हरे कृष्णा' (1971) 1970 के दशक की 'हिप्पी' या बंजारा संस्कृति को दिखाती है। फिल्म दिखाती है कि कैसे एक लड़की नशे की दुनिया में शरण चाहती है और हिप्पी संस्कृति का हलका सा संकेत देती है कि कैसे नशे के सेवन से उसे अपने बीते दौर की सारी समस्याओं से निजात पाने में मदद मिली। फिल्म का गाना 'दम मारो दम' आज भी हमारी यादों में बिल्कुल ताजा बना हुआ है। इसी तरह अभय देओल अभिनीत फिल्म 'देव-डी' भी टूटे दिलवाले नायक के जरिए हमें शराब और ड्रग्स की दुनिया की गहराई में ले जाती है। फिल्म में देओल का किरदार भी शराब और ड्रग्स में ही शरण तलाशता है, जब उसकी प्रेमिका किसी और के साथ शादी करके चली जाती है। 'जलवा' (1982), 'जलवा' (2008), 'फैशन' और 2011 की फिल्म 'दम मारो दम', इन सब में नशे और नशीले पदार्थ के सेवन को फिल्म के स्थायी कथानक के तौर पर रखा गया है। ये फिल्में नशीले पदार्थ के औद्योगिक और पेशेवर स्तर के प्रभाव को दर्शाती हैं। फिल्मों में आमतौर पर मुंबई, गोवा और अन्य महानगरीय शहरों को दिखाया जाता है और यह भी उसमें शामिल रहता है कि कैसे इन शहरों में जिंदगी कितनी कठिन है और लोग ड्रग्स में आसान रास्ता तलाशते हैं। इस तरह वे ड्रग कार्टेल के नेक्सस का हिस्सा बन जाते हैं। 'देव-डी' जैसी फिल्में महानगरीय शहरों की नार्को संस्कृति को दर्शाती हैं, उसे रूमानियत के तौर पर पेश करती हैं और सामाजिक नियमों तथा जिम्मेदारियों से खुद को अलग रखने की अवधारणा के उभार को प्रदर्शित करती हैं।

सामान्य तौर पर ड्रग्स आधुनिक और उत्तर-आधुनिक संस्कृति के लिए सर्वव्यापी है। वहीं बॉलीवुड मुख्य बिंदु से हटकर फिल्मों के व्यवसायीकरण पर ध्यान केंद्रित करता है। कुछ पंजाबी फिल्मों (क्षेत्रीय स्तर पर) ने नशे के खतरे को दिखाया है। वे दिखाते हैं कि नशा इनसान को परजीवी बना देता है, जो उनकी जीवन शक्ति को निचोड़ लेता है और मनुष्य से जीवन-शक्ति को बाहर निकाल देते हैं और पूछते हैं कि किसी भी चीज के उपभोग का क्या मतलब है।

वहीं इसके विपरीत बॉलीवुड में नशे का चित्रण ज्यादा परिष्कृत रखा जाता है। 20वीं सदी की शुरुआत में, जब मूक फिल्मों का दौर था, नशे का सेवन कभी-

कभार और अनियमित होता था। इस तरह नशे का चित्रण सकारात्मक होता था। उदाहरण के लिए, फिल्म 'द मिस्ट्री ऑफ द लीपिंग फिश' शेरलॉक होम्स पर बनी एक पैरोडी फिल्म थी। फिल्म में दिखाया जाता है कि कोकीन लेनेवाला एक जासूस एक चीनी तस्कर से लड़ रहा है। हालाँकि 19वीं सदी के उत्तरार्ध में अमेरिका में नशे का चलन बहुत तेजी से बढ़ गया। इसी के साथ फिल्मों में भी नशा और इससे संबंधित कहानियों में तेजी आने लगी। इसका एक उदाहरण ऐतिहासिक फिल्म 'ईजी राइडर' है, जिसमें अमेरिका की कल्पनाशीलता को उतारा गया है। फिल्म में अमेरिका में बढ़ रही हिप्पी संस्कृति को दिखाया गया था और उसमें मारियुआना तथा अन्य खतरनाक पदार्थों के वास्तविक सेवन से जुड़े दृश्यों को दिखाया गया था। हालाँकि रीगन प्रशासन के 'वार ऑन ड्रग्स' के साथ हॉलीवुड ने सकारात्मक से नकारात्मक चित्रण की ओर रुख कर लिया। 1983 में आई फिल्म 'सर्फेस' में दिखाया गया कि नशे के सेवन ने जीवन-शैली में किस तरह गिरावट ला दी है।

कुल मिलाकर बॉलीवुड में यह दिखाने की कोशिश की जाती है कि नशे का धंधा पैसेवालों का है; नशा करना भी पैसेवालों के ही वश का है। दिखाया जाता है कि नशा कुलीन गतिविधि है और इसमें समाज का सभ्य वर्ग ही शामिल रहता है, वहीं इसके उलट हॉलीवुड में नशे की दुष्प्रवृत्ति के व्यापक निहितार्थ दिखाए जाते हैं और आमतौर पर नशाखोरी समाज के निचले तबके के लोगों द्वारा की जाती है। इसके अलावा हॉलीवुड की फिल्मों में नशे के कारोबारी भी अमरीकी नहीं होते, बल्कि विदेशियों को इसमें लिप्त दिखाया जाता है।

अमरीकी डॉक्युमेंट्री 'ड्रग लॉर्ड्स' (2018) : ड्रग माफिया के जीवन का खुलासा

वृत्तचित्र बनाना बहुत खतरनाक काम हो सकता है, खासकर जब कोई व्यक्ति ड्रग कार्टेल की असलियत पर कई एपिसोड की सीरीज तैयार कर रहा हो। 'ड्रग लॉर्ड्स' एक अमरीकी डॉक्युमेंट्री सीरीज है, जो ड्रग्स और ड्रग लॉर्ड्स जैसे पाब्लो एस्कोबार, फ्रैंक लुकास, द कैली कार्टेल और पेटिंगिल क्लैन के असल जीवन पर आधारित है। यह डॉक्युमेंट्री साल 2018 में नेटफ्लिक्स पर रिलीज की गई थी।[282]

'ड्रग लॉर्ड' घटनाओं का एक संकलन है, जिसमें 'सिक्के के सभी पहलुओं' को उभारा गया है। यह चार एपिसोड की एक डॉक्युमेंट्री सीरीज है, जो 20वीं शताब्दी के विभिन्न चर्चित और सर्वाधिक कुख्यात ड्रग डीलरों पर आधारित है। कई

बार किसी घटना का भ्रामक और विरोधाभासी स्मरण होता है। प्रत्येक प्रकरण में हर चीज संतुलित रखी गई है, जिसमें इन मामलों पर काम करनेवाले अधिकारियों और पत्रकारों से साक्षात्कार शामिल हैं। लेकिन इस सीरीज में न केवल सरकारी तथ्यों को शामिल किया गया, बल्कि प्रत्येक ड्रग कार्टेल के बचे हुए सदस्यों और गुर्गों को भी शामिल किया गया।

पहले दो एपिसोड मेडेलिन कार्टेल या पाब्लो एस्कोबार और कैली कार्टेल पर आधारित हैं, दोनों कोलंबिया से अपना साम्राज्य चलाते हैं, जो कोकीन की तस्करी पर खड़ा किया गया था, और बाद के दो एपिसोडों में हेरोइन की तस्करी करनेवाले फ्रैंक लुकास न्यूयॉर्क और पेट्टिंगिल परिवार ऑस्ट्रेलिया को दिखाया गया है।[283] प्रत्येक एपिसोड ड्रग माफिया के साथ-साथ उनकी कार्यप्रणाली एवं कानून लागू करनेवाले अधिकारियों के जीवन का विश्लेषण करता है, जो समय के साथ उन्हें नीचे ले आए। पहले दो एपिसोड में दिखाया गया कि दक्षिण अमरीकी देश कोलंबिया में ड्रग कार्टेल कैसे फला-फूला। एपिसोड एक में प्रमुख पाब्लो एस्कोबार के बारे में और दूसरा एपिसोड कैली कार्टेल के बारे में बताता है। एपिसोड तीन और चार ऐसे हैं, जहाँ इस डॉक्यूमेंट्री शृंखला को अधिक-से-अधिक मनोरंजक बनाया गया है, क्योंकि इसमें अपेक्षाकृत कम चर्चित ड्रग लॉर्ड्स, फ्रैंक लुकास और उसके गैंग में शामिल देसी लड़कों और पेट्टिंगिल परिवार को दर्शाया गया है।[284]

डॉक्युमेंट्री 'ड्रग लॉर्ड' ने उस सच का खुलासा किया और बताया है, जिसके बारे में दर्शक हमेशा से जानना चाहते थे। उदाहरण के लिए, पाब्लो एस्कोबार अपनी प्राइवेट जेल से कैसे भागा और पुलिस से कैसे बचकर कोलंबिया के धुंध से भरे पहाड़ों पर जा पहुँचा या कैथ पेट्टिंगिल, जोकि पेट्टिंगिल परिवार की मातृ अभिभावक थी, वह कहानी में अपने पक्ष को सही ठहराती है कि कैसे एक महिला पुरुषों के वर्चस्व वाली दुनिया में अपना मुकाम हासिल करती है। इस डॉक्युमेंट्री सीरीज ने न केवल कुछ प्रसिद्ध ड्रग तस्करों पर ध्यान केंद्रित किया, बल्कि उन लोगों के बारे में भी बताया, जो सुर्खियों में नहीं थे।[285]

यह कहना गलत नहीं होगा कि डॉक्युमेंट्री में जो तथ्य दिखाए गए हैं, वे इतने आकर्षक और सम्मोहक हैं कि देखने के लिए बाध्य करते हैं। यह एक तरीका है, जो सुनिश्चित करता है कि यह डॉक्युमेंट्री सीरीज ड्रग माफिया पर पहले से बनी डॉक्युमेंट्रीज से अलग हटकर उभरे।

बॉलीवुड फिल्म 'उड़ता पंजाब' (2016) : सिनेमा के जरिए युवाओं में नशाखोरी की मिसाल

'उड़ता पंजाब' (2016) एक जीता-जागता उदाहरण है कि किस तरह से नशाखोरी भारत में पंजाब के युवाओं के शरीर, आत्मा और दिमाग को खा रही है। फिल्म में दिखाया गया है कि पाकिस्तान की तरफ से पंजाब की सीमा मं ड्रग्स को प्रवेश कराने के कितने सारे तरीके हैं। यह फिल्म एक व्यापक नजरिया देती है कि कैसे ड्रग माफिया और राज्य प्रशासन की मिलीभगत का दुष्चक्र काम करता है। यह फिल्म इस बात का भी जीता-जागता उदाहरण है कि युवा कितनी आसानी से अंधकार की दुनिया में चले जाते हैं, जहाँ वे नशे के झोंके में नजर आनेवाले स्वर्ग में रहना ज्यादा पसंद करते हैं, बजाय कि असल जिंदगी की चुनौतियों का सामना करने के।[286]

इस फिल्म में पंजाब में हावी नशे के मुद्दे को काफी विस्तार से दर्ज किया गया है। फिल्म ने दिखाया है कि कैसे पंजाब के खँडहरों में बेहोश पड़े युवा और किशोर अपनी जिंदगी बरबाद कर रहे हैं, साथ ही यह भी कि कैसे वहाँ के राजनेताओं और पुलिस अधिकारियों को ड्रग्स के धंधे में शामिल होने को लेकर संदेह की नजर से देखा जाता है।[287] फिल्म में एक किरदार बल्ली के माध्यम से विस्तार से दिखाया गया है कि ड्रग्स कितने बुरे तरीके से किसी की जिंदगी बरबाद करता है। बल्ली एक युवा किशोर है, जो हेरोइन के प्रभाव में आ जाता है। उसके किरदार के जरिए पंजाब के युवाओं को फिल्म में दिखाया गया है और नशे के चलते उनके जीवन पर पड़नेवाले खतरनाक असर एवं उनमें आनेवाली घोर निराशा पर रोशनी डाली गई है।

हालाँकि पंजाब की ड्रग समस्या केवल बेरोजगार लोगों के एक खास तबके तक सीमित नहीं है। यह लगभग सभी लोगों में बेतहाशा और बेकाबू है चाहे वह किसी भी लिंग, उम्र या वर्ग का हो। फिल्म ने इस पर समग्र रूप से चर्चा नहीं की है, बल्कि कुल मिलाकर युवाओं पर ही ध्यान केंद्रित रखा है।[288]

फिल्मों में न केवल नशीली दवाओं के सेवन का चित्रण बढ़ रहा है, बल्कि हिंसा भी उसी तरह उफान पर है। समय के साथ फिल्मों में हिंसा उत्तरोत्तर महत्त्वपूर्ण होती गई है। सिनेमा में हिंसा की प्रबलता दर्शकों को नुकसान पहुँचा रही है।

पाब्लो एस्कोबार : परोपकारी बताकर ड्रग माफिया का महिमामंडन

"ऐसा लगता है कि आजकल काली कमाई से हासिल विलासिता को कुछ

लोग सकारात्मक उपलब्धि की तरह लेने लगे हैं और इस तरह से जुटाए धन के साथ आनेवाले असली खतरे को नजरअंदाज किया जा रहा है।"[289]

पाब्लो एमिलियो एस्कोबार गैविरिया या 'कोकीन का बादशाह' अब तक का बेहद खतरनाक और कुख्यात गैंगस्टर तथा ड्रग तस्कर था। वह कोकीन तैयार कर उसे बेचकर अरबपति बन गया था।[290] यहाँ तक कि मौत के 25 साल बाद भी उसी तरह चर्चित और मशहूर बना हुआ है, जैसे मेडेलिन ड्रग कार्टेल का मुखिया होने के दौरान जाना जाता था। भले ही कम समय के लिए सही, मेडेलिन ड्रग कार्टेल अपने दौर की सबसे ज्यादा सफल आपराधिक संस्था थी, जिसका नेतृत्व एस्कोबार करता था।[291] अपने जीवन में उसने जरूरतमंद और गरीबों की मदद के लिए तमाम परियोजनाओं में धन से मदद की थी, इस तरह वह कोलंबिया के लोगों के लिए 'रॉबिन हुड' बनने की कोशिश कर रहा था। मानवता के लिए इतने कामों के बावजूद एस्कोबार अपने अत्याचार और कुटिलता के लिए बदनाम था। उसने उन तमाम लोगों की हत्या की, जिन्हें उसके खिलाफ माना जाता था। इसके साथ ही अपने प्रतिद्वंद्वी ड्रग तस्करों, खासकर 'कैली' कार्टेल के अलावा उसने प्रशासनिक अधिकारियों, पुलिसवालों[292] और आम लोगों को अपना मोहरा और शिकार बना रखा था।

यहाँ तक कि कई घटनाओं और मौतों के बावजूद उसे नेटफ्लिक्स सीरीज में बहुत बढ़ा-चढ़ाकर दिखाया गया है, जिसमें एस्कोबार की कहानी को 'नार्कोस' के नाम से रूपांतरित किया गया है। नार्कोस में एस्कोबार के मानवतावादी पक्ष को उभारा गया है, लेकिन ऐसा दिखाने के बावजूद यह नहीं मानना चाहिए कि इसे पाब्लो एस्कोबार की महिमामंडन के समान कहा जाए। सीरीज में एस्कोबार के ड्रग एन्फोर्समेंट एडमिनिस्ट्रेशन (डी.ई.ए.) एजेंट्स, ड्रग लॉर्ड्स और तमाम विरोधियों से उसके टकराव पर ध्यान एकाग्र किया गया है। इस शो में उसे एक दयालु इनसान के रूप में दिखाया गया है, जिसकी पहली प्राथमिकता उसका परिवार है और वह केवल अपने सपनों को पूरा करने के लिए धन हासिल करने का प्रयास करता है। जबकि असलियत में पाब्लो एस्कोबार अमेरिका में रोज 15 टन ड्रग्स की घुसपैठ कराने के लिए जाना जाता था। उसके बेटे सेबेस्टियन मरोक्वीन ने कहा था, "उसके पिता जितने नजर आते थे, उससे कहीं ज्यादा क्रूर थे और उन्होंने पूरे देश को डरा-धमका रखा था।"

एस्कोबार और उसके गुर्गों ने पूरे कोलंबिया को भयानक रूप से धमकाकर

रखा था। उन्होंने 1991 में 100 से ज्यादा बम लगाकर हजारों पुलिसवालों और आम नागरिकों को उड़ा दिया था।[293]

वास्तविकता में पाब्लो एस्कोबार घिनौना शख्स था, लेकिन 'नार्कोस' सीरीज देखनेवाले दर्शक ऐसा नहीं मानते। सीरीज देखने के बाद कुछ लोग पाब्लो को अपना आदर्श भी मानने लगते हैं। इस सीरीज को देखनेवाले युवा उस तथाकथित 'आदर्श' की तेज, ऐक्शन से भरपूर जीवन-शैली के मुरीद नजर आते हैं।

पाब्लो एस्कोबार जैसे लोगों को कभी भी समाज में सकारात्मक संदेश देनेवाली मिसाल के तौर पर नहीं पेश करना चाहिए। उसके जैसे लोग आदर्श या 'कूल' चरित्र नहीं माने जा सकते या वे ऐसे शख्स नहीं हो सकते, जो इस लायक भी हों कि उनका अनुकरण किया जा सके। इस तरह के क्रूर और निर्मम तरीकों से हासिल की गई कोई भी 'सफलता', 'पैसा' और 'ताकत' उसे प्रतिष्ठित या प्रशंसा के योग्य नहीं बना सकती है।

एस्कोबार निर्दोष और गलत बातों से दूर रह रहे लोगों की जिंदगी तबाह करने के लिए जिम्मेदार है, वे लोग आज भी उसके कृत्यों का दुष्प्रभाव महसूस करते हैं और उसे याद करने की यही एकमात्र वजह होनी भी चाहिए।

हर किसी को 'नार्कोस' जरूर देखनी चाहिए, लेकिन एक सबक या संदेश के तौर पर, न कि उससे प्रेरणा लेने या उसे या उसके कृत्यों को आदर्श मानने के लिए।

यह मानते हुए कि फिल्म उद्योग में इस मुद्दे पर बड़ी बहस हो सकती है कि यह हमारे समाज को कैसे प्रभावित कर सकता है, ऐसा क्यों है कि अपराधियों के महिमामंडन के खिलाफ कोई आवाज क्यों नहीं उठती है ? रोमांस के नाम पर अगर कोई नायक किसी महिला का पीछा करता है तो हम उस पर उँगली उठा सकते हैं, तो हम एक अपराधी को 'नायक' के रूप में पेश करने के खिलाफ बहस क्यों नहीं करते हैं ?

क्या ये फिल्में हमें बताने का प्रयास करती हैं कि अपराध करना आकर्षक दिखने के लिए ठीक है ? क्या ये फिल्में हमारे अतिसंवेदनशील दर्शक वर्ग को उचित तरीके से प्रभावित कर रही हैं ? सोचें जरा।

केस लेट : हिंसा और नशे के सेवन के दृष्टिकोण से फिल्म 'संजू' का विश्लेषण

फिल्म 'संजू' (2018) राजकुमार हीरानी की निर्देशित भारतीय आत्मकथा आधारित फिल्म है। इस फिल्म ने करीब 586 करोड़ रुपए की कमाई की। संजू

फिल्म साल 2018 की सबसे ज्यादा पसंद की गई कुछ फिल्मों में से एक थी और कमाई के मामले में दूसरे नंबर पर रही थी।

फिल्म ने संजय दत्त के प्रति जरूरत से ज्यादा सहानुभूति दिखाई थी, जनता के बीच अलग तस्वीर पेश करने के लिए तमाम तथ्यों को तोड़-मरोड़कर पेश किया गया था। कैसे एक आम युवा नशे की लत का शिकार होता है, संबधों के मामले में विफल होता है, यौन उत्पीड़क बन जाता है, फिर अवसादग्रस्त हो जाता है और भी तमाम चीजें इस फिल्म में शामिल थीं। एक उच्च स्तर का ड्रामा, संगीत, पिक्चराइजेशन, गानों ने इसकी कीमत करोड़ों तक पहुँचा दी।[294]

इस फिल्म को इसकी कमियों के लिए जहाँ आलोचना मिली, वहीं अद्भुत नाटकीयता के चलते तारीफ भी हुई। जहाँ दत्त की वास्तविक जीवन के बहुत सारे तत्त्वों को इसमें शामिल किया गया, वहीं कुछ को झाड़कर हटा दिया गया, तो कुछ को बेवजह माना गया। फिल्म ज्यादातर काल्पनिक रुझानों पर केंद्रित रही, बजाय किसी की आत्मकथा के। साथ ही दर्शकों को ढेर सारी यौन-सामग्री, नग्नता, भाषा, संगीत, ढेर सारे ग्लैमरस किरदारों को भी साथ-ही-साथ दिखाकर खुश करने का प्रयास किया गया। दिलचस्प तौर पर एक नशे के लती को सहानुभूति का स्पर्श देने का प्रयास किया गया है, जबकि भारतीय 'नार्कोटिक ड्रग्स ऐंड साइकोट्रॉपिक सब्सटैंस ऐक्ट' (एन.डी.पी.एस.) में इस तरह के नशे के सेवन को बढ़ावा देने पर प्रतिबंध लागू है, जब तक कि ऐसा समाज की जागरूकता के लिए न किया जाए। इसी समय किरदार बेहद गंभीर नशाखोर होने के साथ-साथ अपना व्यक्तिगत और पेशेवर प्रतिबद्धताओं को भी एक हद तक खराब कर देता है। मशहूर कलाकारों के सहानुभूतिपूर्ण लहजे और समाज में उसकी खराब छवि का कैसे दुरुपयोग हुआ, यह दिखाकर फिल्म निर्माता पैसा बना सकते हैं। भारतीय अपराध संहिता-1980 के मुताबिक वह तमाम नियमों और कानूनों के उल्लंघन के लिए जिम्मेदार थे, जेल में भी आंशिक समय बिताया, अपने कॅरियर को आगे बढ़ाना जारी रखा और दर्जनों फिल्में बनाईं। दिलचस्प तथ्य यह है कि दर्शकों ने उनको नशाखोरी और सामाजिक दबाव के पीड़ित के रूप में देखा, न कि एक अपराधी के तौर पर।

'संजय दत्त बनाम राज्य वाया सी.बी.आई. बॉम्बे 1994' केस के मुताबिक बंबई में हुए बम धमाकों, जिनमें तमाम निर्दोष लोग बर्बरतापूर्वक मारे गए थे, में शामिल होने के चलते दत्त ने 1993 के बाद से कई साल जेल में सजा के तौर पर काटे।[295] उनके सक्रिय रूप से शामिल होने को लेकर गहन पड़ताल हुई, पूछताछ में

उन्होंने बंबई पुलिस के सामने अपना जुर्म कबूल भी किया था। अभिनेता को तमाम मामलों में दोषी ठहराया गया था। एक पश्चात्ताप रहित शख्स की मनोवृत्ति उसकी क्रूर प्रवृत्ति को दर्शाती है। जबकि 'संजू' फिल्म में अभिनेता की छवि बिल्कुल अलग तरीके से फिल्माई गई, जहाँ उसे भारतीय कानून व्यवस्था का पीड़ित, साथ ही कई साल तक मीडिया ट्रायल का शिकार दिखाया जाता है, जिसके चलते उसके सामने जीवन और मृत्यु के हालात बन जाते हैं। इस तरह उन्हें एक युवा आदर्श के रूप में स्थापित किया गया तथा दुनिया भर में उनके कट्टर प्रशंसक बने। यह दिखाया गया कि तमाम दुश्वारियों के चलते वह एक बेटे, पति और पिता की भूमिका के साथ न्याय नहीं कर सके, लेकिन फिर भी बॉलीवुड के एक रोल मॉडल के तौर पर सफल रहे और युवाओं ने गहराई से उन्हें अपना आदर्श माना।

संजय दत्त पहले नशे की लत के शिकार थे। उन्होंने तमाम साक्षात्कारों, यहाँ तक कि अपनी बायोपिक में भी इस बात को स्वीकार किया है। फिल्म में भी कई जगह ऐसे दृश्य हैं, जहाँ संजय दत्त अमेरिका में नशे के आगोश में अपनी और अपनी बहन की जान जोखिम में डाल बैठते हैं। एक दृश्य में उनके पिता उन्हें रिहैबिलिटेशन सेंटर लेकर जाते दिखाए गए हैं और वहाँ उनको उन ड्रग्स के नामों के आगे निशान लगाना होता है, जिसका उन्होंने सेवन किया हो और हैरतअंगेज तौर पर वह वहाँ लिखे सभी नामों पर निशान लगाते हैं, जो उनके गंभीर नशाखोर होने की पुष्टि करता है। संयोग से उनकी नशे की लत उनकी हर चीज दाँव पर लगा देती है—उनकी सेहत, कॅरियर और इन सबके ऊपर उनका परिवार।[296]

एक गैंगस्टर और असल जीवन में अपराधी की भूमिका निभाने के चलते आज भी उनके पास प्रशंसकों की अच्छी-खासी संख्या है। सोशल मीडिया पर भी उनके प्रशंसकों की अच्छी-खासी तादाद है। ट्विटर पर उनके करीब 22 लाख फॉलोअर हैं।[297]

नशे के धंधे और नशाखोरी को लेकर लोगों को जागरूक करने के मामले में फिल्में सबसे ज्यादा प्रभावशाली मानी जाती हैं। समाज की समस्याओं से जुड़े तमाम मुद्दों को लेकर सतर्कता फैलाने और जानकारी बढ़ाने में सिनेमा ने सक्रिय भूमिका भी निभाई है। सोशल मीडिया और इंटरनेट के दौर में फिल्मों की दर्शकों तक पहुँच पहले की अपेक्षा कहीं ज्यादा आसान और गहरी हो गई है। आधुनिक तकनीक वाले उपकरणों, जैसे सैटेलाइट चैनलों, टैबलेट और स्मार्टफोन, इंटरैक्टिव वेबसाइट और ऑनलाइन स्ट्रीमलाइन होनेवाले वीडियो के जरिए यह पहुँच और भी

आसान हो चुकी है। फिल्मों की पूर्णता में यह मानने के कई कारण हैं कि सामाजिक समस्याओं के प्रबंधन में फिल्में आज के दौर की तुलना में आनेवाले समय में ज्यादा प्रेरक साबित होंगी।

बीते दशक में हिंदी फिल्मों के खलनायकों को कैसा आकार दिया गया है?

भारतीय सिनेमा में एक खलनायक का आकर्षण किसी मामले में नायक से कम नहीं होता। वे आकर्षक, आत्मविश्वासी और अपने आसपास की चीजों को नियंत्रित करनेवाले होते हैं। जाहिर तौर पर फिल्म 'शोले' (1975) में ऐतिहासिक किरदार 'गब्बर सिंह' की लोकप्रियता मुख्य भूमिका वाले पात्रों से कहीं अधिक होती है, जोकि इस बात को उजागर करती है कि फिल्म की सफलता में खलनायक की भूमिका भी बेशकीमती होती है। खलनायक को बिल्कुल उसके उलट दिखाया जाता है, जैसाकि किसी को होना चाहिए।

बॉलीवुड में 1950 से 1990 के दरम्यान खलनायकों के किरदार को लोकप्रिय कलाकारों, जैसे प्राण, प्रेम चोपड़ा, रंजीत, अमजद खान, अमरीश पुरी, गुलशन ग्रोवर आदि ने बखूबी निभाया। हिंदी सिनेमा के शुरुआती दौर में यह व्यावहारिक तौर पर अकल्पनीय था कि एक कलाकार, जिसने नायक की भूमिका किसी फिल्म में की हो, उसे दूसरी फिल्म में खलनायक पेश किया जाए। फिर भी कुछ कलाकार, जैसे प्राण ऐसे थे, जिन्होंने भारतीय फिल्म उद्योग में कुछ यादगार भूमिकाएँ निभाईं और तमाम फिल्मों में नायक तथा खलनायक की भूमिकाएँ सफलतापूर्वक निभाईं।

दिलचस्प है कि जब नायकों ने नकारात्मक किरदार निभाने शुरू किए, जैसे फिल्म 'दीवार' (1975) या 'कालिया' (1981) में अमिताभ बच्चन ने, तो उनको अपने परिवार को बचाने के लिए ऐसा करते दिखाया गया, जिसके चलते हर किसी के गलत या गैर-कानूनी कामों को दर्शकों की सहानुभूति और समर्थन हासिल हुआ।[298] हालाँकि बॉलीवुड फिल्मों में नायक के नकारात्मक किरदार को फिल्म के अंत में या तो पश्चात्ताप करता दिखाया जाता था या उस किरदार को मरते हुए दिखाया जाता था, ताकि यह संदेश दिया जा सके कि अपराध से किसी का भला नहीं होता।

दशकों से बॉलीवुड फिल्मों में खलनायक का किरदार तमाम उतार-चढ़ाव से गुजरा है। उदाहरण के लिए '40 के दशक के मध्य में फिल्मों में खलनायक निर्दयी जमींदार या जमीन मालिक होते थे, जोकि संभवतः उस दौर को दिखाया

जाता था जब ज्यादातर भारतीय खेती-बाड़ी से जुड़े होते थे और इसलिए जमीन पर बहुत ज्यादा निर्भर थे। ये लोग ज्यादातर निरक्षर होते थे और दुनिया के बारे में बहुत कम जानते थे, इसका नतीजा यह होता था कि जमींदार को छूट मिल जाती थी, जो प्रभुत्व कायम किए रहता था, आम जनता पर मनमानी करता था। जमींदार अत्याचार करता था और फिल्में ग्रामीण भारत की वास्तविकता का नाटकीय रूपांतरण करती थीं।[299]

दुष्ट जमींदार की एक और अभिव्यक्ति दमनकारी साहूकार के तौर पर भी थी। 'मदर इंडिया' (1957) का सुखीलाल, जो एक महिला का शोषण करने का प्रयास करता है, क्योंकि वह अपने भूखे बच्चों के लिए भोजन माँगती है और अंतत: उसके पूरे परिवार की परेशानी की वजह बनता है।[300] सामंतवाद पर बनी फिल्मों ने '60 और '70 के दशक तक बेहतर प्रदर्शन किया। ये संभवत: वास्तविकता के काफी करीब थीं। विभिन्न खलनायकों ने फिल्मों में अनैतिक और बेईमान होते हुए भी शिष्टता, गर्व और आत्मविश्वास का प्रदर्शन किया। दूसरे शब्दों में, फिल्मों में एक खास दृश्य यह होता था कि नायक बंदूक लिये हुए खलनायक को हाथ से लड़ने के लिए चुनौती देता था और खलनायक बंदूक फेंककर उससे दो-दो हाथ करने को तैयार हो जाता था। ये किरदार सलीके से कपड़े पहनते थे और विलासिता का जीवन जीते थे, जबकि अपने आचरण में निर्दयी होते थे। 1970 के दशक के अंत और '80 के दशक की शुरुआत में सामंतवादी और दमनकारी जमीन मालिक दर्शकों के लिए आकर्षक नहीं रह गए थे।[301, 302] आजादी के बाद सोने के आयात पर प्रतिबंध[303] के चलते हिंदी सिनेमा के खलनायक अब वे लोग बनने लगे थे, जो कानून का उल्लंघन करते थे और देश पर कब्जा करने की नीयत रखते थे। फिल्म 'शान' (1980)[304] में 'शाकाल' और 'मिस्टर इंडिया' (1987) में 'मोगैंबो' कुछ ऐसे ही उदाहरण हैं।

नब्बे के दशक में हिंदी फिल्मों ने गैंग मालिकों और तस्करों को कहानी में शामिल किया। 'सत्या' (1998) जैसी फिल्में इसका उदाहरण हैं कि खलनायक जंगली गैंग माफिया के तौर पर भी पेश किए जा सकते हैं। इसके साथ-ही-साथ, बाबरी मसजिद और बंबई ब्लास्ट जैसे मुद्दे उभरने के साथ फिल्मों में धर्म भी केंद्रीय भूमिका में आ गया और खलनायक अब एक सांप्रदायिक व्यक्ति, एक आतंकी होने लगा।[305] गैंगस्टर कैसे रॉबिन हुड बन गए? यह देखना अद्भुत था कि कैसे बॉलीवुड फिल्मों ने गैंगस्टर को समाज की बुराई से पैदा होते हुए दिखाया और

उसका हथियार उठाना भी तर्कसंगत बनाने का प्रयास किया। 1990 के दशक के उत्तरार्ध से लेकर 2000 के दशक के मध्य तक खलनायक आमतौर पर एक नायक होता है। इसके अलावा 2000 के दशक की फिल्मों ने खलनायक के रूप में नायक थीम की खोज की। उदाहरण के लिए, फिल्म 'कंपनी' (2002) या अमिताभ बच्चन की 'सरकार' (2005)।[306] इस तरह 2020 में अब भी आबादी का बड़ा हिस्सा ऐसा है, जो समाज के उकसावे से होनेवाली क्रूर हत्या को तर्कसंगत ठहराना जारी रखे हुए है। हालाँकि हाल की फिल्मों में सबसे दिलचस्प हिस्सा यह है कि खलनायक एक औसत भारतीय है। उदाहरण के लिए बजरंगी भाईजान में देखिए कि खलनायक कौन है ? रूढ़िवादी हिंदू परिवार, जो मासूम बच्ची को स्वीकार करने से इनकार करता है या लड़की को वेश्यालय में बेचनेवाले ठग या वह सुस्त क्लर्क, जो नायक को अपनी समस्या सुनाने से इनकार कर देता है, ताकि कोई समाधान निकल सके। एक और उदाहरण 'दंगल' फिल्म अदूरदर्शी और पितृसत्तात्मक ग्रामीण समाज या नौकरशाही पर आधारित फिल्म है। एक अन्य उदाहरण है फिल्म 'पीके', जिसमें अनुशासित रीति-रिवाजों का अपने दैनिक जीवन में पालन करनेवाले औसत भारतीय को खलनायक के तौर पर पेश किया जाता है, जो अचानक अपनी रोजाना की गतिविधियों के चलते सांप्रदायिक चिह्नित कर दिया जाता है। साथ ही संजू फिल्म में खलनायक संभवत: एक पिता था, जो अपने बेटे के प्रति इस कदर कठोर होता है कि उसका बेटा नशे की तरफ मुड़ जाता है। 'टाइगर' पर आधारित फिल्मों (टाइगर जिंदा है और एक था टाइगर) में कौन खलनायक था ? खलनायक एक समर्पित नौकरशाह होता है, जिसे एक एजेंट की जरूरत है, जो देश की खातिर अपने प्यार की आहुति दे दे। 3 ईडियट्स में खलनायक कौन है ? एक इंजीनियरिंग कॉलेज का निदेशक, जो पढ़ाई के परंपरागत तरीकों में विश्वास करता है।

मैं इस बारे में आश्वस्त नहीं हूँ कि ऊपर जैसा मैंने जिक्र किया, उस तरह की भूमिकाएँ फिल्मों में प्रस्तुत करके बॉलीवुड समाज में जो हो रहा है, उसका प्रतिबिंब पेश कर रहा है या समाज में होनेवाली घटनाओं को अपने मुताबिक बदलने का प्रयास कर रहा है। बीते 25 सालों में मैंने एक भी रॉ एजेंट और आई.एस.आई. एजेंट को साथ काम करते नहीं सुना। न तो मैंने किसी औसत भारतीय के अधिकांश पहलु को सांप्रदायिक पाया है। इसके अलावा मैं यह भी नहीं मानता कि हरियाणा की अल्प विकसित खाप पंचायतें महिला खिलाड़ियों के उठाए हर कदम पर चुनौती देती हों। तथ्य तो यह है कि हरियाणा पूरे देश में सबसे ज्यादा मेडल जीतनेवाली फौज तैयार

करता है। मैं यह भी नहीं मान सकता कि हर पिता, जो अपने बेटे को अनुशासित रखना चाहता हो, वह उसे नशे की ओर धकेलनेवाली हरकत करता है।

आई.आई.एम. रोहतक ने एन.डी.पी.एस. ऐक्ट में सजा काट रहे किसी शख्स पर हाल में एक अध्ययन में स्पष्ट बताया कि युवाओं के अपराधी बनने की बड़ी वजह उनके नशे के सेवन की शुरुआत से होती है। नशा सेवन की शुरुआत मित्रों की संगत में मित्रवत् दबाव से होती है और इसका अभिभावकों की सख्ती और अनुशासन से बहुत मामूली सा ही लेना-देना होता है। इसके विपरीत यह पाया गया कि माता-पिता (जो हस्तक्षेप नहीं करते) के बच्चों पर ध्यान न देने के चलते बच्चों का झुकाव नशे की तरफ होने लगता है।[307]

2015 में लेखक ने एक और समाजशास्त्रीय प्रयोग किया, जिसमें लेखक ने अपने माथे पर तिलक लगाया। दस से ज्यादा साथियों ने लेखक से पूछा कि क्या वह दक्षिणपंथी रूढ़िवादी संगठन में शामिल हो गया है। लेखक जहाँ अध्यापन करता था, वहाँ हर सत्र में टाई पहनकर पढ़ाता था। दूसरे शब्दों में, लेखक ने बिना टाई पहने कोई भी कक्षा नहीं ली। फिर एक दिन लेखक ने टाई नहीं पहनी और माथे पर तिलक लगाकर कक्षा में पहुँचा। जब लेखक ने छात्रों से पूछा कि क्या आज उन्होंने कुछ अलग महसूस किया, तो सभी छात्रों ने कहा कि लेखक ने तिलक लगा रखा है, जबकि 85 छात्रों की उस कक्षा में से मात्र तीन छात्रों ने गौर किया कि लेखक ने उस दिन टाई नहीं पहनी थी। कक्षा के अंत में तमाम छात्रों ने प्रोफेसर से पूछा कि क्या उनके घर पर कोई धार्मिक समारोह था। मैं आश्वस्त हूँ कि धार्मिक प्रतीकों का प्रदर्शन लोगों में व्यक्तिगत धारणा बनाने के लिए प्रेरित करता है। अगली कक्षा में लेखक ने छात्रों से पूछा कि उन्होंने तिलक पर गौर क्यों किया और तिलक से उन्होंने क्या मतलब निकाला? सर्वसम्मति से छात्र ने कहा कि तिलक ने लेखक के रूढ़िवादी झुकाव को प्रतिबिंबित किया और इसका मतलब था कि लेखक अपने पाठ्यक्रम मूल्यांकन में सख्त होने जा रहा है। लेखक ने उनसे पूछा कि तिलक लगाने और रूढ़िवादिता के बीच उन्होंने जुड़ाव कैसे देखा? छात्रों ने एक सुर में कहा कि फिल्मों में जो दिखाया जाता है, उसके आधार पर उन्होंने अपनी राय बनाई। कोई भी शख्स जो तिलक लगाता हो, उससे 'उदार व्यक्ति' होने की उम्मीद नहीं की जा सकती है। तिलक लगानेवाले से यह उम्मीद होती है कि वह परंपरावादी, रूढ़िवादी, सख्त और दक्षिणपंथी होगा।

आज के युवाओं का मार्गदर्शन कौन कर रहा है? कौन उनको समझा सकता

है कि गलत रास्ते पर न जाएँ और कठिनाई का सामना करते हुए अच्छे के लिए प्रयास करते रहें? मेरा मानना है कि शिक्षक ऐसा कर सकता है। शिक्षक किसी कर्तव्य-भ्रष्ट को नैतिकता से लैस शख्स में बदलने में अहम भूमिका निभा सकता है। जैसा एक फिल्म 'गुड विल हंटिंग' (1997) में दिखाया गया है। एक प्रोफेसर एक युवक को अपनी ऊर्जा को सही दिशा में लगाने का रास्ता बताता है, जिससे उस युवक और समाज को अच्छे परिणाम हासिल हो सकते हैं।

उत्तरी अमरीकी संदर्भ में पुराने शोध से संकेत मिलता है कि हॉलीवुड ने हमेशा कॉलेज परिसर को आँखों के लिए अच्छा लगनेवाले के रूप में पेश किया है। इसके अलावा केवल फिल्मों के जरिए प्रतिष्ठित कॉलेजों में अध्ययन करने पर बढ़ावा नहीं दिया गया, बल्कि कई अभिनेताओं और अभिनेत्रियों के वास्तव में खास शैक्षिक संस्थानों की टी-शर्ट और टोपी पहनकर इस विचार को आगे बढ़ाया है।[308, 309, 310]

हालाँकि बॉलीवुड में कॉलेजों और संस्थानों पर बनी तीन फिल्मों का विषयगत विश्लेषण इसके उलट तस्वीर पेश करता है। जिन तीन फिल्मों का चयन किया गया, उनमें '3 इडियट्स', 'मुन्ना भाई एम.बी.बी.एस.' और 'टू स्टेट्स' शामिल हैं। तीनों फिल्में उच्च शिक्षा के चित्रण में कई विसंगतियाँ और विरोधाभास प्रस्तुत करती हैं। अकसर किरदारों को संस्थान के प्राध्यापकों, प्रोफेसरों और विद्वानों का मजाक उड़ाते दिखाया जाता है। बॉलीवुड फिल्मों में शिक्षण संकाय के चित्रण में शायद ही कभी उन्हें विद्वान्, वैज्ञानिक, आत्मविश्वास और नैतिकता से भरपूर दिखाया जाता हो। बॉलीवुड फिल्में दरअसल उच्च शिक्षण संस्थानों में शिक्षा का मजाक उड़ाती नजर आती हैं। तथ्य के तौर पर फिल्म 'टू स्टेट्स' (2014) में नायिका कक्षा में एक सवाल का जवाब नहीं दे पाती है तो नायक उसे सांत्वना देते हुए कहता है, 'अगले दो साल में तुम प्रोफेसरों से चार गुना ज्यादा कमा रही होगी और ये अगले बैच को भी यही लैक्चर दे रहे होंगे!' जरा सोचिए कि यह बात आई.आई.एम. अहमदाबाद के प्रोफेसर के लिए कही जा रही है। आगे '3 इडियट्स' में भारत के 'तथाकथित' टॉप इंजीनियरिंग कॉलेज में उच्च गुणवत्ता वाली शिक्षा का जिक्र तक नहीं किया जाता है। इसमें दिखाया जाता है कि कॉलेज के शिक्षक आधारभूत सिद्धांतों को भी समझाना नहीं जानते हैं। इसके बाद मुन्ना भाई में दिखाया जाता है कि बेहतरीन मेडिकल कॉलेज के शिक्षक मरीजों से अमानवीय तरीके से व्यवहार करते हैं। यह हैरानी भरा है, क्योंकि भारत में मेडिकल कॉलेज डॉक्टरों (सरकारी मेडिकल कॉलेजों में एम.डी. और एम.एस.) के भरोसे ही चलते हैं, जो अपने पेशे के प्रति

इतने समर्पित रहते हैं कि बेहद कठिन हालात में भारत की विशालकाय आबादी का इलाज करते हैं और अपनी नींद भी पूरी नहीं कर पाते। ये वही उच्च शिक्षा संस्थान हैं, जिनके शिक्षक देश की नीति के बड़े हिस्से को आकार देते हैं और जिनके छात्र इस देश को चलानेवाले संगठनों के बड़े हिस्से को नेतृत्व करते हैं।

इसके विपरीत पुराने शोध बताते हैं कि हॉलीवुड में 1930 से 1950 के दौरान शिक्षाविदों को नायक और दृढ़ निश्चयी वैज्ञानिक के तौर पर दिखाया जाता रहा। इसके बाद 1960 में फिल्मों के नायक वैज्ञानिक खोज करनेवाले के तौर पर दिखाए गए, जिनसे अमेरिका को युद्धों में मदद मिली। वे यथास्थिति को चुनौती देनेवाले बने और 1970 में कठोरता से तैयार शिक्षक बन गए। हाल के वर्षों में ये व्यक्तियों के निर्माता, वजहों पर हावी होनेवाले, नीतियों को आकार देनेवाले, विचारक और राष्ट्र के राज्यों के लेखापरीक्षक के तौर पर दिखाए गए हैं।[311]

'गुड विल हंटिंग' (1997) में प्रोफेसरों से लेकर 'लॉयंस फॉर लैंब्स' (2007) में प्रोफेसरों तक, फिर 'दा विंची कोड' (2003) के प्रोफेसरों और सर्वाधिक यादगार 'इंडियाना जोन्स' रहे हैं। शिक्षाविदों को बेहद सम्मान का व्यवहार मिला है और उन्हें एक ऐसे व्यक्ति के रूप में दिखाया गया है, जो अपने प्रयासों से समाज की भलाई में जुटा रहता है। ऐसा क्यों है कि बॉलीवुड इस मामले में विफल रहा, इस सवाल का जवाब वे ही दे सकते हैं, जो इसे चला रहे हैं।

10 जून, 1968 को एक कार्यकारी आदेश में राष्ट्रपति लिंडन बी. जॉनसन ने मार्टिन लूथर किंग जूनियर और रॉबर्ट एफ कैनेडी की हत्या के बाद 'नेशनल कमीशन ऑन द कॉजेज ऐंड प्रिवेंशन ऑफ वॉयलेंस' का गठन किया। आयोग ने बच्चों और बड़े होते बच्चों के टीवी देखने के समय (शाम 4 से 10 बजे रात) के दौरान तीन बड़े वाणिज्यिक टीवी नेटवर्क पर दिखाए जानेवाले सभी काल्पनिक टीवी कार्यक्रमों का आकलन किया। यह आकलन अक्तूबर 1968 के पहले सात दिनों का किया गया और 1967 में बिल्कुल इन्हीं दिनों के दौरान के कार्यक्रमों पर ध्यान केंद्रित किया गया। यह पाया गया कि दोनों वर्षों, यानी 1968 और 1967 में मोटे तौर पर 10 में से 8 टीवी कार्यक्रमों में हिंसा शामिल थी। इसके अलावा कार्टून कार्यक्रम, जो कुल काल्पनिक कार्यक्रमों का लगभग 10 प्रतिशत हिस्सा थे, में भी हिंसा थी और दोनों वर्षों में हिंसक दृश्यों की दर काफी अधिक पाई गई थी, हर घंटे 20 से अधिक दृश्य।

इसके बाद समस्त हिंसक कार्यक्रमों में से तीन-चौथाई कार्यक्रम और कुल हर 10 में से 9 एपिसोड ऐक्शन-एडवेंचर, क्राइम और वेस्टर्न सेगमेंट पर आधारित थे। आयोग ने आगे उस परिप्रेक्ष्य में विश्लेषण किया, जिसमें इन कार्यक्रमों में हिंसा

हुई और पाया कि 455 मुख्य किरदारों में से 241 ने किसी–न–किसी रूप में दूसरे व्यक्ति के साथ हिंसा की और लोगों ने अपने खुद के हित में हिंसा की, न कि किसी अन्य वजह के चलते ऐसा किया। आयोग हालाँकि उस हिंसा से चिंतित था, जिसे लगातार टेलीविजन पर चित्रित किया जा रहा था। कहा गया है कि टेलीविजन बच्चों के सीखने के चक्र में प्रभावी रूप से प्रवेश करता है। ये बच्चे हिंसा के बारे में नैतिक और सामाजिक मूल्यों को सीखते हैं, जिसे आयोग ने सभ्य समाज के मानदडों के साथ परस्पर विरोधी पाया।

टेलीविजन कार्यक्रमों में प्रदर्शित की जानेवाली उच्च स्तर की हिंसा को तमाम अवांछित परिप्रेक्ष्य, यहाँ तक कि अमरीकी संस्कृति में बढ़ती आक्रामकता के लिए जिम्मेदार ठहराते हुए आयोग ने कुछ सिफारिशें पेश कीं, जिसमें—1. हिंसा वाले कार्टून शो के प्रसारण पर रोक लगे, 2. काल्पनिक कार्यक्रमों में जहाँ हिंसा दिखाई जाती है, उसके बुनियादी परिप्रेक्ष्य में बदलाव किया जाए, और 3. टेलीविजन हिंसा के प्रभावों के आकलन के लिए टेलीविजन इंडस्ट्री से लोगों को शोध के लिए शामिल किया जाए।[312] शायद भारत में भी ऐसे आयोग की जरूरत है।

संदर्भ–

238. Krug E, Dahlberg L, Mercy J.et al. World report on violence and health. Geneva : World Health Organization, 2002.
239. Bushman BJ, Huesmann L.R. Short-term and Long-term Effects of Violent Media on Aggression in Children and Adults. Arch Pediatr Adolesc Med. 2006; 160:348–352.
240. Paik H, Comstock G. The effects of television violence on antisocial behavior : A meta-analysis. Commun Res. 1994; 21:516–46.
241. Anderson CA, Bushman BJ. Effects of violent video games on aggressive behavior, aggressive cognition, aggressive affect, physiological arousal, and prosocial behavior : A meta-analytic review of the scientific literature. Psych Sci. 2001; 12:353–59.
242. World Health Assembly Resolution WHA49.25 Prevention of violence : a public health priority. Forty-Ninth World Health Assembly, 1996. Geneva : WHO, 1996.
243. Youth and Drugs. Retrieved from https://www.un.org/esa/socdev/unyin/documents/ch06.pdf. Assessed on 11 Nov, 2020.
244. A. Evans and K. Bosworth, Building Effective Drug Education Programs, vol. 19 (Bloomington, Indiana, 77Phi Delta Kappa Center for Evaluation, Development and Research, December 1997).
245. J. Anderson, personal communication (2000).
246. Bellis, M.A., Hughes, K., Calafat, A., Juan, M., Ramon, A., Rodriguez, J.A.,

& Phillips-Howard, P. (2008). Sexual uses of alcohol and drugs and the associated health risks : a cross sectional study of young people in nine European cities. 'BMC public health', 8(1), 155. Retrieved from https://link.springer.com/article/10.1186/1471-2458-8-155. Assessed on 11 Nov, 2020.

247. A. Paglia, 'Tobacco risk communication strategy for youth: a literature review.' (Health Canada, 1998).
248. L.D. Johnston, P. O'Malley and J.G. Bachman, Monitoring the Future: National Survey Results on Adolescent Drug Use : Overview of Key Findings, 1999 (Rockville, Maryland, United States Department of Health and Human Services, 2000).
249. Beaudoin, C.E., & Hong, T. (2012). Media use and perceived risk as predictors of marijuana use. 'American Journal of Health Behaviour', 36(1), 134-143.
250. Xie, G.X., & Lee, M.J. (2008). Anticipated violence, arousal and enjoyment of movies : viewers' reactions to violent previews based on arousal-seeking tendency. The Journal of social psychology, 148(3), 277-292.
251. Funk et al (2004) Violence exposure in real-life, video games, television, movies and the internet: is there desensitization? doi: 10.1016/j.adolescence.2003.10.005. Accessed on 17 Sep, 2020.
252. Bushman, B.J., Jamieson, P.E., Weitz, I., & Romer, D. (2013). Gun violence trends in movies. Pediatrics, 132(6), 1014-1018.
253. https://www.news18.com/news/buzz/oldest-traces-of-fossilised-human-footsteps-discovered-in-new-mexico-2972840.html.
254. Ahmed, A.S. (1992). Bombay films : The cinema as metaphor for Indian society and politics. Modern Asian Studies, 26(2), 289-320.
255. Erum Hafeez (2017), Depiction Of Violent Crimes In Bollywood Cinema and Its Impact on The Pakistani Society. Retreived from https://Jhss-Uok.Com/Index.Php/JHSS/Article/View/65. Accessed on 19 Sep, 2020.
256. Betsch, T., & Dickenberger, D. (1993). Why do aggressive movies make people aggressive? an attempt to explain short-term effects of the depiction of violence on the observer. Aggressive behavior, 19(2), 137-149.
257. 'Jonsen, Siegler & Winslade', Clinical Ethics : A Practical Approach To Ethical Decisions In Clinical Medicine. Available at https://Accessmedicine.Mhmedical.Com/Content.Aspx?Bookid=1521&Sectionid=88812889#:~:Text=Contextual%20features%20address%20the%20ways,Which%20the%20clinical%20case%20occurs. Accessed on 20 Sep, 2020.
258. Valkenburg & Piotrowski (2017). How Media Attract And Affect Youth. Available at https://Yalebooks.Yale.Edu/Sites/Default/Files/Files/Media/9780300228090_UPDF.Pdf. Accessed on 20 Sep, 2020.

259. Times Entertainment News, Films that were banned for political reasons. Retrieved from https://timesofindia.indiatimes.com/entertainment/hindi/bollywood/photo-features/films-that-were-banned-for-political-reasons/films-that-were-banned-for-political-reasons/photostory/46966266.cms. Accessed on 9 Oct, 2020.

260. The Guardian, Indian Independent. Retrieved from https://www.theguardian.com/film/2005/sep/23/features. Accessed on 9 Oct, 2020.

261. The New York Times (8 Feb, 2007) Madness in Mumbai. Retrieved from https://www.nytimes.com/2007/02/08/movies/09blac.html. Accessed on 9 Oct, 2020.

262. The Wire (9 August, 2019), Remembering 'Haider' and Its Depiction of the Prison That is Kashmir. Accessed on 9 Oct, 2020.

263. The New York Times (2 Oct, 2014), Shakespearean Revenge in a Violent Kashmir. Retrieved from https://www.nytimes.com/2014/10/03/movies/haider-puts-an-indian-twist-on-hamlet.html. Accessed on 8 Oct, 2020.

264. Literature Film Quarterly. Resisting Hamlet : Revenge and Nonviolent Struggle in Vishal Bhardwaj's Haider.Retreievd from https://lfq.salisbury.edu/_issues/46_2/resisting_hamlet_revenge_and_nonviolent_struggle_in_vishal_bhardwajs_haider.html. Accessed on 8 Oct, 2020.

265. Taarini Mookherjee (2016), Absence and repetition in Vishal Bhardwaj's Haider. Retrieved from https://www.tandfonline.com/doi/full/10.1080/23311983.2016.1260824. Accessed on 9 Oct, 2020.

266. On-Screen Violence : Necessary Or Indulgence? Available at https://Www.Hindustantimes.Com/Travel/Trick-Or-What-Halloween-Amid-Coronavirus-Pandemic-Is-A-Mixed-Bag-All-Around/Story-Tdznkcsmh6wws4xztpz8cl.html (Acceseed On 17 Sep, 2020).

267. Hindustan Times (12 May, 2016). On Screen Violence : Necessary Or Indulgence. Retrieved from https://www.Hindustantimes.Com/Art-And-Culture/Film-Maker-Zeishan-Quadri-On-The-Appeal-And-Importance-Of-On-Screen-Violence/Story-Mlnxx30r5panjxmuzwutlj.html. Accessed on 22 Sep, 2020.

268. Business Standard, (21 July, 2017) Sharp Shooter Inspired By Sanjay Dutt's Movies Arrested. Available at https://Www.Business-Standard.Com/Article/News-Ians/Sharp-Shooter-Inspired-By-Sanjay-Dutt-S-Movies-Arrested-117072101553_1.html (Accessed on 23 Sep, 2020).

269. The Influence Of Media Violence On Youth. Available from https://Www.Researchgate.Net/Publication/251857630_The_Influence_Of_Media_Violence_On_Youth [Accessed on 23 Sep, 2020].

270. Hindustan Times (7 Sep, 2017) Gangsters, dons, mob bosses : What makes Bollywood fall for such themes. Retreieved from https://

www.hindustantimes.com/bollywood/gangsters-dons-mob-bosses-is-bollywood-only-concerned-about-money-and-whistles/story-VXH2kKKiApFWaV2ykoYAeN.html. Accessed on 1 Oct, 2020.

271. Opinion (7 Feb, 2017) Why's Bollywood mesmerized with glorifying terrorists, gangsters and criminals? Retrieved from https://thefearlessindian.in/whys-bollywood-mesmerized-with-glorifying-terrorists-gangsters-and-criminals/. Accessed on 1 Sep, 2020.

272. Opinion (7 Feb, 2017) Why's Bollywood mesmerized with glorifying terrorists, gangsters and criminals? Retrieved from https://thefearlessindian.in/whys-bollywood-mesmerized-with-glorifying-terrorists-gangsters-and-criminals/. Accessed on 1 Sep, 2020.

273. TFI Post (11 Dec, 2016) Why is Bollywood glorifying criminals? Retrieved from https://tfipost.com/2016/12/bollywood-glorifying-criminals/. Accessed on 1 Oct, 2020.

274. Rao, R., Panda, U., Gupta, S. K., Ambekar, A., Gupta, S., & Agrawal, A. (2020). Portrayal of alcohol in Bollywood movies : A mixed methods study. Indian Journal of Psychiatry, 62(2), 159.

275. https://www.nyfa.edu/nyfa-news/drugs-in-film.php#.X4pEMdAzbIU

276. Hariom Verma (2015). Portrayal Of Substance Abuse In Post-Independence Hindi Cinema : A Thematic Study, G.J.I.S.S., Vol.4(4) : 33-35. Accessed on 17 Sep, 2020.

277. Radiff, Zeanah & Wheaton (2017) Do Drugs Cause Violence? https://Doi.Org/10.1002/9781119057574.Whbva030. Accessed on 17 Sep, 2020.

278. Michael Starks (2015) Cocaine Fiends and Reefer Madness. Retrieved from https://books.google.co.in/books?hl=en&lr=&id=gQhFCQAAQBAJ&oi=fnd&pg=PA7&dq=Drugs+%2BMovies&ots=8S2V2O7EOl&sig=WQQxAWieC8vvH0vE1jWKCF6FyF8&redir_esc=y#v=onepage&q=Drugs%20%2BMovies&f=false. Accessed on 17 Sep, 2020.

279. Hariom Verma (2015), Portrayal Of Substance Abuse In Post-Independence Hindi Cinema : A Thematic Study, G.J.I.S.S., Vol. 4(4) : 33-35. Accessed on 17 Sep, 2020.

280. https://www.dnaindia.com/india/report-three-underworld-dons-who-rode-bombay-from-the-60s-to-early-80s-2083454.

281. https://scroll.in/reel/963976/fugitive-gangster-dawood-ibrahim-inspired-several-movies-but-only-one-actor-got-him-right.

282. Netflix. Retrieved from https://www.netflix.com/in/title/80177803. Accessed on 8 Oct, 2020.

283. Decider (22 Jan, 2018) Netflix's 'Drug Lords' Is A Cheat Sheet to Some of The Worst Criminals in Modern History. Retrieved on https://decider.com/2018/01/22/drug-lords-netflix-review/. Accessed on 8 Oct, 2020.

284. Daily Dot (30 June, 2020) 'Drug Lords' tells the true crime tales behind iconic movies. Retrieved from https://www.dailydot.com/upstream/drug-lords-netflix-review/. Accessed on 8 Oct, 2020.

285. Ready Steady Cut. Review. Drug Lords. Retrieved on https://readysteadycut.com/2018/01/20/review-drug-lords/. Accessed on 8 Oct, 2020.

286. Zarnab Zahoor (2019), Media Pedagogy for Drugs : A Qualitative Study from the Movie Udta Punjab. Retrieved from http://www.ijhssi.org/papers/vol8(10)/Series-2/F0810024244.pdf. Accessed on 8 Oct, 2020.

287. The Indian Express (21 June, 2016) Udta Punjab is no fiction, we see it every day. Retrieved from https://indianexpress.com/article/blogs/udta-punjab-is-no-fiction-we-see-it-every-day/. Accessed on 8 Oct, 2020.

288. Zarnab Zahoor (2019), Media Pedagogy for Drugs : A Qualitative Study from the Movie Udta Punjab. Retrieved from http://www.ijhssi.org/papers/vol8(10)/Series-2/F0810024244.pdf. Accessed on 8 Oct, 2020.

289. The Prowler (20 Jan, 2019), Stop glorifying 'Narcos'. Retrieved from https://www.theprowlernews.org/reviews/movies/2019/01/20/stop-glorifying-narcos/. Accessed on 1 Oct, 2020.

290. Forbes (1987), The Richest Man in the World. Retrieved from https://www.forbes.com/pictures/eehd45ekgjj/1987/#2a035bb9d7d1. Accessed on 2 Oct, 2020.

291. Bunker & Sullivan (2011), Integrating feral cities and third phase cartels/third generation gangs research: the rise of criminal (narco) city networks and BlackFor. https://doi.org/10.1080/09592318.2011.620804. Accessed on 2 Oct, 2020.

292. Pablo Escobar : Colombian Criminal. Retrieved from https://www.britannica.com/biography/Pablo-Escobar#info-article-history. Accessed on 2 Oct, 2020.

293. The Prowler (20 Jan, 2019), Stop glorifying 'Narcos'. Retrieved from https://www.theprowlernews.org/reviews/movies/2019/01/20/stop-glorifying-narcos/. Accessed on 1 Oct, 2020.

294. Huffpost, Ankur Pathank (2 July, 2018) Sanju : A Dishonest Biopic That Absolves Its Leading Man Of All Responsibility. Retreived from https://Www.Huffingtonpost.In/2018/07/02/Sanju-A-Dishonest-Biopic-That-Absolves-Its-Leading-Man-Of-All-Responsibility_A_23472510/. Accessed on 24 Sep, 2020.

295. Sanjay Dutt vs State Through C.B.I. Bombay on 9 Sep, 1994. Retrieved from https://indiankanoon.org/doc/1655328/ Accessed on 22 Sep, 2020.

296. India.com (24 Feb, 2017) Sanjay Dutt finally talks about his horrific phase as a drug addict. Retrieved from https://www.india.com/

entertainment/sanjay-dutt-finally-talks-about-the-horrific-phase-as-a-drug-addict-1869167/. Accessed on 22 Sep, 2020.

297. Sanjay Dutt. Retrieved from https://twitter.com/duttsanjay?ref_src=twsrc%5Egoogle%7Ctwcamp%5Eserp%7Ctwgr%5Eauthor. Accessed on 22 Sep, 2020.

298. 2016. Golden Era of Bollywood. Retrieved from https://bolywoodfiles.blogspot.com/2016/08/bollywoods-top-15-negative-roles-played.html. Assessed on 10 Nov, 2020.

299. 2016. Breaking bad : How the world of villains has changed. Forbes India. Retrieved from https://www.forbesindia.com/ucweb/article.php?autono=45235. Assessed on 10 Nov, 2020.

300. Kehr, D. (2002). FILM IN REVIEW; 'Mother India.' Retrieved from https://www.nytimes.com/2002/08/23/movies/film-in-review-mother-india.html. Assessed on 10 Nov, 2020.

301. Upendra, V. (2017). 'Teesri Manzil' review : The Fall and the Rise. Life is a Cinema Hall. Retrieved from https://lifeisacinemahall.com/teesri-manzil-review-the-fall-and-the-rise/musical/. Assessed on 10 Nov, 2020.

302. Kapoor, R.S. (2020). 50 years of Johny Mera Naam : An all-time entertainer. Indian Narrative. Retrieved from https://indianarrative.com/culture/50-years-of-johny-mera-naam-an-all-time-entertainer-3154.html. Assessed on 10 Nov, 2020.

303. 2018. India's gold policy in the first decade after independence. My gold guide. Retrieved from https://www.mygoldguide.in/india%E2%80%99s-gold-policy-first-decade-after-independence. Assessed on 10 Nov, 2020.

304. Pothukuchi, M. (2019). Bollywood's definitive 'masala' film, Yaadon Ki Baarat tops the hall of fame. The Print. Retrieved fromhttps://theprint.in/features/reel-take/bollywoods-definitive-masala-film-yaadon-ki-baarat-tops-the-hall-of-fame/324674/. Assessed on 10 Nov, 2020.

305. Agnihotri, V. (2015). The evolution of the Bollywood villain. DNA. Retrieved from https://www.dnaindia.com/analysis/standpoint-the-evolution-of-the-bollywood-villain-2106790. Assessed on 10 Nov, 2020.

306. Banerjee, J. (2016), Breaking Bad: How the world of villains has changed, Forbes India, retrieved from: https://www.forbesindia.com/article/2016-celebrity-100/breaking-bad-how-the-world-of-villains-has-changed/45235/1, Accessed on Nov 10, 2020.

307. 2020. IIM Rohtak Study Shows How Films and Songs Promote Drug Uses. Granthshala. Retrieved from https://granthshala.com/iim-rohtak-study-shows-how-films-and-songs-promote-drug-uses/. Assessed on 12 Nov, 2020.

308. Somers, P., Tucciarone, K., Austin, J., Keene, B., Packnett, G. D., & Stoll,

L. (2006). Dying to get in: Cinematic views of college choice. College and University, 81(4), 39-44. Retrieved from https://search.proquest.com/openview/d2c8c7b9c35b0dc18d2212da4f757768/1?cbl=1059&pq-origsite=gscholar. Assessed on 11 Nov, 2020.

309. Hess, J.T. (2012). Reel Deans : The portrayal of higher-education administrators in American films. Retrieved from https://digitalcommons.unf.edu/cgi/viewcontent.cgi?article=1465&context=etd. Assessed on 11 Nov, 2020.

310. Ikenberry, S. (2005). Education for fun and profit : Traditions of popular college fiction in the United States, 1875–1945. In S.H. Edgerton, G. Holm, T. Daspit, & P. Farber (Eds.), Imagining the academy: Higher education and popular culture (pp. 51-66). New York, NY : Routledge Farmer.

311. Oliker, M. (1993). On the images of education in popular film. Educational Horizons, 71, 72-75.

312. National Commission on the Causes and Prevention of Violence. (1969). Commission statement on violence in television entertainment programs. Washington, DC: U.S. Government Printing Office. Retrieved from https://www.ncjrs.gov/pdffiles1/Digitization/275NCJRS.pdf. Assessed on 11 Nov, 2020.

□

अध्याय–7

समाज पर लोकप्रिय संगीत का प्रभाव

आज के दौर में छोटे–छोटे छंद दिल के बेहद करीब लगते हैं और उनमें सटीकता भी झलकती है। दुनिया भर में संगीत का प्रभाव महसूस किया जाता है और संगीत के कुछ रूपों ने किसी और की अपेक्षा कुछ ज्यादा ही नकारात्मक ध्यान खींचा है। पाश्चात्य संदर्भ में रॉक, हिप–हॉप और हेवी मेटल म्यूजिक के चलते किशोरों में होनेवाली व्यवहार संबंधी समस्याओं के लिए ऐसे संगीत की काफी आलोचना भी हुई है।[313] जब बात युवाओं के व्यवहार में बदलाव की आती है तो संगीत को किसी भी प्रकार के जनसंचार साधन में सबसे ज्यादा प्रभावशाली माना जाता है। ऐसा अनुमान है कि एक किशोर उतना ही समय संगीत सुनने में व्यतीत करता है, जितना समय वह अपने स्कूल में बिताता है।[314] इसलिए किशोरों के व्यवहार को प्रभावित करने के महत्त्वपूर्ण कारक के तौर पर यह अब भी मौजूद है।

संगीत की पसंदगी और उसके बोल किसी भी इनसान की भावनाओं पर गहरा असर छोड़ते हैं, साथ ही महिला/पुरुष के संज्ञानात्मक विकास और याददाश्त पर भी अपना दखल रखते हैं। वैज्ञानिकों ने यह साबित कर दिया है कि हलकी गतिविधि, जैसे संगीत सुनना किसी के भी दिमाग में आमूल–चूल परिवर्तन ला सकता है, इसलिए शरीर के अन्य कार्यों को भी बदलने की क्षमता रखता है।[315] संगीत हमारी भावनात्मक अवस्थाओं में भी सकारात्मक बदलाव ला सकता है और इस तरह किसी इनसान की अच्छी सेहत में भी संगीत का गहरा असर होता है। यह किसी व्यक्ति को बीमारी से उबरने में भी मददगार साबित होता है।[316] संगीत के तत्त्व, जैसे सामंजस्य, गीत, लय, मिठास, संगीत का स्वरूप और तीव्रता का किसी की भी भावनाओं पर सशक्त और गहरा असर पड़ता है।

तमाम शोधों से पता चला है कि तमाम तरह के संगीत से व्यक्ति के मूड

और व्यवहार पर फर्क पड़ता है। मिसाल के तौर पर मोजार्ट के 'Eine Kliene Nachtmusik' का एक व्यक्ति पर सुकूनदेह असर दिखता है। इसी प्रकार लोकसंगीत से अवसाद के लक्षण नजर आने लगते हैं और ग्रंज रॉक को तो दुश्मनी, तनाव और चिंता बढ़ाने के लिए जाना जाता है।[317] हालाँकि ऐसे संगीत का सामाजिक व्यवहार पर प्रभाव, जोकि समाज के अन्य सदस्यों की ओर नजर आता हो, अभी शोध का विषय बना हुआ है।

पाश्चात्य संगीत से अलग भारतीय संगीत में शोध पर बहुत कम ध्यान दिया गया है। भारत में बॉलीवुड संगीत में ड्रग्स और मादक पदार्थों के प्रकारों का संदर्भ देते हुए ढेर सारे गाने बने हैं। एक लोकप्रिय गाने के बोल 'चरस मैनु छड दी' से अंदाजा लगाया जा सकता है।

इसके अलावा भारत के कुछ हिस्सों में ड्रग और मादक द्रव्यों के सेवन का प्रचलन भी बढ़ रहा है, खासकर पंजाब राज्य में। हाल में छपी एम्स (अखिल भारतीय आयुर्विज्ञान संस्थान) दिल्ली की रिपोर्ट के मुताबिक राज्य में दो लाख से ज्यादा नशे के आदी लोग हैं।[318] लोकप्रिय गानों में ड्रग सेवन के महिमामंडन से जाहिर होता है कि राज्य में नशे के प्रति बढ़ती प्रवृत्ति में किस कदर उछाल आया है। पूरे देश में बीते कुछ सालों में नशा-सेवन की प्रवृत्ति तेजी से बढ़ी है। यू.एन. की रिपोर्ट में अनुमान व्यक्त किया गया है कि भारत में नशा करनेवालों की संख्या में पिछले दशक में 30 प्रतिशत की बढ़ोतरी हुई है।[319] नशाखोरी के अलावा बंदूक हिंसा भी बढ़ते हुए क्रम में नजर आ रही है। वर्तमान अध्याय में युवाओं में इस तरह के असामाजिक व्यवहार पर लोकप्रिय फिल्म संगीत के प्रभावों को उजागर करने का एक प्रयास किया गया है।

मनोविज्ञान में प्रचलित साहित्य और अन्य सामाजिक-विज्ञान विषयों ने लोकप्रिय संगीत और किशोरों के बीच नकारात्मक व्यवहार के बीच संबंधों का अध्ययन किया गया है।[320, 321] ब्लेच, जिलमान और वीवर ने 1991 में अपने प्रकाशित कार्य में इसका उल्लेख किया है कि जिन किशोरों का रुझान हेवी मेटल म्यूजिक की तरफ होता है, उनके मादक पदार्थों के सेवन से जुड़ने की आशंका अधिक होती है और कक्षाओं में उनके खराब ग्रेड आने की भी संभावना बढ़ जाती है।[322] इन किशोरों को स्कूलों में बहुत ज्यादा परेशानियों का सामना करना पड़ता है और शिक्षा की तरफ उनका झुकाव घटता जाता है।[323] रैप, हेवी मेटल, पॉप और रॉक म्यूजिक और नशा सेवन और अनियंत्रित ड्राइविंग के बीच अनुभवजन्य जुड़ाव पाए गए हैं।[324, 325, 326]

संगीत पसंदगी और नकारात्मक व्यवहार के बीच खास संबंध के अलावा, रिवर्स कैजुअल्टी, यानी उलटा असर भी होने की आशंका रहती है। साहित्य यह भी बताता है कि नकारात्मक व्यवहार वाले किशोर कुछ विशेष प्रकार के संगीत की तरफ आकर्षित होते हैं।[327] फिर भी शिक्षाविदों के बीच सहमति से पता चलता है कि संगीत और गानों के प्रकार युवाओं के व्यवहार और विचार को नकारात्मक तरीके से प्रभावित करते हैं।[328] उपर्युक्त चर्चा के आधार पर युवाओं के व्यवहार पर लोकप्रिय संगीत के प्रभाव की जाँच करनेवाले अध्ययन बड़े पैमाने पर पश्चिमी संदर्भ में किए गए हैं। जहाँ तक हमारी जानकारी है, भारतीय संदर्भ में कोई अध्ययन नहीं किया गया है। इसलिए इस अध्याय में हमने प्रयास किया है कि बॉलीवुड संगीत का युवाओं पर प्रभाव की अनुभवजन्य पड़ताल की जाए।

संगीत वरीयता नकारात्मक व्यवहार को कैसे प्रभावित करती है?

संगीत पर साहित्य की समीक्षा और युवाओं के बीच नकारात्मक व्यवहार को मुख्य रूप से एक मनोरोग और मनोवैज्ञानिक परिप्रेक्ष्य के रूप में परिभाषित किया गया है। इसके अलावा शोधकर्ताओं ने नीति-निर्माताओं, सरकारों और स्वास्थ्य सेवा पेशेवरों के दृष्टिकोण से भी इसका पता लगाया है।

मीडिया में हिंसा दिखाए जाने पर उसके संपर्क में बच्चों के आने और इसके नतीजे के तौर पर उनमें हिंसक और आक्रामक व्यवहार के बढ़ने को लेकर व्यापक शोध हुआ है। वैज्ञानिकों का प्रस्ताव है कि मनुष्य का मस्तिष्क एक परस्पर नेटवर्क के रूप में कार्य करता है, जहाँ विचारों को ऐसे उत्प्रेरक के जरिए आंशिक रूप से सक्रिय किया जाता है, जिससे वे संबंधित होते हैं।[329] जब किसी घटना या वस्तु के साथ सामना किया जाता है, तो उससे संबंधित विचार, सोच और भावनाएँ प्रमुख रूप से किसी व्यक्ति की याददाश्त में बगैर उनकी जानकारी के बैठ जाती हैं।[330]

उदाहरण के लिए किसी व्यक्ति के विजुअल फील्ड में एक हथियार की हलकी सी मौजूदगी उसके भीतर आक्रामक विचार या व्यवहार को सक्रिय कर देती है।[331] इसी प्रकार लोगों को आपस में लड़ते हुए देखकर लोगों के मन में लड़ाई या अन्य आक्रामक विचार से जुड़ी सोच और व्यवहार सक्रिय हो उठते हैं।

2006 में बुशमैन और ह्यूसमैन द्वारा प्रकाशित शोध के अनुसार, एक दृश्य देखने पर हमारी अनुभूति, व्यवहार या भावनाएँ, जो हिंसक दृश्य से कभी जुड़ी रही हों, उन्हें सक्रिय होने में मात्र कुछ मिलीसेकंड ही लगते हैं।[332]

इसके अलावा बच्चों के मामले में बहुत हद तक संभव है कि जो दूसरों को

खास तरह का आक्रामक व्यवहार प्रदर्शित करते हुए देखते हैं, जैसे कि किसी को पीटते हुए, तो वे भी उन लोगों के व्यवहार की नकल करने लगते हैं। शोधकर्ता यह राय देने को लेकर बेहद सजग रहते हैं कि संगीत भी तमाम मुद्दों को लेकर वैसी ही तात्कालिक वजह बनता है।

कई वैज्ञानिकों का तर्क है कि जैसे संगीत का विरोध दु:खी किशोरों की रचना करता है, उसी प्रकार गंभीर रूप से परेशान किशोर एक खास तरह के संगीत की तरफ रुख करने लगते हैं।[333, 334] उदाहरण के लिए, वर्ष 1989 में वर्डन, डनलेवी और पावर्स ने अपने एक शोध के जरिए बताया था कि मीठे गीतों की तरफ रुझान सामाजिक रीति-रिवाजों के खिलाफ नहीं होने देता; सामाजिक प्रथाओं के विपरीत और मित्र क्षेत्र मधुर गीतों की ओर रुझान को प्रभावित करता है।[335]

जॉनसन और सहकर्मियों के एक अध्ययन ने म्यूजिक वीडियो के प्रभाव को दिखाया, जिसमें किशोर डेटिंग हिंसा की स्वीकारोक्ति पर महिलाओं को यौनोत्तेजक तरीके से छूते हुए तस्वीरें शामिल की गई थीं। इसके बाद उन तस्वीरों में अफ्रीकी अमरीकियों को शांत रैप म्यूजिक वीडियो में शामिल किया गया। एक अन्य शर्त थी कि उसमें कोई म्यूजिक नहीं रहेगा। इस प्रयोग के नतीजे में यह दिखा कि युवा महिलाएँ, जिनको वीडियो में यौनोत्तेजक तस्वीरों को दिखाया गया, उन्होंने किशोर डेटिंग हिंसा के प्रति स्वागतयोग्य दृष्टिकोण दिखाया।[336] इसी तरह के एक अन्य शोध में 1995 में जॉनसन और उनके साथियों ने रैप म्यूजिक के चलते युवा अफ्रीकी अमरीकी पुरुषों के दृष्टिकोण और नजरिए का अध्ययन किया। इसका नतीजा यह रहा कि जिन युवा अफ्रीकी-अमरीकी पुरुषों को आक्रामक रैप म्यूजिक वीडियो दिखाए गए, उनके भीतर काल्पनिक विवाद को लेकर हिंसक प्रवृत्ति का रवैया पाया गया।[337]

हैंसन ऐंड हैंसन ने अपने अध्ययन में पाया कि जो कॉलेज छात्र ज्यादा म्यूजिक वीडियो देखते हैं, जिसमें समाज विरोधी थीम शामिल रहता है, उनके भीतर इनको स्वीकारोक्ति प्रदान करने की ललक उन छात्रों के मुकाबले ज्यादा रहती है, जो समाज विरोधी वीडियो नहीं देखते।[338] कुछ इसी तरह का प्रयोग बैरनगन और हॉल[339] ने किया था, यह पता करने के लिए कि म्यूजिक और लिंगभेद के बीच क्या संबंध है। उनके अध्ययन से पता चला है कि वह म्यूजिक वीडियो, जो महिला विरोधी भावनाओं को बढ़ावा देते हैं, उससे व्यवहार में यौन-आक्रामकता तेजी आती है। ये म्यूजिक वीडियो यौन आक्रामकता से जुड़ी संज्ञानात्मक गड़बड़ी भी पैदा

करते हैं। अंततः वेस्टर और सहयोगियों ने 'साइकोलॉजी ऑफ विमेन क्वार्टरली' में प्रकाशित अपने अध्ययन में हिंसक गानों का आक्रामकता पर पड़नेवाले असर को दिखाया। उनके नतीजों ने दिखाया कि जिन प्रतिभागियों को हिंसक गाने और संगीत से रूबरू किया गया, उनके महिलाओं से संबंध और भी ज्यादा टकराव वाले हो गए।[340] सभी चीजों को ध्यान में रखते हुए विद्वानों के शोध के व्यापक प्रदर्शन बताते हैं कि ये महज अटकलें हैं कि संगीत युवाओं के चिंतन और अभ्यास पर नकारात्मक असर डालता है। पाश्चात्य संदर्भ में बहुतायत में जो अध्ययन किए गए, वैसे ही नतीजे भारतीय संगीत के संदर्भ में भी माने जा सकते हैं।

एक सैद्धांतिक दृष्टिकोण से नकारात्मक व्यवहारों पर संगीत वरीयताओं के प्रभाव को भी अचेतन धारणाओं के सिद्धांत के आधार पर समझाया जा सकता है। अचेतन संदेशों का विचार 1950 में शुरू हुआ, जब यह सुझाव दिया गया कि टीवी पर प्रसारित की जानेवाली सूचना दर्शकों के सामने ऐसे जानी चाहिए कि वह उनके अचेतन में बैठ जाए, बजाय कि जान-बूझकर एक विषयगत रूप से अधिक प्रभाव देने के, जो विज्ञापनदाताओं के लिए सार्थक हो सकता है। सामान्यतया अचेतन प्रभाव तब दिखता है, जब एक व्यक्ति 'इस बात से वाकिफ न हो कि कौन सा उत्प्रेरक है, जिससे एक खास तरह की प्रतिक्रिया हो रही है।' ऐसे अचेतन संदेश के प्रभाव को गीतों के चयन तक भी बढ़ाया जा सकता है। उदाहरण के लिए, हिप-हॉप वीडियो में महिलाओं को अकसर इस तरह दिखाया जाता है कि वे पैसे के लिए कुछ भी करने को तैयार हैं और वे ताकतवर पुरुषों को लुभाने का प्रयास करती रहती हैं।[341] इस तरह का स्टीरियोटाइप श्रोता द्वारा प्रदर्शित व्यवहार में भी बदल जाता है। इसलिए जब एक किशोर म्यूजिक वीडियो में महिलाओं की इस तरह की स्टीरियोटिपिकल छवि देखता है तो वह भी महिलाओं से उसी तरह व्यवहार करने लगता है। शोध में पाया गया कि 1985 से 1996 के बीच 50 प्रतिशत से ज्यादा म्यूजिक वीडियो में कामुकता या यौन गतिविधियाँ दिखाई गई हैं।[342]

अब हम इस पर चर्चा करेंगे कि हॉलीवुड और बॉलीवुड म्यूजिक ने व्यापक तौर पर समाज पर कैसा असर डाला है। इस अध्याय के उत्तरार्ध में हम आकलन करेंगे कि बॉलीवुड पॉप म्यूजिक में हिंसा और नशे के महिमामंडन से युवाओं के व्यवहार में कितना भटकाव देखने में आया। अपने उद्देश्य को हासिल करने के लिए हमने दो अध्ययन किए। पहले अध्ययन में हमने सामग्री का विश्लेषण किया, ताकि गाने के बोलों में हिंसा और ड्रग्स की मौजूदगी दिख सके। पहले अध्ययन के

नतीजे के आधार पर हमने दूसरा गणनात्मक अध्ययन किया, ताकि अपने नतीजों की पुष्टि कर सकें, साथ ही ऐसे गानों का युवाओं के व्यवहार पर पड़नेवाले असर का आकलन कर सकें।

हॉलीवुड और बॉलीवुड गीतों का समाज पर प्रभाव

पश्चिमी समाज पर संगीत का अलग प्रभाव है। समाज पर संगीत के प्रभाव को तीन प्रमुख आयामों में वर्गीकृत किया जा सकता है—संस्कृति, मूल्य और भावनाएँ या भावात्मक स्थिति। किसी समाज में संस्कृति रीति-रिवाजों, विचारों और आस्थाओं को संदर्भित करती है। लोकप्रिय संगीत का समाज की संस्कृति पर खासा असर पड़ता है। उदाहरणार्थ संस्कृति पर संगीत के असर को चेनस्मोकर्स के गाने '#सेल्फी' में देखा जा सकता है। यह दिखाता है कि संगीत वीडियो द्वारा स्थापित एक प्रवृत्ति समाज के सांस्कृतिक आयामों में कितनी गहराई तक बसी है। सांस्कृतिक आयाम के भीतर संगीत को समाज में फैशन को प्रभावित करने के लिए भी जाना जाता है। उदाहरण के लिए, जेनिफर लोपेज की गुलाबी हूप कानों की बाली और स्वेटसूट, स्पाइस गर्ल के कपड़े और हैमर पैंट ऐसे ही कुछ नमूने हैं। ये फैशन के चलन पाश्चात्य संस्कृति का अभिन्न हिस्सा बन चुके हैं।[343] इसी तरह बॉलीवुड भी भारतीयों के लिए चलन स्थापित करने के लिए जाना जाता है। फिल्म 'कभी खुशी, कभी गम' का गाना 'ओम् जय जगदीश हरे' ने घर-घर में आरती को लोकप्रिय बना दिया। 70 साल पहले फिल्मों में शामिल की गई 'अनारकली कमीज' आज भी उतनी ही लोकप्रिय है।

दूसरे क्षेत्र में समाज में मूल्यों की प्रणाली पर संगीत का प्रभाव शामिल है। समाज के लिए मूल्य एक आधार या बुनियाद की तरह हैं, जो यह निर्धारित करते हैं कि सही और गलत व्यवहार क्या है। ड्रग्स, सेक्स और हिंसा को महिमामंडित करनेवाले गीतों के साथ समाज की नैतिक प्रणाली का रुझान बुराई की तरफ परिवर्तित हो गया है। एक तरफ जहाँ विद्वान् शोधकर्ताओं के लिए मूल्य प्रणाली पर संगीत के प्रभाव को लेकर कारण और प्रभाव संबंधों का आकलन जरा मुश्किल है, वहीं तमाम विद्वान्, जैसाकि ऊपर चर्चा की गई है, तर्क देते हैं कि इसका प्रभाव निश्चित रूप से पड़ता है। हॉलीवुड रैप और पॉप संस्कृति, जिसने हिंसा और नशाखोरी को बढ़ावा दिया, उसका नतीजा यह हुआ कि अमेरिका में नशे की खपत और हिंसा बढ़ गई। इसी तरह बॉलीवुड फिल्मों में हिंसक गीतों ने भारतीय मूल्य प्रणाली में गिरावट का दौर शुरू कर दिया है।

अंत में एक व्यक्ति की भावात्मक अवस्था पर संगीत का प्रभाव भी अहम है। किसी व्यक्ति पर संगीत का सबसे अधिक पहचाना जानेवाला असर उस पर पड़नेवाला भावनात्मक प्रभाव है। संगीत में किसी व्यक्ति के मूड, भावनाओं और उनके आसपास के वातावरण को बदलने की क्षमता होती है। संगीत उन्हें ऊर्जा से ओतप्रोत कर सकता है। उदाहरण के लिए हिप-हॉप पंजाबी संगीत सुनने से गाड़ी चलाते समय व्यक्ति उत्साह से इस कदर लबरेज हो जाता है कि कार की रफ्तार खुद ब खुद तेज हो जाती है, या एक अच्छे गायक के गाए उदास गीत में यह क्षमता होती है कि किसी के खोए हुए प्यार से जुड़ी पुरानी यादें एकदम से ताजा हो उठती हैं। संगीत से मानव शरीर में उत्साहवर्धक डोपामाइन हॉर्मोन रिलीज होते हैं, और संगीत की धुनों में वह ताकत होती है, जो किसी व्यक्ति की उत्पादकता को बढ़ा देती है। इसलिए यह ऐसा क्षमतावान माध्यम है, जो किसी की भावनाओं को नियंत्रित कर सकता है।

1960 के दशक में अमेरिका में संस्कृति विरोधी आंदोलन के उदाहरण के जरिए संगीत के प्रभाव के इन तीन दायरों को अच्छी तरह से प्रदर्शित किया जा सकता है। '60 के दशक में और '70 के मध्य तक संस्कृति विरोधी गुण, जोकि मूलतः व्यवस्था विरोध था, वह पाश्चात्य देशों में विकसित हुआ। इस क्रांति ने मीडिया के हर रूप का इस्तेमाल करके समाज को उकसाया कि वे अमरीकी सेना के वियतनाम में दखलंदाजी का विरोध करें। 1960 के दशक के दौरान सामाजिक तनाव ने समस्त नस्लों पर असर डाला और इसके चलते मानव कामुकता, महिलाओं के अधिकारों, मनोवैज्ञानिक दवाओं के इस्तेमाल, अधिकार और 'अमरीकी सपने' के मायने बदल गए। इन कारणों में से हरेक के लिए समर्थन बहुत व्यापक था और इसके समर्थकों में जबरदस्त जुनून देखा गया था। पूरे आंदोलन के दौरान सबसे ज्यादा प्रभाव संगीत के जरिए नजर आया।[344] उस दौर में संस्थानों को बदलने की उत्कट इच्छा संगीत में झलकती थी।

संगीत कलाकारों ने एक नई संगीत शैली की राह तैयार की और यह प्रतिवाद के लिए उनकी अभिव्यक्ति का माध्यम बन गया। पहले संगीत को जातीय और पीढ़ीगत वर्गीकरण से जाना जाता था। उदाहरण के लिए, श्वेतों, युवाओं, बुजुर्गों, या कालों के लिए संगीत। हालाँकि संस्कृति विरोध ने इसे बदल दिया। तमाम अन्य तरह का संगीत और इसकी सहायक शाखाएँ भी उभरने लगीं, जैसे पॉप, फोक, एकॉस्टिक, रॉक और इलेक्ट्रॉनिक म्यूजिक। अभिव्यक्ति की सच्ची आजादी की इच्छा को संगीत के अलग-अलग सेट ने और बढ़ा दिया। अफ्रीकी-अमरीकी

कलाकारों को इस दौर में लोकप्रियता मिली और संगीत ने विचारों के और ज्यादा खुलेपन को हवा दी, अन्य जातीय समुदायों को संघर्ष के लिए बराबरी का अवसर दिया। महिला कलाकारों को संगीत के कारोबार में अपनी क्षमता प्रदर्शित करने का अवसर मिला। 'रॉनेट्स', 'द क्रिस्टल' ऐंड 'शंग्री-ला' 1960 के मध्य में उभरे और इन्होंने हजारों कार्यक्रम किए।

इस दौर का संगीत राजनीतिक तौर पर बहुत आक्रामक था और राजनीतिक रैलियों में भीड़ जुटाने तथा समर्थन हासिल करने का माध्यम बन गया था। 'क्रॉसबी', 'नैश', 'क्रेडेंस क्लियरवाटर रिवाइवल' को खास राजनीतिक कार्यक्रमों के लिए गीत लिखने के लिए जाना जाता था, वे सरकार में मौजूद पाखंड पर हमलावर और श्रोताओं में आक्रामकता को झिंझोड़ देनेवाले गाने लिखते थे। इस दौर में संगीत अमरीकी समाज में मौजूद असमानता को उजागर करने का भी एक जरिया बन गया था। इसका नकारात्मक पहलू भी था, जिसके चलते नशे को लेकर बहुत ज्यादा प्रयोग होने लगे, जैसे मारियुआना, एल.एस.डी. आदि को संगीत का नतीजा माना जा सकता है। बदनाम वुडस्टॉक फेस्टिवल अमरीकी युवाओं की नजर में आइकॉनिक बन गया और इसे उस दौर में अमेरिका में नशे की संस्कृति को बढ़ावा देने की प्रमुख वजह माना गया।[345]

इस प्रकार संस्कृति विरोध के दौरान चली संगीत की लहर ने अमरीकी समाज के साथ संगीत के कामकाज में एक नाटकीय बदलाव किया। यह प्रदर्शित करता है कि संगीत में बदलाव लाने की क्षमता है और यह वंचितों के लिए आजादी की राह भी प्रशस्त करता है। संगीत ने दुनिया भर में संस्कृतियों, समाजों और सभ्यताओं को आकार देने में एक सक्रिय भूमिका निभाना जारी रखा है।

बॉलीवुड पॉप म्यूजिक में हिंसा और नशे के महिमामंडन की अनुभवजन्य पड़ताल

युवाओं के व्यवहार पर बॉलीवुड पॉप संगीत में हिंसा और ड्रग्स के महिमामंडन के प्रभाव का अध्ययन किया गया। टीम ने 50 बॉलीवुड गीतों का अध्ययन किया, जिन्हें 18 और 25 वर्ष की आयु के बीच के 200 छात्रों ने नियमित रूप से सुना। 200 छात्रों को नियमित रूप से सुने जानेवाले शीर्ष 50 गीतों को सूचीबद्ध करने के लिए हर एक को यू.एस.बी. ड्राइव दे दी गई। उन्हें गाने सुनने की आवृत्ति के अनुसार गीतों को सूचीबद्ध करने का काम दिया गया। प्रत्येक यू.एस.बी. धारक के डाटा को प्रतिभागी कोड के साथ चिह्नित किया गया। हर प्रतिभागी को महिलाओं

के प्रति दृष्टिकोण, अधिकार के प्रति नजरिया, सरकार में भरोसे का रवैया, नशीली दवाओं के उपयोग के प्रति दृष्टिकोण और हिंसा के प्रति दृष्टिकोण को मापने को भी कहा गया था।

ये गाने पाँच साल से ज्यादा पुराने नहीं थे। हमने 200 गाने यों ही बिना किसी मानदंड या पैमाने के चुन लिये और हर शख्स को 50 गानोंवाली एक यू.एस.बी. डिवाइस दे दी। तकनीकी तौर पर 10,000 गाने मौजूद थे, लेकिन वे एक-दूसरे पर ओवरलैप कर रहे थे। ओवरलैप हटाने के बाद टीम के पास 2,000 गाने बचे, जिनकी हमने समीक्षा की। रिसर्च टीम में तीन मार्केटिंग के प्रोफेसर, 5 डॉक्टरेट स्कॉलर और 7 रिसर्च एसोसिएट्स ने कोडिंग प्रक्रिया पर काम किया। सभी 2,000 गानों को 1 से 7 तक के बीच रैंक देना था, जिसके लिए निम्नलिखित श्रेणियाँ बनाई गईं—1. ड्रग के प्रयोग के संदर्भ, 2. हिंसा, 3. यौन संदर्भ, 4. महिलाओं की बेइज्जती, 5. धार्मिक संदर्भ। 2,000 गीतों में से प्रत्येक को उपर्युक्त पाँच श्रेणियों में एक समग्र स्कोर दिया गया था। इसके बाद प्रत्येक यू.एस.बी. को पाँच श्रेणियों में से प्रत्येक पर समग्र स्कोर दिया गया। उदाहरण के लिए, एक यू.एस.बी., जिसमें 50 गाने हैं, उनमें से प्रत्येक पाँच श्रेणियों पर एक समग्र स्कोर होगा, जैसे—1. नशीली दवाओं के उपयोग के संदर्भ (5.5/7); 2. हिंसा (5.2/7); 3. यौन संदर्भ (5.6/7); 4. महिलाओं के लिंग का अपमान (5.2/7); 5. धार्मिक संदर्भ (5.4/7)।

इसे 200 यू.एस.बी. में भरे डाटा में दोहराया गया, इसलिए अब हमारे पास प्रत्येक रैंकिंग के 200 डाटा पॉइंट हैं। प्रत्येक प्रतिभागी को महिलाओं के प्रति दृष्टिकोण, अधिकार के प्रति दृष्टिकोण, सरकार में विश्वास, नशीली दवाओं के उपयोग के प्रति दृष्टिकोण और हिंसा के प्रति दृष्टिकोण को मापने के लिए सर्वे करना था। कोडिंग प्रक्रिया में निम्नलिखित शामिल थे—गीत का नाम, ड्रग्स सेवन का संदर्भ, हिंसा, यौन-संदर्भ, महिलाओं का अपमान, धार्मिक संदर्भ, गायक और गीतकार का नाम।

अंतिम नमूने के आकार से बेतरतीब ढंग से चुने गए 50 गीतों पर कोडिंग सटीकता का पता लगाने के लिए एक पायलट अध्ययन किया गया था। कोडर्स के बीच के विवादों को चर्चा के माध्यम से हल किया गया था और विषयों की उचित कोडिंग सुनिश्चित की गई थी। नतीजों से संकेत मिला कि 60 प्रतिशत (वास्तव में, 60.30 प्रतिशत) में दवाओं और हिंसा दोनों के संदर्भ थे। लगभग 26 प्रतिशत (बिल्कुल 26.10 प्रतिशत) महिलाओं को वस्तुओं की तरह रखने के संदर्भ में थे।

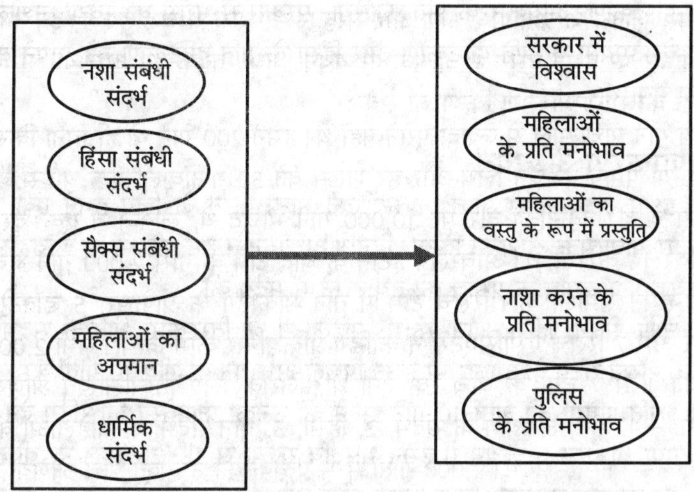

सामग्री उपरांत विश्लेषण में हमने कोडेड फ्रीक्वेंसी को बतौर स्वतंत्र वैरिएबल इस्तेमाल किया। इसी के अनुरूप प्रति 200 छात्र हमने उनके चुने हुए 50 गानों का विश्लेषण किया, साथ ही उनकी रेटिंग का मध्यमान भी परखा, जोकि नशा सेवन, हिंसा, यौन-संदर्भ, महिलाओं के तिरस्कार, धार्मिक संदर्भों पर आधारित थे। इसी के अनुरूप 200 छात्रों में से हरेक से एक प्रश्नावली का भी जवाब देने को कहा गया था, जिसमें इन वैरिएबल में नतीजे शामिल थे—सरकार में भरोसा, महिलाओं के प्रति नजरिया, महिलाओं को वस्तु की तरह बताना, नशे के सेवन के प्रति रवैया और पुलिस के प्रति रवैया। सभी पैमाने साइकोमेट्रिक आधार पर विधिमान्य थे, जिनके लिए मानक प्रक्रिया अपनाई गई थी। सभी निर्माणों को 6-बिंदु लाइकर्ट-टाइप पैमाने पर मापा गया था (1 = सख्त असहमत से 6 = मजबूती से सहमत)।

स्थापित विधि के जरिए सांख्यिकीय विश्लेषण किया गया। नतीजों ने नशा-सेवन आवृत्ति के साथ नशे के प्रति नजरिया और सरकार में भरोसे के बीच महत्त्वपूर्ण संबंध का संकेत दिया। इसके अलावा महिलाओं के तिरस्कार और महिलाओं व पुलिस के प्रति दृष्टिकोण के बीच भी मजबूत जुड़ाव पाया गया। हिंसा के संदर्भ पुलिस और सरकार के प्रति विरोधी नजरिए से जुड़े मिले। आखिर में धार्मिक संदर्भ भी सरकार, महिलाओं और महिलाओं को वस्तु की तरह देखे जाने से जुड़े पाए गए। इसलिए पहले अध्ययन ने निर्णयात्मक साक्ष्य उपलब्ध कराए कि कैसे नशा सेवन, हिंसा, महिलाओं के तिरस्कार और धार्मिक टिप्पणियों के संदर्भ महिलाओं,

सरकार, पुलिस के प्रति दृष्टिकोण और सरकार में भरोसे से जुड़े हुए हैं। इन नतीजों के आधार पर हमने दूसरा मात्रात्मक अध्ययन किया, ताकि इस अध्ययन से मिले नतीजों का सामान्यीकरण किया जा सके।

प्रमाणीकरण अध्ययन

प्रथम अध्ययन से प्राप्त निष्कर्षों को मान्य करने के लिए हमने एक बड़े नमूने पर मात्रात्मक अध्ययन किया। द्वितीय अध्ययन ने हमें युवाओं के व्यवहार पर बॉलीवुड पॉप संगीत के प्रभाव को तय करने में मदद की।

नशा-सेवन, हिंसा, यौन-संदर्भ, महिलाओं के तिरस्कार, धार्मिक संदर्भों में उनकी औसत रेटिंग के आधार पर हमने पिछले अध्ययन के शीर्ष 10 गीतों का चयन किया। प्रतिभागियों को शीर्ष 10 गाने सुनने की उनकी फ्रीक्वेंसी को रेटिंग देने को कहा गया था। इस अध्ययन में हमने भारतीय राज्यों से 18-25 साल के बीच के 590 उत्तरदाताओं का डाटा प्राप्त किया। नीचे दर्शाए गए आँकड़ों के मुताबिक हमने आपसी संबंधों का परीक्षण किया।

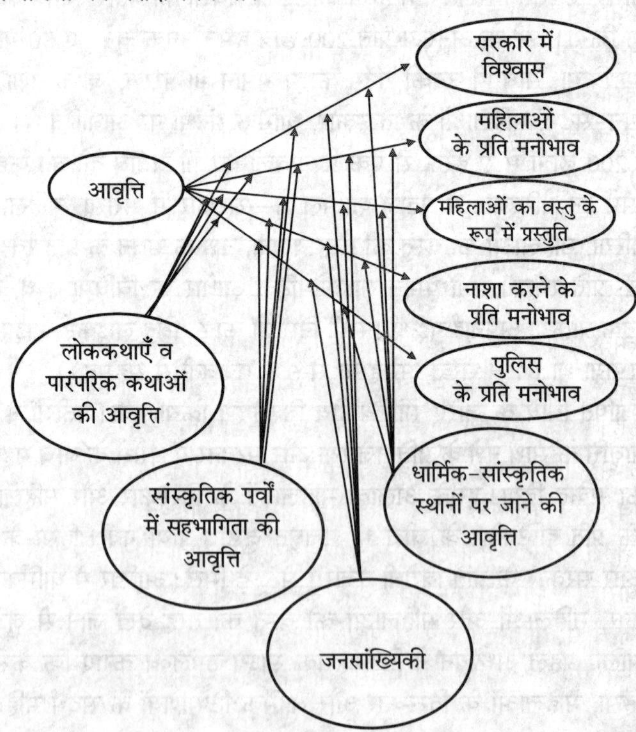

डाटा को भारत के सभी राज्यों में उनकी आबादी के अनुपात में स्तरीकृत नमूने का उपयोग करके एकत्र किया गया था। इस अध्ययन में उपयोग किए जानेवाले स्कैल आइटम पिछले शोध से लिये गए थे और साइकोमेट्रिक तौर पर मान्य थे। सभी निर्माणों को 6-बिंदु लाइकर्ट-टाइप पैमाने पर मापा गया था (1 = सख्त असहमत से 6 = मजबूती से सहमत)।

सांख्यिकीय मॉडल ने बहुत अच्छा परिणाम हासिल किया और नतीजों की व्याख्या की गई। एकत्र डाटासेट ने सभी प्राथमिक परिकल्पनाओं का सांख्यिकीय आधार पर समर्थन किया। हालाँकि संगीत सुनने और महिलाओं को वस्तु के तौर पर दिखाने के बीच के संबंधों पर सांस्कृतिक कार्यक्रमों में भागीदारी की फ्रीक्वेंसी में सुधारात्मक भूमिका निभाने अन्य सुधारात्मक परिकल्पनाओं का समर्थन किया गया था।

अध्ययन के नतीजों ने इंगित किया कि हिंसा और नशा सेवन को प्रचार देनेवाले गाने सुनने की फ्रीक्वेंसी सरकार में भरोसे, महिलाओं के प्रति रवैया, महिलाओं को वस्तु के तौर पर दिखाने, नशा सेवन की ओर दृष्टिकोण और पुलिस के प्रति नजरिए से खासतौर पर जुड़ा हुआ है।

इसलिए यह अनुमान लगाया जा सकता है कि हिंसा और ड्रग्स को बढ़ावा देनेवाले बॉलीवुड के गाने विनाश ला सकते हैं (क्योंकि वे सरकार में भरोसा घटा देते हैं)। साथ ही ये गाने महिलाओं के प्रति नजरिए को काफी प्रभावित कर सकते हैं और महिलाओं के प्रति नकारात्मक दृष्टिकोण पैदा कर सकते हैं। संभवतः परोक्ष रूप से नशे की खपत और अधिकारियों के प्रति दृष्टिकोण को भी बदल सकते हैं।

लोककथाओं या किंवदंतियों और पारंपरिक कहानियों को पढ़ने की आवृत्ति का सुधारात्मक प्रभाव सभी मुख्य संबंधों के लिए नकारात्मक है, इसलिए लोककथाओं को पढ़ने या सुनने से फिल्म संगीत सुनने के नकारात्मक प्रभाव को कम किया जा सकता है। इसके अलावा सांस्कृतिक उत्सवों में भाग लेने की आवृत्ति, सांस्कृतिक/धार्मिक संस्थानों की यात्राओं की आवृत्ति के साथ, फिल्म के गीतों को सुनने के दुष्प्रभाव पर नकारात्मक असर डालती है। हमें जनसांख्यिकीय वैरिएबल्स, जैसे—आय, शहरी बनाम स्थानीय निवासी और स्वयं और माता-पिता की शैक्षिक योग्यता की सुधारात्मक भूमिका को लेकर कोई समर्थन नहीं मिला।

जाँच में अतिरिक्त रूप से पाया गया कि जिन लोगों ने हिंसक और मादक पदार्थों से संबंधित संगीत को सबसे अधिक बार सुना, उनमें महिलाओं के प्रति

नकारात्मक रवैया, हिंसा करने की ज्यादा संभावना और नशा सेवन के प्रति रुझान साफ नजर आया। नशा करने को लेकर लड़के और लड़कियों में समान रुझान दिखा, जबकि किसी भी लड़की ने हिंसा का पक्ष नहीं लिया। चौंकानेवाली बात यह दिखी कि दोनों में ही महिलाओं के प्रति नकारात्मक नजरिया पाया गया। साथ ही ऐसे गानों को सुनने के चलते पुलिस, सरकार में भरोसा और महिलाओं को वस्तु की तरह देखने के प्रति नजरिया भी उल्लेखनीय रूप से असहयोगात्मक दिखा। हमने इसे दोनों ही लिंगों में लगभग एक जैसा पाया।

ऊपर मिले नतीजों और अध्ययन में सुझाए गए कुछ उपायों से नशे और हिंसा के महिमामंडन से आनेवाली कमियों को घटा पाने में काफी मददगार साबित हो सकते हैं, जिनको लोकप्रिय गानों से बढ़ावा मिलता है। ड्रग्स को परंपरा विरोधी माना जाता है, और ये गाने भी उन लोगों पर असर करते हैं, जो खुद परंपरा विरोधी और व्यवस्था विरोधी होते हैं। अगर उनमें हिंसा शामिल हो, गाने के बोल में 'मार देता' जैसे शब्द शामिल हों, तो यह भी अपना असर दिखाता है। परंपरागत भाँगड़ा संगीत तो लगभग खत्म होने के कगार पर है। भाँगड़ा संगीत भी सांस्कृतिक बदलाव के चलते ही दरकिनार किया जा रहा है। जनसांख्यिकी भी बदल रही है। हालाँकि इस मामले में इसका कोई असर नजर नहीं आया है। समाज के वर्ग लगातार समृद्ध होते जा रहे हैं। इन अमीरों और संपन्न लोगों का अन्य सामाजिक वर्गों पर प्रभाव पड़ता है। गरीबी के लिए ड्रग्स कोई समस्या नहीं है, बल्कि यह बहुतायत के लिए समस्या है।

अध्ययन से मुख्य संदर्भ

अध्ययन से पता चला है कि गानों में हिंसा और ड्रग्स का संदर्भ महिलाओं, पुलिस, सरकार पर विश्वास से नकारात्मक रूप से जुड़ जाता है, जबकि नशे की खपत को लेकर इसका रुझान पक्ष में होता है। हमें माता-पिता और खुद युवाओं की आमदनी, स्थान और शैक्षिक योग्यता जैसे जनसांख्यिकीय वैरिएबल्स का कोई खास प्रभाव देखने को नहीं मिला। इसलिए ऐसे गानों का प्रभाव सर्वव्यापी माना जा सकता है।

परिणाम अनुभव पर आधारित सबूत भी मुहैया कराते हैं कि सांस्कृतिक स्थलों पर जाना, लोककथाओं और गीतों को सुनने तथा सांस्कृतिक उत्सवों में भागीदारी से गानों में नशे व हिंसक संदर्भों के नकारात्मक असर को घटाया जा सकता है और इसके दुष्परिणामों को कम किया जा सकता है।

नीति-निर्माताओं को सांस्कृतिक गतिविधियों में युवा भागीदारी को अधिक प्रोत्साहित करना चाहिए। उदाहरण के लिए, महाराष्ट्र में गणेश चतुर्थी उत्सव और गुजरात में गरबा उत्सव में बड़ी संख्या में युवाओं की भागीदारी नजर आती है। सरकार को भी यह सुनिश्चित करना चाहिए कि ऐसे सार्वजनिक त्योहार पूरे उत्साह के साथ मनाए जाएँ। हालाँकि सेंसरशिप कोई समाधान नहीं है, लेकिन अगर गानों में ड्रग्स और हिंसा एक स्तर से ज्यादा दिखाई जाने लगे, तो ऐसे हिस्सों को विवेकपूर्ण तरीके से सेंसर किया जाना चाहिए। सरकार को स्थानीय फिल्म उद्योग को प्रोत्साहित करना चाहिए। उदाहरण के लिए, राज्य की गौरवशाली संस्कृति को उजागर करनेवाली स्थानीय फिल्मों को टैक्स फ्री करके प्रोत्साहन दिया जा सकता है।

इस अध्ययन में परखे गए सभी संबंधों के बीच नशे से जुड़े संदर्भ की फ्रीक्वेंसी इसकी खपत को लेकर दृष्टिकोण में सबसे ज्यादा जुड़ी पाई गई। इसलिए इस तरह के महिमामंडन को कम किया जाना चाहिए या पूरी तरह से हटा दिया जाना चाहिए। भारत की समृद्ध सांस्कृतिक विरासत और गौरवशाली अतीत को स्कूलों और कॉलेजों में उभारना चाहिए। युवाओं में अधिक जागरूकता लाने के लिए विरासत सप्ताह का आयोजन भी किया जा सकता है।

गानों की याददाश्त और आमदनी

गीतकार और कलाकार अपने एल्बम या संगीत के लेबल को बेचते हैं। उनके काम की कीमत तय करने में कुछ कारकों की भूमिका होती है, जैसे गुणवत्ता, कलाकार की ब्रांड वैल्यू, कितनी बिक्री व ऐसी ही अन्य बातें।[346] परंपरागत तौर पर कलाकारों की रॉयल्टी सी.डी. एल्बमों की बिक्री के आधार पर निर्धारित होती थी। अब गानों के इंटरनेट पर डिजिटल वितरण के आ जाने से गानों के लिए पैसे खर्च करने का शौक खत्म हो गया है। गानों के प्रेमी अकसर थर्ड-पार्टी वेबसाइटों से गाने डाउनलोड कर लेते हैं, जो पायरेसी में शामिल होती हैं। यू-ट्यूब ने भी गाने तैयार करनेवाले कलाकारों की कमाई में क्रांति ला दी है। यू-ट्यूब प्लेटफॉर्म पर आमदनी इससे तय होती है कि उस पर दिखाए जानेवाले विज्ञापनों को कितने लोगों ने देखा। म्यूजिक वीडियो को कितने व्यू मिले, इससे भी गाने की लोकप्रियता तय होती है।

व्यू की संख्या अन्य दर्शकों पर 'संक्रामक प्रभाव' डालती है। उदाहरण के लिए, अगर किसी गाने को 10 मिलियन (एक करोड़) लोगों ने देखा, तो उस गाने को देखने के लिए ज्यादा-से-ज्यादा लोग प्रेरित होते हैं। इसलिए संगीत कलाकारों की कोशिश होती है कि यू-ट्यूब जैसे कॉमन प्लेटफॉर्म पर व्यू की संख्या अधिक-

से-अधिक पहुँचाई जा सके। उदाहरण के लिए, लोकप्रिय बॉलीवुड कलाकार 'बादशाह' हाल में एक विवाद में आ घिरे थे, जिसमें उन पर फर्जी दर्शकों का इस्तेमाल करके लाखों रुपए में व्यूज खरीदने का आरोप लगा था।[347] व्यूज इकट्ठा करने पर जरूरत से ज्यादा फोकस के चलते मानकों और पैमानों में भी गिरावट देखी जाने लगी है। इसे हम गानों को याद रखने के पैमाने पर सबसे बढ़िया तरीके से समझ सकते हैं। इनसानी दिमाग उन गानों को सहेजने में सक्षम होता है, जो अचानक भावनाओं को लेकर कोई अनुभव करा देते हैं। इस तरह वे गाने हमारी याददाश्त में गहराई से बैठ जाते हैं और हमारी संज्ञानात्मक प्रक्रिया का उन गानों को लेकर सबसे गहरा असर होता है। अगले खंड में हम बॉलीवुड गानों की याददाश्त पर अनुभवजन्य पड़ताल करेंगे।

गानों का सांस्कृतिक महत्त्व

जहाँ तक याद आता है, गानों ने देश और महाद्वीपों के लोगों को एकजुट करने में अपनी भूमिका निभाई है, उन्हें एक तरह से काम करने के लिए प्रेरित किया है या कभी-कभी एक समान भावना व्यक्त करने में मदद की है। कुछ गाने तो विभिन्न पीढ़ियों के लिए 'राष्ट्रगान' की तरह बन गए हैं। उदाहरण के लिए, बॉब डिलन का 1962 में आए गाने 'ब्लोइंग इन द विंड' को 1960 के दशक में लोगों ने कैसी तवज्जो दी थी, इससे समझा जा सकता है।[348]

इसी तरह वियतनाम युद्ध के दौरान जॉन लेनॉन के एल्बम 'इमैजिन' (1971) ने उस दौर के लोगों को युद्ध के खिलाफ अपनी भावनाएँ व्यक्त करने का जरिया प्रदान किया था। इस गाने में प्रयोग किए गए शब्द, जैसे 'इमैजिन देयर इज नो कंट्रीज', 'नथिंग टू किल ऑर डाई फॉर' या 'नो रिलिजन टू' सटीक तरीके से बताते हैं कि वियतनाम युद्ध को लेकर अमेरिका में मौजूद लहर के विपरीत संस्कृति कैसे उभरी। इसी तरीके से 'गॉड ब्लेस अमेरिका' (1938), जोकि संगीत विद्वान् शेरिल काकोविट्ज के मुताबिक अमरीकी चेतना का अहम हिस्सा है और 1938 में राष्ट्रीय संकट के दौर में केट स्मिथ ने उसे गाया था। आज के दौर में भी 'गॉड ब्लेस अमेरिका' को युद्ध के समर्थन के प्रतीक के तौर पर प्रयोग किया जाता है और इसे मेजर लीग बेसबॉल (MLB) तथा अन्य अवसरों पर वरदीधारी सैनिक जरूर गाते हैं।[349] अमरीकी जनमानस में इस गाने की महत्ता का आकलन इस बात से किया जा सकता है कि कोविड-19 महामारी के दौरान लोगों में उम्मीद जगाए रखने के लिए फ्लोरिडा का एक शख्स अपने घर के बाहर हर शाम यह गाना गाता था।[350]

इसी प्रकार फ्रैंक सिनात्रा का 'माय वे' 1968 में रिकॉर्ड किया गया लोकप्रिय इंगलिश गाना अमरीकी व्यक्तिवाद की संस्कृति को दर्शाता है। यह गाना मूल रूप से फ्रेंच पॉप गीत था, जिसका शीर्षक था—'Comme d'habitude' जिसका अर्थ है—'हमेशा की तरह', जिसे बाद में गीतकार पॉल आंका ने अंग्रेजी भाषा में शामिल किया।[351] यह गाना चार्ट पर बरसों तक कायम रहा। यही नहीं, इस गाने को कलाकारों के पूरे समूह ने अपनी आवाज में रिकॉर्ड किया, जैसे एल्विस प्रेसली, सेक्स पिस्टल्स के सिड विसियस। न्यूयॉर्क यूनिवर्सिटी के प्रो. जैसन किंग का मानना था कि पॉल आंका ने फ्रैंक सिनात्रा के इस गाने को अमरीकी दुस्साहस या बहादुरी वाले अंदाज में अपनी आवाज देने के लिए आजमाया था।[352]

एक दौर में बीटल्स बैंड ने भी सांस्कृतिक महत्ता के उदाहरण पेश किए थे। बैंड की संस्कृति पर निर्विवाद प्रभाव और 1960 के दशक में समाज को नए सिरे से व्याख्यायित करने की भूमिका जगजाहिर है। बैंड के गाने, जैसे 'लेट इट बी', जो समस्याओं को पीछे छोड़कर जीवन में आगे बढ़ने की बात करता है, वह आज भी इसके सुननेवालों के लिए प्रेरणा का स्रोत बना हुआ है। एक साक्षात्कार में पॉल मैककार्टनी, जो बीटल्स के प्रमुख गायक थे, ने माना था कि 'लेट इट बी' की अवधारणा उस दौर में महसूस की गई, जब लोगों का जीवन बहुत उथल-पुथल से गुजर रहा था और वे बहुत ज्यादा नशे के आदी हो चुके थे।[353] इसी प्रकार बीटल्स का 'हे जूड' (1968), जिसे ढेर सारे लोगों ने 'सटीक सुकुनदेह गाने' के तौर पर माना था, यह भी लंबे समय तक चार्ट के टॉप-10 में छाया रहा। यह गाना अमेरिका में इतना लोकप्रिय हुआ कि आते ही लोकप्रियता में नंबर एक के पायदान पर पहुँच गया और करीब 9 हफ्तों तक वहीं जमा रहा। बीटल्स का दूसरा कोई गाना इस मुकाम को शायद ही छू सका हो।[354]

एक दौर में संगीत के सांस्कृतिक महत्त्व पर चर्चा के दौरान पॉप संस्कृति पर मैडोना के प्रभाव को कभी कम करके नहीं आँका जा सकता है। उनको रिफ्लेक्सिव मॉडर्नाइजेशन का प्रतीक कहा जाता है, 'एक नारीवादी', 'एक शासक विरोधी बल' कहा जाता है। मैडोना ने अपने गानों के जरिए समाज को बदलने का प्रयास किया। इसके लिए उन्होंने समाज के अलग-अलग समूहों की खींची दीवारों को दागदार बताया।[355] '80 के दशक के शुरुआती वर्षों में 'लाइक अ वर्जिन' जैसे गानों का उद्देश्य उस पाखंड से लड़ना था, जो पुरुषों को अपनी कामुकता व्यक्त करने की अनुमति देता था, लेकिन महिलाओं से यह उम्मीद करता था कि वे इसे वश में कर

लेंगी।[356] मैडोना ने अपने दौर के कुछ और विवादास्पद गाने भी गाए, जैसे 'पापा डोंट प्रीच' (1986), 'ओपन योर हार्ट' (1986), 'एरॉटिका' (1992) आदि। हाल में एमिनेम का गाया गाना, जोकि संघर्ष की बात करता है, यहाँ तक कि रिहाना, टेलर स्विफ्ट, केटी पेरी का गाया एक और ताजा गाना और वन डायरेक्शन ने अमरीकी तथा यूरोपीय लोगों में संस्कृति की प्रासंगिकता को उभारना जारी रखा है।

क्या हम ऐसी ही चर्चा बॉलीवुड के गानों को लेकर कर सकते हैं, जिनका संस्कृति पर कोई असर हुआ हो? कहने को कुछ हो सकते हैं। बहादुरी को जाहिर करते कुछ गाने, जैसे 'कर चले हम फिदा' और 'ये देश है वीर जवानों का' से लेकर देश की तारीफ करते गाने—'मेरे देश की धरती' और जीवन के उतार-चढ़ाव पर बने गाने—'एक प्यार का नगमा है' या 'कहीं दूर जब दिन' और प्यार तथा दोस्ती पर आधारित गाने तक बॉलीवुड ने ढेरों गाने ऐसे दिए, जिन्होंने रोजाना के हमारे जीवन को छुआ। नतीजतन यह जरूरी है कि बॉलीवुड गानों की महत्ता की पड़ताल की जाए। बॉलीवुड के गानों की महत्ता की पड़ताल का पता लगाने के लिए एक प्रयोग किया गया, जिसमें यह जाँचा गया कि आज के युवाओं को कितने बॉलीवुड गाने याद हैं। प्रयोग में यह पुष्टि करने का प्रयास किया गया कि बॉलीवुड के गानों को याद रखने की उच्च दर है या नहीं। प्रयोग का सेटअप 'अंताक्षरी' के खेल के रूप में रखा गया। खेल में हर प्रतिभागी को गाने की पहली दो पंक्तियाँ ही सुनानी होती थीं (बॉलीवुड संगीत की सबसे आम लाइनें), जो हिंदी के किसी अक्षर और वह भी व्यंजन (क से ज्ञ के बीच) से शुरू होता और जिस पर पूर्व प्रतिभागी ने अपना गाना खत्म किया होता।

दूसरे शब्दों में, हर गायक को गाने की कम-से-कम दो पंक्तियाँ सुनानी होतीं, और वह चाहे तो आगे सुनाए, अन्यथा दो पंक्तियाँ के बाद रुक जाए। पहले शख्स द्वारा गाए गाने के आखिरी शब्द के आखिरी अक्षर से नए प्रतिभागी को गाने की शुरुआत करनी होती थी। अगर किसी पुरुष/स्त्री को गाने की पंक्ति याद नहीं आती थी, तो उसे खेल से बाहर होना पड़ता था। इसके अलावा शर्त यह भी थी कि कोई गाना दोहराया नहीं जाएगा और खेल की शुरुआत म या मा अक्षर से शुरू होनेवाले गाने से होगी। तमाम रियलिटी टीवी शो ने इस पारिवारिक समय बिताने के पसंदीदा खेल को अपने शो का हिस्सा बनाया, जैसे अन्नू कपूर का अंताक्षरी शो भारत में जी नेटवर्क पर दस साल तक छाया रहा था।

इस खेल की प्रकृति लोगों के गाने याद रखने की काबिलीयत पर आधारित है, इसलिए इसे प्रायोगिक अध्ययन के लिए उपयुक्त समझा गया। क्षेत्रीय अध्ययन

प्रायोगिक सेटअप के तौर पर रखा गया, जिसमें 20 युवा (10 पुरुष, 10 महिलाएँ) शामिल थे, जिनसे अंताक्षरी खेलने को कहा गया। प्रतिभागी विश्वविद्यालय के छात्र थे और अलग-अलग पृष्ठभूमि से ताल्लुक रखते थे। हर प्रतिभागी देश के अलग-अलग राज्य से भी शामिल किया गया था। ऐसा सैंपल प्रतिनिधित्व सुनिश्चित करने के लिए किया गया था। सभी प्रतिभागियों को कूपन के रूप में मौद्रिक प्रोत्साहन दिया गया था, जिसका उपयोग एक लोकप्रिय ऑनलाइन इ-कॉमर्स प्लेटफॉर्म पर खरीदने के लिए किया जा सकता था।

इन लोगों को पाँच टीमों में बाँटा गया था, जिनमें से प्रत्येक में 4 व्यक्ति थे। प्रतिभागियों की आयु 18 से 26 वर्ष (औसत आयु = 22.2 वर्ष) के बीच रखी गई। खेल के नियम बहुत आसान थे—1. प्रतिभागियों को केवल बॉलीवुड गीत गाने की छूट थी, 2. अंताक्षरी के सभी मानक नियमों, जैसेकि ऊपर चर्चा की गई थी, का पालन किया गया। दो शोधकर्ताओं ने खेल में आनेवाले गीतों की निगरानी की। एक प्रविष्टि पत्रिका तैयार की गई थी, जिसमें प्रतिभागी के नाम के आगे उसके गाए गाने के बोल भी दर्ज किए गए। खेल तब खत्म हुआ, जब केवल एक टीम खेल में बनी रह सकी थी। विजेता टीम के प्रतिभागियों को इनाम के तौर पर गिफ्ट हैंपर भी दिया गया।

कुल मिलाकर अंताक्षरी खेल में प्रतिभागियों ने खेल के दौरान 462 बॉलीवुड गाने गाए। परिणामों से पता चला कि इन गीतों में 78 प्रतिशत से अधिक गीत साल 2,000 से पहले के बॉलीवुड गाने थे। यह नतीजा चौंकानेवाला था, क्योंकि ये गाने लगभग सभी प्रतिभागियों से पुराने थे। शेष 22 प्रतिशत गानों में से केवल 13 प्रतिशत पाँच साल के भीतर बने थे।

नतीजों से पता चला कि प्रतिभागियों ने उन गीतों का उपयोग किया था, जो बीस साल से अधिक पुराने थे। पाँच साल से कम अवधि के गानों की तुलना में ये गाने ज्यादा लंबे समय तक याद रहे, इसलिए नए गानों की तुलना में पुराने बॉलीवुड गानों के याद रहने की गुणवत्ता अधिक थी। प्रतिभागियों को वे गाने याद थे, जो उनके जन्म से बहुत पहले जारी किए गए थे। हमने इस तथ्य को विस्तार से समझने के लिए प्रतिभागियों से इंटरव्यू का एक सेट आजमाया। इंटरव्यू में पुराने बॉलीवुड गानों के याद रहने के पीछे दोहरी वजहें सामने आईं—1. ये गाने सबसे आम गाने थे, जिन्हें लोग अपने रोजमर्रा के जीवन से जोड़ पाते थे और 2. ये गीत मधुर थे और इनको गुनगुनाते हुए लोग अपने जीवन की तमाम घटनाओं को याद करते थे।

अहम संदर्भ

जब बात लोगों के दिमाग पर छा जानेवाले संगीत की आती है तो बॉलीवुड संगीत पिछड़ता हुआ और अपना आकर्षण खोता नजर आता है। आज का कोई बॉलीवुड संगीत याद रह जाए, यह संभावना नगण्य हो चली है और इसमें कोई सुधार नजर नहीं आता। अंताक्षरी का खेल परिवारों और दोस्तों को जोड़ता था। बीते समय का यह एक पसंदीदा खेल होता था, जिसकी जगह आज के दौर में ऑनलाइन गेमिंग और गैजेट्स ने ले ली है। यह माता-पिता और बच्चों के बीच संबंध गहरे करने का एक बेहद अहम साधन होता था, जिसे ऑनलाइन गेमिंग से कभी हासिल नहीं किया जा सकता। इसलिए माता-पिता और बच्चों के बीच जुड़ाव खत्म हो चला है। दूसरे शब्दों में, बॉलीवुड संगीत, जो लोगों को साथ लाता था, परिवारों को जोड़े रखता था और सौहार्दपूर्ण संबंधों का एक जरिया था, अब महज मनोरंजन के साधन तक सिमटकर रह गया है। फिल्म 'स्टूडेंट ऑफ द ईयर' (2012) के लोकप्रिय गाने 'राधा' में राधा (हिंदू देवी) का वर्णन किया गया है, जो सेक्सी है, और जिसे डांस और पार्टी करना पसंद है। 'कैरेक्टर ढीला' गाने में सलमान खान भगवान् कृष्ण की ओर इशारा करते हुए अपने हाथों से बाँसुरी बनाते हुए रासलीला और कैरेक्टर ढीला का उसी संदर्भ में इस्तेमाल करते हैं। इसके अलावा हाल की लगभग सभी फिल्मों में शिव भक्तों को कूल, विद्रोही और नशेड़ी के तौर पर पेश किया जा रहा है।

केस : 'बॉर्न इन द यू.एस.ए.' : देशभक्ति या युद्ध विरोधी दिखावा?

'बॉर्न इन द यू.एस.ए.' 1984 में आया एक लोकप्रिय गाना है, जिसे ऐतिहासिक ब्रूस स्प्रिंगस्टीन ने गाया और प्रस्तुत किया है। यह हिट गाना वियतनाम युद्ध के एक योद्धा को दिखाता है, जो बेहद व्यथित हालात में अपने घर लौटता है। गाने के बोल उदासीनता और दुश्मनी के साथ एक विडंबनापूर्ण प्रतिक्रिया हैं, जिसके साथ वियतनाम युद्ध के योद्धाओं को अमेरिका में दो-चार होना पड़ता था।[357] हालाँकि इस गाने को अमरीकी जीवन-शैली और देशभक्ति के प्रतीक के तौर पर भी देखा जाता है। इसे गानों के इतिहास का सबसे ज्यादा गलत समझे गए गाने के रूप भी देखा जाता है।[358]

आमतौर पर इस गाने को अमरीकी लोगों की तारीफ में विजय का गीत माना जाता है, यह गाना युद्ध के बाद अमरीकी योद्धाओं की अपनी मातृभूमि पर वापसी का आँखों देखा हाल सरीखा है। इस गाने को और गहराई से देखने पर पता चलता

है कि यह एक योद्धा को अभागे व्यक्ति की तरह पेश करता है, जिसके घर लौटने पर उसके अपने परिवार वाले ही दूरी बना लेते हैं। यह गाना अमेरिका के कामकाजी लोगों की पीड़ा को बयान करता है। वहीं समूह में गाए जाने पर इस गाने के बिल्कुल विपरीत अर्थ निकलते हैं। अमेरिकन क्वार्टरली में प्रकाशित एक लेख में इस बात का जिक्र किया गया है कि इस गाने का समूह गान जनता में देशभक्ति के भाव पैदा कर देता है और इसके साथ ही यह युद्ध से लौटे योद्धा के एकाकीपन एवं पीड़ा को भी सामने रखता है।[359]

इसके बाद यह गाना कई चुनाव प्रचार वीडियो का हिस्सा बन गया और इसने पूरे देश में अमरीकी विचार को बढ़ावा दिया। इस गीत की देशभक्त प्रकृति के समर्थकों का तर्क है कि ब्रूस स्प्रिंगस्टीन कहीं भी इस गीत में नहीं कह रहे हैं कि अमरीका एक बुरा देश है। इसके बजाय उनका तर्क है कि युद्ध से लौटे लोगों के साथ 'खर्चीले प्यादे' जैसा व्यवहार करना गलत है, क्योंकि वे बहादुर सैनिक हैं।[360] उनके अनुसार यह संदेश योद्धा-समर्थक और युद्ध-विरोधी है, जो इसे देश-विरोधी तो नहीं ही बनाता।

अधिकांश आम नागरिकों के लिए यह गीत अमेरिका की कहानी बतानेवाले रॉक-एंड-रोल एंथम जैसा नजर आता है। यद्यपि यह उन चुनौतियों और विरोधाभासों के बारे में बताता है, जिनका सामना राष्ट्र करता है, कहानी कहने का तरीका इस आनंदमय कोरस गीत को अमरीकी आदर्शों का प्रतिबिंब बनाता है। संक्षेप में 'बॉर्न इन द यू.एस.ए.' एक ऐसे गाने के रूप में सामने आया, जिसने अमरीकी लोगों को उन आदर्शों के करीब ला दिया, जिसके समर्थन में उनका देश मजबूती से खड़ा है और इसने अमरीकी संस्कृति को वाकई गहराई से प्रभावित किया है।

इसका संभावित जवाब कि बॉलीवुड फिल्में जो करती हैं, वैसा क्यों करती हैं ?

पुस्तक के विभिन्न अध्यायों में फिल्मों के प्रभाव की जाँच करने का प्रयास किया गया है और 'हॉलीवुड बनाम बॉलीवुड' की तुलना भी की गई है। एक तरफ जहाँ हॉलीवुड कुछ हद तक लोगों में अमरीकी मूल्यों, उत्पादों, सेवाओं, विचारों, संस्थानों के बारे में संदेश देने में तक सफल रहा है, वहीं बॉलीवुड का काम अपर्याप्त रहा। नतीजतन यह सवाल बनता है कि बॉलीवुड ऐसा क्यों नहीं कर पाया। हालाँकि इसका कोई सीधा जवाब नहीं है। जहाँ तक मैं समझ सकता हूँ, कुछ अन्य कारण बताना भी बेहतर हो सकता है।

बॉलीवुड और अंडरवर्ल्ड

इस सिलसिले में तमाम तर्क हैं कि बॉलीवुड फिल्मों को माफिया से अच्छा-खासा पैसा मिलता है, इसलिए वैसी ही सामग्री भी इनमें खपाई जाती है। 'द हिंदू' और 'द इकोनॉमिक टाइम्स' में प्रकाशित एक लेख में संकेत मिलता है कि अल मंसूर और सदफ ट्रेडिंग कंपनी (कराची, पाकिस्तान) अंडरवर्ल्ड से ताल्लुक रखनेवाले ब्रांड हैं। इसके अलावा लेखों में कहा गया है कि अंडरवर्ल्ड के पास फिल्मों के वितरण से संबंधित बाजार की ताकत हासिल है, जिसके चलते फिल्म-निर्माण से जुड़े तमाम फैसलों, मसलन कलाकारों, प्रोडक्शन हाउस और अन्य पहलुओं पर उनका दखल रहता था।[361, 362] लेख में अंडरवर्ल्ड अभिनेताओं, प्रोडक्शन हाउस और वितरकों के बीच गठजोड़ के बारे में भी बात की गई है।

यह देखते हुए कि कुछ प्रमुख प्रोडक्शन हाउस और कुछ प्रमुख वितरक ही थे, ऐसा हो सकता है कि व्यक्तिगत लाभ के लिए या अंडरवर्ल्ड के संभावित दिशा-निर्देशों पर कुछ हितधारकों ने अपनी प्रभावी स्थिति का दुरुपयोग किया हो। 2009 में भारतीय प्रतिस्पर्धा आयोग (सी.सी.आई.), जोकि प्रतिस्पर्धा कानून-2002 के तहत स्थापित किया गया था, जिसने बॉलीवुड फिल्म निर्माताओं और थोक विक्रेताओं के खिलाफ एक कार्टेल परीक्षण शुरू कर दखल देना शुरू किया। यह ऐक्शन आयोग ने मल्टीप्लेक्स संगठनों की तरफ से दायर याचिका के आधार पर लिया, जिसमें संगठनों ने फिल्म वितरण और आमदनी बँटवारे में बॉलीवुड फिल्म निर्माताओं, कारोबारियों और मल्टिप्लेक्स मालिकों के दुर्व्यवहार से लेकर गंभीर परिणाम और कार्टेलाइजेशन तथा ताकत के दुरुपयोग तक के आरोप लगाए।[363]

संसद् ने 'प्रतिस्पर्धा अधिनियम-2002' के साथ 'एकाधिकार और प्रतिबंधात्मक व्यापार व्यवहार अधिनियम' (1969) को प्रतिस्थापित किया। यह भारतीय बाजारों में व्यापार गतिविधियों के हित में तैयार किया गया था, खरीदारों के बीच प्रतिद्वंद्विता कायम रखने और बाजारों में नए अवसर प्रदान करने के लिए ऐसा किया गया। भारतीय प्रतिस्पर्धा आयोग (सी.सी.आई.) की स्थापना प्रतिस्पर्धा अधिनियम-2002 के तहत की गई, जिसका उद्देश्य देश में अब तक चली आ रही गलत गतिविधियों पर विराम लगाना था, जिसकी वजह से प्रतिस्पर्धा पर बुरा असर पड़ रहा था। इस अधिनियम के पीछे मुख्य विचार कारोबार को साफ-सुथरा मंच प्रदान करना और प्रतिस्पर्धी रणनीति को मान्यता प्रदान करना था। इसलिए व्यापारियों और एजेंटों के अनुचित व्यवहारों को रोकने तथा गलत, प्रतिस्पर्धा विरोधी रवैये पर उन्हें दंडित करने के लिए अधिनियम बनाया गया था।[364]

कॉरपोरेट दिग्गजों के हाथों प्रोडक्शन हाउसों की संख्या में बढ़ोतरी के साथ बॉलीवुड में प्रोडक्शन हाउसों का एकाधिकारवादी रवैया किसी से छिपा नहीं है। अभी ज्यादा लंबा वक्त नहीं बीता है, जब अभिनेता अजय देवगन के प्रोडक्शन हाउस ए.डी.एफ. ने यश राज फिल्म्स (वाई.आर.एफ.) के खिलाफ सी.सी.आई. में एक याचिका दायर की, जिसमें उन्होंने आरोप लगाया था कि फिल्म निर्माता दिग्गज वाई.आर.एफ. और फिल्म 'जब तक है जान' (2012) के निर्माताओं ने अजय देवगन की फिल्म 'सन ऑफ सरदार' (2012) की रिलीज में अड़ँगा लगाया। ए.डी.एफ. ने आरोप लगाया कि वाई.आर.एफ. ने फिल्म 'एक था टाइगर' (2012) को 15 अगस्त के दिन रिलीज की, जिसके साथ एक बाध्यता यह थी कि जो सिंगल स्क्रीन थिएटर के मालिक अपने यहाँ 'एक था टाइगर' फिल्म दिखाना चाहते हैं, उन्हें यह करार करना होगा कि इस बैनर की दीवाली पर रिलीज होने जा रही अगली फिल्म 'जब तक है जान' (2012) भी उन्हें ही दिखानी होगी। इस वजह से ए.डी.एफ. ने वाई.आर.एफ. पर एकाधिकारवादी कारोबार प्रथा चलाने का आरोप लगाया था।[365] जाहिर सी बात है कि तमाम सिंगल स्क्रीन थिएटर वाई.आर.एफ. के प्रभुत्व को देखते हुए वाई.आर.एफ. बैनर की दोनों फिल्में दिखाने को राजी हो गए, जिसमें सुपरस्टार सलमान खान मुख्य भूमिका में थे और ज्यादा संभावना यही थी कि दोनों फिल्में बड़ी कमाई करेंगी ही, नतीजतन भारी मुनाफे की संभावना को देखते हुए सिंगल स्क्रीन थिएटरों के मालिक इसके लिए तैयार हो गए थे। हालाँकि बाद में वाई.आर.एफ. की यह धमकी कि 'जब तक है जान' फिल्म दिखाने का समझौता करने से पहले 'एक था टाइगर' फिल्म नहीं दिखाने दी जाएगी, आगे चलकर प्रभुत्व के दुरुपयोग का मामला साबित हुई।[366]

ए.डी.एफ. के मुताबिक सिंगल स्क्रीन थिएटरों के साथ वाई.आर.एफ. के इस अनुचित समझौते की वजह से 'एक था टाइगर' की रिलीज के दौरान ए.डी.एफ. को अपनी फिल्म 'सन ऑफ सरदार' रिलीज करने के लिए समुचित थिएटर उपलब्ध नहीं हो पा रहे थे, जिसकी रिलीज की तारीख वाई.आर.एफ. की 'जब तक है जान' की रिलीज की तारीखों से लड़ रही थी। वहीं वाई.आर.एफ., ए.डी.एफ. के आरोपों को खारिज कर रही थी, जिसमें उन्होंने यह संकेत दिए कि उन्होंने केवल 1,500 थिएटर ही अपनी फिल्म 'जब तक है जान' के लिए बुक किए हैं, जबकि देश भर में करीब 10,500 से ज्यादा थिएटर उपलब्ध हैं। ए.डी.एफ. ने आगे कहा कि भले ही भारत में 10,000 से ज्यादा स्क्रीन उपलब्ध हों (जैसाकि वाई.आर.एफ. ने

दावा किया), लेकिन इनमें 5,000–6,000 स्क्रीन दक्षिण भारत में स्थित हैं, जहाँ केवल क्षेत्रीय भाषा की फिल्में ही चलती हैं। बाकी बचे 4,000–4,500 स्क्रीन में से 1,500–2,000 स्क्रीन सक्रिय नहीं हैं, इस तरह केवल कुछ हजार अच्छी गुणवत्ता वाले स्क्रीन ही बचते हैं।[367]

अगर स्क्रीन घेरने के इन फैसलों को अंडरवर्ल्ड या बड़े प्रोडक्शन हाउस द्वारा अंडरवर्ल्ड के इशारे पर प्रभावित किया जा सकता है, तो इससे यह भी जाहिर होता है कि तब दर्शकों को भी बाध्य किया जा सकता है कि भारत को लेकर, भारतीय मूल्यों, भारतीय उत्पादों, भारतीय सेवाओं, भारतीय विचारों और भारतीय त्योहारों को लेकर बॉलीवुड जो दिखाएगा, वह देखना मजबूरी होगी। यह निश्चित रूप से अपनी ताकत और वर्चस्व के गलत इस्तेमाल का एक उदाहरण है और स्वाभाविक रूप से प्रतिस्पर्धा विरोधी है। आज कुछ अभिनेता दीवाली, नए साल, ईद, स्वतंत्रता दिवस, जैसे महत्त्वपूर्ण दिनों पर अपनी फिल्में रिलीज के लिए पहले ही बुक कर लेते हैं, ताकि किसी कम महत्त्व वाले फिल्म निर्माता को अपनी फिल्म के लिए स्क्रीन मिलना नामुमकिन हो जाए। इसलिए एक औसत भारतीय दर्शक के सामने पेश किया जानेवाला मानक फिल्म आहार पूर्व–निर्धारित है और मूल उपभोक्ता संप्रभुता के सिद्धांत के खिलाफ है। बेशक इस पूर्व–निर्धारित फिल्म आहार की खपत का परिणाम राष्ट्र और समाज के लिए दीर्घकालिक हो सकता है।

इसके अलावा ऐसे उदाहरणों से पता चलता है कि बॉलीवुड में स्वतंत्र फिल्म निर्माताओं के लिए कोई उचित मंच नहीं है। एक बड़े बैनर या प्रोडक्शन हाउस से जुड़ाव फिल्मों की सफलता में प्रमुख भूमिका निभाता है और इसके परिणामस्वरूप कलाकारों का कॅरियर आगे बढ़ता है। हालाँकि हॉलीवुड के मामले में ऐसा कम ही स्पष्ट है। हालाँकि बॉलीवुड के प्रोडक्शन हाउस और स्टूडियो हॉलीवुड की अवधारणा पर अमूमन दोहराए जाते हैं, लेकिन हॉलीवुड ने इतना जरूर सुनिश्चित किया है कि गैर–बड़े बैनर वाली फिल्मों या स्वतंत्र फिल्मों को अपनी प्रतिभा दिखाने के लिए उचित मंच दिया जाए। उदाहरण के लिए अमेरिका के सनडांस संस्थान की तरफ से सनडांस फिल्म समारोह का संयोजन किया जाता है। यह दुनिया का सबसे सम्मानित और विशाल स्वतंत्र फिल्म समारोह है और इसकी अवधारणा 1978 में तैयार की गई थी, ताकि स्वतंत्र फिल्मकारों को भी पोषित और पल्लवित करने का उद्‌देश्य पूरा हो सके। इस समारोह को लोकप्रियता भी मिली, जब प्रतिष्ठित स्वतंत्र फिल्मकारों क्वेंटिन टैरंटिनो, स्टीवन सोडरबर्ग आदि के कॅरियर को उड़ान मिली।[368] कई कलाकार कला के प्रति अपने प्यार को प्रदर्शित करने और उन फिल्मों को

बढ़ावा देने के लिए तथाकथित 'इंडी' फिल्मों में गर्व से भाग लेते हैं, जिन्हें अन्यथा उचित अवसर नहीं मिल पाता है।

क्षेत्रीय फिल्म उद्योग का विकास

लोगों के पास काफी सीमित समय होता है, जिसे वे मनोरंजन पर खर्च कर सकते हैं। ऐसे में बॉलीवुड के लिए प्रतिस्पर्धा बढ़ गई है। इसलिए इसके पास केवल दो विकल्प हो सकते हैं—या तो बाजार का विस्तार करे या बॉलीवुड फिल्में देखने के लिए लोगों का मनोरंजन समय बढ़वाए। एक तरफ जहाँ बॉलीवुड फिल्मों के लिए समर्पित किए जा सकनेवाले कुल मनोरंजन समय को बढ़ाना तो मुश्किल हो सकता है, वहीं बाजार का विस्तार करना अधिक सुरक्षित हो सकता है। अब सवाल है कि बाजार हैं कहाँ? अमेरिका, कनाडा, यू.के., ऑस्ट्रेलिया, मध्य पूर्व और यूरोप में बसे भारतीय एक बाजार हो सकते हैं। पाकिस्तान, बांग्लादेश, अफगानिस्तान, नेपाल, भूटान, बर्मा आदि दक्षिण एशियाई देश भी बाजार हो सकते हैं। इसलिए हमने पिछले दो दशक में विदेशी बाजारों पर ध्यान केंद्रित होते देखा। खासतौर पर पाकिस्तान की बड़ी आबादी बॉलीवुड फिल्मों के लिए खास बाजार है। समय के साथ हमने यह भी पाया कि बड़ी संख्या में बॉलीवुड फिल्मों में उत्तरी अमेरिका और यूरोपीय पृष्ठभूमि दर्शाई गई और अब पाकिस्तान की भी झलक शामिल होती है। यहाँ भाषा की भी खास भूमिका आ जाती है। पाकिस्तानी ज्यादातर बॉलीवुड फिल्मों में बोली जानेवाली भाषा प्रयोग करते हैं। अत: बाजार की ताकतें हो सकता है और बॉलीवुड फिल्मकारों पर दबाव बना सकती हैं कि वे विदेशी दर्शकों को परोसी जाने लायक सामग्री तैयार करें।

पिछले कुछ वर्षों से भारतीय फिल्म उद्योग ने यह साबित कर दिखाया है कि अच्छी पटकथा वाली फिल्मों ने भाषा की बाधाओं से ऊपर उठकर लोकप्रियता हासिल की है। के.पी.एम.जी. की तरफ से जारी इंडस्ट्री रिपोर्ट 2017 के मुताबिक भारतीय फिल्म उद्योग ने 2017 में 3 प्रतिशत की वृद्धि दर्ज की; हालाँकि थिएटरों से आनेवाले मुनाफे में गिरावट आई और 2015 के 1.6 बिलियन (160 करोड़ रुपए) की तुलना में 2016 में मुनाफा घटकर 1.5 बिलियन (150 करोड़) रह गया। यह काफी हद तक बॉलीवुड के खराब प्रदर्शन के कारण था, जबकि दूसरी ओर क्षेत्रीय भाषा की फिल्मों ने असाधारण कारोबार किया।[369]

क्षेत्रीय फिल्मों ने भी अपनी फिल्मों में बेहतर रिटर्न दिखाया है। सिनेमा प्रदर्शनी चेन सिनेपोलिस के आँकड़ों के अनुसार 2005 में कमाई में 90 प्रतिशत

योगदान हिंदी फिल्मों का रहा, जबकि हॉलीवुड और क्षेत्रीय फिल्मों का योगदान 5–5 प्रतिशत था, वहीं 2017 में हिंदी फिल्मों की कमाई घटकर 60 प्रतिशत रह गई, जबकि हॉलीवुड का 22 प्रतिशत योगदान रहा और क्षेत्रीय फिल्मों ने 18 प्रतिशत की कमाई की।[370]

क्षेत्रीय फिल्में ऐसी कहानियाँ चुनती हैं, जो स्थानीय संस्कृति पर आधारित होती हैं; इसलिए कहानियाँ वास्तविक लगती हैं। ये फिल्में राहत और तुलनात्मकता देती हैं और इसके चलते उनका दर्शक आधार काफी बड़ा है। सामग्री से अपनी पहचान बनानेवाली क्षेत्रीय फिल्मों पर भाषा की बाध्यता का असर नजर नहीं आता। यह जानना दिलचस्प होगा कि क्षेत्रीय फिल्में जैसे—मलयालम में बनी 'अबु', 'सन ऑफ एडम' (2011), गुजराती में बनी 'गुड रोड' (2013), मराठी में बनी 'कोर्ट' (2014) फिल्में ऑस्कर में भारत की तरफ से आधिकारिक तौर पर शामिल की गईं।[371] क्षेत्रीय फिल्मों का बजट काफी कम होता है और वे फिल्म की सफलता के लिए 'स्टार' अभिनेता/अभिनेत्री पर निर्भर नहीं होते, जिससे फिल्मकारों को अपनी फिल्म के लिए कंटेंट और स्टोरीलाइन पर ध्यान केंद्रित कर पाना आसान होता है।

मराठी फिल्म उद्योग

मराठी फिल्मों ने पिछले कुछ वर्षों में मुद्दों पर कड़ी चोट करनेवाली कहानियों से खासा रुतबा हासिल किया है। उदाहरण के लिए, फिल्म सैरत (2016) में एक आम आदमी को व्यवस्था से संघर्ष करते दिखाया गया है। गौरतलब है कि 'सैरत' फिल्म का बजट महज चार करोड़ था, लेकिन इस फिल्म ने मराठी फिल्मों में सबसे ज्यादा कमाई की और इसकी बॉक्स-ऑफिस कमाई 110 करोड़ रुपए रही।[372] इसी तरह फिल्म 'फैंड्री' (2013) में एक दलित लड़के की कहानी है, जो उच्च वर्ग की लड़की के प्रेम में पड़ जाता है, जबकि भारत में मौजूदा दौर में जातिप्रथा और असमानता का बोलबाला है।

मराठी फिल्म उद्योग में नए फिल्म निर्माता अपनी फिल्मों के लिए असामान्य विषयों को खोज रहे हैं। उदाहरण के लिए, समीक्षकों द्वारा प्रशंसित मराठी फिल्म 'किला' (2014), जो एक 11 साल के लड़के की कहानी बताती है, जिसे अपने पिता की मृत्यु के बाद संघर्ष करना पड़ रहा है।[373]

मराठी फिल्में न केवल दर्शकों के बीच लोकप्रिय हुई हैं, बल्कि शानदार काम के लिए उन्हें सम्मानित भी किया गया है। 65वें राष्ट्रीय फिल्म पुरस्कारों में मराठी फिल्म 'धप्पा' (2018) को राष्ट्रीय अखंडता पर आधारित सर्वश्रेष्ठ फीचर

फिल्म का पुरस्कार मिला। इसके साथ ही एक साल पहले ही अंतरराष्ट्रीय फिल्म समारोह में भारतीय पैनोरमा श्रेणी में 26 फिल्में दिखाई गईं, जिसमें 7 मराठी भाषा की फिल्में थीं।[374]

पिछले कई दशकों में मराठी फिल्म उद्योग सालाना 20 फिल्में बनाने के लिए संघर्ष कर रहा था। 1980 के दशक से मुख्य रूप से बॉलीवुड फिल्मों से होड़ के चलते मराठी सिनेमा ने गिरावट का दौर देखा। हाल के दिनों में देखें तो वही मराठी फिल्म उद्योग सालाना 125 फिल्में बना रहा है।[375] मराठी फिल्में केवल स्क्रीन थिएटर तक ही सीमित नहीं हैं। फिल्म निर्माता अपनी फिल्मों की लागत का अच्छा-खासा हिस्सा अन्य माध्यमों से भी हासिल करते हैं, जैसे कि उपग्रह अधिकार, नेटफ्लिक्स या अमेजॅन जैसी स्ट्रीमिंग सेवाओं के जरिए। फिल्म निर्देशक सतीश राजवाड़े के अनुसार, इन माध्यमों ने मराठी फिल्मों के लिए न केवल वैश्विक दर्शक प्रदान किए, बल्कि कमाई की अतिरिक्त सुविधा भी उपलब्ध कराई। वे कहते हैं कि एक सफल मराठी फिल्म के सैटेलाइट अधिकारों की कीमत लगभग 40 से 60 लाख रुपए है। वहीं एक हिट फिल्म के लिए लागत 75 लाख रुपए तक होती है।

महाराष्ट्र सरकार ने भी कई सब्सिडी योजनाओं की पेशकश करके मराठी फिल्म उद्योग की मदद की है। मराठी फिल्में चालीस लाख रुपए की सब्सिडी के लिए पात्र हैं, बशर्ते ये फिल्में अपनी क्षेत्रीय पहचान तक सीमित रहें। इसके अतिरिक्त महाराष्ट्र में सभी मराठी फिल्मों को कर-मुक्त कर दिया गया है।[376]

पंजाबी फिल्म उद्योग

डेलॉयट की एक रिपोर्ट के अनुसार पंजाबी फिल्म उद्योग ने 2010-2015 के दौरान लगभग 52 प्रतिशत की सी.ए.जी.आर. की दर से वृद्धि दर्ज की है। इस जबरदस्त वृद्धि के पीछे जो प्रमुख कारक हैं, उनमें 1. घरेलू और अंतरराष्ट्रीय, दोनों दर्शकों की दिलचस्पी और माँग; 2. मीडिया घरानों की भागीदारी; 3. प्रदेश सरकार की पंजाब मनोरंजन उद्योग और फिल्म पर्यटन प्रमोशन की नीति जिम्मेदार है।[377]

पंजाबी फिल्म उद्योग ने हाल के दिनों में फिल्मों की संख्या में बड़ा विस्तार देखा है। दर्शकों के बीच और बॉक्स-ऑफिस पर व्यावसायिक फिल्मों की सफलता ने तमाम मीडिया हाउसों, जैसे इरोस इंटरनेशनल, यू.एफ.ओ., यूटीवी मोशन पिक्चर्स और डार मोशन पिक्चर्स (दुबई) को यहाँ कारोबार में पूँजी लगाने के लिए आकर्षित किया है। यही नहीं, पंजाबी फिल्म उद्योग ऐसा प्रयोग कर रहा है कि फिल्में ऐसी

बनाई जाएँ, जिनको भारत और पाकिस्तान में समान रूप से महत्त्व मिल सके। इसके अलावा पंजाबी फिल्में कनाडा, ब्रिटेन और ऑस्ट्रेलिया में भारतीय और पाकिस्तानी प्रवासियों द्वारा देखी जाती हैं। पंजाबी फिल्म उद्योग का अंतरराष्ट्रीय प्रयास इससे जाहिर होता है कि हाल में पंजाबी फिल्मों में पाकिस्तान के कई कलाकारों और कई पाकिस्तानी किरदारों को शामिल किया गया है।

पंजाबी फिल्मों की लोकप्रियता की एक मिसाल फिल्म 'चार साहिबजादे' (2014) है, जो एक 3डी एनिमेशन फिल्म है, जिसने लगभग 700 मिलियन रुपए कमाए हैं।[378] इसके अलावा भारतीय प्रवासियों की पसंद के चलते पंजाबी फिल्मों ने कनाडा, ब्रिटेन और ऑस्ट्रेलिया जैसे विदेशी बाजारों में खासी लोकप्रियता हासिल की है।

भोजपुरी फिल्म इंडस्ट्री

भोजपुरी फिल्म उद्योग पिछले एक दशक में शानदार ढंग से विकसित हुआ है, जिसके चलते बॉलीवुड के कई बड़े सितारे भोजपुरी फिल्म उद्योग का हिस्सा बन गए हैं। कुछ साल पहले भोजपुरी फिल्में अपने अस्तित्व के लिए जूझ रही थीं और तिरस्कृत सी थीं। आज 2000 करोड़ का भोजपुरी फिल्म उद्योग इस कदर लोकप्रिय हो चुका है कि अब उसे 'भोजीवुड' के रूप में भी जाना जाता है।[379]

'इकोनॉमिक टाइम्स' में प्रकाशित एक लेख के अनुसार भोजपुरी फिल्मों के उत्पादन-लागत के साथ-साथ उत्पादन-मूल्य में भी बढ़ोतरी हुई है, जिसके परिणामस्वरूप अभिनेताओं को भुगतान में भी लगभग 20 प्रतिशत की वृद्धि हुई है। यहाँ तक कि सबसे ज्यादा कमाई करनेवाली फिल्में 10 करोड़ रुपए से ज्यादा की कमाई कर रही हैं, जिसकी पहले कभी कल्पना भी नहीं की गई थी।[380] भोजपुरी फिल्मों की लोकप्रियता और कमाई की संभावना इस तथ्य से स्पष्ट होती है कि इनमें से अधिकांश फिल्में, खासतौर पर विदेशी लोकेशनों पर शूट की गई हैं। उदाहरण के लिए, 'लंदनवाली से नेह लगाए' (2007) की शूटिंग लंदन और मॉरीशस में हुई थी।[381]

कुल मिलाकर क्षेत्रीय फिल्म उद्योगों से होड़ के चलते बॉलीवुड पर ऐसा कंटेंट तैयार करने का दबाव बढ़ा है, जो विदेशी बाजारों और प्रवासी बाजारों के मुताबिक हो।

संदर्भ–

313. Clark, J., Glover, K., McClain, D., M.S.-J. of and 2016, U. (2015). An Analysis of Violent and Sexual Content in Hip Hop Music Videos,

Juempsychology.Com. Available at http://juempsychology.com/wp-content/uploads/2016/05/Clark_et_al_JUEMP_2016.pdf (Accessed on 7 Sep, 2020).

314. Zillmann, D. and Gan, S. (1997), 'Musical taste in adolescence', The Social Psychology of Music, Vol. 4 No. 2, pp. 161–187. Retrieved from https://psycnet.apa.org/record/1997-30235-008. Assessed on 5 Oct, 2020.

315. Franken, A., Keijsers, L., Dijkstra, J.K., & Ter Bogt, T. (2017). Music preferences, friendship and externalizing behavior in early adolescence : A SIENA examination of the music marker theory using the SNARE study. Journal of youth and adolescence, 46(8), 1839-1850.

316. Silverman, M.J. (2015). Music therapy in mental health for illness management and recovery. Oxford University Press, USA.

317. Kemper, K.J., & Danhauer, S.C. (2005). Music as therapy. South Med J, 98(3), 282-8. Retrieved from Music_as_Therapy20160317-468-1joronf.pdf. Accessed on 21 Oct, 2020.

318. BBC (2015). Punjab's drug menace : 'I wanted my son to die.' BBC News. Retrieved from https://www.bbc.com/news/world-asia-india-46218646. Accessed on Sept 7, 2020.

319. India Today (2019), 'World Drug Day : Drug use increased by 30% in India in last decade, claims UN Report' Available at https://www.indiatoday.in/india/story/world-drug-day-drug-use-increased-india-last-decade-un-report-1556292-2019-06-26 (Accessed on 19 Oct, 2020).

320. Jonason, P.K., Webster, G.D., Schmitt, D.P., Li, N.P., & Crysel, L. (2012). The antihero in popular culture : Life history theory and the dark triad personality traits. Review of General Psychology, 16(2), 192-199.

321. Gardstrom, S.C. (1999). Music exposure and criminal behavior : Perceptions of juvenile offenders. Journal of Music Therapy, 36(3), 207-221.

322. Bleich, S., Zillmann, D. and Weaver, J. (1991), 'Enjoyment and Consumption of Defiant Rock Music as a Function of Adolescent Rebelliousness', Journal of Broadcasting & Electronic Media, Taylor & Francis Group, Vol. 35 No. 3, pp. 351–366.

323. Roe, K. (1992), 'Different Destinies — Different Melodies: School Achievement, Anticipated Status and Adolescents' Tastes in Music', European Journal of Communication, SAGE Publications, Vol. 7 No. 3, pp. 335–357.

324. Arnett, J. (1991), 'Heavy metal music and reckless behavior among adolescents', Journal of Youth and Adolescence, Kluwer Academic Publishers-Plenum Publishers, Vol. 20 No. 6, pp. 573–592.

325. Arnett, J. (1992), 'The Soundtrack of Recklessness', Journal of Adolescent Research, Vol. 7 No. 3, pp. 313–331.

326. Fried, C.B. (2003), Stereotypes of Music 1 Running Head : STEREOTYPES OF MUSIC FANS Stereotypes of Music Fans : Are Rap and Heavy Metal Fans a Danger to Themselves or Others? Journal of Media Psychology, Vol. 8.

327. Scheel, K.R., & Westefeld, J.S. (1999). Heavy metal music and adolescent suicidality : An empirical investigation. Adolescence, 34(134), 253-274. Retrieved from https://www.researchgate.net/profile/Karen_Scheel/publication/12805239_Heavy_metal_music_and_adolescent_suicidality_An_empirical_investigation/links/552d7ff50cf21acb092176ba.pdf. Accessed on 21 Oct, 2020.

328. Fried, C. B. (2003). Stereotypes of music fans : Are rap and heavy metal fans a danger to themselves or others. Journal of Media Psychology, 8(3), 1-27. Retrieved from http://citeseerx.ist.psu.edu/viewdoc/download?doi=10.1.1.565.5485&rep=rep1&type=pdf. Accessed on 21 Oct, 2020.

329. Fiske, S. T., & Taylor, S. E. (2013). Social cognition: From brains to culture. Sage. Retrieved from https://books.google.co.in/books?hl=en&lr=&id=uVJdBAAAQBAJ&oi=fnd&pg=PP1&dq=fiske+%26+taylor+1984+social+cognition&ots=2geXV0QQYY&sig=JG0Xn5KDTO7LHbjm4rnbE2INXaQ&redir_esc=y#v=onepage&q=fiske%20%26%20taylor%201984%20social%20cognition&f=false. Accessed on 05 Oct, 2020.

330. Bargh, J.A., & Pietromonaco, P. (1982). Automatic information processing and social perception : the influence of trait information presented outside of conscious awareness on impression formation. Journal of personality and Social psychology, 43(3), 437. Retrieved from https://psycnet.apa.org/record/1983-07893-001. Accessed on 21 Oct, 2020.

331. Berkowitz, L., & LePage, A. (1967). Weapons as aggression-eliciting stimuli. Journal of Personality and Social Psychology, 7(2p1), 202.

332. Bushman, B.J., & Huesmann, L.R. (2006). Short-term and long-term effects of violent media on aggression in children and adults. Archives of pediatrics & adolescent medicine, 160(4), 348-352.

333. Martin, G., Clarke, M. and Pearce, C. (1993), 'Adolescent Suicide : Music Preference as an Indicator of Vulnerability', Journal of the American Academy of Child and Adolescent Psychiatry, Elsevier, Vol. 32 No. 3, pp. 530–535.

334. Scheel, K.R. and Westefeld, J.S. (1999), 'Heavy metal music and adolescent suicidality : An empirical investigation', Adolescence.

335. Verden, P., Dunleavy, K. and Powers, C.H. (1989), 'Heavy metal mania and adolescent delinquency', Popular Music and Society, Taylor & Francis Group, Vol. 13 No. 1, pp. 73–82.

336. Johnson, J.D., Adams, M.S., Ashburn, L., & Reed, W. (1995). Differential gender effects of exposure to rap music on African American

adolescents' acceptance of teen dating violence. Sex Roles, 33, 597-605.

337. Johnson, J.D., Jackson, L.A., & Gatto, L. (1995). Violent attitudes and deferred academic aspirations : Deleterious effects of exposure to rap music. Basic and Applied Social Psychology, 16 (1&2), 27-41.
338. Hansen, C.H., & Hansen, R.D. (1990). Rock music videos and antisocial behavior. Basic and Applied Social Psychology, 11, 357-369.
339. Barongan, C., & Nagayama-Hall, G.C. (1995). The influence of misogynous rap music on sexual aggression against women. Psychology of Women Quarterly, 19, 195-207.
340. Wester, S.R., Crown, C.L., Quatman, G.L., & Heesacker, M. (1997). The influence of sexually violent rap music on attitudes of men with little prior exposure. Psychology of Women Quarterly, 21, 497-508.
341. Davis, S. and Tucker-Brown, A. (2013), Effects of Black Sexual Stereotypes on Sexual Decision Making Among African American Women, The Journal of Pan African Studies, Vol. 5. Available at https://pdfs.semanticscholar.org/5e7a/cd09144f247af540ff17443130dadb080217.pdf (Accessed on 7 Sep, 2020).
342. Clark, J., Glover, K., McClain, D., ... M.S.-J. of and 2016, U. (2015), An Analysis of Violent and Sexual Content in Hip Hop Music Videos, Juempsychology.Com. Available at http://juempsychology.com/wp-content/uploads/2016/05/Clark_et_al_JUEMP_2016.pdf (Accessed on 7 Sep, 2020).
343. Ford, C. (2020). 10 ways music is intrinsically linked to our cultural identity. Retrieved from https://www.contiki.com/six-two/10-ways-music-helps-cultural-identity. Accessed on 17 Oct, 2020.
344. Sex, Drugs, and Rock and Roll : Music in the Counterculture. Retrieved from https://pages.shanti.virginia.edu/CYOU_Project/executive-summary/. Accessed on 19 Oct, 2020.
345. Little, Betty (2019), 'Woodstock 1969 : How a music festival that should've been a disaster became iconic instead.' Available at https://www.history.com/news/woodstock-lineup-music-festival-problems (Accessed on 19 Oct, 2020).
346. Sound on Sound (2007), 'How your Music earns you money.' Available at https://www.soundonsound.com/music-business/how-your-music-earns-you-money (Accessed on 19 Oct, 2020).
347. Hindustan Times (2020), 'Badshah confessed to buying crores of fake views for Rs 72 lakh, say Mumbai Police; rapper denies allegations.' Available at https://www.hindustantimes.com/music/badshah-confessed-to-buying-crores-of-fake-views-for-rs-72-lakh-say-mumbai-police-rapper-denies-allegations/story-WjSnRM5EuCrSJ9uVKRJoKJ.html#:~:text=According%20to%20the%20Mumbai%20Police,He%20has%20denied%20the%20allegations.&text=Badshah%20was%20questioned%20in%20

connection%20to%20a%20fake%20followers%20scam. (Accessed on 19 Oct, 2020).

348. What can songs tell us about people and society? History Matters. Retrieved from http://historymatters.gmu.edu/mse/songs/question5.html#:~:text=In%20cases%20like%20this%2C%20songs,sang%20and%20listened%20to%20them. Accessed on 2 Nov, 2020.

349. Parade (2018). 6-things-you-didnt-know-about-the-song-god-bless-america. Retrieved from https://parade.com/60998/parade/6-things-you-didnt-know-about-the-song-god-bless-america/. Accessed on 2 Nov, 2020.

350. Kennerly, B. (2020). With COVID-19 crisis at the door, Florida man sings 'God Bless America' nightly from his yard. Florida Today. Retrieved from https://www.floridatoday.com/story/news/2020/04/29/crisis-door-he-sings-god-bless-america-his-yard-night/3045427001/. Accessed on 5 Nov, 2020.

351. https://storyofsong.com/story/my-way/

352. Chang, A. (2019). A Toast To 'My Way', America's Anthem of Self-Determination. NPR. Retrieved from https://www.npr.org/transcripts/774805536. Accessed on 5 Nov, 2020.

353. Pierce, S (2011). Paul McCartney says 'Let It Be' came to him in a dream. The Salt Lake Tribune. Retrieved from https://archive.sltrib.com/article.php?id=52552400&itype=cmsid. Accessed on 2 Nov, 2020.

354. Dillon, J. (2013). How 'Hey Jude' Marked a Change for the Beatles, America and Music. Retrieved from https://www.theatlantic.com/entertainment/archive/2013/08/how-hey-jude-marked-a-change-for-the-beatles-america-and-music/279030/. Accessed on 2 Nov, 2020.

355. Gaugler, A. (2000). Madonna an American pop icon of feminism and counter-hegemony : blurring the boundaries of race, gender, and sexuality. Retrieved from https://preserve.lehigh.edu/cgi/viewcontent.cgi?article=1662&context=etd. Accessed on 2 Nov, 2020.

356. Cinquemani, S. (2019). Through the Years : Madonna's Iconic 'Like a Virgin'. Slant Magazine. Retrieved from https://www.slantmagazine.com/music/through-the-years-madonna-iconic-like-a-virgin-at-35/. Accessed on 5 Nov, 2020.

357. Inskeep, S, Pearson, Vince, and Gordemer, Barry (2019), 'What does 'Born in the USA' really mean?' Available at https://www.wbur.org/npr/706566556/bruce-springsteen-born-in-the-usa-american-anthem (Accessed on 17 Oct, 2020).

358. Battaglia, Matt (2018), 'Why Born in the USA is a patriotic song.' Available at https://freethepeople.org/why-born-in-the-usa-really-is-a-patriotic-song/ (Accessed on 17 Oct, 2020).

359. Cowie, J.R., & Boehm, L. (2006). Dead Man's Town : 'Born in the U.S.A.',

Social History and Working-Class Identity. American Quarterly 58(2), 353-378. doi:10.1353/aq.2006.0040.

360. Kissling, Mark, 'Patriotism and perspective : Teaching 'Born in the USA." Available at https://kappanonline.org/kissling-patriotism-bruce-springsteen-born-in-usa/ (Accessed on 17 Oct, 2020).
361. Joseph, J., Vyas, S., & Mengle, G.S. (2015). Dons still pull the strings in Bollywood. Retrieved from https://www.thehindu.com/news/national/dons-still-pull-the-strings-in-bollywood/article7942608.ece. Accessed on 5 Nov, 2020.
362. Balakrishnan, S. (2009). D Company still active in Bollywood. Retrieved fromhttps://economictimes.indiatimes.com/industry/media/entertainment/dcompany-still-active-in-bollywood/articleshow/4238125.cms?from=mdr. Accessed on 5 Nov, 2020.
363. Ganz, K. (2011). CCI slaps 27 Bollywood mogul wrists with Rs 1 Lakh fines. Legally India. Retrieved from https://www.legallyindia.com/content/cci-slaps-27-bollywood-producers-wrists-with-rs-1-lakh-fines-20110526-2109. Accessed on 4 Nov, 2020.
364. CCI. Ministry of Corporate Affairs. Retrieved from http://www.mca.gov.in/MinistryV2/cci.html. Accessed on 4 Nov, 2020.
365. 2012. Ajay Devgn files complaint against Yash Raj Films. India Today. Retrieved from https://www.indiatoday.in/movies/bollywood/story/ajay-devgn-files-complaint-against-yash-raj-films-120238-2012-11-01. Accessed on 3 Nov, 2020.
366. PTI. (2012). Ajay Devgan complains to CCI against Yash Raj Films. Retrieved from https://economictimes.indiatimes.com/industry/media/entertainment/ajay-devgn-complains-to-cci-against-yash-raj-films/articleshow/17062332.cms?from=mdr. Accessed on 4 Nov, 2020.
367. PTI. (2012). Knew I would be portrayed as villain in YRF-ADF tussle: Ajay Devgn. India Today. Retrieved from https://www.indiatoday.in/movies/bollywood/story/ajay-devgn-120664-2012-11-06. Accessed on 4 Nov, 2020.
368. Sundance Film Festival. Britannica. Retrieved from https://www.britannica.com/art/Sundance-Film-Festival. Accessed on 3 Nov, 2020.
369. 2017. Media for the masses. KPMG. Retrieved from https://assets.kpmg/content/dam/kpmg/in/pdf/2017/04/FICCI-Frames-2017.pdf. Accessed on 3 Nov, 2020.
370. Jha, L. (2018). How regional cinema trumped Bollywood in 2017. Retrieved from https://www.livemint.com/Consumer/6tn1zI84rp8aLk78fn3wnN/How-regional-cinema-trumped-Bollywood-in-2017.html. Accessed on 3 Nov, 2020.
371. Mehrotra, S. (2016). Regional Cinema Booms in India. The Culture Trip. Retrieved from https://theculturetrip.com/asia/india/articles/

the-rise-of-regional-cinema-in-india/. Accessed on 3 Nov, 2020.

372. TNN. (2017). Sairat becomes highest grossing Marathi film. Times of India. Retrieved from https://timesofindia.indiatimes.com/entertainment/marathi/movies/news/Sairat-earns-41-cr-in-11-days/articleshow/52184700.cms#:~:text=Sarbjit%3A%20Sairat%20becomes%20highest%20grossing,Movie%20News%20%2D%20Times%20of%20India. Accessed on 3 Nov, 2020.

373. Bhanage, M. (2016). Killa movie review. Times of India. Retrieved from https://timesofindia.indiatimes.com/entertainment/marathi/movie-reviews/killa/movie-review/47827165.cms. Accessed on 3 Nov, 2020.

374. 2018. 65th National Film Awards : Complete list of winners. Hindustan Times. Retrieved from https://www.hindustantimes.com/bollywood/65th-national-film-awards-complete-list-of-winners/story-9wsnGtinbxwpxazQs8ibbK.html. Accessed on 3 Nov, 2020.

375. Verma, S. (2018). Made in Marathi. Financial Express. Retrieved from https://www.financialexpress.com/entertainment/made-in-marathi/1141162/. Accessed on 3 Nov, 2020.

376. Jha, L. (2016). Is regional the new cool in Indian cinema? Live Mint. Retrieved from https://www.livemint.com/Consumer/oXpBenpHfFjCVl7SpcY0MI/Is-regional-the-new-cool-in-Indian-cinema.html. Accessed on 3 Nov, 2020.

377. 2017. Film Industry in North India : Reaching new heights. Deloitte. Retrieved from https://www2.deloitte.com/content/dam/Deloitte/in/Documents/technology-media-telecommunications/in-tmt-north-film-industry-web-noexp.pdf. Accessed on 3 Nov, 2020.

378. Unny, D. (2016). The Banyan Deer to Baahubali : the animation boom in India. CN Traveller. Retrieved from https://www.cntraveller.in/story/the-banyan-deer-to-baahubali-the-animation-boom-in-india/. Accessed on 3 Nov, 2020.

379. Roy, T.L. (2017). Bhojpuri film industry now a Rs 2000 crore industry. Economic Times. Retrieved from https://economictimes.indiatimes.com/industry/media/entertainment/bhojpuri-film-industry-now-a-rs-2000-crore-industry/articleshow/57924026.cms?from=mdr. Accessed on 5 Nov, 2020.

380. Roy, T.L. (2017). Bhojpuri film industry now a Rs 2000 crore industry. Retrieved from https://m.economictimes.com/industry/media/entertainment/bhojpuri-film-industry-now-a-rs-2000-crore-industry/articleshow/57924026.cms. Accessed on 3 Nov, 2020.

381. Shankar, A. (2013). The rise and rise of Bhojpuri cinema. Business Standard. Retrieved from https://www.business-standard.com/article/companies/the-rise-and-rise-of-bhojpuri-cinema-107022101070_1.html. Accessed on 3 Nov, 2020.

□□□

the-rise-of-regional-cinema-in-india/ Accessed on 2 Nov, 2020.

[illegible] BNM (2017). [illegible] highest grossing [illegible] Times of India. Retrieved from https://timesofindia.indiatimes.com/entertainment/[illegible]/news/[illegible] days/articleshow/[illegible] [illegible] highest%20grossing [illegible] %20 [illegible] Accessed on 2 Nov, 2020.

[illegible] (2019). [illegible] movie review. [illegible] Retrieved from https://[illegible].indiatimes.com/[illegible]/movie-review/[illegible] Accessed on 3 Nov, 2020.

[illegible] National Film Awards complete list of winners. Hindustan Times. Retrieved from https://www.hindustantimes.com/[illegible] national-film-awards-complete-list-of-winners [illegible].html Accessed on 4 Nov, 2020.

[illegible] (2017). [illegible] Retrieved from [illegible] express.com/[illegible]